BREAKUP, MAKEUP

STACEY ANTHONY

Ins Deutsche übertragen von Johannes Neubert

HINWEIS
Dieser Roman nutzt Neopronomen, um Personen geschlechtsneutral zu bezeichnen.
Verwendet wird hier hauptsächlich das Dey-Pronomen (siehe zum Beispiel: https://nibi.space/pronomen), später auch das Xier-Pronomen nach Illi Anna Heger (annaheger.de).

Die deutsche Ausgabe von
BREAKUP, MAKEUP – LIEBE ZWISCHEN COSPLAY UND COMPETITION
wird herausgegeben von der Cross Cult Entertainment GmbH & Co. Publishing KG | CROCU;
Verlagsleitung: Andreas Mergenthaler und Luciana Bawidamann;
Teinacher Straße 72, 71634 Ludwigsburg.
Übersetzung: Johannes Neubert, verantwortlicher Redakteur und Lektorat: Markus Rohde;
Lektorat: Karen Eifler; Korrektorat: André Piotrowski, Satz: Rowan Rüster; Layout: Sina Keller
und Kerstin Jans; Lizenzmanagement: Ruijing Qiu; Herstellung: Hannah Düser;
Vertriebsleitung: Peter Sowade; Marketing: Cécile Béran; Druck: CPI Books GmbH, Leck.
Printed in the EU.

Titel der Originalausgabe: BREAKUP, MAKEUP
Originally published by Running Press Kids, an imprint of Perseus Books, LLC,
a subsidiary of Hachette Book Group, Inc.

German translation copyright © 2024 by
Cross Cult Entertainment GmbH & Co. Publishing KG.

ISBN Paperback-Ausgabe 978-3-98743-141-8
ISBN E-Book 978-3-98743-142-5
August 2024

WWW.CROCU.DE

*Für alle, die Anime-AGs leiten, für die Theater-Kids,
die Dungeon Masters, die queeren Besties und alle mit
wilden Träumen – ihr verdient alles und noch viel mehr.*

KAPITEL 1

Los Angeles - FaeCon

»Das Glück ist mit den Mutigen«, flüsterte Eli deren Spiegelbild zu.

Eli beugte den Oberkörper über ein bunt besprenkeltes Hotelwaschbecken und drehte den Kopf von einer Seite zur anderen, um deren Werk zu betrachten. Die Person, die denen aus dem Spiegel entgegenblickte, befand sich in der letzten Phase der Metamorphose; die vertrauten Züge waren verschwunden, ersetzt von neu erschaffenen. Make-up besaß diese Macht: jede Unsicherheit unter dem perfekt modellierten Antlitz einer fantastischen Figur zu begraben. So wie dey dastand – das geschorene goldblonde Haar weiß angesprüht und mit metallischem Glitzer verziert, die sommersprossigen Wangen durch zwei Silikonprothesen erhöht und akzentuiert –, war Eli königlich und mystisch und *verwandelt*.

Das Personal des Hyatt dürfte mit diesem Chaos seine Probleme haben. Eine Flasche mit flüssigem Latex stand unberührt neben bunten Schmuckbändern, einer Palette mit Ben-Nye-Bodypainting-Farbe und blau befleckten Schwämmen.

In der flachen Spüle schimmerte Glitter und am Rand des Abfalleimers in der Nähe baumelte ein Eisstiel, der mit halb getrocknetem Pros-Aide beschichtet war, einem Spezialkleber für Make-up.

In der Seifenschale lag ein handgefertigter Augapfel aus Acryl, den Eli letzte Woche auf deren Weblog-Kanal vorgestellt hatte. Das Video »Castor für FaeCon« hatte deren bisher höchsten Zahlen erreicht: zwanzigtausend Aufrufe, fünfzehntausend Likes und dreihundert individuelle Kommentare. Am liebsten wollte Eli sich für die Entscheidung in den Hintern treten, das schwierigste Cosplay, das dey je kreiert hatte, auf einer Convention zu zeigen, an der dey noch nie teilgenommen hatte, aber eine neue Convention bedeutete neue Fotografen, neue Cosplayer, neue Artists und mehr Aufmerksamkeit. Und wenn Eli einen weiteren Sponsorenvertrag an Land ziehen wollte, musste dey für Aufsehen sorgen. Dey schluckte entschlossen und nahm den Augapfel aus der Schale. All die Probleme hin oder her, dey wollte dieses verdammt harte Cosplay hinbekommen, auch wenn das bedeutete, den Shuttlebus zum Messegelände zu verpassen.

Eli war schon mal in Vollkörper-Make-up fast fünf Kilometer zu Fuß gelaufen und dey würde wieder in Vollkörper-Make-up fast fünf Kilometer zu Fuß laufen, wenn es sein musste. Mit Hörnern, Schwanz, Hufen, der vollen Montur.

Vorsichtig drückte Eli den fragilen Augapfel auf ein Klümpchen Mastix und hielt ihn fest. Eine falsche Bewegung konnte deren nahezu fertigen Look ruinieren und im Gegensatz zu den herrlich grotesken Kreationen, die Horror-Artists und Haunt Masters an Halloween für Gruselveranstaltungen herstellten, konnte Eli Fehler nicht mit einem Spritzer Kunstblut ausbügeln. Dey stöhnte auf, als deren Handy summte und auf einer geschlossenen Palette Lidschatten herumklapperte. Eli tippte auf den Bildschirm, aber mit den künstlichen Krallen funktionierte das nicht. »Mein Gott ... *verdammt* ... komm schon«, grummelte dey und drückte mit dem Fingerknöchel auf das Lautsprechersymbol. »Ja?«

»Wo zum Teufel steckst du?« Der Bildschirm füllte sich augenblicklich mit dem Gesicht von Elis bester Freundin. Geisterhaft weiße Kontaktlinsen bleichten Bodhis braune Augen, ein starker Kontrast zu ihrer kupferfarbenen Haut. Mit einem Grinsen fletschte sie ihre falschen Reißzähne und beugte sich näher an die Kamera ihres Handys. »Alter Schwede. Das dritte Auge ist ja stark.«

Eli blickte zu deren Spiegelbild und nahm vorsichtig die zwei Finger von dem blassblauen, goldumrandeten und von falschen Wimpern eingerahmten Augapfel. *Na also.* Mit dem von Prothesen modellierten Gesicht, einem dritten Auge auf der Stirn und zwei Antilopenhörnern an der Schläfe war Eli zu Castor Eisherz, dem König der Nördlichen Fae, geworden, einer Figur aus einem der derzeit beliebtesten Tabletop-Rollenspiel-Podcasts.

Bodhi räusperte sich. »Eli, im Ernst. Mach *hin*!«

Drei Stunden Arbeit und keine Zeit, sie zu würdigen. Eli schnaufte, ein wenig genervt, aber auch sehr aufgeregt. »Gut, okay, ich bin in zwei Minuten unten. Ich brauch bloß meine Stiefel. Lass den Bus nicht ohne mich losfahren!« Eli schraubte die Tube Mastix zu und bestäubte deren Augenbrauen mit türkisfarbenem Glitzer.

»Ja, klar, ich leg mich einfach vor den Bus. Beweg deinen Hintern!«, blaffte Bodhi. Dann wurde der Bildschirm fast völlig von ihrem schwarz geschminkten Mund verdeckt. »Und vergiss *ja* nicht deinen Ausweis!«

»Jaja, schon gut«, murmelte dey, beendete das FaceTime-Gespräch und steckte das Handy in die versteckte, um deren Hüfte geschnallte Bauchtasche.

Im Hotelzimmer herrschte ein heilloses Durcheinander. Eine rosafarbene Perücke quoll über die Kante des Nachttischs, hohe Lederstiefel lehnten an den Schranktüren und der Boden war mit achtlos abgeworfenen Kleidungsstücken übersät. Eli suchte nach deren Stab – *da, neben dem Fernseher* – und den Stiefelüberzügen, die in einem Koffer verstaut waren. *Okay, erledigt, fehlt bloß noch …*

Als Eli durch die halb geschlossene Tür nach dem lilafarbenen Lanyard griff, das mit Emaille-Anstecknadeln, bunten Knöpfen und deren Ausstellerausweis bestückt war, stieß dey beinahe eines deren Hörner ab. *Zwei Minuten, bis der Bus abfährt.* Die Tür fiel mit einem lauten Klicken ins Schloss und Eli flitzte den Flur hinunter. In der einen Hand den bodenlangen Umhang, in der anderen den einen Meter achtzig langen Stab, eilte Eli in die Lobby und versuchte über keins der beiden zu stolpern.

Bodhi winkte von draußen. Sie wartete halb auf dem Bürgersteig, halb im Bus.

»Da kommt dey! Ja, direkt vor uns! Da, *direkt vor uns*«, fauchte Bodhi und riss den Kopf zwischen dem Fahrer und Eli hin und her.

Eli kletterte in den Bus und versuchte, wieder zu Atem zu kommen. In dem schweren Cosplay *und* mit dem Binder war das nicht ganz einfach. »Hi, ich bin da – tut mir echt leid.«

Der Busfahrer, ein kahlköpfiger Mann mit einem dicken Schnurrbart, musterte Eli kurz. »In diesen Aufmachungen kommt man wohl nicht so schnell von A nach B, was?«

Eli stieß einen Seufzer aus. Deren Brust drückte gegen den beengenden Stoff. »Definitiv nicht.«

Aus dem hinteren Teil des Busses rief eine Person, die ebenfalls ein Castor-Cosplay trug, aber mit Jeans, Kapuzenpulli und viel kleineren Hörnern: »Castor, was geht ab?!« Eli lachte zur Antwort, winkte mit zwei Klauenfingern und schlängelte sich durch den Bus.

Bodhi drängte sich an Eli vorbei und schob ihren Rucksack beiseite, damit dey sich neben sie setzen konnte. »Immer bist du zu spät, immer …«

»Ich weiß, okay? Aber die Farbe zwischen den Schichten musste noch trocknen, sonst wäre ich jetzt eine einzige blaue Sauerei. Kannst du mir helfen, die Dinger anzuschnallen?« Eli deutete auf deren Füße und stupste dann gegen Bodhis Knie, das in glänzendes schwarzes Vinyl gehüllt war. Sie war als Valeria die Rachsüchtige unterwegs, eine Vampirlady, die zur Vampirjägerin geworden war – eine beliebte Nebenfigur aus *Chaos Reign*, demselben Podcast, aus dem auch Castor stammte. »Du siehst übrigens fantastisch aus.«

»Das hoffe ich doch, wenn ich mich schon in diesen Bodysuit zwänge«, kommentierte sie, bevor sie ihren Atem ausstieß und Elis Hufe um deren Fußgelenke schnallte, sodass sie die schwarzen Springerstiefel verbargen. »Haben wir überhaupt einen Plan? Erst in den Hof, dann Halle A, oder …?«

»Ich will unbedingt zum *Fears, Queers, and Other Monster Makers*-Panel«, sagte Eli und lehnte sich in deren Sitz zurück.

»Du weißt schon, dass die Panels in Halle C sind, oder? Und dass die quasi direkt neben der Ausstellerhalle liegt? Wir werden keine drei Meter durch die Tür kommen.«

»Wir können es ja versuchen«, ermutigte dey sie und hob mit ausgestrecktem Arm deren Handy. »Zeig mal deine Reißzähne, Valeria.«

Bodhi rückte ihre langen brünetten Locken zurecht und gab dann ein falsches Fauchen für die Kamera von sich. Eli öffnete Instagram und fing an, die Bildunterschrift zu tippen:

```
Castor und Val sind auf dem Weg.
Wir sehen uns auf der West Coast
FaeCon! Macht ein Foto mit uns und
taggt #EliSFX für die Chance, eine
Night-Life-Palette zu gewinnen!
```

Dann postete dey das alberne Foto. Nicht einmal eine Millisekunde später tauchten in deren Feed Benachrichtigungen auf.

Make-up-Influencer zu sein war nicht das, was Eli sich für den ersten Job nach der Schule vorgestellt hatte, aber dey konnte sich nicht beschweren. Deren Name und deren Social-Media-Handles – Eli Peterson, @EliSFX und Makeup by Eli – brachten die Hälfte der Miete für deren frisch bezogene Fünfzig-Quadratmeter-Wohnung ein und deckten ein paar Rechnungen. Allein die kostenlosen Produkte waren ehrlich gesagt bereits den Aufwand wert. Make-up-Firmen schickten denen Paletten, Kleber, Glitter und Entwürfe, die Eli auf deren Plattformen vorstellen konnte, gegen einen Hinweis unter den Fotos oder eine Erwähnung in deren Videos. Zwar verwendete Eli in der Regel haushaltsübliche Materialien und erschwingliche Marken, aber die Gelegenheit, mit dem *richtig guten Zeug* herumzuspielen, machte den Job noch interessanter.

Dey schaute stirnrunzelnd auf deren Handy.

HecateCosmetics gefällt dein Foto. 32s.

»Ach bitte«, schnaubte Eli und drehte den Bildschirm zu Bodhi. »Kannst du das glauben? Ich flehe die seit zwei Jahren an, mich ihre Produkte testen zu lassen.«

»Oh ja, die sind aber auch sehr hochwertig. Statten die nicht auch die Haunt Masters für die Universal Horror Nights aus?«

»Ja, aber trotzdem. Es ist unhöflich, meine E-Mails zu ignorieren und dann meine Posts zu liken.«

»Stimmt.«

Eli wollte ganz groß rauskommen: am Set eines Multimillionen-Dollar-Films stehen und deren Make-up auf der großen Leinwand sehen. Aber das war – wie alles andere auch – nur ein Traum. Die Highschool war vorbei, das Ende deren Brückenjahrs und der Anfang der Zeit am College zeichneten sich am Horizont ab und der Influencer-Job brachte genug für die *Hälfte* der Rechnungen ein. Ein Job bei Denny's bezahlte den Rest. Was übrig blieb, ging alles direkt auf das Sparkonto mit dem Namen YEET THESE TEETS, das dey im Abschlussjahr der Highschool eingerichtet hatte. Eine Mastektomie war nicht billig, genauso wenig, wie in Los Angeles zu leben, aber dort florierte die Special-Effects-Make-up-Szene, also würde L.A. immer Elis Heimat bleiben.

Bodhi reckte den Hals, um aus dem Fenster zu sehen, als der Bus an einer langen Schlange von Menschen vorbeifuhr, die sich zu einem roten Schild mit der Aufschrift AUSWEIS-ABHOLSTELLE drängten.

»Verdammt, ist das voll!«, sagte sie mit einem Seufzer. »Bist du startklar? Brauchst du Augentropfen?«

Nachtschwarze Kontaktlinsen verdunkelten das Weiße von Elis Augen und deren indigoblaue Iris. Dey konnte sie nicht lange tragen, aber für ein paar Stunden würde es reichen. »Nein, ich bin okay. Wie sieht's bei dir aus?«

»Ich bin auch okay.«

Der Bus hielt vor dem Los Angeles Convention Center, und als die Türen aufschwangen, johlten und jubelten die Leute.

Die Besucher der Convention füllten den Bürgersteig, einige in Straßenkleidung, andere zeigten ihre Cosplay-Fähigkeiten in übertriebenen Kostümen oder mit subtileren Anspielungen auf ihre Lieblingsfiguren. Eli rückte die Holzknöpfe an deren hochgeschlossener Tunika zurecht und richtete den weißen Kunstpelzkragen an deren marineblauem Umhang.

»Wie sieht der Schwanz aus?«, fragte dey.

»Super. Er soll doch über den Boden schleifen, oder?«

»Ja, ist aus bemaltem Schaumstoff. Die Hörner?«

»Sind spitz. Die Reißzähne?« Bodhi fauchte wieder.

»Sind auch spitz.«

Bodhi nahm einen tiefen Atemzug. »Bereit?«

Eli nickte. »Bereit.«

Sie stiegen beide aus dem Bus und kamen genau fünf Meter weit, denn sie wurden augenblicklich von einer Gruppe Fotografen aufgehalten.

»Castor!«, rief einer von ihnen. »Val! Hey, können wir euch beide in einer Kampfpose haben?«

»Wir sind auf dem Weg zu einem Panel, also muss es schnell gehen«, sagte Eli. Dey wirbelte deren Stab herum, straffte die Schultern und hob das Kinn an. Mit einem geübten Schwung des Beins ließ dey die Robe hinter sich hochwehen. Neben Eli sank Bodhi mit einem falschen Pfahl in der Hand in die Hocke und fletschte ihre Reißzähne. Als Eli und Bodhi ihre Posen veränderten, eilten ein paar andere Fotografen für eine Aufnahme herbei und einige Leute zückten ihre Handys und machten Selfies und Schnappschüsse. Es waren erst ein paar Minuten vergangen, aber Bodhi stupste Elis Fuß an und zeigte mit dem Kopf zu den Doppeltüren.

Eli räusperte sich. »Wir sind heute Nachmittag auf der Treppe für das *Chaos Reign*-Treffen«, sagte dey laut genug, um über das Treiben der Menge hinweg gehört zu werden. »Danke, Leute! Ja, genau, danke. Oh, hey, klar ...« Eli hielt inne, um mit jemandem ein Selfie zu machen. »Ja, das bin ich. Kein Leerzeichen zwischen ›Eli‹ und ›SFX‹. Viel Spaß auf der Con!«

Bodhi zerrte ungeduldig an Elis Handgelenk. »Du weißt, dass wir es nie zu diesem Panel schaffen werden.«

»Lass uns einfach ... gehen, ein bisschen im Laufschritt. Lächeln und nicken.«

»Jaja, schon verstanden.«

Der Hof des Convention Centers war rappelvoll mit Cosplayern, Fotografen und Convention-Besuchern. Mecha-Anzüge posierten für blitzende Kameras. Beliebte Comic-Figuren – Helden wie Schurken – lieferten sich neben einem Brezelwagen ein spielerisches Duell. Als Bodhi Eli durch die Menge schob, nickten ihnen andere *Chaos Reign*-Cosplayende zu, aber bevor sie Halle C erreichen konnten, tänzelte eine Prinzessin in einem gelben Ballkleid vor die beiden.

»Verzeiht mir«, sagte sie in einem Singsang und wirbelte weiter durch den Hof.

Bevor Eli um einen Sherlock und einen Holmes herumtauchen und weitergehen konnte, näherten sich zwei jüngere Cosplayer mit erhobenen Handys. Eli schenkte Bodhi ein entschuldigendes Lächeln. Der Anblick dieser beiden Kids, mit ihrem strahlenden Grinsen und den leuchtenden Augen, weckte in Eli eine Sehnsucht nach einer Zeit, die dey hinter sich gelassen hatte: das Warten in Onlinewarteschlangen auf Eintrittskarten für Conventions; der Versuch eines Zombie-Make-ups mit Klopapier, Klebestift, roter Lebensmittelfarbe und Gelatine; das fleißige Mitschreiben in deren Notizbuch während der Panels von Tipps und Tricks von den Besten der Branche.

Alles hatte begonnen, als Eli fünfzehn gewesen war, als dey zum ersten Mal mit Zach an der Hand in eine Convention-Halle gegangen war und makellose Cosplays bewundern konnte. Jetzt, fast vier Jahre später, kurz vor der Entscheidung für ein College und für eine Zukunft, an der dey kein Interesse hatte, wollte Eli unbedingt wieder zurück. Zurück zur Unkompliziertheit. Zurück zu den spätabendlichen Schminkübungen in Zachs Schlafzimmer. Zurück zu allem, wovor dey davongelaufen war.

Bodhi seufzte durch ihr Lächeln. »Es ist *halb* drei.«

Als die beiden ihr Foto machten, überspielte Eli deren Zusammenzucken mit einem Lächeln. »Danke, Leute! Schönen Tag noch!«

Dann sammelte Eli deren Gewand vom Boden auf und eilte durch den Hof. Bodhi führte sie beide einen überfüllten Gang zwischen Popcornschlangen und Signierstunden entlang, aber Eli blieb stehen, weil denen ein bestimmter Stand ins Auge fiel. Die violette Aufschrift und der fett gedruckte Titel waren zu vertraut, um sie zu übersehen: BEYOND – DIE KUNST DES MAKE-UP – HEUTE ANMELDEN!

»Wir kommen wieder«, sagte Bodhi und zerrte an deren Hand. Dann eilten sie durch den Korridor auf der anderen Seite der Ausstellerhalle, bis sie die Schlange vor den Panels erreichten. Schilder mit Raumnummern und Programmänderungen standen vor jedem ausgewiesenen Panel-Bereich.

Auf dem ausgedruckten Blatt, das an Raum 105C klebte, stand FEARS, QUEERS, AND OTHER MONSTER MAKERS. Darüber stand handgeschrieben: VOLL.

Eli stieß einen irritierten Seufzer aus. Von all den Panels, Tagen und Cosplays musste dey sich ausgerechnet den Samstag aussuchen – den Haupttag, an dem dey auch noch in Castor-Make-up unterwegs war – und verpasste die Diskussion mit dem kreativen Team hinter *Chaos Reign*.

»Tja«, sagte Bodhi und schürzte ihre Lippen. »Tut mir leid, Honey. Vielleicht erwischst du sie bei der nächsten Show.«

»Ja, vielleicht«, antwortete Eli enttäuscht. Dey rümpfte enttäuscht die Nase und deutete zu einem leeren Platz an der Wand. Bodhi nickte, folgte deren Beispiel und beide ließen sich zu Boden gleiten.

Sie waren erst eine halbe Stunde da, aber schon jetzt war ihnen nach einer Pause. Wenigstens war es in Halle C relativ ruhig, anders als in der Nähe der Ausstellerhalle, wo die Verkaufs-, Buch- und Kunststände für das Wochenende aufgestellt waren – dort herrschte der reinste Trubel. Normalerweise konnte dey ein paar Stunden durchhalten, ohne sich auszuruhen, aber manchmal machten die Menschenmassen es Eli schwer, zu Atem zu kommen. Vor allem, wenn dey von einem so beliebten Charakter wie Castor ein Cosplay machte. Das Panel verpasst zu haben, war natürlich unfassbar ätzend, aber hier an der Wand zu sitzen, durch deren Handy zu scrollen und ein bisschen Ruhe zu genießen, war Balsam auf deren Enttäuschung.

Ein Teil von denen liebte das alles: die Kameras, die Anerkennung, die Komplimente. Aber der andere Teil wollte das tun, was dey am besten konnte: sich in deren schnuckligen Wohnung mit deren Ringlicht und deren Make-up-Tutorials verstecken, Rollenspiel-Podcasts hören und in Unterwäsche Videospiele spielen. Und wenn Eli sich so lange versteckte, dass dey gerettet werden musste, war bis jetzt immer Bodhi da gewesen, um Eli zum Taco-Dienstag oder bei Hamburger Mary's zum Brunch mitzuschleifen. Ein introvertierter Mensch zu sein war nicht schlimm, aber ein introvertierter *Influencermensch*? Ja, das sorgte definitiv für Komplikationen.

»Alles in Ordnung?«, fragte Bodhi und reichte Eli eine Wasserflasche.

Dey nahm einen Schluck. »Ja. Sollen wir die Artist Alley versuchen?«

»*Versuchen* ist genau das richtige Wort. Ich bin dabei, wenn du es bist.«

Kaum war Eli aufgestanden, ging die Tür von Raum 105C auf und die Leute strömten heraus. Eine Person in einem Pelzanzug cosplayte Weasel, das zwei Meter große Beuteltier aus *Chaos Reign*, das auch der Schurke der Party war, und stapfte durch den Korridor. Einige Gäste unterhielten sich miteinander oder blätterten im Messeführer der FaeCon, aber die meisten lungerten vor der Tür herum, wahrscheinlich in der Hoffnung, mit den Stars von *Chaos Reign*, Lee Gates und Theresa Jenkins, ein Foto zu ergattern.

Bodhi tippte Eli auf den Arm und lenkte deren Aufmerksamkeit auf drei klickende Kameras, die sich auf Eli richteten. Sofort wechselte dey wieder in deren Rolle, reckte das Kinn in die Höhe und zeigte mit dem Stab auf ein Objektiv, dann grinste dey breit und zwinkerte einem anderen zu. Plötzlich hörte dey Bodhi sagen: »Ja, das ist dey«, und sah, wie sie mit ihrem Daumen über die Schulter zeigte. »Aber ich weiß nicht, ob dey Interviews gibt.«

Eine schwarze Frau mit kurzen wallenden Locken, die ein *Star Wars*-Shirt mit einer »sie/ihr«-Ansteckanadel am Kragen trug, schlängelte sich um Bodhi herum. Sie richtete ihren Blick auf Eli und hielt denen ihr Mikrofon entgegen, als würde sie dey stumm um Einverständnis bitten.

Eli blinzelte verblüfft. »Oh, was, ich? Also, *ich*? Ich bin nur …«

»Eli Peterson, einey der jüngsten aufstrebenden Special-Effects-Make-up-Artists in der Branche«, sagte sie sachlich. »Oder nicht?«

»Das klingt *extrem* cool, wenn du das so sagst.«

»Es ist mein Job, Dinge cool klingen zu lassen, und Menschen auch.« Sie streckte ihre Hand aus. »Pam Wippler, NerdsOut.com. Das Magazin für die queere Community, das sich mit der Intersektion zwischen der Community, der Kreativbranche und den Fandom-Kreisen befasst. Ich habe ein paar Fragen, wenn du Zeit hast?«

»Klar. Schieß los.«

»Wie ist es, in der Kosmetikbranche offen nichtbinär zu sein?«

»Oh, ich würde nicht sagen, dass ich *in* der Branche bin. Ich bin gerade erst bei meinen Eltern ausgezogen und konzentriere mich hauptsächlich auf Tutorials.«

»Du hast eine eigene Wohnung, was? Wie fühlt sich das an?«

»Gut, aber auch irgendwie seltsam?«, antwortete Eli, während dey nervös an deren Ausweis herumfummelte. »Hoffentlich sieht meine Familie diese ganze Make-up-Sache bald als richtigen Job an. Aber im Moment ist es das noch nicht.«

»Willst du, dass es das mal wird?«, fragte Pam. »Ein richtiger, ernsthafter Job, meine ich.«

»Na klar. Ich würde supergerne meinen Lebensunterhalt damit verdienen, Monster zu erschaffen.«

»Das glaube ich sofort.« Als Pam grinste, sah man die niedliche Zahnlücke zwischen ihren Zähnen. »Und wie hat alles angefangen? Wie oder durch wen bist du zum Special-Effects-Make-up gekommen?«

Elis Brust zog sich zusammen. Mit dieser Frage hätte dey rechnen müssen. Es war ein Stolperstein, den Eli immer wieder überwinden musste. »Ich habe in der achten Klasse angefangen«, sagte dey und schluckte das Kratzen in deren Hals hinunter. *Mit Zach.* »Mit einem alten Freund von mir. Wir haben immer geübt, sobald meine Eltern im Bett waren.« Dey konnte sein Lachen immer noch hören, ein bisschen rau, ein bisschen tief. »Wir haben uns die ganzen alten Horrorfilme angesehen und das Buch von Dick Smith zum Selbermachen von 1965 gekauft.« Dey erinnerte sich daran, wie sich sein Mund an deren achtzehnten Geburtstag an deren Halsschlagader angefühlt hatte, als sie in Venice Beach im Sand saßen, die Luft noch rauchig und beißend vom Silvesterfeuerwerk. »Das Experimentieren mit Latex, Kostümen und Kunstblut, das ... das hat etwas ausgelöst. *Wir* haben etwas ausgelöst.« Dey erinnerte sich, wie Zach den Atem anhielt, als Eli zwei Tage vor der Abschlussfeier geflüstert hatte: *Ich komme nicht mit.* »Und das hat mich hierhergebracht, schätze ich.«

»Und was kommt als Nächstes? Glaubst du, du wirst auf der Cosplay-Runway-Show in Seattle um den großen Preis kämpfen?«

Eli schob die Erinnerungen beiseite und konzentrierte sich auf die Worte *Runway-Show.* »Ich weiß nicht, um ehrlich zu sein. Davon hab ich noch nichts gehört.«

»Theresa bietet der Gewinnerperson ein zwölfmonatiges Stipendium für Beyond in Hollywood an, mit Start im Herbstsemester. Das Ganze wird heute Abend beim Cosplay-Wettbewerb offiziell bekannt gegeben. Wir sehen uns da, oder?«

»Aber sicher. Ja, klar.« Eli zwang sich zu einem normalen Lächeln, doch jeder Knochen in deren Körper vibrierte vor Aufregung.

»Danke für das Interview«, sagte Pam mit einem Winken und ging dann zu dem Wiesel-Cosplayer im Pelzanzug.

Ein Stipendium für Beyond!

Plötzlich war Bodhi da, ergriff Elis Handgelenk und riss dey aus deren Gedanken. »Ich sterbe vor Hunger, wie in hungers *sterben*. Können wir einen Imbisswagen ansteuern, bevor wir zur Artist Alley gehen?«

Eli nickte abwesend.

Beyond war die beste Make-up-Schule für Spezialeffekte in Südkalifornien. Das war deren Chance, einen Fuß in die Tür zu bekommen – mehr zu sein als Influencer bei Nacht und Bedienung im Diner bei Tag. Das war die Chance, die dey sich bei jeder Sternschnuppe, jedem Kerzenauspusten und jedem Glückskeks von Beginn der Highschool an gewünscht hatte.

Elis Herz hämmerte in deren Brust, immer im Takt von zwei Silben:

Beyond.

KAPITEL 2

Los Angeles - FaeCon

Der Cosplay-Wettbewerb fand im Ballsaal im zweiten Stock statt. Zum Glück kamen Eli und Bodhi früh genug, um sich Sitzplätze zu sichern. Es waren keine *tollen* Plätze, aber das machte nichts. Sie konnten die Bühne und den Tisch sehen, an dem die Jury, darunter Theresa Jenkins, sitzen würden, und das allein zählte. Auf beiden Seiten der Bühne befanden sich riesige Bildschirme und die Scheinwerfer waren auf den improvisierten Runway gerichtet, der sich von einem Flügel zum anderen erstreckte.

Seit dem verpassten Panel und dem spontanen Interview hatte Eli das Internet nach weiteren Informationen über das Stipendium für Beyond durchforstet. Der Stand war keine Hilfe gewesen, also musste dey sich darauf verlassen, dass jemand die Informationen von Theresa beim Panel online gestellt hatte. Nachdem dey durch ein Dutzend verschiedener Twitter-Profile gescrollt hatte, fand dey es.

»Also, diese Makeup Wars«, sagte Bodhi, die ein paar Erdnuss-M&Ms knabberte. »Zuerst gibt es glorifizierte

Castings, dann kommt der Wettbewerb, wer die krasseste Cosplay-Bitch ist, *dann* stimmt die Jury ab, diese Stimmen werden mit den Stimmen aus den sozialen Medien kombiniert und *das* bestimmt am Ende, wer gewinnt? Oder hab ich was vergessen?«

»Nein, das ist alles. Ich meine, es wird Spaß machen, aber ich bezweifle, dass ich es durch die Castings schaffe oder gewinne oder so. Ich will schon, ich *hoffe*, ich schaffe es, aber ...«

»Aber?«

Eli seufzte. »Aber es ist wahrscheinlich am besten, sich nicht zu sehr mitreißen zu lassen.« Doch ehrlich gesagt war es dafür zu spät. Eli starrte auf deren Schoß, die Daumen rasten über die Tasten, dey tippte immer wieder denselben Instagram-Beitrag, löschte und tippte dann von Neuem.

Was, wenn? Der Gedanke nagte an Eli. Was, wenn dey es nicht schaffte? Was, wenn dey es *doch* schaffte? Was, wenn das die wohlverdiente Belohnung war für all die Zwölf-Stunden-Schichten, durch die dey sich geschleppt hatte, für jeden Penny, den dey in die Spardose für die Mastek geworfen hatte? Eli holte tief Luft und versuchte, keine Angst zu haben. Wenn Eli nicht gewann, gewann dey halt nicht. Aber dey musste es versuchen. *Dey musste.*

Die Anmeldung zum Wettbewerb fand auf Social Media statt und Eli musste ein Bild mit dem Hashtag #MakeupWars teilen. Das Problem war, dass dey sich nicht entscheiden konnte zwischen einem Selfie von vor der Con und einem Ganzkörperfoto, das Bodhi beim *Chaos Reign*-Treffen gemacht hatte. Auf dem Selfie zeigte Eli ein halbes Lächeln und mit der Hand unter dem Kinn waren gut die silbernen Krallen und der verflucht komplizierte Schaumstoffaufsatz zu sehen, den dey für die Elfenohren perfektioniert hatte.

Aber das andere zeigte das gesamte Outfit, einschließlich der Hufe und des leicht gekrümmten Schwanzes, der aus dem Schlitz des Umhangs ragte.

»Also gut, ich tue es«, platzte es aus Eli heraus und dey tippte auf das Selfie. »Bereit?«

»Tu es, Bitch«, sagte Bodhi, die eine Backe voll Schokolade.

```
Ich kann es kaum erwarten,
mit tollen SFX-Artists um
ein Stipendium für BEYOND zu
konkurrieren! Es war schon immer
ein großer Traum von mir, von
den Besten der Besten zu lernen,
und ich freue mich wahnsinnig
darauf, mit allen die Latexfetzen
fliegen zu lassen bei den MAKEUP
WAAARRSSS!! Danke für die Chance
@theresa_chaos und @FaeCon.
#MakeupWars
```

Eli tippte auf »Teilen«.

Eine Welle der Nervosität schwappte durch Elis Magen. Cosplay-Wettbewerbe waren eine Sache – da ging es um eine Trophäe oder eine Medaille, um einen Scheck, der vielleicht die Materialkosten abdeckte, und um das Privileg, auf der nächsten Con mächtig angeben zu können –, aber dieses Stipendium hatte das Potenzial, deren Ausbildung in die Stratosphäre zu katapultieren. Es könnte dey helfen, einen festen Job zu finden, anstatt ein unbezahltes Praktikum zu machen. Beyond könnte den Verlauf von Elis Leben verändern.

»Ziemlich cool, endlich mal einen Cosplay-Wettbewerb zu haben, bei dem das Make-up im Mittelpunkt steht. Ich meine, ich liebe Kostüme abgöttisch, ich *weiß*, wie fantastisch dieser Make-up-Scheiß ist«, sagte Bodhi und stupste Eli mit dem Ellbogen an. »Aber eine neue, einzigartige Sparte im Programm von den Cons zu haben, sorgt schon für frischen Wind.«

Die Lichter wurden schwächer und Applaus ertönte, denn nun hüpfte eine in strahlendes Lila gehüllte Prinzessin in die Mitte der Bühne.

In ihren dicken Zopf, der hinter ihr herschwang, waren Blumen eingeflochten und aus dem Korb an ihrem Arm lugte eine Chamäleonpuppe heraus.

»Verdammt«, sagte Bodhi staunend, »schau dir diese Rapunzel an! Ich wette, sie kommt aufs Podium.«

Eli setzte sich auf deren Platz und grinste. Mehr Cosplayer kamen und gingen. Der vollbesetzte Ballsaal klatschte und jubelte allen Teilnehmenden zu, egal ob es sich um Neulinge oder erfahrene Designer handelte. Oldschool-Charaktere in Outfits aus alten Comics stolzierten über die Bühne und neue Kreaturen aus Indie-Spielen, die ihre animatronischen Flügel ausbreiteten, entlockten dem Publikum ein Raunen.

Nach dem Auftritt aller Cosplays verließ die Jury die Bühne, um sich über die Platzierungen zu beraten. Eli schaute sich im Ballsaal um und war erleichtert, dass dey – da dey die Kontaktlinsen rausgenommen hatte – klar sehen konnte. Manchmal trübten die gefärbten Linsen deren periphere Sicht und machten es schwierig, zu fokussieren. Vorhin hätte dey fast ein ganzes In-N-Out-Burger-Menü über sich gekippt, weil dey den Robin-Hood-Cosplayer, der neben denen an der Theke stand, nicht bemerkt hatte. Zum Glück hatte Robin Hood seinen Milchshake auch nicht verschüttet und schüchtern gefragt, wo Eli die schicke Emaille-Anstecknadel mit deren Pronomen gekauft hatte. Sie kamen ins Gespräch und lachten viel. Und in diesem Moment erinnerte sich Eli daran, wie herzlich Conventions sein konnten.

An Tagen, an denen die Stimmung besonders mies war, oder nach langen Nachtschichten ordnete dey manchmal die Anstecknadeln an deren Lanyards und schwelgte in Erinnerungen an die vielen Kunstschaffenden und neuen Freunde, die dey an den Wochenenden in den Artist Alleys getroffen hatten. Die Cons fühlten sich wie ein Zuhause an, auch wenn Eli auf andere Enbys manchmal fast Burger und Milchshakes verschüttete.

»Gibt es heute Abend nicht eine *Chaos Reign*-Afterparty?«, fragte Eli, als sie auf die Bekanntgabe des Gewinners warteten.

Bodhi nickte und band ihre dicken Locken zu einem Pferdeschwanz zusammen.

»Ja, aber es gibt auch ein *NerdsOut*-Treffen und eine Blitzrunde Pen-&-Paper-Rollenspiele. Wir könnten es zu allen drei Events schaffen, wenn wir uns an einen Zeitplan halten.«

»Wir? *Zeitplan?*« Eli musste lachen. »Haha, nein. Such dir zwei aus.«

»Ach, komm schon! Lass uns zu dem Treffen gehen, bei einer Blitzrunde mitspielen und dann den Abend auf der Party ausklingen lassen. Macht doch Sinn, oder?«

»Na gut, versuchen wir's.«

Das Licht wurde wieder gedimmt und Jubelschreie hallten durch den Raum, denn die Jury nahm ihre Plätze ein. Brett Howler, ein berühmter Cosplayer, ergriff als Erster das Mikrofon und bat um eine Runde Applaus für alle Teilnehmenden. Er rief die drei auf die Bühne, die es ins Finale geschafft hatten, und verkündete, dass Rapunzel den dritten Platz belegte und ein *Star Wars*-Cosplay den zweiten Platz. Der erste Platz ging an einen riesigen Ganzkörperanzug eines Drachenkriegers, der mit LED-Flügeln, einer 3-D-gedruckten Rüstung und zwei gigantischen Reptilienköpfen ausgestattet war.

Bodhi brachte ihren Mund nahe an Elis Hals und flüsterte: »Es gewinnt immer irgendjemand auf Stelzen.«

Eli lachte schnaubend. »Stimmt, aber das Kopfteil muss Tage gebraucht haben. Kannst du dir vorstellen, wie aufwendig es war, das zu gießen? Wie viel *Klebstoff* das braucht?«

»Oh, das Zeug muss überall sein. Klebstoff vorne, Klebstoff hinten, Klebstoff im ...«

»... im Schritt«, beendete Eli und beide brachen in schallendes Gelächter aus. Dann schnappte Eli nach Luft und kippte fast von deren Sitz, als die Worte *Makeup Wars* über die Bildschirme über der Bühne flimmerten. »Heilige Scheiße, okay, es geht los.«

Bodhi nahm Elis Hand und drückte sie. »Dann mal los, Honey. Augen zu und durch.«

Theresa Jenkins betrat die Bühne; sie trug einen paillettenbesetzten und mit astrologischen Konstellationen verzierten Umhang. Ihr kurzes blondes Haar war zurückgegelt, an den Ohren befanden sich silberne Elfenohren-Anstecker und um ihren Hals trug sie einen zierlichen Reif aus Laub. Sie war fantastisch, ein echtes Schwergewicht in der SFX-Branche, und Eli dachte, deren Herz würde zerspringen, wenn es noch schneller schlagen würde. Denn falls Eli gewann – *falls dey gewann* –, würde dey bei ihr lernen dürfen. Bei dem Gedanken fing Elis Kopf an zu schwirren.

»Vielen Dank, dass ihr heute Abend alle gekommen seid. Wie geht's euch?«, fragte Theresa, die ihre Arme ausbreitete und lauten Beifall, Jubel und anerkennende Pfiffe erntete.

»Sehr gut, sehr gut. Ich habe ein paar aufregende Neuigkeiten, die ich mit euch teilen möchte. Wir haben bei FEARS, QUEERS, AND OTHER MONSTER MAKERS darüber gesprochen und ich habe gesehen, wie der Hashtag auf Social Media explodiert ist, also ...«

Ein paar Leute klatschten oder hoben ihre Hände und winkten mit ihren Handys in der Luft. »Gleich entfessele ich das *Chaos* in der Welt der Spezialeffekte! Seid ihr bereit?«

Es gab noch mehr Jubel und noch mehr Gebrüll. Eli drückte Bodhis Hand fester.

»Wir erweitern unsere Conventions an der Westküste um einen neuen Wettbewerb, einen Sommer-Showdown. Dieses Jahr werden wir neben den klassischen Wettbewerben, die wir alle kennen und lieben, unseren neuen Cosplay-Runway in ein Schlachtfeld verwandeln.«

Theresa deutete in die Menge. »In den nächsten zehn Tagen werdet ihr auf der virtuellen Bühne von Makeup Wars, einem interaktiven Wettbewerb in den sozialen Medien, für eure Lieblings-Artists abstimmen, um die fünf besten Makeup-Artists und Cosplay-Designer des Landes zu finden. Ich werde diese Artists auf der San Diego Comic Palooza, der Anime Bay San Francisco, der Oakland Heroes Expo, der Fan-Ex in Portland und im Finale beim Cosplay-Wettbewerb auf der berüchtigten Sea City Comic Con in Seattle unterstützen.

Mit eurer Hilfe werde ich einey Artist auswählen, dey mit mir und meinem Team bei Beyond ein ganzes Jahr lang eine Ausbildung in Spezialeffekten und Kostümdesign absolviert. Seid ihr bereit, mir zu helfen, dey nächsten herausragenden Special-Effects-Make-up-Artist zu finden?!«

Eli formte mit den Händen vor dem Mund einen Trichter und grölte.

Theresa schwang ihre Handfläche zu den großen Bildschirmen. »Werfen wir einen Blick auf unsere Teilnehmenden!«

Aus den Ecken der Bildschirme tropfte jetzt animiertes Blut und Cartoon-Cosplayer zwinkerten der Menge zu, neben den Worten *Anmeldefrist endet Mitternacht* einen Countdown einrahmend. Als erstes Gesicht erschien eine bekannte indisch-amerikanische Cosplay-Künstlerin mit dem Pseudonym Beverly Belle.

»Jawohl, Bev!«, rief Bodhi und reckte ihre Faust in die Luft. »Zeig ihnen, was wir draufhaben!«

Während unzählige Gesichter mit den dazugehörigen Social-Media-Handles darunter erschienen, vibrierte Eli förmlich auf deren Sitz. Da war Beverly Belle, die berühmte Anime-Cosplay-Künstlerin. Der schaurige TikTok-Make-up-Artist Franklin Stein. Gary Harken. Cassie Anne Montgomery, die Beauty-Spezialistin. Joe Morgan.

Eli hatte sie alle in deren Instagram-Feed und der Empfehlungsliste von deren Weblog-Kanal gesehen. Als dey zusah, wie immer mehr neue Namen auf dem Bildschirm aufblinkten, wurde das nervöse Flattern in deren Magen immer stärker. *So viel verdammtes Talent.* Eli schluckte und fummelte an einem Knopf deren Gewands herum. Vielleicht hätte Eli sich das Ganze doch gründlicher überlegen sollen.

»Heilige Scheiße – heilige *Scheiße*, Eli!« Bodhi klatschte auf Elis Hand und deutete wie wild auf den Bildschirm.

Elis Selfie tauchte dort auf und das Publikum jubelte. Etwas Elektrisches blühte in Eli auf und brannte die Anspannung weg. Die Rufe der Menge zu hören, deren Gesicht zu sehen, deren Namen neben Kunstschaffenden zu sehen, die dey bewunderte und beneidete – dey konnte sich ein Grinsen nicht verkneifen. *Das* war Elis Moment. Deren Chance war gekommen.

»Ich kann nicht glauben, dass ich ...« Elis Stimme versagte; sie blieb an dem gewaltigen Kloß hängen, der plötzlich in deren Kehle steckte. Dey starrte auf den Bildschirm. Auf dieses Gesicht. *Sein Gesicht.* Dann schoss alles in deren Körper hin zu deren Brustkorb. Dey fühlte sich benommen, von Schwindel und panischem Unglauben ergriffen.

Direkt nach Elis Selfie tauchte das Bild des zukünftigen Haunt Masters Zachary Miller auf.

Zachary Miller, der Junge, der denen im ersten Schuljahr einen Versprechensring geschenkt und mit dey bis spät in die Nacht Make-up geübt hatte, der dey beim Abschlussball auf den Mund geküsst und als Erster »Ich liebe dich« zu dey gesagt hatte. Zachary Miller, der Make-up-Artist, der bei High-End-Marken wie Hecate und HeartStopper unter Vertrag stand, der den exklusiven SFX-Workshop in den Shockwave Studios in New York besucht hatte und dem auf Instagram eine halbe *Million* folgten.

Zachary fucking Miller. Der Kerl, dem das Herz gehörte, das Eli in tausend Stücke zerbrochen hatte.

Bodhi schnappte nach Luft. »Zach ist wieder da?« Sie wirbelte zu Eli herum, Reißzähne über die Unterlippe ragend, die Augen weit aufgerissen und ohne zu blinzeln. »Ich dachte, er wäre jetzt in New York. Also, *dauerhaft.*«

»Dachte ich auch«, krächzte Eli. Hitze schoss denen ins Gesicht. Dey musste sich bewegen. Dey musste verschwinden. Einfach *verschwinden.*

»Hey, mach langsam, warte!«, sagte Bodhi, fuchtelte mit den Armen und fing deren Stab auf, bevor er auf dem Boden aufschlug. »Warte doch, bleib stehen, Eli!«

Aber Eli war schon weg. Dey stolperte über die eigenen Füße und lief auf den Korridor hinaus, ein Huf riss ab und fiel auf den Boden. Dey stieß mit dem Horn gegen den Türrahmen, dann mit der Schulter. Der Schaumstoff zerriss und es erklang ein schreckliches Geräusch, als ob sich ein Reißverschluss ablöste. Eli lief zu schnell, aber deren Instinkt sagte, dass dey *fliehen* musste. Raus aus dem Ballsaal. Irgendwohin, wo dey sicher und klein war, wo dey mit dem rasenden Atem und den zitternden Händen allein sein konnte. Dey drückte den Abwärtsknopf des Fahrstuhls wieder und wieder und *wieder*.

Schließlich ertönte das Bimmeln und Eli schlüpfte hinein.

Dey hätte es wissen müssen. Dey hätte damit rechnen müssen.

Doch selbst dann hätte Eli nichts, aber auch rein gar nichts darauf vorbereitet, Zachs Gesicht auf dem Bildschirm zu sehen.

»Okay«, flüsterte Eli und lief im Lift hin und her. »Okay, es ist alles in Ordnung. Dir geht es gut. Es ist alles in Ordnung.«

Vor deren innerem Auge tauchten Erinnerungen auf. Von vor einem Jahr, als dey auf dem Beifahrersitz von Zachs Jeep mit deren Handtasche herumhantierte. Wie dey vergeblich versuchte, die richtigen Worte herauszubekommen. *Ich komme nicht mit dir mit.* Wie sie Wochen zuvor auf dem Winterball tanzten. Wie sie in der letzten Reihe eines Kinos unter den Klamotten des anderen herumfummelten. Wie dey Zachs Kinn auf dem Venice Beach Boardwalk küsste. Wie dey seine Hand hielt, während sie für ein Panel auf der Anthrocon anstanden. Wie sie gemeinsam Pläne schmiedeten. Wie sie sich gemeinsam ihre Träume ausmalten.

Es fühlte sich an, als wäre Eli rückwärts durch die Zeit geschossen und zurück in deren Körper gesprungen, zwei Minuten, bevor dey sich selbst das Herz gebrochen hatte.

Der Fahrstuhl hielt an, der Gong ertönte und die Tür ging auf.

Eli hielt mitten im Schritt inne. Deren Atem stockte und blieb auf halbem Weg zu einem Keuchen im Hals stecken.

Zachs Augen waren so grün wie eh und je. »Eliza ...«

»Eli«, platzte es aus denen heraus und dey schluckte schwer. »Ich heiße Eli.«

»Eli ...«, sagte er, als probiere er den Namen aus. Er war ein warmes Raspeln in seinem Mund. »Ist 'ne Weile her.«

»Ja, schon. Es ... ja, das ist es. Ich bin nur ... Ich muss dann mal ...«

Ein weiteres Reißen war zu hören. Das Antilopenhorn fiel herunter und traf Eli auf die Wange und die Nase.

Zach verzog das Gesicht. Mein Gott, er *hat das Gesicht verzogen.*

»... los.« *Rein in den Verkehr. Ins Meer springen. In die Wüste laufen und nie wiederkommen.* Eli hielt deren schlaffes Horn in einer Hand und raffte deren Gewand in der anderen. Als sich die Fahrstuhltür zu schließen begann, stolperte dey über den schlaffen Huf.

Zach blockierte die Metalltür, bevor sie gegen Eli prallte.

»Alles okay?«

»Ja klar, alles bestens.«

Eli versuchte, dagegen anzukämpfen. Dey versuchte, gedemütigt und mit zitternden Händen weiterzugehen, aber dey konnte einfach nicht anders. Dey musste über die Schulter schauen, um einen Blick auf die hellen Stoppeln auf Zachs Wangen und sein dunkelbronzenes Haar zu erhaschen, dey musste die neue Tinte sehen, die sich an seinem Hals entlangschlängelte, und die drei – nein, vier – Ringe an seinen Ohrläppchen zählen. Dey musste sich einprägen, wie sein schwarzes Button-Down-Hemd eng an seinen Schultern saß, wie sich sein kalter Gesichtsausdruck kaum verändert hatte und wie sich seine Lippen nicht zu einem Lächeln formten. Nicht einmal, als er deren Namen gesagt hatte. Eli hielt inne. Dey zupfte an ihrem Gewand, nahm allen Mut zusammen und drehte sich um.

Elis Herz zerriss.

Die Fahrstuhltüren hatten sich geschlossen und Zach war verschwunden.

Mal wieder.

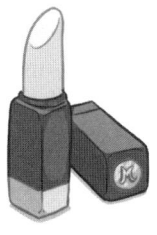

KAPITEL 3

Los Angeles - FaeCon

Eli riss mit den Zähnen eine Packung Ketchup auf und quetschte den Inhalt neben einen Haufen grob geschnittener Pommes auf deren Teller. Sie waren weder zum Nerds-Out-Treffen noch zu den Blitzrunden *noch* zur *Chaos Reign*-Afterparty gegangen. Genauer gesagt waren sie nirgendwo hingegangen, bis Bodhi Eli mitten in der Lobby fand, wo dey mit zittrigen Händen deren zerbrochenes Antilopenhorn hielt. Bodhi war aus dem Fahrstuhl gesprungen, hatte sich die Reißzähne herausgerissen und sich durch die Lobby einen Weg zu Eli gebahnt, vorbei an ein paar Leuten, die die Convention besuchten und cosplayten und vor der Ausstellerhalle herumlungerten, und Freiwilligen, die um sie herumwuselten, die Lichter überprüften, Stühle aufstellten und Mülleimer leerten.

Bodhi hatte gewartet, bis sie im Shuttlebus saßen, um zu sagen: »Ich habe Zach gesehen.«

Und Eli hatte gewartet, bis sie sicher in ihrem Hotelzimmer waren, um zu antworten: »Ja, ich auch.«

Bodhi hatte nur genickt.

Sie hatte sich auf die Bettkante gesetzt, Eli mit den Füßen gewippt und auf den Boden gestarrt. Die Minuten zogen sich hin. Eli hatte den Kloß im Hals hinuntergeschluckt und zum Bad gestikuliert, Bodhi hatte mit derselben Geste nonchalant auf die laminierte Zimmerservicekarte auf dem Nachttisch gedeutet.

Das Abschminken eines Ganzgesichts-Make-ups war immer befriedigend. Wie sich deren Haut beim Ablösen des Silikons anspannte, wie sich die Prothesen hoben und unter deren Fingern wie Gelatine hervorquollen. Eli war im Badezimmer geblieben und hatte verspielt zu deren Handy gelächelt, mit dem dey den Abschminkvorgang für deren Instagram-Story aufzeichnete, umwabert von den Dämpfen der alkoholgetränkten Watte, dem Geruch der Farbe und des Klebstoffs, der so an Wachsmalkreide erinnerte. Doch als Castor verschwunden war, blieben nur noch Eli und deren Herzschmerz zurück. Deren Lächeln verblasste und die selbstbewusste Fassade bröckelte. Als dey aus dem Bad gekommen war, hatte Bodhi dey mit einem Festmahl erwartet.

»Okay, wir haben Salziges, wir haben Süßes und wir haben Bier«, hatte sie gesagt und auf jeden der Teller auf dem Hotelzimmertisch gezeigt. »Dusche? Fertig. Hautpflege? Erledigt. Gut, reißen wir das Pflaster ab und legen den Finger in die Wunde.« Sie hatte sich gegenüber von Eli aufs Bett gesetzt und ihre Gabel in einen Brownie-Eisbecher gestochen, der neben einem Berg von Pommes stand. »Also, Zach ist wieder da.«

»Ja, das ... das ist er wohl«, murmelte Eli nun, schnappte sich eine Dose von dem Craft-Bier, das Bodhis Freundin ihnen gekauft hatte, und nahm einen Schluck. »Ich glaube, ich steige aus Makeup Wars aus.«

»Auf *keinen* Fall!«, knurrte Bodhi. Sie strich sich eine Strähne aus der Stirn. Ihre braunen Wangen waren noch taufrisch von ihrem teuren Hagebuttenwasser und sie fixierte dey mit einem strengen Blick. »Das schlägst du dir sofort wieder aus dem Kopf, Liz. Du machst da mit.«

Eli steckte sich eine Pommes in den Mund, kaute und schluckte. Dey erinnerte sich an Zachs Lippen, wie sie einen Namen formten, den dey nicht mehr benutzte. »Er hätte mich fast …«, murmelte dey und ignorierte das Unbehagen, das sich unter deren Haut regte. Eli hatte deren Namen geändert, nachdem Zach nach New York geflogen war. Dey hatte die Silben wie auf einem Autopsietisch abgeschnitten, hatte Eli wie einen Knochen abgetrennt. Liz auch. Und das Ganze blieb leer zurück, wie ein Exoskelett. »Nicht dass er das hätte wissen können oder so, aber er … er sah aus, als hätte er einen Geist gesehen.«

»Na ja, nichts für ungut, aber du hast die ganze *Ich bin trans, hört mich brüllen*-Nummer abgezogen und dir *alle* Haare abgeschnitten, also würde ich wetten, dass er ein bisschen überrascht war«, sagte Bodhi achselzuckend. Sie verzog das Gesicht. »Aber er weiß doch, dass du nichtbinär bist – er weiß das schon seit Ewigkeiten. Die neue Frisur kann nicht *so* schockierend sein.«

»Er weiß es schon so lange wie *ich*, also seit dem ersten Jahr in der Highschool«, sagte Eli, dey sich nun eine Gabel schnappte und den Brownie in Angriff nahm. »Wenn er es ins Finale von Makeup Wars schafft, und das wird er, und ich schaffe es auch, dann … dann muss ich gegen ihn antreten und das kann ich nicht. Ich kann nicht …« Es fühlte sich an, als ob die Worte immer schneller und schneller heraussprudelten, zusammen mit all der Luft in deren Lungen.

»Oh, mein Gott, hörst du dir eigentlich selbst zu?«, fragte Bodhi und legte ihre Hand fest auf deren Gesicht, um sie zu zwingen, sie anzuschauen. »Es ist ein ganzes verdammtes Jahr her, Eli. Ihr habt euch getrennt! Das kommt vor. Lass dir diese Chance nicht von altem Scheiß kaputt machen.«

»*Alt* würde ich das nicht nennen«, sagte dey leise. Dey schob Klumpen geschmolzener Eiscreme auf dem Teller herum.

Bodhi seufzte. »Komm schon, ich meine, es ist *Zach*. Er wird sich deswegen bestimmt nicht wie ein Arschloch aufführen.«

»Hast du vergessen, was passiert ist?«, fragte Eli und warf ihr einen kalten Blick zu. »Erstens habe ich ihm gesagt, dass ich nicht mit ihm nach New York gehe, achtundvierzig Stunden bevor wir zum Flughafen wollten, um gemeinsam in das Flugzeug zu steigen. Zweitens hatten wir Pläne, richtige, konkrete Lebenspläne: eine Wohnung mieten, nach dem Workshop ein Praktikum bei Shockwave machen, Jobs finden, heiraten und ich …«

»Erstens hätte ich das ganze verdammte Land durchquert, dich gefesselt und zurück nach L.A. gebracht, bevor ich dich vor deinem einundzwanzigsten Geburtstag hätte heiraten lassen. Und zweitens hast du getan, was für *dich* das Beste war, okay? Du hast in letzter Minute eine schwierige Entscheidung getroffen und das …« Bodhi seufzte und strich mit ihrer Hand über Elis Knie. »Das war scheiße. Das hat *wehgetan*. Glaub mir, ich weiß das, weil es mir auch wehgetan hat. Aber du darfst *nicht* diese riesige, gigantische, monumental wichtige Chance sausen lassen, nur weil dein Ex plötzlich wieder in der Stadt ist.«

»Er ist ein Haunt Master«, sagte Eli dumpf und schirmte sich vor der passiv-aggressiven Klinge ab, die Bodhi zwischen den netten Worten versteckt hatte. *Weil es mir auch wehgetan hat.* Dey wollte sie beißen. Dey wollte sagen: *Ich habe dich nicht gebeten, mich zu wählen. Du hättest mit ihm befreundet bleiben können.* Aber das tat dey nicht. »Er ist der nächste große Star in der Horrorszene, Bodhi!«

»Okay, er hat zwei Haunt-Saisons mitgemacht – *zwei!* – und niemand, kein einziger Mensch, ist von zwei dreiwöchigen Auftritten in einem Halloween-Themenpark beeindruckt, vor allem wenn er bei einem davon nur Assistent war. Der Titel *Haunt Master* ist ja ganz nett, aber ich lasse mich nicht davon blenden. Er war auch mein bester Freund.«

»Okay, wie auch immer, aber er *wird* ein Haunt Master sein. Wahrscheinlich ist er schon im Produktionsteam von Universal, weil er der beliebteste Highschool-Praktikant war und weil er ungefähr neunhundert Sponsoren und ein schniekes Zertifikat von Shockwave hat, das er überall herumwedeln kann, und ... und ein *Tattoo*? Hast du das gesehen? Er hat ein verdammtes Tattoo, Bodhi.«

»Konzentrier dich!«, rief Bodhi, als sie einen Zentimeter vor Elis Nase in die Hände klatschte. »Sprich mir nach: Ich steige nicht aus den Makeup Wars aus.«

Eli schnaubte.

»Sag es!«

»Ich steige nicht aus den Makeup Wars aus.«

»Ich werde Makeup Wars *gewinnen.*«

»Bodhi ...«

»Sag es!«

»Ich werde Makeup Wars gewinnen.«

Bodhi schnitt eine Grimasse und zog eine Augenbraue hoch. »Ich bin einey krasse Make-up-Artist.«

Elis Lippen zuckten, als dey gegen ein Lächeln ankämpfte. Dey seufzte und stopfte sich noch mehr von dem Brownie in den Mund. »Ich bin einey krasse Make-up-Artist«, murmelte dey.

Bodhi grinste und schnappte sich ihr Bier vom Nachttisch. »Bodhi hat immer recht.«

Eli tat, als würde dey Bodhi die Gabel ins Bein stechen. Danach schallte Gelächter durchs Hotelzimmer und Bodhi lenkte das Thema von Zach ab und sprach stattdessen über Elis Followerzahlen und deren ersten Look für Makeup Wars. Eli lächelte und sah sich auf deren Handy nach Inspiration um. Dey ließ Bodhi in dem Glauben, dass dey erfolgreich abgelenkt war, und bemühte sich, nicht an Zach zu denken, daran, was sie zusammen erlebt hatten, daran, wer sie als getrennte Leute waren.

Als die lauwarmen Pommes und der matschige Brownie verputzt waren, leerten Bodhi und Eli den letzten Rest des Sixpacks, stellten die schmutzigen Teller auf den Boden und putzten sich im Bad gleichzeitig die Zähne. Eine halbe Stunde später schlief Bodhi mit einem Lifetime-Film im Hintergrund ein. Sie schlief mit dem Rücken zu Eli, eingeigelt Richtung Nachttisch.

Das Licht des Fernsehers flackerte durchs Zimmer und beleuchtete die Kleiderstapel und Elis Schwanz, der über der Kommode hing. Dey öffnete Instagram, tippte auf die Suchleiste, gab *Zachary Miller* ein und hielt den Finger über sein Profil. Dey tippte erneut auf die Suchleiste, strich mit dem Daumen über den Bildschirm und scrollte durch Schnappschüsse von Zachs Leben nach Eli.

Er hatte sich gerade so weit verändert, dass es sich ungewohnt anfühlte. Er hatte seine Stoppeln so wachsen lassen, dass sie seine Wangen bedeckten. Er trug inzwischen Ohrringe und sein Haar kürzer als früher.

Eli tippte auf ein Bild von Zach auf einem Stuhl in einem Tattoo-Studio, am Hals eine Tätowierpistole, die eine feine, mit einem Blumenmuster auf seiner Brust und Schulter verbundene Linie stach. Die Bildunterschrift lautete: *Zum Auftakt in New York – mein erstes Tattoo!* Das war, zwei Tage nachdem er L.A. verlassen und vier Tage nachdem Eli seinem Herzen einen Tritt in den Hintern verpasst hatte.

Eli scrollte gedankenlos durch ihre gemeinsame Vergangenheit. Dey hielt bei einem Bild von ihnen beiden inne, auf dem Eli Zach mit einem Kuss Maissirup auf dem Kinn verteilte und Zach breit lachte – wie er es immer tat, mit den Grübchen und freiem Blick auf seinen schiefen Zahn im Unterkiefer. Elis Haare waren immer noch weizengelb, fielen denen über die Schulter und waren so dicht wie die Mähne eines Pferdes. Deren Augen waren durch weiße Kontaktlinsen getrübt und deren Hand lag sanft auf Zachs Schulter. Eli überflog die Bildunterschrift, irgendetwas über *Liebe*, irgendetwas über *Zukunft*, irgendetwas über *ewig*.

Dey schob das Handy unter deren Kopfkissen.

Manchmal konnte Eli einen ganzen Tag verbringen, ohne dass Zach in deren Gedanken kroch. Dey filmte ein Tutorial, machte sich ein Mittagessen, arbeitete eine Nachtschicht durch, und wenn dey morgens in der U-Bahn saß, überlegte dey beiläufig, was Zach wohl gerade zum Frühstück aß. Wo er war. Ob er neben jemand anderem aufwachte.

Und dann gab es Momente wie jetzt in diesem Hotelzimmer. Eli klammerte sich an die frischen weißen Laken und dachte über die schwierigeren Dinge nach. Über das Verlassen und Verlassenwerden.

Dey hatte deren Bestes getan, um die Vergangenheit ruhen zu lassen, deren Leben zu leben und ihn wie einen alten Fleck zu entfernen, aber egal wie sehr Eli sich bemühte, die Gedanken an Zach waren unabwendbar.

KAPITEL 4

Los Angeles

Eli stand vor einem Zweiertisch, wippte auf den Füßen hin und her und trommelte mit einem Stift auf deren Notizblock. »Nein, Sir, wir können keine Röstis in einen Milchshake tun«, sagte dey entnervt.

Dey arbeitete nicht nur in der Spätschicht, sondern auch noch in der Spätschicht in einem Denny's, der im selben Gebäude lag wie das schäbigste Motel in West Hollywood, das Walk of Fame Roadside Inn. Auf dem Parkplatz patrouillierten regelmäßig Polizeiautos und im oberen Stockwerk lief immer jemand auf und ab. Manchmal sah Eli, wie eine Zigarette angezündet wurde und orange durch die Dunkelheit leuchtete oder wie Schatten durch geschlossene Vorhänge kamen und gingen. Normalerweise bediente dey die ruhigen Gäste des Motels und nahm die Bestellungen von Leuten mit flüchtigen Blicken und einsamen Gesichtern entgegen oder von Paaren, die an jedem anderen Abend Fremde waren.

An anderen Tagen musste Eli die Zähne zusammenbeißen und sich mit Männern herumschlagen, die sechs Cocktails intus hatten und um drei Uhr morgens die Frühstückskarte *trinken* wollten.

»Wir dürfen wirklich nichts außer Eis, Sirup, Milch und Schlagsahne in die Milchshakes tun. Ich weiß, das ist total unfair«, sagte dey in hohem, übertrieben freundlichem Ton. »Wie schade. Wie möchten Sie denn Ihre Eier?« Endlich konnte Eli etwas auf deren Notizblock kritzeln und eilte davon, damit dey die Bestellung in das Kassensystem neben dem Küchenfenster eingeben konnte.

Max, der Nachtkoch, wendete auf einer dampfenden Grillplatte Pfannkuchen. Er kratzte sich unter seinem Bartnetz und zog die fettverschmierte Schürze enger, die er um seine korpulente Taille gebunden hatte. »Sag mal, bist du nicht gleich fertig?«

»Ja, ich sollte schon seit ein paar Minuten weg sein, aber Linda hat mich gebeten, eine Bestellung für sie aufzunehmen, solange sie jemanden abkassiert. Pass auf Tisch vier auf, okay? Der Typ ist keine zwei Drinks davon entfernt umzukippen.«

»Na klar.« Max kippte die Pfannkuchen auf einen Teller. »Sag Linda Bescheid, wenn du gehst. Von hier hinten kann ich nicht viel machen.«

Eli klopfte mit den Fingerknöcheln auf den Stahltresen. »Mach ich. Wir sehen uns Sonntag.«

»Komm gut heim!«

Eli hängte deren Schürze an die Küchentür und stempelte an der Kasse aus. Dabei nickte dey Linda zu, eine an Schlaflosigkeit leidende Frau mit silbernen Haaren, breiter Nase, dunklen Krähenfüßen und Raucherhusten. »An deinem Tisch sitzt ein Schlafwandler«, bemerkte Eli und verzog das Gesicht. »Wahrscheinlich wäre eine Idee Kaffee nicht schlecht. Ich kann eine frische Kanne aufsetzen, wenn ...«

»Schon *wieder*? Es hört einfach nie auf, oder?« Linda verdrehte die Augen, atmete genervt aus und scheuchte Eli mit einer Handbewegung davon. »Geh schon, geh. Ich kümmer mich drum.«

Eli winkte mit zwei Fingern über die Schulter, als dey zur Tür ging. »Tschüss, Linda!«

»Viel Glück mit deinem Schminkgedöns!«, rief sie.

Dey schob sich durch die Vordertür und tauchte in die lauwarme Luftfeuchtigkeit von L.A. ein. Selbst in den frühen Morgenstunden, wenn die Dunkelheit noch jeden Winkel der Stadt bedeckte, klebte der Sommer an deren Haut. Eli schnaufte und suchte in der toten Hitze nach dem Herbst. Stattdessen hörte dey das Klackern von Absätzen auf Beton.

Irgendwo in der Ferne zerplatzte eine Flasche und etwas näher kläfften Hunde, die unbekümmert über Parkplätze und durch Gassen tobten. Eli steckte sich deren No-Name-AirPods in die Ohren und tippte auf die Musik-App deren Handys. Nach einer kurzen Fahrt mit der Bahn und einem Fußmarsch von zwei Häuserblocks bahnte dey sich deren Weg durch einen überwucherten Innenhof und stieg die Treppe zu deren Wohnung hinauf.

Die Klimaanlage verursachte denen eine Gänsehaut, gleichzeitig zu kalt und genau richtig, denn die Erschöpfung sank tief in dey ein, schwer, vertraut, und zog dey näher zu der überdimensionierten Decke auf deren Matratze. Eli warf die Schlüssel auf den Couchtisch, streifte die Schuhe ab und ließ deren Kleidung beim Ausziehen überall auf den Boden verteilt fallen. Zuletzt zog dey den Binder aus, atmete kräftig durch, kroch ins Bett und plumpste auf den Bauch, sodass dey halb von der Steppdecke bedeckt war und deren Wange nur wenige Zentimeter vom Kissen entfernt lag.

Dey rechnete im Kopf drei Überstunden und fünfundvierzig Dollar Trinkgeld zusammen. »Neunzig«, flüsterte dey. Das war wirklich nicht viel, nicht wenn man Miete, Rechnungen, Essen und alles andere bezahlen musste. Trotzdem genug, damit dey etwas zur Seite legen konnte.

Sparen, bis genug Geld da war, um sich wieder bei Dr. Tamura zu melden.

Mehr Tutorials machen, mehr Überstunden machen.

Makeup Wars gewinnen, das Stipendium bekommen.

Beyond könnte alles verändern.

Eli öffnete mühsam die Augen und sah durch die Schlitze in den Jalousien, wie der Himmel langsam blauer wurde. Deren Gedanken waren langsam und schwammig, verweilten wie der gestrige Tag am Horizont. Wenn dey an Makeup Wars dachte, dachte dey an die FaeCon und dann an Zachs Augen, die dey im Fahrstuhl ansahen.

Eli drehte sich um und warf einen Blick in deren Wohnung.

Zach hätte bestimmt die ausgepackten Kartons kommentiert, die gegen die Wand geschoben waren. *Räum dein Zeug weg, Babe. Richte es dir gemütlich ein.* Er wäre auf dem Weg zum Pantages Theater zu seiner Frühschicht vorbeigekommen, mit Bagels in der einen und Smoothies in der anderen Hand, und Eli hätte ihn auf dem Boden gevögelt, während der Morgenverkehr die Straßen verstopfte. Dey hasste es, sich vorzustellen, wie das Leben mit Zach hätte aussehen können, und dey konnte es nicht ertragen, in Erinnerungen zu schwelgen, die von Reue geprägt waren. Aber Makeup Wars war deren Zukunft und Zach war deren Vergangenheit und dey konnte nicht das eine ohne das andere denken.

Eli atmete scharf ein und kniff die Augen wieder zu. Dey vergrub sich unter der Decke, nur um sie eine Sekunde später wieder von sich zu werfen. Dey suchte nach einem einigermaßen sauberen T-Shirt, fand neben dem Wäschekorb einen Sport-BH und zog beides an. Dey riss die Jalousien auf, schaltete die Stehlampe ein und ging ins Badezimmer, wo dey die Lotions und eine Zahnpastatube zur Seite schob.

Eli lehnte deren Handy an den Spiegel, schaltete das Ringlicht ein und öffnete eine pastellfarbene Lidschattenpalette. Wischte sich mit einem Reinigungstuch träge über deren Wangen. Danach trug dey die Foundation auf deren Haut und unter den Augen Concealer auf, nun kam das Puder. Dey trug eine weitere Schicht Concealer auf, um die Augenringe unter dem seidigen Make-up zu verbergen, und puderte noch mal. Draußen vor der Wohnung war Los Angeles kaum wach, aber Eli fand die vergleichsweise herrschende Stille beruhigend.

Eli arbeitete akribisch. Dey tupfte Gloss auf deren Lippen und Grundierung auf deren Lider, formte die Augenbrauen und trug mit einem angefeuchteten Pinsel blassrosa Lidschatten auf. Deren Gedanken fokussierten auf den Punkt deren Eyeliners, auf den Schimmer, den dey auf deren Wangen stäubte. Dey zuckte, verwischte den schwarzen Lidschatten unter deren Augenbraue, und machte sich sofort daran, ihn zu entfernen, zu kaschieren und neu aufzutragen. Als Eli fertig war, starrte dey auf deren Spiegelbild, das in roten Tönen hell erstrahlte. Die Augen wie Rosenblätter, die Lippen voller Glanz, die Augenbrauen geschwungen und die Wimpern mit schwarzer Mascara aufgefächert.

In diesem Make-up sah dey zart und wild und bereit zum Erblühen aus. Dey knipste ein paar Selfies, wobei dey den Kiefer mal nach oben, mal nach unten, das Kinn mal nach links, mal nach rechts neigte und mit der Zunge zwischen den Zähnen grinste. Das letzte Foto – mit einem strahlenden

Lächeln, in dem sich das Neonweiß des Lichtkreises in deren Augen spiegelte – postete dey auf Instagram und tippte die Bildunterschrift ein:

```
Hat hier jemand von Area
X gehört? Freut euch auf
das fertige Produkt!!!
Macht euch auf was
gefasst, #MakeupWars!
```

Am oberen Rand des Bildschirms wurde eine Benachrichtigung angezeigt. Dey starrte sie an, ohne zu blinzeln.
HauntedByZach gefällt dein Foto. 15s.

West Hollywood war nie langweilig. Bikiniträger lugten unter Crop-Tops hervor und Button-Down-Hemden flatterten offen im Wind. An den Wochenenden wurden auf den Veranden beliebter Brunchlokale aus Glaskaraffen Mimosas ausgeschenkt und die Bürgersteige vor den dröhnenden Nachtklubs säumten schicke Fusion-Food-Trucks. Die Stadt erwachte immer wieder zum Leben und brannte an der südkalifornischen Küste wie eine Fackel.

Eli wich einem Skateboarder aus, warf ein paar Münzen in einen offenen Gitarrenkoffer und überquerte die Straße auf dem Santa Monica Boulevard. Hinter einem Sushirestaurant flatterten bunte Banner, die von einem klapprigen Zaun an das Dach von Los Primos gepinnt waren, einer lindgrünen Taqueria auf Rädern. Zwischen Parkplätzen waren Picknicktische aufgestellt und auf einem Klapptisch war eine behelfsmäßige Salsabar aufgebaut.

Bodhi saß dort, einen Stiefelabsatz auf dem Stuhl, und grinste Stella an, eine wunderschöne Filipino-Frau mit glattem schwarzen Haar und einem Tattoo in Form einer Atlasmotte am Hals. Sie war älter, besser und hübscher als alle, mit denen Bodhi und Eli je zuvor etwas unternommen hatten. Sie hatte ein Lächeln so breit wie ein Krokodil, war nachts als Promoterin für Raves tätig und arbeitete tagsüber als freie Mitarbeiterin für MAC Cosmetics.

»Hey, ich habe schon alles bestellt. Zweimal Hähnchen, zweimal Barbacoa, richtig?«, fragte Bodhi und klopfte auf den Platz neben sich.

»Ja, perfekt. Ich schick dir das Geld über Venmo.« Eli ließ sich auf die Bank gleiten und lächelte. »Wie geht's, Stella?«

Stella fuhr sich mit ihren perfekt manikürten Fingernägeln durch die Haare. »Viel zu tun. Bodhi hat mir ein paar Clips von deinem Instagram-Account geschickt. Meinst du, ich brauch noch irgendwas, bevor ich das Video zusammenstelle?«

»Nur den endgültigen Look«, sagte Eli. »Übrigens, danke noch mal. Ich hätte es ja selbst gemacht, aber ich hab keinen Schimmer von Kompilationen.«

»Keine Sorge, ich mach so was ständig. Videos bringen mehr Leute in den Laden als Flyer, deswegen.« Sie lächelte und zuckte mit den Schultern. »Also, was steht auf dem Programm? Tacos, Make-up, Eiscreme?«

»Tacos, Eiscreme, Make-up«, korrigierte Bodhi.

Ein Koch von Los Primos rief: »Siete!«

»Ich geh schon. Mit Salsa, ja?« Bodhi rutschte von der Sitzbank und ging hinüber, um ihre Bestellung zu holen.

»Jepp«, sagten Eli und Stella wie aus einem Munde.

Stella wartete, bis Bodhi zur Salsabar schlenderte, dann grinste sie, beugte sich vor und warf Eli einen verschmitzten Blick zu. »Was höre ich da, dass jemandes Ex wieder aufgetaucht ist?«

Eli stieß einen schweren Seufzer aus. Das war ja klar. »Sie hat es dir erzählt? *Ernsthaft?*«

»Sie erzählt mir alles.«

»Ja, er ist …« *Wieder da und ich weiß nicht, was ich tun soll.* »Es ist wirklich kein großes Ding.«

»Bodhi denkt, es ist ein großes Ding.« Stellas Grinsen wurde breiter.

»Ich denke, *was* ist ein großes Ding?«, fragte Bodhi, die mit einem Tablett voller Tacos, Salsabecher und eingelegten Jalapeños zurückkam.

»Der Ex.«

»Oh, Zach? Ja, das ist eine verdammt große Sache«, sagte Bodhi und schob Eli die Tacos zu. »Hast du ihm schon geschrieben?«

»*Was?* Nein, natürlich nicht.« Natürlich hatte Eli schon sechs Nachrichten an Zach getippt, aber keine einzige abgeschickt. Zu viele Varianten von *Wie geht's dir?*, *Ist 'ne Weile her* und *Ich hoffe, dir geht's gut* spukten durch deren Messenger. Dey hatte es noch einmal versucht – *Es tut mir leid, Ich vermisse dich* und *Können wir reden?* –, aber auch diese Nachricht hatte dey gelöscht. Bodhi brauchte das aber ganz bestimmt nicht zu wissen. »Er hat meinen Beitrag von heute Morgen gelikt. Und zwar direkt, als es online war.«

»Das heißt, er folgt dir«, sagte Stella.

Eli schüttelte den Kopf. »Tut er nicht. Hab ich gecheckt.«

»Hab ich gecheckt«, äffte Bodhi sie nach und biss in einen Taco.

»Ja, ich hab's gecheckt«, sagte dey mit Nachdruck.

Stella nickte und wischte sich den Mund ab. »Und das ist dein Freund aus der Highschool, richtig? Der eine, den du hast sausen lassen?«

Bodhi zog eine Grimasse. »*Sausen lassen* würde ich jetzt nicht sagen ...«

»Können wir das bitte bleiben lassen?«, fragte Eli und starrte auf den Tisch. Deren Wangen wurden heiß und deren Finger kribbelten und zuckten in deren Schoß. Über Zach zu reden, war eine Sache. Über Zach zu reden, als wäre er keine Wunde, war etwas ganz anderes, vor allem wenn alles an ihm noch immer schmerzte. »Ein Jahr ist nicht *so* lang her und ich will wirklich, *wirklich* nicht darüber reden.«

Bodhi hörte auf zu kauen und tauschte einen kurzen Blick mit Stella. Aus den Lautsprechern unter dem Eiskühler ertönte Hip-Hop, drum herum lauter Leute, die Jarritos schlürften und Tacos aßen.

Eli bewegte sich nicht. Dey verharrte still und wartete.

Schließlich räusperte sich Stella. »Aber ... er macht doch auch bei diesem Wettbewerb mit, oder? Wahrscheinlich wirst du ihm über den Weg laufen, wenn ...«

»Wenn ich bei Makeup Wars weit komme, ja«, sagte Eli und dämpfte die Hitze in deren Stimme. »Aber ich bezweifle, dass ich es unter die ersten zehn schaffe, und unter die ersten fünf ganz bestimmt nicht. Und ...« Dey hielt inne, um durchzuatmen. »Meine größte Sorge ist im Moment das Geld, denn ich habe im Prinzip *keins* und die Scouts der High-End-Marken werden wahrscheinlich durch den Hashtag scrollen und nach neuen Markenbotschaftern suchen. Also sollte ich mich darauf konzentrieren, mein bestes Make-up abzuliefern, anstatt mir den Kopf darüber zu zerbrechen, was ich Zach sagen soll, wenn ich ihn wiedertreffe.«

Bodhi seufzte durch ihre Nase. »Du *willst* das Stipendium bei Beyond. Das wissen wir alle ganz genau. Du redest seit Jahren von nichts anderem, Eli.«

»Ja, und du redest seit der FaeCon nur noch über Zach, also können wir bitte damit aufhören?«, erwiderte Eli, schnappte sich einen Hühnchen-Taco und stopfte ihn sich in den Mund.

Bodhi schürzte die Lippen, Stella wandte den Blick ab und durchforstete den Korb mit den Tortilla-Chips. Von einer Gruppe, die in der Nähe des Bürgersteigs stand, wehte Zigarettenrauch herüber. Eli atmete tief ein, sog die trockene Hitze und den sauren Geruch der Stadt ein – abgestandene Bierflaschen in einer Mülltonne, verkohltes Fleisch, das auf Grills vor sich hin brutzelte.

Dey wollte Zach vergessen, doch manchmal – meistens –, wenn dey sich dabei erwischte, wie dey versuchte, einer Erinnerung zu entkommen, stellte dey sich etwas Neues vor. Wie es wäre, jetzt mit ihm zusammen zu sein, wenn Eli sein Herz nicht in die Gosse geworfen hätte. Dey hasste es, *hasste* es, aber dey konnte nicht damit aufhören. Und ihn wiedersehen? Mit ihm reden? Gegen ihn *antreten*? Eli wusste nicht, ob dey das alles konnte.

»Bist du immer noch auf der Suche nach einem Arzt?«, fragte Stella ganz unschuldig.

Elis Atem ging etwas leichter, dankbar für den Themenwechsel. »Ich habe jemanden in Newport Beach gefunden. Sie ist auch trans. Sie hat gute Bewertungen, bietet einen Zahlungsplan an, akzeptiert aber leider nicht meine Versicherung. Aber, hey, ich habe schon fast die Hälfte gespart, glaube ich. Ohne die Nachsorge nach der OP.«

»Diese Babys haben jeweils drei Riesen gekostet«, sagte Stella. Sie quetschte ihre Brüste zwischen ihren Armen zusammen, lachte und schlug Bodhis Hand weg. »Es geht doch nichts über einen ordentlichen Berg Schulden, um sich in seiner Haut wohlfühlen zu können, aber das war es wert. Zumindest für mich. Manche Transmenschen brauchen keine Operation, wollen keine Operation, wollen sich nicht mit Operationen *auseinandersetzen*, ihr wisst ja, wie das ist. Aber verdammt!« Sie nahm sich wieder in Augenschein, wobei ihr blauer Spitzen-BH unter ihrem trägerlosen Kleid hervorlugte. »Ich beschwere mich ganz sicher nicht.«

Eli lachte mit Bodhi und Stella.

»Wenn ich noch ein paar Marken an Land ziehe«, sagte Eli, »kann ich im Herbst einen Beratungstermin vereinbaren. Vielleicht kann ich ja im neuen Jahr schon auf die OP-Liste kommen? Ich weiß es nicht, wir werden sehen.«

Dey kippte über deren letzten Taco eine stückige grüne Salsa.

»Aha, und wenn du irgendwie, vielleicht, möglicherweise dieses Stipendium für Beyond bekommst, spülst du noch viel mehr von diesen erstklassigen, von zu Hause aus verdienten Influencer-Dollars in die Kasse«, wagte sich Bodhi langsam vor. Sie zog eine Augenbraue hoch. »Und, na du weißt schon, so bekommst du in Hollywood einen Fuß in die Tür.«

»Ja, irgendwie.« Eli seufzte.

»Vielleicht«, bekräftigte Stella und beugte sich mit ihrem Oberkörper über den Tisch, sodass sie fast Nase an Nase mit Eli war.

»*Möglicherweise*«, neckte Bodhi und lehnte sich ebenfalls näher heran, um denen spielerisch ins Ohr zu flüstern.

Eli versuchte nicht zu lachen und scheiterte kläglich. »Hey, ich höre euch laut und deutlich, okay? Beyond ist der Traum. Es ist der Traum, seit ich träumen *kann*. Aber ich setze nicht alles auf eine Karte.«

»Okay, klar, aber ich weiß, wie gut mein Lieblingsmensch ist«, sagte Bodhi gelassen. »Ich finde, auf *die* Karte kann man setzen.«

»Gut, gut, meinetwegen. Wie wär's mit Eis? Auf dem Weg zu mir gibt's einen McDonald's.« Eli stapelte die leeren Pappschalen und warf sie in den Mülleimer. Dey lächelte Bodhi an; eine Entschuldigung stand in deren angespannten Mund und den angespannten Schultern – Bodhi lächelte zurück und schlang ihren Arm um Elis Ellbogen.

Später, nachdem Eli einen Joint geraucht hätte und Stella nach Hause gegangen wäre, würde dey sich dafür entschuldigen, dass dey Bodhi angeschnauzt hatte, und sie würde sich auch entschuldigen. Aber Zachs Name würde nach wie vor zwischen ihnen lodern wie ein heißes Stück Kohle, das hin- und hergeschleudert wird und einem die Haut versengt. Eli und Bodhi würden das Gleiche tun wie immer: Sie würden über nutzlose, schmerzhafte Dinge reden, als ob es sich anders anfühlte, wenn man den Verlust mit Wut verband.

Besser, nicht anders.

Bodhi würde sagen: »Er hat mich auch verlassen. Er hat sich nicht einmal verabschiedet«, und so vieles mehr würde unter der Oberfläche brodeln und darauf warten, gesagt zu werden.

Eli würde sagen: »Ich weiß, es tut mir leid«, und mit jeder Faser deren Seins hoffen, dass Bodhi den Rest ungesagt lassen würde.

So würde es weitergehen, eine immer noch schmerzende Blessur, die sie beide verband. Bodhi wäre bereit, über Zach zu reden, bereit, einen Schlussstrich zu setzen und Gras drüber wachsen zu lassen, aber Eli wäre nicht bereit und nicht gewillt, ihn für immer loszulassen.

KAPITEL 5

Los Angeles

»Okay, kann ich irgendwie helfen?«, fragte Bodhi, die in der einen Hand einen Pinsel mit Klebstoff und in der anderen eine Metallpalette hielt.

»Hmm ...« Eli neigte deren Kopf von einer Seite zur anderen. Zwei passende Pros-Aide-Transfers, Prothesen auf Klebstoffbasis, die nahtlos mit der Haut verschmolzen, betonten deren Knochenstruktur und formten deren Wangen zu klaren Linien. Dey wollte die gleiche Subtilität wie beim Castor-Cosplay erreichen: zwei Drittel Mensch, ein Drittel etwas anderes. »Du kannst dieses Astgeweih-Ding halten, solange ich die Ränder festklebe.«

Draußen vor dem Badezimmer saß Stella auf einem überdimensionalen Kissen vor Elis Couchtisch und tippte auf ihrem roségoldenen Laptop. Sie lehnte sich zur Seite, bis ihr Gesicht im Spiegel zu sehen war. »Ich bin hier fast fertig. Wie lange noch, bis das große Finale steht?«

»So zwanzig Minuten?«, antwortete Eli mit einer Grimasse. Dey nahm Bodhi den Pinsel ab und tupfte klebriges Pros-Aide auf die über die Unterseite des Geweihs gespannte Strumpfhose. Die Äste, die dey gebastelt hatte, stammten aus der Blumenabteilung des örtlichen Bastelladens – die Art von falschem Blattwerk, das Frauen mittleren Alters in Vasen steckten oder zu einem Strauß banden, damit es auf der Küchentheke schick aussah. Die Strumpfhose diente als zusätzliche Grundlage. Eli hatte sie in kleine Quadrate geschnitten und an deren Stirn befestigt, damit das Geweih an Ort und Stelle blieb. »Okay, eins … zwei …«

Dey ließ das mit rosa und violetten Blumen verzierte Geweih los. Es wackelte, blieb aber aufrecht. Eli atmete lächelnd aus.

»Bambi, aber mit einer ordentlichen Dosis Body Horror«, sagte Bodhi und beugte sich über Elis Schulter, um deren Gesicht zu betrachten.

»Bambi, aber mit einer ordentlichen Dosis VanderMeer«, korrigierte dey.

Dey befestigte das andere Geweih. Als es aufrecht blieb, atmete Dey wieder aus. Dann glättete dey die Kanten an der Basis deren Geweihs mit einer weiteren Schicht Pros-Aide, Concealer und Körperfarbe. Entlang der Kieferlinie fügte Dey kleine Augäpfel aus Acryl hinzu, die so bemalt waren, dass sie sowohl von Hirschen als auch von Menschen stammen könnten. An den Schläfen steckten kleine Sträuße aus falschen Blumen, die wie Ranken an den Geweihen emporwuchsen. Zweige aus den Pflanzkübeln im Hof schmückten deren Wangen, die Ohren und den Hals.

»Das Kopfteil kommt zuletzt«, sagte Eli. Dey warf einen Blick auf deren Spiegelbild. »Kannst du den Vorhang mal richtig hinhängen?«

Bodhi nickte und drehte sich um, um den Verdunkelungsvorhang, der von der Duschstange hing, so zurechtzurücken, dass ein schlichter Hintergrund entstand.

Eli schluckte schwer. Dey hatte es geschafft. Der Look für Makeup Wars war fertig.

Jetzt brauchte dey noch ein paar Bilder – *gute Bilder* – und ein kurzes Video für deren Instagram-Story sowie die Kompilation, die Stella für den Makeup-Wars-Beitrag zusammenstellte.

Dey war mit einem netten Selfie in den Wettbewerb *rein*gekommen, aber jetzt ging es richtig zur Sache. Jetzt ging es um *alles*. Mit deren offiziellen Beitrag musste dey Stimmen sammeln und sich deren Platz unter den besten fünf sichern.

Mit Stellas Fähigkeiten in der Videobearbeitung würde Eli sich mit deren Make-up womöglich von der Masse abheben können. Mit ein paar Stroboskopeffekten, Musik und Nahaufnahmen in Zeitlupe könnte dey sich vielleicht ebenfalls einen Vorsprung verschaffen, und angesichts der vielen aufstrebenden Artists, die bei Makeup Wars mitmachten, brauchte Eli jede nur erdenkliche Hilfe.

Dey drückte noch ein paar weiße Punkte auf deren Nasenrücken und bestrich deren Oberlippe sorgfältig mit dunkler Farbe. Dann griff dey nach dem handgefertigten Kopfteil auf dem Badschrank. Von einem starren Stirnband standen dünne braune Zweige ab, zwischen deren schmalen Ästen grünes und braunes Moos heruntertropfte, alles bestückt mit künstlichen Glyzinien, Hortensien und Lavendelsträuchern. Das Band saß gut, genau wie es sollte, und erschuf zusammen mit deren Make-up einen vollwertigen Charakter.

»Okay«, flüsterte Eli und nickte sich selbst zu. »Mach das Licht an.«

»Du siehst verdammt abgefahren aus«, sagte Bodhi, schaltete das Deckenlicht im Bad aus und richtete das Ringlicht so aus, dass es auf Elis Gesicht einen goldenen Schimmer warf.

Stella erschien und lehnte sich mit vor der Brust verschränkten Armen gegen den Türrahmen. »Verdammt, Schätzchen! Du hast was drauf, so viel steht fest.«

Ich mach das jeden Tag, sagte sich Eli. *Noch ein Dreh, noch ein Make-up, noch ein Zahltag.*

Dey legte den Kopf schief. Dey lächelte. Dey fletschte die Zähne in die Kamera und klimperte mit deren einzeln aufgetragenen Wimpern. Aus Eli war etwas Furchtbares, Schönes und Verwandeltes entstanden. Deren Nase war wie die Schnauze eines Rehs geformt, deren Gesicht war mit Flecken und Blumen übersät, deren Haut leuchtete in Pastellrosa, Babyblau und dem Mauve des Sonnenuntergangs. Blasse Kontaktlinsen färbten deren Augen milchig grau und deren Ohren waren rund und hoch und so bemalt, dass sie zu den übertrieben anthropomorphen Zügen passten.

»Haben wir ein gutes Foto?«, fragte dey und streckte für ein Bild mit dem Gesicht nach vorn den Rücken durch. Einfach, ohne Lächeln, ohne Verspieltheit. Sobald der Verschluss der Kamera klickte, grinste Eli, neigte die Schulter zum Ohr und machte vor der Linse ein Peace-Zeichen.

»Ja, wir haben ein paar«, sagte Bodhi. Sie sprang zu Eli vor das Ringlicht, legte die Arme um Elis Taille und grinste für noch ein Foto.

Dann kam Stella und streckte ihre Zunge heraus, wobei sie sich ins Bild neigte und auf Elis geblümtes Geweih zeigte.

Jetzt musste Eli nur noch eins tun: das Video posten, den Hashtag des Wettbewerbs verwenden und auf die Ergebnisse warten. Dey schaute an deren Handy vorbei, das an einer Halterung an dem Ringlicht befestigt war, und starrte auf deren Spiegelbild. Bodhi und Stella folgten Elis Blick. Dey wollte lachen, die anschwellende Nervosität vertreiben, aber sosehr sich Eli auch bemühte herunterzuspielen, was dies bedeutete, was es bedeuten *könnte*, deren Herz sehnte sich nach Beyond. Dey blinzelte. Dey atmete ein und aus und schnappte sich deren Handy.

»Ich füge diesen letzten Zehn-Sekunden-Clip am Ende der Kompilation hinzu und schicke ihn per AirDrop an dich. Cool?« Stella warf die Worte förmlich über ihre Schulter und ließ sich auf das Kissen vor dem Couchtisch plumpsen.

»Ja, cool, fantastisch«, sagte Eli abwesend. Dey starrte sich lange an, blätterte durch deren Fotoalbum, verbesserte die Helligkeit, vertiefte die Schatten und wählte schließlich die perfekten Aufnahmen aus. »Okay«, flüsterte dey und warf einen nervösen Blick zu Bodhi. »Ich schätze, ich mache das wohl.«

Bodhi schüttelte den Kopf. »Du machst es nicht, sondern du gewinnst das Ding.«

»Stella?«, rief Eli.

»Ja, komme!« Stella schwang zur Seite und winkte mit ihrem Handy in Richtung Badezimmer. »Sollte in etwa zwei Sekunden da sein.«

Elis Handy surrte. »Ist angekommen.«

Dey speicherte das Video und verfasste einen Instagram-Post. Deren Daumen fuhren über den Bildschirm, tippten, löschten und tippten erneut.

Was, wenn das alles umsonst war? Was, wenn ich für all das nicht gut genug bin?

Dey kaute auf der Innenseite deren Wange, betrachtete deren Spiegelbild – die erhöhten Knochen wirkten kräftiger und tödlicher, die Haut glänzte in den schönsten Farben, das Geweih durchschnitt die Luft um deren Gesicht – und nickte.

Ob dey nun gut genug war oder nicht, dey hatte etwas Außergewöhnliches geschaffen und dey wollte, dass die Welt es sah.

Eli tippte die Bildunterschrift ein:

```
So, Leute!!! Hier ist mein
offizieller Beitrag für
#MakeupWars. ♡ Der Look wurde
von einem meiner Lieblingsbücher
inspiriert: Jeff VanderMeers
AUSLÖSCHUNG!! Ich kann es kaum
erwarten, die tollen Beiträge
der anderen Teilnehmenden
von #MakeupWars zu sehen!
Die Daumen sind gedrückt!!!
#StimmtFürEli #MakeupWars
#SFX #MakeupWarsBeitrag
```

Eli wollte nicht länger zögern und drückte auf auf »Teilen«.

Dey änderte deren Profilbild in ein Foto, das dey in deren Wettbewerbs-Make-up zeigte, fügte zu deren Story Selfies hinzu und verfasste einen separaten Beitrag, der deren Show-case-Look zeigte. Dey postete ein Raster aus vier Quadraten – eine ernste Aufnahme mit dem Gesicht nach vorn, ein Bild, auf dem dey grinsend ein Peace-Zeichen machte, eines, auf dem dey verspielt ein Auge an deren Kinn anpikste, und ein nettes Outtake mit Bodhi und Stella – und verpasste dem Ganzen den Titel: *Auf geeeeeeht's!*

Bodhi packte dey an den Schultern. »Du hast's geschafft«, quietschte sie und reckte den Kopf, um auf Elis Handy zu schauen.

Benachrichtigungen und Kommentare überfluteten deren Feed. Eli tippte auf den offiziellen Hashtag und scrollte durch die verschiedenen Make-ups: blutiger Horror, perfekt aufgetragene Wimpernstreifen an glamourösen Schönheiten, zum Leben erweckte Anime-Figuren, spektakuläre Videospielwaffen in Metallhandschuhen. Dey wischte mit dem Daumen. Weitere Aufnahmen füllten den Bildschirm. Aufregung stieg in dey auf, als dey die wunderschönen Designs durchstöberte. Der Hashtag war voll von erfahrenen Artists, aufstrebenden Influencern und experimentierfreudigen Cosplayern. Aber irgendwie stach Elis Make-up heraus und die Hoffnung machte dey ganz kirre.

Mit dem Daumen über dem Bildschirm hielt dey inne, deren Euphorie verpuffte langsam. *Da bist du ja.* Als Zachs Profil auf dem Bildschirm erschien, zwang sich Dey, deren Lächeln beizubehalten und den plötzlich wie aussetzenden Herzschlag zu ertragen. Er hatte sich für Horrorfantasy entschieden. *Natürlich hatte er das.* Eine Stirn mit sauberen, unsichtbaren Kanten, die zu vorstehenden Hörnern geformt waren. Reißzähne waren über seine Eckzähne gestülpt, der Mund war zu einem fauchenden Grinsen geöffnet. Blut tropfte von den komplizierten Siegeln aus Latex, die in sein Gesicht und seinen Hals geritzt waren. Glänzende schwarze Farbe ließ seine Hörner rasiermesserscharf erscheinen und seine grünen Augen wurden von einem Ringlicht aufgehellt. Dunkel und magisch, unverkennbar und risikolos. *Makellos.* Genau das, was Eli erwartet hatte.

»Luzifer persönlich«, murmelte Bodhi. »War ja klar.«

Eli gab dem Bild von Zach ein Like. »Er wird es schaffen«, sagte dey und scrollte weiter.

»Ja, wahrscheinlich«, sagte Bodhi und stupste dey mit ihrem Ellbogen an. »Aber du auch.«

Eli unterdrückte ein Lachen. »Wir werden sehen, was? Die Leute, die im Finale sein werden, werden in drei Tagen bekannt gegeben.«

»Du solltest dir eine Auszeit gönnen«, rief Stella aus dem anderen Zimmer. »Lass Social Media weg, mach Yoga, trink Kurkuma-Latte, back Hanf-Brownies, was auch immer, aber mach dich nicht verrückt. Wenn du auf dein Handy starrst, bekommst du nur eine zweiundsiebzigstündige Panikattacke.« Sie schob ihren Laptop in eine gepolsterte schwarze Hülle, warf sich ihre Handtasche über die Schulter und durchquerte den Raum, um Bodhi auf den Mund zu küssen. Sie gab Eli auch einen Kuss, direkt auf die Wangenprothese aus Silikon. »Meine Stimme hast du.«

»Danke, Stella. Vielleicht plane ich ein paar Inhalte vor und lasse Bodhi mein Passwort ändern.«

»*Mutig*«, sagte Bodhi und lachte leise vor sich hin. Sie nickte, als Stella die Haustür öffnete. »Pizzaabend für die neue *Chaos Reign*-Folge, ja?«

»Ja, bei mir!« Stella warf sich ihr Haar über die Schulter und die Tür glitt zu.

Eli seufzte. Die Fotos standen, der Beitrag war online und jetzt war dey mit Bodhi allein in deren Wohnung.

Dey verschränkte deren Finger ineinander und blickte vom Boden hoch in Bodhis Gesicht.

»Ich habe Pineapple Kush, Sour Diesel und Honey Gold«, sagte dey und schmunzelte ein halbes Lächeln.

Bodhi lächelte ebenfalls. »Klingt nach einem Plan, aber ich darf die großen Hörner tragen.«

»Das Geweih«, korrigierte Eli.

»Das *Geweih*, wie auch immer.«

Eli nahm das Kopfteil ab und reichte es ihr. »Vorsicht, das ist ziemlich schwer.«

Das Geweih sah in Kombination mit Bodhis blauer Jeans und dem weißen Crop-Top sehr komisch aus. Während Eli den Nachttisch durchwühlte und einen puderblauen Joint und ein Feuerzeug herausholte, setzte sie sich aufs Bett. Dey ließ sich nun neben ihr nieder und hielt deren Unsicherheit damit in Schach, dass dey hier mit deren besten Freundin allein in deren sicheren Zuhause war.

Dey zündete das aufgerollte Papier an der Spitze des Joints an, legte deren Lippen an das runde Endstück und sog den säuerlich-süßen Rauch ein. Deren Lungen waren an das Brennen gewöhnt, an die sofortige Abwehrreaktion, und als die grauen Rauchschwaden aus deren Mund aufstiegen, entspannte dey sich. Dey reichte Bodhi den Joint, die einen Zug nahm, ihn an Eli zurückreichte, dey diesen wieder zurück an Bodhi und immer so weiter.

»Tut mir leid wegen vorhin«, sagte Eli. Dey starrte an die Popcorndecke und vertrieb mit dem Rauch deren Nervosität. »Ich sollte inzwischen darüber hinweg sein. Über *ihn*. Aber ich bin einfach ... ich bin es nicht, schätze ich? Es tut weh – es tut immer noch sehr weh, so *richtig*.«

»Nein, du hattest recht«, sagte Bodhi. »Ich hab einfach nicht lockergelassen. Das ist meine Schuld.« Sie tippte in einen schmutzigen Kaffeebecher auf dem Nachttisch lose Asche.

»Wir sollten darüber reden können.«

»*Sollten* wir, ja.«

»Tut mir leid.«

»Hör auf, dich zu entschuldigen. Es ist in Ordnung, wir sind in Ordnung.«

Eli stieß einen tiefen Seufzer aus. »Vermisst du ihn?«

Bodhi blies ein paar Rauchringe aus und ihre roten Augen huschten zum Fenster und verfolgten die Scheinwerfer zwischen den Jalousien. Schließlich sagte sie: »Ich weiß es nicht. Kann man jemanden vermissen, auf den man stinksauer ist? So richtig, *richtig* stinksauer?«

Ich hoff's, dachte Eli. »Vielleicht.«

»Zach hätte mir schreiben können«, sagte sie, wuchtig und schneidend. »Es ist ja nicht so, dass ich Partei ergriffen hätte.«

»Ich weiß nicht, ob er das auch so sieht.«

»Siehst du das denn so?«

Eli schluckte schwer und nickte. »Ein bisschen, ja.«

Bodhis Nase zuckte. Sie reichte denen den kurzen Joint, der an den Stellen, an denen der Rauch durch das Papier gezogen war, angelaufen war. »Ich verstehe, warum du getan hast, was du getan hast, aber das heißt nicht, dass *ich* das nicht anders angestellt hätte. Zach hat mir nie die Chance gegeben, ihm das zu sagen.« Sie zuckte mit den Schultern und scrollte durch ihr Handy. »Das ist sein Problem, schätze ich.«

»Was hättest du getan?«

»Du willst nicht, dass ich darauf antworte.«

»Doch, das will ich.«

Bodhi seufzte schwer. Dann sagte sie: »Ich hätte vorher meiner besten Freundin Bescheid gesagt. Ich hätte meinem Freund, der eine ganze Reise quer durchs Land geplant hat, eine Chance gegeben, sich drauf einzustellen. Ich hätte ...« Sie hielt inne, um die Wut aus ihrer Stimme zu vertreiben. »Ich finde nur ... ich finde, ich hätte *wenigstens* eine Vorwarnung verdient gehabt. Und ich finde ... sorry, aber *ich weiß*, dass du Zach mehr geschuldet hast als eine stereotypische Trennung am Strand, Liz. Du bist besser als das, was du ihm angetan hast.«

Autsch! Eli nuckelte an dem Joint. »Da bin ich mir nicht so sicher.«

»Klappe!«, sagte Bodhi missbilligend.

»Wenn ich besser bin als das, was ich ihm angetan habe, warum bist du dann immer noch sauer auf Zach, hm?«

»Weil er besser ist als das, was er mir angetan hat«, sagte sie, scharf wie eine Klinge. »Ich bin nicht die Person, die ihm das Herz gebrochen hat. Schon klar – ich war immer hauptsächlich deine Freundin –, aber er hätte anrufen können. Er hätte *antworten* können. Ich habe ihm geschrieben. Auf jeder Plattform. Ich habe es versucht. Aber, keine Ahnung. Der Schaden war wohl schon da.«

»Es tut mir leid. Ich wollte dich nicht verletzen. Ich wollte nur ...« Eli hielt inne und suchte nach den richtigen Worten. *Die Blutung stoppen. Eine Menge Schmerz, nicht viel Blut.* »Ich wollte das Richtige tun. Das weißt du doch, oder?«

Bodhi antwortete nicht und Eli brachte es nicht über sich, die Frage noch einmal zu stellen.

Gelbes Licht streifte die Decke. Deren Glieder sanken in das Bett und dey zupfte nervös an der Unterseite deren Binders. Der Rauch dämpfte jeden Gedanken und milderte die scharfen Kanten, wo die Erinnerungen und Sorgen heranfluteten. Dey fing an zu summen. Dey widerstand dem Drang, deren Instagram-Feed zu checken, und fuhr stattdessen neben Bodhis Schläfe einen lavendelfarbenen Speer nach. Langsam schloss Eli deren Augen.

»Also, ja, ich werde dich mein Passwort ändern lassen«, sagte dey und stieß einen lang angehaltenen Atemzug aus. »Wenn das für dich in Ordnung ist.«

Bodhi grinste. »Das ist wahrscheinlich schlau.«

Eli nickte. »Wahrscheinlich.«

»Du hast das toll gemacht. Wirklich toll, Eli.«

»Wir werden sehen.«

Sie stieß ein Lachen aus. »Ja, klar, okay, *wir werden sehen*. Ich sage dir hier und jetzt, dass du etwas ganz Besonderes abgeliefert hast.«

»Ich glaube dir«, antwortete Eli und ein Teil von denen tat das auch. Dey öffnete Instagram und ging zu den Einstellungen, dann reichte dey ihr das Handy. »Mach es, bevor ich es mir anders überlege.«

Bodhi schnappte sich das Handy. »Schick mir Sachen, die ich posten kann. Bilder, Bildunterschriften, Tags, einfach alles. Ich will ja nicht deine *Marke* in den Sand setzen«, stichelte sie.

»Wird gemacht«, sagte Eli.

Noch immer bemalt wie ein Hirsch, beobachtete Eli wieder das Licht, das an der Decke emporstieg, und dachte über Makeup Wars und Beyond und Zach nach. Immer wieder *Zach*. Aber auch an eine Zukunft. Endlich eine Zukunft, ein Ziel, etwas anderes, dem dey nachjagen konnte.

Die Hoffnung auf etwas Besseres.

KAPITEL 6

Los Angeles

Im Sonnenlicht tanzte über der Strandpromenade von Venice Beach ein Nebel. Sonnenschirme spendeten Schatten für Schmuckstücke auf Handtüchern und Kunstwerke auf provisorischen Staffeleien. Aus den Geschäften dröhnte Musik, Tattoo-Maschinen surrten, Straßenkünstler vollführten beeindruckende Akrobatikübungen und Händler drehten rosahäutigen Touristen überteuerte *Gold's Gym*-Muskeltrikots an. Wie immer war Venice Beach unangenehm hellwach und ein bisschen wild.

Als Eli auf deren gelben Longboard an der Menge vorbeifuhr, entging dey nur knapp einem Zusammenstoß mit einer Person mit Sonnenhut. Dey neigte den Kopf nach hinten und ließ die Wärme in deren gebräunten Wangen eindringen. Neonfarbene Drachen säumten den Himmel und die salzige Luft wehte unter deren Tanktop, als dey an Small World Books vorbeisauste. Die letzten zwei Tage waren wie im Flug vergangen – dey öffnete Instagram, starrte auf den Anmeldebildschirm, seufzte und schloss die App, arbeitete dann eine

Doppelschicht, übernahm eine Mittelschicht und rauchte sich natürlich um ein Uhr nachts dumm und dämlich. Dey hatte einen neuen Anime komplett durchgeschaut, billiges Sushi bestellt und wegen versprochener Produkte, die dey nicht erhalten hatte, Markenmanager angeschrieben. Nur einmal hatte dey die Website von Beyond besucht, sich durch die Lehrpläne und Abschlussarbeiten gescrollt und hilflos auf den oberen Teil der Homepage gestarrt: *Makeup Wars Stipendium!*

Es waren lange zweieinhalb Tage gewesen.

»Jo, hey!«, rief Bodhi, die auf der Terrasse des Sidewalk Café saß. Sie rückte ihre Sonnenbrille zurecht und deutete auf den leeren Stuhl ihr gegenüber. »Da bist du ja endlich. Ich hätte das ganze Zeug hier fast alleine gegessen.«

Dey stellte ihr Longboard aufrecht hin und hüpfte über das Tor, das die Terrasse von der Promenade trennte. »Sorry, ich hab meinen Wecker verschlafen. Cajun-Pommes?«

»Sieht so aus. Wie war die Arbeit?«

»Jemand ist am Pissoir in Ohnmacht gefallen«, sagte dey und tauchte eine der gepfefferten Pommes in Ranch-Dressing. »Also, so richtig mit dem Schwanz in der Hand und der Stirn gegen die Wand.«

Bodhi verschluckte sich fast an ihrer Limo. »Ich wette, Linda fand's toll.«

»Sie hat der Person gedroht, sie mit heißem Kaffee zu übergießen.« Eli lachte und biss in deren Thunfischsandwich. »Danke, dass du bestellt hast«, schmatzte dey mit einer vollen Backe und leckte sich die Mayo von den Fingern. »Was hast du genommen?«

»Kau erst mal dein Essen, du Ferkel.« Bodhi kicherte und stach mit der Gabel in einen bunten Salat. »Cobb Salad mit extra Ei.«

Eli brummte zur Antwort.

»Also, wie geht's dir? Sind bloß noch ein paar Stunden, mh?«

Dey stopfte sich das Sandwich in den Mund. Nahm einen Bissen. Kaute so langsam, wie dey konnte. Schluckte. Sechs Stunden, um genau zu sein. Ein halber Tag, an dem die Leute noch durch den Hashtag scrollen und ihre Stimme abgeben konnten.

Dey schlürfte an deren Strohhalm und nippte an der zu süßen Erdbeerlimo. »Ich hab gestern Abend meine ganze Wohnung in eine Hotbox verwandelt.«

»Ist das überhaupt möglich, eine ganze Wohnung in eine Hotbox zu verwandeln?«

»Allerdings«, sagte Eli und grinste sarkastisch. »Wie auch immer, mir geht's großartig, fantastisch. Mir geht's blendend, offensichtlich.«

Bodhi verdrehte die Augen. »*Offensichtlich.* Willst du dein Passwort schon zurück? Oder sollen wir bis später warten?«

»Auf jeden Fall warten.« Eli berührte unbewusst deren Handy; es juckte dey nach dem vertrauten Scrollen. »Wie läuft's in der Boutique? Ist Shelly immer noch so offensiv arschlochhaft unterwegs?«

Bodhi stöhnte und mampfte ein paar Pommes. »Ich schwöre, ich muss nur dieses Praktikum hinter mich bringen und mir einen Kundenstamm aufbauen. Ich kann keine Stylistin sein, wenn ich keine Leute habe, die ich stylen kann, weißt du?«

»Das Cosplay-Design ist doch gut gelaufen, oder?«

»Schon, ich meine, es bringt Geld, was immer schön ist, aber es ist nicht ...« Bodhi zuckte mit den Schultern und stocherte in ihrem Salat herum. »Es ist nichts Festes. Ich könnte beides machen, aber dazu brauche ich einen richtigen *Job.*«

Eli wischte sich den Mund mit dem Handrücken ab. »Meinst du, Stella könnte dich bei Nordstrom reinbringen?«

»Ihre Referenz wäre großartig, aber ich müsste trotzdem erst mal Lehrgeld zahlen und das Praktikum bei Aura bringt mich ja vielleicht sowieso weiter.« Sie stieß einen Seufzer aus. »Nur noch zwei Monate.«

Eli und Bodhi aßen ihr Mittagessen und tranken jeweils zwei weitere Limos, wobei sie die Ranch-Becher mit Pommes auskratzten, bis sie jeden Krümel verputzt hatten. Danach empfing Venice Beach sie mit heißem Sand und kühlem blauen Wasser. Eli krümmte die Zehen, als weißer Schaum deren Füße umspülte, und streckte sich dann auf einem Handtuch aus, während Bodhi sich einer spontanen Partie Beachvolleyball anschloss. Dey durchlief verschiedene Wachzustände, schlief auf dem Bauch, dann auf dem Rücken und dann wieder auf dem Bauch. So verging der Tag zwischen Anfällen von Nervosität und Schläfrigkeit. Irgendwann wurde Eli schlagartig wach, beobachtete Möwen, die sich auf heruntergefallene Kartoffelchips stürzten, und befahl deren rasenden Herzen, sich zu entspannen.

Sei im Moment, dachte dey. *Verlier dich nicht in etwas, das noch nicht passiert ist.* Aber alles war zu nahe, zu greifbar, um es zu ignorieren, und Eli wusste nicht, was dey mit dem *Was wäre, wenn* anfangen sollte. Dey seufzte, scrollte durch den Gruppenchat deren Arbeit, um zu sehen, ob jemand eine Schicht tauschen musste, ging auf Instagram und schloss die App direkt wieder, checkte Twitter und schloss es, als in deren Timeline *Makeup Wars* auftauchte. Sie blieb bei einer unbeantworteten Nachricht ihrer Mutter hängen:

Mama 🌸 : Wie geht's dir, Schatz?
Wie läuft's mit der Wohnung?

Dey schaltete deren Handybildschirm aus und blickte in den hellen Himmel.

Eli hatte deren Eltern nichts erzählt. Dey hatte kein einziges Wort darüber verloren, denn wenn dey Makeup Wars nicht überstand – und Eli war sich zu achtundneunzig Prozent sicher, dass dey es nicht schaffen würde –, müsste dey monatelang mit der elterlichen Pseudobesorgnis zurechtkommen. Das klassische *Siehst du, Schatz, wir haben es dir doch gesagt*, gepaart mit Umarmungen und Küssen auf die Stirn. College-Broschüren, die nach einem Besuch zu Hause heimlich in die Tasche gesteckt werden. Aufdringliche Fragen – *Wie geht es weiter? Du kannst doch nicht ewig in dem Diner arbeiten, oder? Du bist so talentiert, du wärst toll als Immobilienmakler, denkst du nicht?* – und Eli, dey deren Familie versicherte, dass Make-up irgendwie und irgendwo deren Karriere sein würde.

Aber in diesem Moment, wie dey am Strand saß und dem Rauschen der Wellen und dem Gelächter auf der Promenade lauschte, wollte Eli einfach nur deren Herz ausschütten und danach kein einziges streitbares Wort hören. Einfach nur *Okay, Eli*, einfach nur *Ist das besser, Eli?* Keine Ermutigung. Keine Kritik. Nur jemanden, der zuhörte.

Einen ewigen Moment lang schwebte Elis Finger über dem Kontakt deren Mutter, dann seufzte dey, scrollte zu einem anderen Kontakt und hielt sich das Handy ans Ohr.

Stellas Stimme ertönte am anderen Ende. »Hallo?«

»Hey, hi, hier ist Eli. Hast du einen Moment Zeit?«

»Oh-ho-ho, heute ist der große Tag, was?« Im Hintergrund raschelte etwas. Ein Reißverschluss. Eine Sprühflasche.

»Ja, sieht ganz so aus. Kann ich gerade einfach ... kann ich einfach mal Dampf ablassen?«

»Ist das ein *Ich will mich auskotzen*-Anruf oder ein *Sag mir, was ich falsch mache*-Anruf?«

»Das Erste.«

Das Rascheln ertönte wieder. Ein weiteres Sprühen. Dann sagte Stella: »Okay, du bist auf Lautsprecher. Schieß los.«

»Ich weiß, dass ich es wahrscheinlich nicht schaffen werde«, platzte es aus Eli heraus und dey schluckte gegen das Kratzen in deren Hals an. »Es gibt ungefähr tausend Einsendungen und die meisten sind filmreife Make-ups und ich bin bestimmt nicht die Nummer eins, aber ich hoffe, dass etwas passiert. Es *muss* etwas passieren. Vielleicht … vielleicht nicht Beyond, aber mehr Sponsoren, mehr Influencer-Jobs, etwas, das mir zeigt, dass das hier nicht umsonst ist, verstehst du? Ich kapier's ja, diese Branche ist scheiße, sie ist verdammt scheiße und sie ist so hart und brutal, und es gibt so viel Konkurrenz und ich will einfach … ich will es mehr, als ich gedacht habe.« Dey schloss die Augen und atmete tief durch. »Das Stipendium. Eine Chance, eine *echte* Chance. Ich hätte nicht gedacht, dass mir das so verdammt wichtig ist, aber es ist so gekommen und jetzt habe ich Angst davor, was passiert, wenn ich es nicht schaffe.«

»Nichts wird passieren«, sagte Stella so sanft wie ein Windhauch. »Du wirst weiterhin Make-up machen. Genau das wird passieren.«

Eli holte noch einmal tief Luft. »Der rationale Teil von mir weiß das.«

»Nicht alles auf eine Karte setzen, weißt du noch?«

»Das habe ich mir eingeredet, ja.«

»Auf etwas zu hoffen, bedeutet nicht, dass du schwach bist, Eli. Es bedeutet nur, dass du ein Mensch bist. Wenn du es nicht schaffst, schaffst du es nicht. Wenn du es schaffst, schaffst du es.«

»Ich weiß«, sagte Eli und seufzte.

Füße stampften über den Sand, ein schnelles Getrappel. Bodhi ließ sich auf das zerknitterte Handtuch neben denen fallen.

»Hör zu, es wird alles in Ordnung sein …«, sagte Stella, aber ihre Stimme wurde von Bodhis schwerem Atem übertönt.

»Ich weiß, dass wir warten wollten, aber du musst das sehen. Jetzt. Und zwar jetzt *sofort*!«, platzte Bodhi heraus.

Eli kniff die Augen zusammen. »Tut mir leid, Stella. Bodhi dreht gerade am Rad …«

»Oh! Hi, Stella!«, rief Bodhi und schnappte sich Elis Handy. »Hi, ja, ich bin's, nein, Theresa hat die Ergebnisse der Liveabstimmung veröffentlicht. Ja, okay, ja – ja, wir rufen an. Okay, tschüss!«

Elis Lunge war plötzlich leer. »Es ist noch eine Stunde Zeit.«

»Ja, schon, aber …« Bodhis Finger flogen über das Handy, tippten, wischten, tippten wieder, dann drehte sie das Gerät herum. »Ich habe eine Benachrichtigung von deinem Konto bekommen. Guck mal.«

Eli konzentrierte sich auf den Bildschirm, auf dem Theresa Jenkins' Instagram-Post zu sehen war. Die Worte *Makeup Wars* waren oben in Fettdruck zu lesen, gefolgt von einem herunterzählenden Timer: 55:52 … 55:51 …

»Lies die Überschrift«, drängte Bodhi.

> Der Countdown beginnt! Verfolgt
> den Kampf eurer Lieblings-Artists
> um die ersten fünf Plätze LIVE
> auf der Makeup-Wars-Website!
> Link in der Bio #MakeupWars

Eli schluckte schwer. Das Sonnenlicht stach in deren Schultern und der Schweiß strömte unter dem engen Sport-BH von deren Rippen. Das Dröhnen des Strandes, der Touristen, der Einheimischen, der Händler, der Restaurants und Bars vermischte sich in einem undurchdringlichen Durcheinander. Selbst Bodhis Stimme klang weit weg, die sie anbellte: »Los, los, geh auf den Link, komm schon!«

Die Hoffnung war eine mächtige Droge, die Elis Gedanken zu weit in eine Zukunft lenkte, die von etwas abhing, das dey vielleicht nicht bekommen würde. Dey starrte auf Theresas Beitrag, bis der Timer 55:49 Uhr anzeigte.

Die Beklemmung öffnete sich wie eine Grube in deren Magen und dey sagte: »Vielleicht sollte ich warten.«

Bodhi stieß einen frustrierten Seufzer aus. »Ich habe es schon gesehen, geh einfach drauf, komm schon.«

Eli öffnete die Website. Dey starrte an deren Handy vorbei auf die Wellen, die über den Sand rollten, und auf ein weißes Segel, das an der Boje vorbeisegelte, aus Angst davor, was dey vorfinden würde, wenn dey einen Blick auf die Ergebnisse warf. Bodhi packte Eli am Handgelenk und dirigierte dey, bis deren Handy nur noch einen Zentimeter von deren Nase entfernt war.

Sie zeigte auf einen runden Avatar in der Mitte des Bildschirms und rief: »Erde an Liz! Das bist *du*!«

Elis Augen huschten zu deren Instagram-Avatar. Die Stimmen tickten weiter, sodass die Leiste neben deren Namen immer länger wurde. *Eli Peterson: Platz 4.* Und der Text über den fünf Avataren: *Aktuelle Rangliste.*

Sie tat einen zittrigen Atemzug. »Das bin ich ...«

»Ja, Dumpfbacke. Natürlich bist du das«, sagte Bodhi.

Eli scrollte an den Anfang der Seite. Deren Lungen leerten sich wieder.

Zachary Miller: 1. Platz

Dey las weiter.

Beverly Belle: 2. Platz

Cassie Anne Montgomery: 3. Platz

Eli Peterson: 4. Platz

Rhonda Riot: 5. Platz

Plötzlich verblassten die Avatare, verschwanden und tauchten wieder auf. Rhondas Avatar war verschwunden und wurde durch Elis ersetzt. Die Autodidaktin und Gore-Spezialistin Madison Colley war auf den vierten Platz geklettert. Eli schob die Unterlippe zwischen die Zähne. »Es ist noch Zeit. Es kann mich immer noch jemand überholen.«

»Okay, ja, sicher, aber wenn ich du wäre, würde ich an meine absurde Followerzahl appellieren und sie daran erinnern zu wählen«, sagte Bodhi. »Dafür ist auch noch Zeit.«

Eli starrte auf den Balken neben deren Namen.

Bodhi klatschte in die Hände. »Eli, im Ernst!«

»Okay, okay, gut, du hast recht, ich … was soll ich sagen? Ich bin nicht mal …« Eli brach ab, gestikulierte wild zu deren Gesicht und blinzelte von deren Handy weg, um Bodhi über den Rand der Sonnenbrille hinweg anzustarren. »Ich trage Sonnencreme, mehr nicht!«

»Ja, und …? Die Leute lieben ein gutes Nacktfoto. Tu es.«

Eli verdrehte die Augen. »*Haha.* Aber im Ernst, soll ich einen Bronzer auftragen oder …«

»Dafür hast du *keine Zeit.* Lippenbalsam, Sonnenbrille, Lächeln, mehr brauchst du nicht.«

»Ich weiß nicht, ob du es vergessen hast, aber das ist ein *Make-up*-Wettbewerb.«

»Mann, dann benutz halt einen Filter!«

Eli stand auf, tigerte vor deren Handtuch auf und ab und starrte auf den Countdown auf deren Handy. »Gut, okay, ich mache einfach ...« Dey schnaufte und stieß einen scharfen Atemzug aus, dann öffnete dey Instagram und ging zum Wasser. »Ich mache was, wohl oder übel. Was soll ich überhaupt *sagen*, Bodhi?« Dey trat nervös von einem Fuß auf den anderen. Dey hatte noch nie, wirklich *nie*, etwas gepostet, ohne volles Make-up zu tragen. Es sei denn, dey präsentierte deren Hautpflege. Bei dem Gedanken, dass die Leute Eli ohne Make-up sehen würden, obwohl dey um Stimmen für einen *Make-up-Wettbewerb* warb, fuhr deren Nervosität Achterbahn. »Ich warte einfach ab«, sagte dey fest entschlossen. »Ich sollte warten, es ist ja nicht so ...«

»Ich werd dich umbringen«, schnauzte Bodhi und lachte. »Das tust du buchstäblich für deine Brötchen.«

Eli wimmerte und schaute auf deren Handy, auf Bodhi und wieder auf deren Handy. Schließlich sagte dey: »Okay, aber was ist, wenn es nach hinten losgeht und ...?«

»Eli!«

»Okay, herrje, na gut ...« Dey drückte auf das Symbol oben links und hielt den Daumen auf die Aufnahmetaste. »Was geht, Leute, hier ist Eli ...«, sagte dey mit einem Stöhnen, schüttelte den Kopf und löschte das Story-Video. »Ich kann das nicht, ernsthaft, ich kann nicht. Was, wenn ich mir damit nur Pech einhandle?«

»Ich bin so kurz davor, dich im Meer zu ertränken«, sagte Bodhi und kniff Daumen und Zeigefinger zusammen. »Das war kein Witz. Tu es einfach!« Eine Familie in der Nähe hielt mitten im Sandburgenbau inne und beäugte sie.

Eli wimmerte, drückte aber wieder auf die Aufnahmetaste. »Was geht, Leute?! Ich chille am Strand und warte darauf, dass die Top Fünf bekannt gegeben werden. Habt ihr schon bei Makeup Wars abgestimmt? Guckt euch mein Bewerbungsvideo an und stimmt ab!« Dey grinste breit, setzte sich die Sonnenbrille auf die Nase, während hinter denen die Wellen rauschten, und fügte das Video zu deren Story hinzu.

Bodhi band ihr Haar zu einem Pferdeschwanz zusammen. Ihre Handflächen waren von den harten Schlägen gegen den Volleyball gerötet. »Siehst du? Ganz einfach.«

Eli versuchte, ihr einen finsteren Blick zuzuwerfen, was nicht wirklich gelang. »Nicht einfach. Eher unerträglich.«

»Was können wir tun, um dich für die nächsten fünfundvierzig Minuten abzulenken?«

Absolut nichts. Egal was sie taten oder nicht taten, alles, woran Eli denken würde, war Makeup Wars und Beyond und Zachs Namen auf dem ersten Platz zu sehen. Dey trat salziges Wasser in die Luft und zuckte mit den Schultern, um das ständige Flattern von Schmetterlingen im Bauch auszuhalten.

»Ein Street Dog mit extra Senf könnte helfen«, sagte Eli, was kein bisschen der Wahrheit entsprach, aber es würde dey einen Grund geben, auf deren Longboard zu steigen und irgendwo hinzufahren. Bewegung erschien denen als der beste Plan. Die Zeit verging, wenn man sich bewegte. »Ich würde ja sagen, dass wir erst mal einen Blunt rauchen sollten, aber ich könnte eine Panikattacke bekommen.«

»Ja, kein Gras, bis die Abstimmung vorbei ist. Hat Lorenzo noch seinen Grill unten bei Nighthawk?«

Eli nickte, wischte sich die Füße ab und schlüpfte in deren Vans, wobei zwischen den Zehen noch der Sand knirschte. Dey stopfte das Handtuch in deren Minirucksack und stieg auf deren Board.

Bodhi fuhr neben denen auf einem kürzeren, mit Stickern verzierten Skateboard. Die kleinen Räder kratzten über den Beton, ein unverwechselbares, beruhigendes Geräusch. Der Wind blies Eli um die Ohren und die späte Nachmittagssonne kochte deren Oberschenkel, aber selbst jetzt, da sie sich im Zickzack durch die Menge schlängelten, konnte dey nur daran denken, was als Nächstes passieren würde. Mit Makeup Wars. Mit Beyond.

Mit dem blöden, furchtbaren Job im Diner und der noch nicht wirklich existenten Karriere, die aber in greifbarer Nähe baumelte.

Lorenzo saß in einem Gartenstuhl hinter einem fahrbaren Grill an seinem üblichen Platz gegenüber dem Friseursalon. Sein Bauch wölbte sich über den gestreiften Boardshorts, seinen kahlen Kopf bedeckte ein Schlapphut. Als die beiden ihre Skateboards mit einem Tritt unter die Arme klemmten, reckte er ihnen sein Kinn entgegen.

»Siehst gut aus, Lorenzo. Hast du noch Paprika und Würstchen?«, fragte Eli und begrüßte Lorenzo mit einem Fist Bump.

»Aber klar. Beide mit allem?«, fragte er, stand auf und warf zwei fette Hotdogs auf den Grill.

»Ja, mit allem. Extra Senf für mich, extra Mayo für Bodhi.«

»Cool, das macht dann acht Dollar«, sagte Lorenzo.

»Wie läuft das Geschäft? Nimmst du immer noch die Touristen aus?«, fragte Bodhi, reichte ihm einen Zehner und stopfte das Rückgeld in die Trinkgeldkasse.

»Jepp, drei Dollar Strafgebühr für jeden mit verdammten Mickey-Maus-Ohren«, sagte er.

Eli musste lachen und versuchte verzweifelt, sich auf den knackenden Grill, Lorenzos schnauzbärtiges Grinsen und Bodhis lautes Gegacker zu konzentrieren. Deren Handy brannte ein Loch in deren Tasche.

»Wie geht's den Kindern?«, fragte Bodhi.

»Ach ja, du weißt, wie's läuft. Fußballtraining am Dienstag, Grillen am Sonntag, Hip-Hop-Kurs am Mittwoch. Scheißviel Arbeit, aber das ist es wert.« Lorenzo drückte ihnen beiden jeweils einen Hotdog mit karamellisierten Zwiebeln und Paprika in die Hand.

»Danke, Mann. Wir sehen uns«, sagte Eli.

Sie aßen im Gehen und machten sich auf den Weg zu einem der Hügel, die die Strandpromenade vom Strand trennten. Bodhi ließ sich aufs Gras fallen. Eli spürte, wie sie dey von hinter ihrer rosa getönten Sonnenbrille anstarrte. Dey aß leise, verschmierte deren Mund mit Soße und sah zu, wie die Sonne über das Wasser wanderte. Dey fragte sich, ob es vorbei war, ob dey noch eine Stunde oder einen Tag oder eine Woche warten sollte, bevor dey die Makeup-Wars-Website öffnete und sich ansah, wer es ins Finale geschafft hatte.

Bodhi zerknüllte ihre Serviette und räusperte sich. »Eli, es ist sechs.«

»Ach ja?«

Sie wartete, beobachtete dey und sagte dann sanft: »Soll ich nachgucken oder ...?«

»Nein, nein!«, platzte es aus Eli heraus. Deren Magen verkrampfte sich, aber dey schluckte noch den letzten Rest des Street Dogs herunter. Die Welt stand still.

Dey starrte in die Sonne über dem Meer, grub deren Finger ins Gras und wartete auf eine Eingebung, etwas, das dey beruhigen würde. Es kam nichts. Dey steckte in der Mitte fest, genau zwischen *Ich bin weiter* und *Natürlich bin ich nicht weiter.*

»Eli ...« Bodhi strich mit ihrer Hand über Elis Knie. »Hey, ist schon okay. Es ist nur ein Wettbewerb.«

»Du weißt, dass das nicht stimmt«, murmelte dey und versuchte zu lächeln. »Aber danke.«

In deren Tasche vibrierte deren Handy.

Dey hielt den Atem an, zog das Handy heraus und atmete tief ein. *Du schon wieder.* Elis Herz drückte fest gegen deren Rippen. Hundert Benachrichtigungen schwebten über dem Instagram-Symbol, aber nur eine Nachricht erhellte den Bildschirm.

Zachary Miller ♡: Glückwunsch.
Wir sehen uns in San Diego.

Eli schnürte es die Kehle zu. »Ich bin dabei«, flüsterte dey. »Ich hab's geschafft.«

Bodhi kreischte. Sie hielt ihre Arme um dey geschlungen, bevor dey Instagram öffnen konnte, bevor dey sehen konnte, welchen Platz dey belegt hatte, bevor dey auch nur eine verdammte Sache verarbeiten konnte. *Ich habe vergessen, das Herz-Emoji neben Zachs Namen zu löschen*, dachte dey und lachte, weil dey musste, weil dey nur das zu tun übrig blieb.

Das ist der Anfang. Das ist meine Chance.

Dey brach in ekstatisches Gelächter aus und deren Herz flammte auf.

KAPITEL 7

San Diego - Comic Palooza

Eli stand in einer leeren Toilette – der großen, allein stehenden mit einer blockförmigen Familie auf dem Schild –, richtete deren Binder und tupfte sich Gloss auf die Lippen. Deren Spiegelbild blinzelte denen entgegen, das Gesicht konturiert und mit schimmernden Highlights versehen, die Wimpern mit hellbrauner Mascara getuscht, die Augenbrauen gezupft und nachgezogen. Dey umklammerte den Rand des Waschbeckens und musterte deren schwarzes Button-Down-Hemd und deren ausgefransten Jeansshorts mit der hohen Taille. Letzte Woche hatte dey eine Willkommens-E-Mail mit herzlichen Glückwünschen, der Adresse des Convention Centers, in dem die Comic Palooza stattfinden würde, und einer Wegbeschreibung zum Green Room erhalten, aber das PR-Team hatte keinen Dresscode mitgeschickt. Eli checkte noch einmal deren E-Mails, las die Nachricht des Makeup-Wars-Teams wieder und wieder und schnappte sich deren Reisekoffer vom Wickeltisch.

Alles war wie im Flug vergangen, so schnell, *zu schnell.*

Eben noch hatte dey lachend und johlend neben Bodhi auf der Wiese gelegen und im nächsten Moment war dey in San Diego gelandet und hatte sich in einem Taco Bell versteckt. Dey hatte sich einen Baja Blast gekauft, um die Toilette für *mindestens* zwanzig Minuten in Beschlag zu nehmen. Als dey wieder auf den Bürgersteig trat, atmete dey die salzige Luft ein. Dey kaute auf dem Plastikstrohhalm und starrte auf das Kongresszentrum mit den blauen Fenstern auf der anderen Seite der Straße. Jemand, der als Cloud Strife cosplayte, lief mit einem Schaumstoffschwert auf der Schulter vorbei; an der Kreuzung warteten ein paar Sailor Scouts, die an ihrem Kaffee nippten und an ihren Lanyards herumfummelten.

Bodhi steckte im Stau, weil sie natürlich im Stau stecken bleiben musste, und Eli konnte nicht länger warten. Dey musste allein ins Kongresszentrum gehen, allein den Green Room finden und allein die anderen Leute treffen, die teilnahmen. Was dey wahrscheinlich, vielleicht, *womöglich* hätte vermeiden können, wenn dey Zach vor einer Woche zurückgeschrieben hätte. Aber stattdessen hatte dey seinen Post, den er zur Feier des Tages online gestellt hatte, gelikt – ein Bild von ihm, auf dem er grinste und mit einem Auge zwinkerte – und fünf Tage damit verbracht, seine Nachricht zu lesen, Antworten zu tippen und doch wieder auf »Löschen« zu gehen.

Na dann mal los.

Eli nahm all deren Mut zusammen – oder Verzweiflung, die sich wie Mut anfühlte – und folgte Usagi, Rei und Michiru über die Kreuzung. Dey ging an ein paar Animal-Crossing-Cosplayern und einer Familie vorbei, die mit Elsa und Anna für Fotos posierte, und machte sich auf den Weg zum Abholbereich für die Ausweise in der klimatisierten Lobby.

Ein Mädchen mit feuerrotem Haar an einem der sechs Ticketschalter winkte Eli zu sich und fragte: »Du willst einen Ausweis abholen?«

»Ja, ich bin hier wegen Makeup Wars ...? Ich weiß nicht, ob ich einen Ausstellerausweis oder so was bekomme, aber ich bin Eli – Eli Peterson«, sagte dey und lächelte nervös, die Finger vom Kondenswasser um deren Getränk ganz glitschig.

»Oh!« Das Mädchen strahlte und blätterte in den Briefumschlägen, die sich hinter dem Tresen stapelten. »Ich muss bitte nur kurz deinen Personalausweis sehen.«

»Klar, aber auf dem steht ein anderer Name. Ist das in Ordnung?«, fragte Eli und schluckte schwer.

»Vollkommen in Ordnung. Sieht aus, als wärst du ...« Sie brach ab, kniff ihre Augen zusammen und richtete sie auf einen Umschlag, öffnete diesen, griff hinein und schaute auf den Ausstellerausweis darin. »Ja, okay, cool. Sieht so aus, als hätten sie dich unter dem einen Namen registriert und für den Ausstellerausweis einen anderen verwendet. Ist das richtig?« Sie zeigte denen den Ausstellerausweis: ELI – @EliSFX.

»Ja, wahrscheinlich haben sie meinen gesetzlichen Namen benutzt. Der Name auf dem Ausstellerausweis ist aber korrekt«, sagte Eli. Dey reichte ihr deren Personalausweis und berührte unbewusst die Ansteckunadel mit deren Pronomen, die an deren Kragen befestigt war.

»Keine Sorge, ich werde deine Unterlagen aktualisieren. Am besten sagst du aber auch direkt dem Makeup-Wars-Team Bescheid, die meisten Convention Center verwenden nicht dasselbe System.«

»Mach ich.«

»Dann viel Spaß auf der Con. Auf deinem Ausstellerausweis ist ein Aufkleber für den Green Room und im Grind bekommst damit auch einen großen Kaffee deiner Wahl gratis. Viel Glück!«

»Danke«, sagte Eli und hängte den Comic-Palooza-Ausstellerausweis an deren Lanyard.

Der Green Room befand sich hinter der Ausstellerhalle in der Nähe der Hauptbühne in Halle H. Eli klemmte sich deren Getränkebecher in die Ellenbogenbeuge und tippte eine kurze Nachricht.

Eli Peterson: hol vorne bei der ausweisausgabe deinen plan und das lanyard und all den kram ab
Bodhi Babe: Okay, mach ich
Bodhi Babe: Alles gut bei dir?
Eli Peterson: weiß nicht, ob gut es trifft

Gut? Ha, nein. Eli hatte die Hosen voll.

Dey folgte der Onlinekarte, vorbei an einem Brezelstand, zwei Kaffeeständen und einem Pop-up-Cosplay-Reparaturstand, bis dey schließlich Halle H fand. Neben dem Halleneingang stand an einer schlichten Tür auf einem Schild: GREEN ROOM – ZUTRITT NUR FÜR VIP. Eli warf einen Blick auf deren Ausstellerausweis, drehte den Türknauf und spähte hinein.

Ein bulliger Mann mit einer schwarzen Baseballkappe saß auf einem Klappstuhl und starrte auf den Flachbildschirm an der Wand. Eli räusperte sich. Der Mann drehte sich um, sein Blick wanderte vom Fernseher, auf dem *Infinity War* lief, zu Eli und dann wieder zurück zum Fernseher.

»Panelteilnehmer, Moderation oder Make-up-Person?«, fragte er.

Eli schloss die Tür hinter sich. »Make-up-Person.«

»Cool. Snacks und Getränke sind hinten.«

Eli griff nach deren Ausstellerausweis und wartete darauf, dass er den Aufkleber überprüfte, aber seine Aufmerksamkeit galt voll und ganz Tony Stark.

Dey suchte den Raum nach bekannten Gesichtern ab – vor allem nach einem, aber Zach war nicht da. Jemand hatte sich mit einem Buch auf ein Sofa gepflanzt und zwei andere Personen saßen an einem hohen Tisch. Eli erkannte sie: Beverly Belle und Cassie Anne Montgomery.

Schon seit Jahren verfolgte dey den Aufstieg von Beverly und Cassie Anne in der Welt der Influencer. Beverly, eine bengalische Cosplay-Künstlerin und Make-up-Artist mit einer Vorliebe für perfekt ausgeführte Charakterdarstellungen aus beliebten Animes, folgte Eli schon eine Weile auf Instagram (und dey ihr), aber Eli hatte bisher nicht den Mut gehabt, sie anzusprechen. Und Cassie Anne – quasi ein Klon von Florence Pugh, ein Boss Babe, eine Beauty-Make-up-Meisterin – wirkte immer wie eine Hornisse: Von Weitem strahlend leuchtend, aber sie würde definitiv stechen.

Dey umklammerte den Griff deren Reisetasche. *Soll ich einfach rübergehen?* Das war wahrscheinlich die beste Idee, doch Eli steuerte stattdessen auf den Snacktisch zu. Dey starrte auf Salamischeiben und Weichkäse, Sauerteiggebäck und lila Tortilla-Chips und übte in Gedanken, wie dey sich vorstellen sollte.

Ich bin Eli, ich habe schon so viel von dir gehört – ähm, nein.

Hi, ich bin Eli, ich fand dein Princess-of-Heart-Cosplay toll.

Ich bin Eli Peterson, ich kann es kaum erwarten, mit dir zu arbeiten …

»Eli?« Dey erkannte Beverlys hauchige Stimme von ihren Instagram-Live-Tutorials. »Eli Peterson, richtig? Du hast das Area-X-Make-up gemacht?«

Scheiße!

Eli drehte sich um und nickte. »Oh, hi, ja, das war ich. Das *bin* ich. Ich bin ... ja, ich bin Eli. Ich liebe dich ... also, deine Arbeit! Ich liebe deine Arbeit«, sagte dey und verzog das Gesicht. »Tut mir leid, ich bin das reinste Nervenbündel.«

»Nein, nein, das muss dir nicht leidtun!« Beverlys rosafarbene Lippen verzogen sich zu einem Grinsen, ihre dunklen Augen umrahmt von weißem Eyeliner und dramatischen Wimpernstreifen. Sie ergriff deren Oberarm und drückte ihn. »Ich liebe deine Arbeit auch total. Häng doch ein bisschen mit mir und Cassie ab, solange wir auf die anderen warten.«

»Ist das okay?«

»Ja, ja, ja«, sagte Beverly, zog an deren Arm und ließ ihre warme Hand zu Elis Handgelenk wandern. »Hier, lass mich das nehmen.«

Sie packte deren Reisekoffer und stellte ihn neben ihren riesigen Rollkoffer und Cassies vierteiligen Reisekoffer auf Rädern an die Wand. »Cassie, das ist Eli Peterson, bekannt für deren tollen Special Effects. Eli, das ist Cassie Anne Montgomery, Beauty-Expertin.«

Cassie fuhr sich mit ihren sargförmigen Fingernägeln durch das kurz geschnittene braune Haar. Sie musterte Eli kurz und schenkte denen ein kaum merkliches Lächeln. »Ah, richtig, das Baby.«

»Sei nett, Cassie«, sagte Beverly und unterdrückte ein Kichern.

Eli befingerte den Rand des Deckels ihres Taco-Bell-Bechers mit dem Daumen und sagte leise: »Das Baby?«

»Du bist neunzehn, richtig? Damit bist du am jüngsten«, erklärte Cassie und streckte ihre Hand aus. »Du bist übrigens wirklich verdammt talentiert. Toll, dich kennenzulernen.«

Oh. Dey schüttelte ihre Hand und nickte. *Natürlich.* »Zach ist nicht viel älter als ich, aber er ist ein Gott, was Spezialeffekte angeht, also ...« Dey zuckte mit den Schultern. »Dann ändere ich wohl am besten einfach meine Bio und mach das zu meinem Ding. *Eli Peterson, ich bin Baby.*«

Beverly lachte und strich sich eine knallpinke Locke über die Schulter. Ihre Perücke war von hoher Qualität, groß und dick und perfekt gestylt. »Da wirst mit mir darum kämpfen müssen. Wenn jemand Baby ist, dann ja wohl *offensichtlich* ich«, sagte sie und klimperte mit den Wimpern.

Die Tür ging auf und wieder zu. Eli war zu sehr damit beschäftigt zu lachen, um über die Schulter zu schauen, aber sobald dey Zachs warmes, sanftes Glucksen hörte, erstarrte dey.

»Wer ist Baby?«, fragte Zach. Er rollte seinen übergroßen mattschwarzen Koffer um den Tisch und stellte ihn an die Wand. Die Ärmel seines grauen Hemds waren bis zu den Ellbogen hochgekrempelt und seine Jeans wie immer an den Knien zerrissen. Eli riss den Blick von ihm los und bemerkte noch, wie er sich herunterbeugte und von Cassie einen Kuss auf die Wange empfing. »Seit wann bist du hier?«

»Bev kämpft mit Eli um den Ehrentitel *Baby*«, sagte Cassie. Ihre Hand lag auf Zachs Arm – *Warum genau fasst sie ihn an?* – und lächelte so vertraut, dass Eli das Blut in den Adern gefror. »Ich bin letzte Nacht mit dem Nachtflug gekommen. Ich dachte mir, ich komme ein bisschen früher und gucke mir die Con an.«

»Du hättest mir schreiben sollen, dann wäre ich mitgekommen«, sagte Zach.

Cassie grinste. »Nächstes Mal.«

Eli wollte am liebsten im Erdboden versinken. Während Zach Beverlys Hand schüttelte, fummelte dey an deren Becher herum und stand unbeholfen zwischen Beverly und Cassie. Danach sah er dey an und sein Lächeln wurde schwächer.

Ein Nicken mit dem Kinn war alles, was Eli erhielt, gefolgt von einem lahmen: »Hey.«

»Hi!«, sagte Eli. Dey öffnete deren Mund, um eine Frage zu stellen. Über etwas. *Irgend*etwas. Doch bevor dey das tun konnte, dröhnte eine aufdringlich laute Stimme durch den Raum.

Eli verdrehte die Augen. *Da kommt sie.*

»Was geht ab, Leute?«, rief Rhonda. Sie stieß einen Pfiff aus, legte ihren Arm um Cassies Schultern und knuffte Eli mit der Rückseite ihrer tätowierten Fingerknöchel. Ein Typ, der ein peinliches T-Shirt mit der Aufschrift RHONDA RIOT – ARTIST TEAM trug, stellte zwei – nein, *drei* – Koffer auf den Tisch, statt sie auf den Boden zu den restlichen Sachen zu stellen.

Beverly begegnete Elis Blick und zog die Augenbrauen hoch.

Cassie duckte sich von Rhonda weg und lehnte sich, was noch schlimmer war, gegen Zach. Ihre Arme drückten sich aneinander und ihre Ellbogen berührten sich. Eli wusste nicht, wohin dey schauen sollte, also nickte dey langsam und betrachtete Rhondas Plateaustiefel und ihr eng geschnürtes Korsett. Ihr marineblaues Haar war zu einem französischen Zopf geflochten und ihren blassen Hals zierte ein Stachelhalsband. Eli war seit dem zweiten Jahr auf der Highschool mit ihr über Social Media befreundet, aber seit sie letztes Jahr einen – ja, *einen* – Auftritt in einem Musikvideo gehabt hatte, war sie unausstehlich geworden.

»Wer ist bereit, den zweiten Platz zu belegen?«, sagte Rhonda und lachte noch lauter. »War nur ein Scherz, kommt schon. Wie geht's, Beverly? Machst du immer noch diese Cosplay-Nummer?«

Beverlys Lächeln wurde schmaler. »Klar doch.«

»Oh, hey, du bist der Neuling, was?«, fragte Rhonda und ließ ihren Blick über Elis Gesicht schweifen. »Du machst doch alles nur mit Drogeriemarken, nicht?«

Eli atmete scharf ein und zügelte deren Drang, ausfallend zu werden. »Preiswertes Make-up reicht völlig aus«, sagte dey und ließ deren Blick von Rhondas Füßen zu ihrer Nase wandern. *Möchtegern-Rockstar.* »Deine Wimpern lösen sich übrigens. Ich habe Kleber dabei, falls du welchen brauchst.«

Rhonda presste ihre Lippen zusammen und lachte kehlig. Sie sagte nichts, sondern wirbelte stattdessen auf Zach und Cassie zu. »Schön, dass ihr nach Shockwave noch so eng seid. Hast du die Empfehlung eigentlich bekommen, Zach?«

Schön, dass ihr noch so eng seid.

Zachs Augen huschten zu Eli. Er rang die Hände, eine nervöse Bewegung.

Eifersucht war nichts Neues. Eli war schon, na ja, schon *immer* eifersüchtig gewesen auf GQ-Models mit flachen Brüsten, auf berühmte Make-up-Artists auf Insta und auf privilegierte Kids aus Orange County mit reichen Eltern. Aber dey hatte noch nie zuvor diese prickelnde, schreckliche *Beziehungs*eifersucht erlebt. Sie steckte in denen wie ein Seeigel, dessen Stacheln nach außen zeigten und empfindliche Stellen durchbohrten.

»Ja, habe ich«, sagte Zach und atmete aus.

Eli schnappte sich deren Limo und deren Koffer.

»Ich bin mir ziemlich sicher, dass wir jeden Moment zum Make-up-Trailer gerufen werden«, sagte Cassie, als sie Eli zur Tür gehen sah.

»Bin gleich wieder da«, sagte Eli und lächelte Beverly auf dem Weg nach draußen zu, bedacht, nicht wieder zu schnell zu laufen. Dey wandte den Blick von Zach ab. Von Cassie. Von ihren innigen Berührungen und was auch immer in New York zwischen ihnen passiert war.

Sobald sie um die Ecke gebogen war, lehnte Eli sich mit dem Rücken an eine Wand. Dey stand da, die Augen geschlossen, und ließ alles über sich hereinbrechen, woran dey nicht hatte denken wollen.

Cassie war wahrscheinlich fantastisch im Küssen. Wahrscheinlich war sie unglaublich gelenkig, machte alle richtigen Geräusche und überhaupt alles richtig, was man im Bett richtig machen konnte. Wahrscheinlich mochte sie rauen, ekligen, geilen Sex, sah perfekt aus, wenn sie aufwachte, und zahlte einmal im Monat dreihundert Dollar für Brazilian Waxing. Wahrscheinlich hielt sie Eli für Zachs zickige, kleine Ex-*Person*, dey es nicht ertragen konnte, dass er mit wem anders zusammen war.

Wahrscheinlich war sie total liebenswert. Wahrscheinlich war sie gut zu ihm.

Eli schloss die Augen und stieß einen Seufzer aus. Dey konnte die Vorstellung nicht abschütteln, wie Zach Cassie küsste. Dey konnte nicht aufhören, es sich auszumalen. Dey fragte sich, ob sie dabei gewesen war, als er sein Tattoo bekommen hatte.

Reiß dich zusammen!

Eli starrte an die Decke, bis die Welt wieder einrastete. Deren Herz raste immer noch und deren Augen brannten immer noch, aber Eli atmete durch die nervöse, unverdiente Wut, bis sie sich wie ein Stein in ihrer Kehle festsetzte. Hart und unnachgiebig, aber beherrschbar.

Zach konnte küssen, wen er wollte, nur Beyond sollte er nicht haben.

KAPITEL 8

San Diego - Comic Palooza

Auf dem rechteckigen Make-up-Trailer im Hof vor Halle AH prangte ein Vinylbanner mit der Aufschrift: MAKEUP WARS! GESPONSERT VON BEYOND SPECIAL EFFECTS AND COSTUMING. Mit seiner Größe und Geräumigkeit, den Laminatböden und einzelnen Spiegeltischen hätte der Trailer auch an ein Filmset gepasst. Eli hatte deren Limonade gegen den kostenlosen Kaffee eingetauscht und stellte die Tasse und den Reisekoffer an den Platz, der mit deren Instagram-Handle beschriftet war. Neben denen packte Zach aus, der seufzte, als Cassie auf den Zettel zeigte, der am Spiegel ihres Arbeitsplatzes klebte.

»Das Thema ist also *Ewigkeit*, was?« Cassie zog die Augenbrauen hoch und musterte jeden der Anwesenden.

Ein identischer Zettel mit dem fett gedruckten Wort *Ewigkeit* klebte auch an Elis Spiegel. Dey nahm ihn ab und legte ihn auf die Arbeitsfläche neben deren Paletten und Farben. »Das stand doch in der E-Mail, oder nicht?«, fragte dey.

»Oh ja, wahrscheinlich. Aber ich wollte mich überraschen lassen. Zumindest für die erste Challenge«, sagte Cassie und zwinkerte Eli über den Spiegel zu. »Um zu sehen, ob ich das Zeug habe, locker aus der Hose raus zu improvisieren.«

Eli nickte langsam. Dey konnte sich nicht vorstellen, auch nur einen Tag in ihrer Haut zu stecken. Genug Geld zu haben, um quer durchs Land zu einem Eliteworkshop wie Shockwave zu fliegen? Bitte. Bei einer Chance wie Makeup Wars nicht mal ins Schwitzen zu kommen? Das könnte Eli *niemals*. Aber dey hatte ihren farbenfrohen Instagram-Kanal gesehen, ihre minimalistische Website durchstöbert und niemand, kein einziger Mensch, konnte die Looks, die sie kreierte, ohne ein paar Probeläufe hinbekommen.

Wenn sie sich aufplustern wollte, sollte sie das tun. Eli hatte ganz andere Sorgen, wie zum Beispiel sicherzustellen, dass deren Make-up nicht wie eine billige Halloween-Maske aussah.

Konzentrier dich!

Dey ordnete deren Schwämme auf einer sauberen Serviette an, schnallte sich deren Pinselgürtel – eine Art Minischürze mit Schlitzen für Schminkpinsel – um die Taille und legte sorgfältig deren Gesichtsprothesen aus Schaumstoff aus. Als Eli das Thema unten in der E-Mail gesehen hatte, hatte dey sofort an *Vampir* denken müssen, aber das war zu vorhersehbar; alle würden sofort an Vampire denken. Also hatte Eli ihre Mangasammlung ausgepackt und darin gestöbert, bis dey auf ein schmuddeliges grünes Plüschtier gestoßen war.

Shenlong der Ewige, die wunscherfüllende, gottgleiche Drachenschlange aus *Dragon Ball Z*, passte perfekt zum Thema.

Eli tippte auf deren Handy und las sich noch mal die Regeln für Makeup Wars durch.

Alle müssen mit einem sauberen Gesicht beginnen.

Keine vorgefertigten Prothesen.

Das Zeitlimit für die Umsetzung beträgt zwei Stunden.

Assistenzen sind willkommen, dürfen aber nicht beim Auftragen, Bemalen oder Zusammenbau helfen, sondern nur beim Setup, Aufräumen und der Organisation.

Alle Artists erhalten zehn Minuten Zeit für die finalen Looks, bevor sie auf die Bühne gehen.

* Die Jury bewertet in verschiedenen Kategorien, darunter Fertigstellung, kreative Gestaltung und saubere Anwendung. Das Livestream-Publikum stimmt in einer Kategorie ab: Präsentation des Looks. Die Punkte aus diesen Kategorien werden zusammengefasst, um die Plätze 1, 2, 3 und 4 zu bestimmen. Je höher die Punktzahl, desto höher die Platzierung. Obwohl die Bewertung in den sozialen Medien öffentlich ist, bitten wir die Teilnehmenden, sich nicht selbst zu kritisieren und daran zu denken, dass die interne Jury ein vertrauliches Bewertungssystem anwendet. **Beide** Wertungen, die beim gesamten Wettbewerb gesammelt werden, bestimmen, wer auf dem finalen Runway gewinnt.

Dey rubbelte so lange mit einem Abschminktuch über deren Gesicht, bis das Tuch in den verschiedensten Beige- und Braunschattierungen verfärbt war.

Beverly streifte ihre Perücke ab und fuhr sich mit den Händen durch ihre langen schwarzen Locken. Rhonda zog ihre Wimpern ab. Cassie ebenfalls. Eli versuchte nicht zuzusehen, wie Zach die silbernen Ringe von seinen Ohren entfernte.

Eine Freiwillige von Makeup Wars stand im Türrahmen und lächelte alle an. Sie checkte ihr Handy, wartete mit einem erhobenen Finger und sagte dann: »Willkommen bei Makeup Wars! Ihr habt zwei Stunden Zeit. Eure Zeit beginnt ... jetzt!«

Rhonda johlte. Aus einem Bluetooth-Lautsprecher an ihrer Station ertönte Hardrock.

Eli beherrschte deren Miene, damit niemand deren Angst sah, und nippte an deren Kaffee. Deren Hände zitterten – *Hör auf zu zittern!* – und das Adrenalin brachte deren Kopf zum Schwirren – *Flipp nicht aus!* –, aber dey musste sich zusammenreißen und durchhalten. Dey hatte dieses Make-up zu Hause zweimal geübt, einmal allein und einmal mit Bodhi. Dey wusste, welche Farben dey mischen musste, wo dey kleben und wie dey deren Haut besprenkeln musste, um schuppig und unmenschlich zu wirken, doch neben Zach auf der Comic Palooza zu stehen, machte alles viel, *viel* schwieriger.

Beverly stieß einen Pfiff aus und fragte: »Machen *alle* Blutsauger?«

»Das Thema *ist* Ewigkeit«, sagte Cassie.

»Das heißt wohl, dass wir alle Vampire machen«, sagte Zach mit einem Lachen.

»Untoten-Make-up ist mein Ding, also habe ich das im Sack«, sagte Rhonda, lehnte sich näher an den Spiegel und tupfte flüssiges Latex auf ihre Stirn.

Eli verdrehte die Augen, blieb aber still und ignorierte Zachs flüchtigen Blick zu deren Spiegeltisch. Dey glättete deren rauen Augenbrauen mit einem Klebestift, puderte sich ab und setzte das flexible Stirnteil aus Schaumstoff auf. Das Dröhnen deren Reiseföhns übertönte Rhondas Musik und Eli verlor sich in der Routine. Dey kannte sich mit Make-up aus. Dey kannte die Farbenlehre, den Schaum und die richtige Anwendung. Dey musste einfach nur atmen.

Sobald das Stirnteil angeklebt und getrocknet war, setzte Eli eine breite Prothese auf deren Nasenrücken und zwei dünne schuppige Teile auf beide Gesichtshälften, um die Wangenknochen zu verlängern und das Kinn zu schärfen. Beverly sang zu Rhondas schrecklicher Musik mit, Cassie schnaubte und warf einen Blick auf Zachs abgenutzten alten Pinselgürtel.

»Ich kann nicht glauben, dass du das Ding immer noch benutzt«, sagte Cassie.

Zach zuckte mit den Schultern. »Ja, hat schon bessere Tage gesehen.«

Eli warf einen Blick auf seinen Pinselgürtel und denen schnürte sich die Kehle zu. An den Lederschlaufen klebte noch immer billiges Flüssiglatex von den Nächten, in denen sie aneinander Zombie-Make-ups geübt hatten. Lila Farbflecken von einer Probe für ein Cosplay zierten den Gurt. »Es wundert mich, dass Shockwave dir keinen neuen gegeben hat«, sagte dey und wünschte sich, dey könnte die Worte wieder einfangen und herunterschlucken.

Ein Jahr. Zwölf *ganze* Monate. Und ausgerechnet diese Worte an ihn kamen dey als Allererstes in den Sinn.

Zach legte seinen Kopf zur Seite und zog vorsichtig eine Silikonschicht in der Vertiefung seiner Wange in die Länge. »Doch, hat dey. Ich habe beide eingepackt, aber meine Pinsel waren schon in diesem hier, deshalb ...«, sagte er und zuckte mit den Schultern, als er im Spiegel Elis Blick begegnete,

»... dachte ich mir, ich benutze den, der mir immer treu geblieben ist.«

Elis Stimmbänder fühlten sich an wie von einer eisernen Hand zusammengedrückt, deren Magen zog sich zusammen und verknotete sich. *Treu.* Was für eine Wortwahl. »Das ergibt Sinn.«

»Ach ja?«

»Du hast was Neues, Besseres«, platzte es aus Eli heraus. »Warum solltest du dich nicht für die besseren Optionen entscheiden?«

Zach lachte leise, leckte sich über die Unterlippe und starrte auf sein Spiegelbild, während er an dem trockenen Latex riss, um eine falsche Wunde zu bilden. Seine Bewegungen waren energisch und hart, seine Fingerspitzen hasteten und rissen an den Rändern, bis er fluchte und sie wieder neu festkleben musste. »Weißt du, ich verstehe, warum ausgerechnet du das nicht verstehst, aber manche von uns ziehen ihre Entscheidungen tatsächlich durch. Ich hab mich für diesen Pinselgürtel entschieden, also benutze ich ihn auch.«

»Oh ja, hättest du nicht dabei sein sollen?«, fragte Cassie. Sie lehnte sich über Zachs Schulter und warf Eli ein neugieriges Lächeln zu. »Du warst für die ersten zwei Tage auf der Liste für Shockwave, dann nicht mehr.«

Elis Puls raste plötzlich. Dey musste deren Hände dazu bringen, nicht mehr zu zittern. Dey musste malen, tupfen und pudern. Dey musste aus diesem Gespräch einen Ausweg finden. »Es ist ... es ist kompliziert, ich ...«

»So kompliziert ist das nicht. Eli ist in letzter Minute abgehauen«, stellte Zach mit angespanntem Kiefer fest. »Aber ich meine, das ist schon in Ordnung, oder? Ist ja nicht so, als würde dey sich darum scheren, wie sich andere fühlen«, sagte er und fuhr sich mit einem grauen Stift über die Wimpern, »oder darüber nachdenken, wen dey verletzt. Oder sich einen Scheißdreck um fantastische Gelegenheiten oder Pläne kümmern, die dey gemacht, oder Versprechen, die dey gebrochen hat. Das war wahrscheinlich nur ein Versehen, oder?« Zach starrte dey an, legte die Handflächen flach auf seinen Tisch und zwang sich zu einem gequälten Lächeln. »Du hattest in dem Moment einfach keine Lust, *stimmt's?*«

Auf der anderen Seite des Trailers stellte Rhonda ihre Musik leiser.

Cassie verzog den Mund zu einem verlegenen *Oh* und wandte sich wieder dem Spiegel zu.

Elis Brust schmerzte. Dey kämpfte gegen die Hitze in deren Gesicht an und schüttelte den Kopf. Die Wut kochte unter deren Haut auf und schnellte wie eine Viper hervor. »Sieht aber ganz so aus, als hättest *du* Lust gehabt«, sagte dey leise, als würde dey ein gemeines Geheimnis ausplaudern, und zeigte mit dem Kinn auf Cassie. »Du hast schon neue *Freunde* gefunden, hm? Ihr scheint euch nahezustehen.« Eli sah Zach nicht an – dey konnte nicht –, aber dey spürte seinen Blick auf sich. Deren Augen brannten, deren Sicht verschwamm und dey drückte die Knöchel gegen die Wimpernlinie, bevor jemand die Tränen bemerkte, die sich dort sammelten.

Eli wollte die Zeit zurückspulen und alles zurücknehmen, alles, jedes Wort, das dey gesagt hatte. Dey hätte still bleiben sollen, hätte Cassie und Zach über seinen dummen Pinselgürtel reden lassen und deren dummes, verdammtes Maul halten sollen. Aber jetzt war es mucksmäuschenstill im Trailer und Eli konnte nur deren eigenen rasenden Herzschlag hören. Dey schwenkte einen Pinsel mit feiner Spitze in einem Wasserbecher, hielt deren Hand ruhig und starrte sich im Spiegel an. Vorsichtig trug dey eine Schicht efeugrüne Grundierung auf.

Die Tür des Trailers wurde geöffnet. »Noch eine Stunde«, sagte die Freiwillige und huschte wieder davon.

Rhonda räusperte sich. »Tja, also«, räusperte sie sich und unterdrückte ein Lachen, »dieser Wettbewerb ist auf einmal wesentlich unterhaltsamer geworden.«

»Kommt schon, wo ist die Musik geblieben?«, fragte Beverly laut und fröhlich, wie um vom Thema abzulenken. Sie scrollte durch ihr Handy, dann ertönte das Titellied von *Blood Reign*, einem beliebten Anime, und erfüllte den Raum.

Nicht weinen. Eli arbeitete weiter und trug dann mit einem Schwamm eine weitere dunklere Schattierung um deren Haaransatz herum auf. *Nicht weinen, verdammt!*

Dey bog dicke Pinselfedern und besprenkelte deren Gesicht mit verschiedenen Gelb- und Grüntönen, um dem Make-up Tiefe und Textur zu verleihen. Zachs barscher Tonfall hallte hinter jedem Gedanken wider.

Ist ja nicht so, als würde dey sich darum scheren, wie sich andere fühlen.

Eli hielt den Atem an. Damals, in der Nacht davor, hatte dey geprobt, was dey zu Zach sagen wollte. Dey hatte die Trennung geprobt, bis es nur noch ein Skript war, bis dey die Worte sagen konnte, ohne sich zu verheddern. Glaubte Zach etwa, sie hätten sich nicht getrennt, nachdem er weggezogen war? Glaubte er, Eli hätte nicht am Strand gesessen und auf den Ozean gestarrt, bis Bodhi dey endlich gefunden hatte? *Oder darüber nachdenken, wen dey verletzt.* Glaubte er ernsthaft, dass Eli nicht *verletzt* gewesen war? Dass ihn zu verlieren denen nicht auch das Herz gebrochen hatte? Dey schluckte um den Kloß in ihrem Hals herum und klebte sich astähnliche Hörner an die Schläfen.

Deren Gesicht war endlich verschwunden, verdeckt von Schuppen und reptilienartigen Zügen. Dey neigte den Kopf erst in die eine, dann in die andere Richtung, um zu prüfen, ob die Farbe nicht zu dünn geworden war, und klebte sich Flaum über die Ohren, wobei dey Haarspray verwendete, um das Fell nach außen zu streichen.

»Zehn Minuten für die finalen Looks«, sagte die Freiwillige, die sich in den Trailer lehnte.

Eli biss sich auf die Zunge, um nicht zu fluchen. Dey musste noch die Hände anmalen, Krallen auf die Fingernägel kleben, deren Kontaktlinsen einsetzen *und* sich anziehen. Alle arbeiteten eifrig. Zach puderte sein Gesicht, das mit Prothesen und gruseliger Farbe verziert war, Cassie klebte sorgfältig ihre spärlichen Wimpern auf, Beverly rückte eine scharlachrote Perücke zurecht und Rhonda spritzte Kunstblut auf ihr Gesicht, ihr Hemd und ihre Hose.

Die Zeit verging wie im Flug, und gerade als Eli die Farbe an deren Händen getrocknet hatte, flog die Trailertür wieder auf.

»Also gut, alle Teilnehmenden! Nehmt bitte alles mit, was ihr für eure finalen Looks braucht, und folgt mir«, sagte die Freiwillige und hielt die Tür mit dem Fuß auf.

Zieh dich an. Mach letzte Anpassungen. Geh auf die Bühne.

Dey schnappte sich den Beutel mit den letzten Utensilien für den Look und stapfte hinter den anderen her, wobei dey sich einen Moment Zeit nahm, um Instagram zu öffnen und deren Nachrichten zu checken.

Beverly verlangsamte ihre schnellen Schritte und trat neben Eli. »Das war heftig«, flüsterte sie und verzog das Gesicht.

»Ich weiß, dass nicht *alle* über euch Bescheid wissen … aber viele von uns schon. Alles gut bei dir?«

»Ja, klar, natürlich. Mir geht's bestens!«, stammelte Eli und räusperte sich, um die Schwere aus deren Kehle zu verbannen. Dey brauchte sich wirklich absolut keine Sorgen darüber zu machen, was andere Influencer von dey dachten. Eli hatte die Trennung nicht öffentlich gemacht und dey meinte, Zach hätte sie auch verschwiegen, aber zu wissen, dass deren Privatleben auf dem Radar der Make-up-Welt gelandet war, brachte deren Wangen zum Glühen. Dey zwang sich zu einem Lächeln und warf einen Blick auf Beverlys aufwendiges Gothic-Cosplay. Ein robustes, mit Spitze besetztes Halsband hing an ihrem Hals, kniehohe Plateaustiefel aus Kunstleder waren um ihre Waden geschnallt. Eli deutete auf ihren Reifrock und das hochgeschlossene Oberteil mit den Glockenärmeln. »Du siehst fantastisch aus! Du bist Selena Luna aus *Blood Reign*, richtig?«

Sie zeigte auf ihre mit dem charakteristischen Look von zerbrochenem Porzellan bemalte Wange, für den ihre Figur, die von einer Puppe zum Vampir wurde, bekannt war. »Ganz genau. Ich kann nicht glauben, dass du ein volles Shenlong-Make-up rausgehauen hast. Im Ernst, du siehst unglaublich aus.«

»Danke, ja … den Schaum dafür hinzukriegen war verrückt. Ich hoffe, die Jury findet es nicht zu veraltet.«

»*Dragon Ball? Veraltet?* Ich bitte dich, das ist ein absoluter Klassiker. Und hey, unter uns gesagt …« Beverly verstummte und ließ ihren Blick zu Rhonda schweifen, deren Assistenz ihr hinterherstolperte. »Wenigstens hast du keinen *selbst ausgedachten Charakter* für einen verdammten Cosplay-Wettbewerb gewählt«, flüsterte sie und rollte mit den Augen.

Eli rümpfte die Nase. »Ja, das ist mutig.«

Die Freiwillige lotste sie in Halle H und durch die Bühnentür. Alle Teilnehmenden bekamen einen kleinen Platz mit einem Spiegel und einer Kommode zugewiesen, um ihre Taschen zu verstauen und ihre Looks zu vollenden. Rings um Eli richteten Cosplayer ihre Perücken, wechselten die Batterien für ihre Leuchtwaffen und schnürten Überzieher über ihre Schuhe. Die Sailor Scouts, die Eli zuvor vor dem Convention Center gesehen hatte, richteten die Schleifen und Bügelfalten in ihren Röcken. Riesige Mecha-Cosplay-Anzüge wurden mithilfe von Freunden oder Assistenzen zusammengebaut.

Eli duckte sich hinter einem runden Vorhang, der als Umkleidekabine diente. Dey schälte sich aus deren Klamotten und zog deren Kostüm an – eine schlichte schwarze Hose, ein hochgeschlossenes schwarzes Oberteil und einen waldgrünen Umhang mit Kapuze –, wobei dey darauf achtete, den strategisch platzierten Reißverschluss an der Seite deren Shirts nicht zu beschädigen, der auch allein ein schnelles Anziehen ermöglichte. Als Nächstes band dey sich deren schuppigen Stiefelüberzüge um die Schienbeine und strich sie glatt, bis die Gummiprofile deren Doc-Martens-Imitate unter den gebogenen Krallen fast unsichtbar waren.

Jemand rief: »Makeup Wars, fünf Minuten!«

Scheiße! Eli rannte die Zeit davon. *Okay, wo ist mein Schwanz?* Dey kramte in deren Tasche nach einem dünnen Schaumstoffschwanz, der ordentlich zusammengerollt und mit einem Kabelbinder gesichert war. *Einfach atmen.* Dey warf einen Blick auf deren Spiegelbild und das Herz rutschte denen in die Hose. *Kontaktlinsen!* Alles ging viel zu schnell.

Während Eli fast mit einem Optimus Prime zusammenstieß, zupfte Rhonda an ihren Nägeln und stand in einem

Kreis aus Neonlicht bereits am Anfang der Warteschlange für die Bühne. Sie unterhielt sich mit einem der Bühnentechniker und sagte: »Ich bin mir nicht sicher, ob ich zuerst dran bin oder nicht, aber ich habe von allen hier die größte Social-Media-Präsenz, also wäre es wahrscheinlich klug, mich bis zum Schluss aufzuheben. Für den *Wow*-Faktor, ja?«

»Ich geb dir hundert Dollar bar auf die Kralle, wenn du ihr den Mund zuklebst«, flüsterte Cassie vor der mittleren Kommode und tat so, als müsste sie würgen. Sie schaute Eli an, dey dicht vor dem Spiegel stand und sich mit einem zitternden Zeigefinger die Kontaktlinsen über die Augen schob. Eli hörte ihr Keuchen fast nicht, aber dey hörte definitiv, was als Nächstes aus ihrem Mund kam. »Oh, Spatz, deine Ränder«, sagte sie und verzog das Gesicht. »Deine Wangenprothesen blättern total ab.«

Eli hätte sie beinahe ignoriert. Beinahe hätte dey so getan, als hätte dey es nicht gehört. Aber deren roten Augen betrogen sie, suchten deren Spiegelbild ab und blieben an den ein, zwei, *drei* Rändern hängen, die sich von deren Haut lösten. Am liebsten wäre dey unter die Kommode gekrochen, hätte sich das Make-up vom Gesicht gerissen, das Convention Center verlassen und sich eine ganze Woche lang in deren Wohnung versteckt.

»Geh einfach kurz mit Mastix drüber«, sagte Cassie und puderte sich durchscheinendes Puder auf die Nase. Sie sah perfekt aus, ihre Haare steckten unter einer kurz geschnittenen schwarzen Perücke, ihr Körper war in einen glänzenden Catsuit gehüllt. »Das wird total klasse aussehen. Du hast das im Griff, keine Sorge!«

»Danke, ja, ich werde einfach ... Ich überleg mir was«, sagte Eli. Dey kramte in deren Tasche und suchte nach Mastix oder Pros-Aide oder einem verdammten *Klebeband*. Irgendetwas, das die Prothesen an Ort und Stelle halten würde.

Panik durchfuhr dey und es fühlte sich an, als wären deren Knochen in deren Inneren umgeknickt, deren Knie wackelten, die Augen brannten. *Wag es ja nicht zu weinen, das macht alles kaputt.* Deren zitternden Hände wollten nicht auf dey hören.

»Fuck, okay«, flüsterte dey und blickte auf deren Spiegelbild, den Beutel und dann wieder auf deren Spiegelbild. Dey bückte sich, um unter die Kommode zu schauen. Nichts. Dey kramte wieder in deren Tasche. *Nichts.* Es war vorbei. Aus so einem Schlamassel gab es kein Entkommen. Theresa Jenkins würde einen Blick auf deren amateurhaftes Make-up werfen und dey aus dem Wettbewerb ausschließen. »Verdammte Scheiße, ich weiß, dass ich ...«

»Eli, hör auf«, sagte Zach, der neben denen auftauchte. Sein bodenlanger schwarzer Mantel war bis zu den Schlüsselbeinen zugeknöpft und an seiner Kehle klaffte rot eine blutige Bisswunde. Er war ein Vampir aus Doomsday, einem beliebten Videospiel, und die subtilen blauen Adern auf seiner blassen Haut und das großartige Gore-Make-up auf der linken Seite seines Halses und sein akzentuierter Knochenbau und, verdammt, *alles* an ihm sah einfach perfekt aus.

Eli konnte nur daran denken, sich umzudrehen und ihn anzuschnauzen, aber sobald dey den Mund öffnete, nahm Zach deren Kinn zwischen seine Finger. Eli erstarrte augenblicklich.

»So schlimm ist es nicht«, sagte Zach.

Dey atmete durch die Nase aus. »Es ist ziemlich schlimm.«

Zach schmierte mit einem flachen silbernen Spachtel transparenten Mastix über die abblätternden Ränder. Sein Daumen strich leicht wie eine Feder über Elis Kiefer und er verweilte dort und hielt deren Gesicht auf eine freundliche, vertraute

Weise. Dey starrte ihn an, denn ihn anzuschauen war alles, was dey seit Monaten tun wollte, und ihn genau jetzt anzuschauen, im Backstagebereich vor deren ersten Auftritt auf dem Runway, überzeugte Elis Schultern, sich zu entspannen, und deren Herz, langsamer zu schlagen.

»Damit gewinnst du«, sagte Zach und drückte den Spatel an den anderen Mundwinkel, um den Klebstoff über einem abblätternden Rand zu verstreichen.

Dey schüttelte den Kopf, aber deren Stimme wollte nicht gehorchen. *Nicht gegen dich.* Zachs Finger legten sich um deren Kinn und augenblicklich erstarrte dey.

Von der anderen Seite der Bühne rief ein Mitglied der Technik-Crew: »Makeup Wars! Dreißig Sekunden!«

Zach neigte den Kopf und musterte Elis Gesicht, dann sah er denen in die Augen und ließ seine Hand fallen. Er betrachtete dey kurz von oben bis unten, aber seine Lippen wurden zu einer dünnen, gleichmäßigen Linie und hinter seinen schwarzen untertassengroßen Kontaktlinsen war in seinen Augen nichts zu lesen. Eli wartete auf etwas, ein weiteres Wort, irgendetwas. *Rede mit ihm.*

Eli öffnete den Mund, aber es kam nichts heraus. Kein Dankeschön. Kein *Warum hilfst du mir?*. Nichts. Zach wartete nicht ab, bis Eli etwas sagte. Er ging und nahm seinen Platz in der Warteschlange ein.

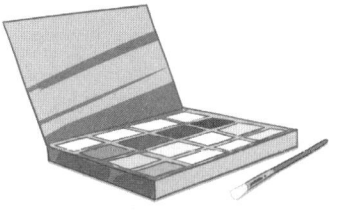

KAPITEL 9

San Diego - Comic Palooza

Es geht los.

Neonlichter strahlten, das Publikum tobte. Theresa Jenkins füllte eine riesige Leinwand, die über der anderen Seite der Bühne hing. Sie hielt sich ein Mikrofon vor den Mund und grinste in die Menge.

»Willkommen zur ersten Runde von Makeup Wars! Das Thema für die Comic Palooza ist *Ewigkeit*. Unsere Artists haben hart gearbeitet, um fantastische Cosplays und Makeups zu kreieren, die heute Abend auf dem Runway präsentiert werden. Seid ihr bereit, San Diego?«

Das Publikum klatschte und johlte erneut, ein Scheinwerfer strahlte auf den leeren Platz vor dem Bühnenflügel, wo Eli stand und mit den Füßen wippte. Innerlich wiederholte Eli deren Mantra: *Zieh dich an, mach alles fertig, geh auf die Bühne.*

»Alle mal lächeln«, sagte Beverly und hielt ihr Handy in die Höhe, um von der Aufstellung ein Selfie zu schießen.

Mit einem handgemalten orangefarbenen Dragon Ball unter dem Arm grinste Eli und zeigte deren zierlichen Eckzähne.

Musik dröhnte. Die Freiwillige stand am Bühneneingang, einen Finger an ihrem Ohrclip, und zählte mit der anderen Hand herunter. *Drei. Zwei. Eins.* »Und ... los!«

Theresas Stimme schallte durch den Ballsaal.

»Zachary Miller!«

Zach betrat die Bühne und die Menge jubelte ihm zu. Eli reckte den Hals, um ihn zu beobachten, und verfolgte seine langen Schritte von einem Ende der Bühne zum anderen. Sein Kostüm war vampirisch, grotesk und perfekt. Die Adern und geplatzten Blutgefäße, die er sich auf die Haut gemalt hatte, waren subtil genug, um im Bühnenlicht natürlich auszusehen, aber auch so schaurig echt, um einen zweiten Blick zu provozieren. Er wandte sich zu einer Kamera, lächelte, zeigte seine Reißzähne, winkte und knurrte verspielt, wie es sich für einen guten Vampir gehört. Dann war er wieder zurück, klatschte Cassie ab, schob sich an der Reihe vorbei und verschwand hinter der Bühne.

So schnell. Zehn Sekunden, höchstens.

Zieh dich an, mach alles fertig, geh auf die Bühne, dann gehen, umdrehen, gehen, lächeln, gehen.

»Beverly Belle!«

Beverly hüpfte auf die Bühne und wirbelte herum, wobei sie dem Publikum eine Kusshand zuwarf. Ihr Make-up war perfekt ausgearbeitet, wunderschön und eindringlich; an ihrem Cosplay gab es nichts, was nicht an seinem Platz war. Als sie zurück hinter die Bühne ging, nickte Eli ihr zu und sagte: »Gut gemacht, du warst der Hammer.«

Sie atmete tief durch und stupste ihn an der Schulter an. »Es ist voll da draußen, nur Stehplätze.«

Eli nickte, atmete weiter und schaute weiter zu. Dey beobachtete die Art und Weise, wie Cassie ihr Kinn anhob und ihre

Brust herausstreckte, und verfolgte Rhondas straffe Schultern und ihr überhebliches Grinsen. Das Licht wurde gedimmt und Eli wartete, dass dey aufgerufen wurde.

Gehen, umdrehen, gehen, lächeln, gehen.

Dey spürte immer noch Zachs Fingerspitzen an deren Kinn und war sich jeder Stelle in deren Gesicht bewusst, an der der Kleber nur gerade so noch hielt. Aber dann rief Theresa: »Eli Peterson«, und dey zwang deren Beine, dey vorwärts und hinaus ins Rampenlicht zu tragen.

Cosplay-Wettbewerbe waren für Eli schon immer ein Pflichttermin zum Zuschauen gewesen. Auf fast jeder Convention gab es einen und nichts klang für Eli je besser, als sich nach einem anstrengenden Samstag in einen Stuhl zu setzen und zu entspannen. Aber auf der Bühne zu stehen und in ein Meer von Gesichtern zu schauen, war eine ganz andere Erfahrung. Mit kalkulierten Schritten glitt dey vor der Menge her und entblößte deren Reißzähne mit einem breiten Lächeln. Das Publikum jubelte, klatschte, brüllte und pfiff. *Geh einfach weiter.* Dey hielt nach Bodhi Ausschau, aber die Lichter waren zu hell, der Ballsaal war zu groß und Eli konnte kaum atmen. Es war noch nie ein *tolles* Gefühl gewesen, täglich von Tausenden von Menschen auf Instagram angestarrt zu werden, aber vor Hunderten von Menschen zu stehen und von einer Jury beurteilt werden ...? Tja, darauf war Eli nicht gefasst gewesen.

Dey peitschte mit dem Schwanz und balancierte den Dragon Ball in ihrer Handfläche. Ein Mitglied des Kamerateams kam für eine Nahaufnahme heran und projizierte Elis Gesicht auf die beiden Bildschirme über der Bühne. *Lächeln. Winken.* Dey hob deren Hand und krümmte die Krallen, woraufhin das Publikum erneut in Jubel ausbrach. An der Seite saß hinter einem weißen Tisch die Jury und machte sich Notizen. Theresa

Jenkins bewegte ihren Stift auf und ab und gestikulierte zu Eli, als dey die Bühne verließ. Endlich, *endlich* atmete dey aus.

Cassie klatschte langsam. »Gut gemacht, Make-up-Baby.«

Eli bemerkte die Stelle, an der Cassies Schulter gegen Zachs Arm drückte. Dey nickte knapp und versuchte zu lächeln. »Danke. Aber es ist echt nervenaufreibend, da rauszugehen.«

»*So* schlimm ist es gar nicht«, sagte Rhonda und strich ihre marineblauen Locken mit Haarspray glatt.

Alle, einschließlich Eli, verdrehten die Augen.

Die Anspannung löste sich für einen Moment. Eli ließ das Kinn in Richtung Brust fallen, um sich in deren Handy zu verlieren. Dey scrollte durch Instagram, tippte auf den Hashtag Makeup Wars und schloss die App sofort wieder, da dey von den Bildern der Bühne in Halle H zu überwältigt war, um weiterzuscrollen. Theresa Jenkins und ihre Jurykollegen – Scott Brant, ein weiterer professioneller Make-up-Artist, und die Videospieldesignerin Daisy Li aus San Diego – zählten die Stimmen auf Instagram, notierten ihren Punktestand und diskutierten darüber, wer bleiben und wer nach Hause gehen würde. Ihr Telefon summte und schreckte sie auf.

> **Bodhi Babe**: DU WARST
> ÜBERWÄLTIGEND!!
> **Eli Peterson**: ich bin nur froh,
> dass ich nicht kotzen musste
> **Bodhi Babe**: Ernsthaft, du
> sahst fantastisch aus.
> **Bodhi Babe**: Gucken sich die Richter
> euch aus der Nähe an oder nicht?
> **Eli Peterson**: passiert erst in der letzten
> Runde des Wettbewerbs, also diesmal nicht

Bodhi Babe: Du bekommst eine Assistenz
für den letzten Runway richtig?
Eli Peterson: jaja, wär heut
abend echt hilfreich gewesen
Bodhi Babe: Keine Sorge, werd dir beim
Bosskampf den Rücken freihalten

Wenn ich es so weit schaffe, dachte Eli. Sie seufzte und sah,
wie in Bodhis Textblase drei Punkte erschienen.

Bodhi Babe: Stella will danach Snacks
und Bubble Tea holen. Biste dabei?
Eli Peterson: uhhh ja, außer sie
schicken mich nach hause, dann
heul ich rotz und wasser
Bodhi Babe: Pppffftt Babe, du wirst
NICHT nach Hause geschickt.

»Also gut, Makeup Wars. Dann bringen wir euch mal
zurück auf die Bühne«, sagte eine Freiwillige. Sie zeigte auf
die Warteschlange vor der Bühne. »Dieselbe Reihenfolge wie
eben – Zach zuerst, dann Beverly, und so weiter ... also gut,
und ... eins, zwei, drei ...« Das Licht wurde gedimmt und be-
geisterter Jubel erfüllte den Ballsaal. »Los!«

Eli stolperte fast über deren Stiefelüberzüge, als dey
Rhonda auf die hell erleuchtete Bühne folgte. Laserstrahlen
schossen von links nach rechts. Beifall und Jubel erfüllten die
Luft. Hoffnung brannte auf deren Herzen. *Ich will das.* Dey
erinnerte sich an deren abblätternden Ränder, an Zach, wie er
meinte: *Damit gewinnst du*, und daran, wie der Ballsaal beim
Anblick deren Make-ups getobt hatte. *Ich will das. Ich will das.*

Ich will das. Die Teilnehmenden reihten sich in der Mitte der Bühne auf, Zach an einem Ende, Eli am anderen.

Theresa Jenkins seufzte ins Mikrofon. Ihre Lippen waren schwarz bemalt und über einer perlweißen Hose trug sie ein schimmerndes silbernes Oberteil. »Ich bin absolut überwältigt von dem gebündelten Talent, das heute Abend vor uns steht. Alle Artists auf dieser Bühne haben ihr Können unter Beweis gestellt«, sagte sie und lenkte ihre Aufmerksamkeit auf die Teilnehmenden. »Ernsthaft, Leute. Ihr habt es uns schwer gemacht.«

Das Publikum klatschte erneut.

Daisy Li beugte sich vor und strich sich eine Strähne ihres rosigen Haares hinters Ohr. »Der schwierigste Teil dabei, Jurymitglied zu sein, ist zu entscheiden, wer den Hut nimmt und wer in diesem Wettbewerb weiterkommt. Vier von euch werden nächstes Wochenende mit Theresa, Scott und der unglaublichen Margaret Madness nach San Francisco reisen und eine Person wird ihre Sachen packen und die Teilnahme an Makeup Wars aufgeben müssen.«

»Scott, übernimmst du die Ehre?«, fragte Theresa.

Scott nickte; er trug ein originalgetreues T'Challa-Cosplay. »Den vierten Platz belegt Cassie Anne Montgomery, die so wunderschön Königin Crymah verkörpert hat!« Alle jubelten, als Cassie nach vorn trat. »Auf dem dritten Platz haben wir Beverly Belles Interpretation von Selena Luna!« Die Menge johlte, woraufhin Beverly einen erleichterten Seufzer ausstieß und sich vor dem Publikum verbeugte. »Und auf dem zweiten Platz ...« Die Musik pausierte. »Zachary Miller! Mit seinem Cosplay von Doomsday Biter!«

Eli schluckte und starrte auf die Doppeltüren im hinteren Teil des Ballsaals. *Ich flieg raus.* Deren Augen brannten. Der

Wettbewerb lief noch keine zwei Wochen und schon war er für dey wieder vorbei. Gleich würde dey die erste Person sein, die ausschied. Wie Eli da neben Rhonda stand, versuchte dey, sich gerade aufzurichten, zu lächeln und nicht wie am Boden zerstört auszusehen.

»Nur eine Person gewinnt heute und eine Person muss leider gehen«, sagte Scott. »Theresa?«

Theresa Jenkins ergriff das Mikrofon. »Danke, dass ihr beide heute Abend euer makelloses Können mit uns geteilt habt. San Diego, seid ihr bereit zu erfahren, wer gewonnen hat?«

Das Licht wurde wieder gedimmt. Basslastige elektronische Musik erfüllte die Luft, dann verstummte sie und es wurde still. Eli atmete langsam und gleichmäßig ein und aus. *Lächle, winke, verschwinde von der Bühne, bevor du zusammenbrichst.* Dey dachte an die vielen zusätzlichen Follower, an die Publicity, die denen helfen würde, mehr Aufträge zu bekommen. *Du wirst okay sein.* Dey dachte an die Mastek und daran, mit der Steuerrückzahlung im nächsten Jahr ein Sparkonto für Beyond anzulegen. *Du wirst es schaffen.* Dey dachte an deren Eltern und das unvermeidliche: *Ich hab's dir ja gesagt.* Dey dachte daran, dass dey es alleine schaffen würde, dass dey nicht aufgeben, niemals, *niemals* aufgeben würde. Dey dachte daran ...

»Und der erste Platz geht an ... Eli Peterson!«, jubelte Theresa. »Eli, dein Cosplay von Shenlong dem Ewigen hat uns umgehauen. Es ist innovativ, klassisch und kreativ. Herzlichen Glückwunsch!«

Beifall erfüllte den Ballsaal. Eli schnappte nach Luft und stieß ein kurzes, überraschtes Lachen aus. *Der erste fucking Platz!* Das Adrenalin peitschte in denen hoch wie eine Flutwelle.

»Rhonda Riot, es tut mir sehr leid, aber deine Makeup-Wars-Reise endet heute Abend«, sagte Theresa.

Eli trat zurück in die Reihe. Beverly drückte deren Arm. Cassie stieß mit ihrer Schulter gegen deren. Aufregung, Erleichterung und der Schock durchströmten Eli. Jemand berührte deren Ellenbogen, die Finger kratzten sanft. Als Eli sich umdrehte, sah dey Zach, der sich um Cassies Rücken herumlehnte und dey ansah.

»Ich hab's dir ja gesagt«, flüsterte er und zum ersten Mal, seit sie sich wiedergesehen hatten, lächelte Zach.

Eli lächelte auch. Irgendwie hatte dey es durch den ersten Cosplay-Runway geschafft und Zach hatte denen geholfen zu gewinnen.

♡ ♡ ♡

Stella legte die Öffnung eines silbernen Flachmanns an Elis Bubble-Tea-Strohhalm an und goss Wodka in deren Getränk. Sie kniff ihre Augen zusammen und konzentrierte sich, während Bodhi das Café absuchte, übermäßig paranoid wegen eines nicht vorhandenen Sicherheitsdienstes, der sie erwischen könnte.

»Wie fühlt es sich an?«, fragte Stella und nahm einen Schluck aus dem Flachmann, bevor sie den Deckel fest verschloss und ihn in ihrer Handtasche verstaute.

Eli wusste nicht, wie dey die Gefühle erklären sollte, die dey durchströmten. Dey freute sich – natürlich freute dey sich –, aber dey konnte nicht aufhören, an Zachs Spachtel zu denken, der sich an deren Haut presste und die Ränder der Schaumstoffteile in deren Gesicht glättete. Eli hätte nicht gewonnen, wenn er denen nicht geholfen hätte. Vielleicht wäre dey auf Platz zwei gelandet. Oder auf Platz drei oder vier. Mit so einem amateurhaften Fehler wäre dey vielleicht aber auch rausgeflogen. Wahrscheinlich hätte dey sogar rausfliegen *sollen*.

Bodhi stupste dey mit dem Absatz ihres Stiefels am Schienbein an. »Na, wie gefällt dir dein erster Platz, hm?«

»Damit habe ich überhaupt nicht gerechnet, nicht mal ein bisschen«, gestand Eli und nippte an deren Taro-Milch-Tee mit Schuss.

Dey kaute auf einer Tapiokaperle und rutschte auf dem senfgelben Sofa hin und her. Das Nachtcafé mit dem liebevollen Namen Tea Light war voll von Cosplayern und anderen Leuten, die nach der Con hier eingekehrt waren. Auf runden Tischen leuchteten in Gläsern Kerzen und die Wand gegenüber der Barista-Station säumten Sitzecken. Aus den Lautsprechern ertönte jazziger Hip-Hop, überlagert von lebhaftem Geplapper. In Makramee-Körben, die im ganzen Raum an Haken an der Decke hingen, wuchsen Farne. Eli beobachtete, wie jemand, der als Daenerys verkleidet war, einen rosafarbenen Strohhalm durch die Spitze eines Bechers stach, dann ließ dey den Blick über eine *Chaos Reign*-Gruppe schweifen, die eng um einen Tisch herumsaß, und bemerkte auf der anderen Seite des Raums ein vertrautes Schulterpaar.

»Tja, damit hättest du aber rechnen sollen«, sagte Bodhi.

Stella trommelte mit ihren blaugrünen Fingernägeln gegen ihre Tasse. »Ja, du hast großartig ausgesehen. Shenlong war eine tolle Idee.«

»Scheint ganz so«, sagte Eli und schaute weg, starrte auf deren Schoß, dann auf die Bar, danach auf Bodhis glitzerndes rosa Lanyard, aber deren Augen huschten immer wieder zu Zach.

»Was ... oh ...« Bodhi folgte Elis Blick und stieß einen Seufzer aus. »Wir können gehen, Eli. Wir müssen nicht bleiben.«

Bevor Eli sich stoppen konnte, sagte sie: »Bin gleich wieder da.«

»Nein, tu das *nicht*!«, zischte Bodhi leise und versuchte, deren Hand zu greifen. »Liz, ich schwöre bei Gott. Du trittst gerade dein eigenes Herz in die Tonne. Geh da nicht rüber!«

Eli sah, wie Zach die Hände rang, das Gesicht auf den Boden gerichtet, und nicht aufhörte, mit den Füßen zu wippen. Er war nervös und allein, und ihn so zu sehen, in seiner alten Lederjacke, mit ungeschminktem Gesicht und verunsichert, zog Eli wieder in seinen Bann.

Stella lachte. »Lass dey gehen, irgendwann muss dey ja damit abschließen.«

Eli machte sich nicht die Mühe, darauf zu antworten, sondern griff nach deren Tee und durchquerte den Raum. Vielleicht war es das Adrenalin, ein noch nachklingendes Bühnen-High, oder vielleicht konnte dey es nicht ertragen, dass Zach so ... *einsam* aussah. Er schaute dey einmal an, dann wieder, und sein Kinn wanderte hin und her.

Eli schob deren Becher von einer Hand in die andere. »Danke«, platzte dey heraus und seufzte, »... dass du mir vorhin geholfen hast. Ohne dich würde ich wahrscheinlich gerade meine Sachen packen und nach Hause fahren.«

Zach verharrte völlig reglos. Seine tiefgrünen Augen wanderten von Elis abgeranzten Vans zu deren Gesicht, das noch Flecken vom Entfernen des Klebers zeigte. »Kein Stress«, sagte er.

»Ich weiß nicht ...« Eli verstummte und klappte den Mund zu. Der Rest blieb ungesagt. *Ich weiß nicht, was in dem Trailer passiert ist, aber auch das tut mir leid. Es tut mir alles leid. Es hat mir auch wehgetan. Es tut immer noch weh.* »Ich weiß nicht«, sagte Eli und schluckte schwer. »Ein bisschen Stress vielleicht schon.«

»Warum das?«, fragte Zach und zog eine Augenbraue hoch. Sein Mund war geschlossen, aber ein Lächeln umspielte seine Lippen.

»Weil du mein größter Konkurrent bist«, sagte Eli.

Zach begegnete Elis Blick. Sie verharrten so und starrten sich an, bis eine Hand Elis Handgelenk berührte und jemand sich umdrehte, um dey anzusehen.

Cassie grinste und hüpfte auf der Stelle. »Hey! Zach, Eli, das ist Brandon, mein Mann«, sagte sie, drehte sich um und wies auf einen großen stämmigen Mann mit einem struppigen Bart und Ohrtunneln.

»Babe, das ist Zach, mein Freund von Shockwave, und Eli. Eli ist jetzt Geheimfavorit, nachdem dey gerade den ersten Runway im Sturm erobert hat. Give me five, Make-up-Baby!« Sie hob ihre Hand und Eli klatschte ab.

»Schön, dich endlich kennenzulernen, Alter«, sagte Zach.

Brandon nickte. »Ja, gleichfalls. Gehen wir in San Fran zusammen essen?«

»Auf jeden Fall.«

»Eli, du bist natürlich auch herzlich eingeladen. Dann machen wir einen Makeup-Wars-Abend draus«, sagte Cassie. Sie nahm Brandons Hand und wies mit einem Achselzucken auf den Ausgang. »Wir sehen uns nächstes Wochenende.«

»Ja, bis dann.« Eli hob zwei Finger und winkte verlegen.

Cassie hatte einen Ehemann. Natürlich hatte sie einen Mann. Warum sollte sie auch *keinen* Mann haben? Trotzdem schnürte es Eli die Kehle zu. Jahrelang war dey nie eifersüchtig gewesen, wenn es um Zach ging, und es hatte nur ein hübsches, talentiertes Mädchen gebraucht, das von ihm einen Kuss auf die Wange bekam, um dey völlig aus der Bahn zu werfen. Cassie war brillant, schön und ehrgeizig, aber nichts davon machte sie zu einer Bedrohung. Eli ekelte sich ein bisschen vor sich selbst, dass dey ihr keine faire Chance gegeben hatte, als sie sich vor ein paar Stunden getroffen hatten.

Am Ende hatte Eli deren Optionen abgewogen: eine Mastek, ein gut gefülltes Sparkonto, genug Geld zum Leben; oder mit Zach nach New York gehen und sonst nichts: kein Geld, kein Job, nur Taschen voller Hoffnung und ein paar Gutscheine vom Schulabschluss. Eli trug nicht Zachs Nachnamen. Dey hatte nicht in einem großen Haus gewohnt, hatte sich an deren fünfzehnten Geburtstag kein brandneues Auto aussuchen dürfen und stammte nicht aus einer einflussreichen Familie. Eli hatte kein *schlechtes* Leben, sicher. Aber dey hatte nicht das Leben von Zachary Miller und definitiv nicht denselben Fallschirm wie er. Aber das alles war nicht Cassies Schuld.

Elis Lippen öffneten sich. Dey seufzte und lächelte schmerzlich.

»Cassie und ich waren beim Workshop Partner. Wir haben alle unsere Projekte zusammen gemacht und uns gegenseitig als Leinwand benutzt«, sagte Zach. Auch er lächelte. Seine Lippen waren wohl wissend gekräuselt, die Augenbrauen hochgezogen. »Am Anfang wirkt sie ein bisschen kalt, aber sie hat ein großes Herz.«

»Ja, nein, sie ist wirklich nett«, sagte Eli und tippte mit dem Fuß auf den Boden. »Es tut mir leid, was in dem Trailer passiert ist. Ich bin rübergekommen, weil ich mich bei dir bedanken wollte, dass du mir geholfen hast, und Bodhi wartet auf mich, also sollte ich wieder gehen.«

»Kannst du nicht kurz sitzen bleiben?«, fragte er, lauter und unsicher. Eli kaute an der Innenseite deren Wange.

Zach rutschte rüber. »Was hast du so gemacht? Wie ist es in der neuen Wohnung?«

Von dem Moment an, als Zach dey gebeten hatte zu bleiben, wusste Eli, dass dey bleiben würde, obwohl Bodhis Blick denen Löcher in den Rücken brannte.

Dey setzte sich, die Ellbogen auf die Oberschenkel gestützt, und nickte langsam. »Ich habe mehr Schichten im Diner geschoben. Die Touristen sind überall, aber du weißt ja, wie das ist.« Dey nippte an dem Tee. Der Wodka brannte in deren Kehle. »Die neue Wohnung ist cool. Sie ist klein, aber sie liegt im Westen der Stadt. Keine Kakerlaken. Die Klimaanlage funktioniert, also«, sagte dey achselzuckend, »hat sie wohl alles, was ich brauche, denk ich.«

»Keine Mitbewohner?«

»Bodhis Vater hat einen Job in Culver bekommen, also wohnt sie bei ihrer Familie, um Geld zu sparen. Und es ist irgendwie gruselig, Leute über Craigslist zu suchen, weißt du? Na, du weißt schon, mit meiner Transition und so, meiner seltsamen Routine und der Tatsache, dass ich ein nervöses Wrack bin ...«

»Du bist kein Wrack«, sagte Zach sanft, zu sanft.

Ich bin ein Wrack, seit du weg bist. Eli schluckte schwer. »Wie war New York?«

»Wie L.A., nur hoch statt breit«, sagte Zach. Ein unbeabsichtigtes Lächeln huschte über seinen Mund. »Der Workshop war toll. Ich habe Kontakte geknüpft, ein paar Referenzen bekommen und verdammt viel gelernt.«

Eli betrachtete die Stoppeln, die aus seiner Haut lugten, und suchte nach vertrauten Stellen in seinem hübschen

Gesicht – die riesigen Dschungelaugen, die langen Wimpern und die kleine Narbe auf seiner Stirn. Eli erinnerte sich daran, wie dey mit dem Daumen die Stelle mit dem fehlenden Fleisch befühlt hatte. *Bin mal vom Pferd gefallen*, hatte Zach gesagt, als er mit geschlossenen Augen seine Wange auf Elis Oberschenkel gelegt hatte, *in der fünften Klasse im Jesus-Camp.* Dey blinzelte. Zach sah denen in die Augen und starrte dey an.

»Das ist klasse.« Eli richtete die Augen auf deren Schoß. Dey hätte das *nicht* tun sollen. Dey hätte weggehen sollen, dey hätte ihm schreiben sollen, aber dey hätte niemals, niemals so nah an ihn heran ...

»Sie ist stinksauer auf mich, hm?«, flüsterte Zach. Er zog eine Grimasse und schielte zur anderen Seite des Cafés. Ein flüchtiger, ängstlicher Blick.

»Was? Oh, Bodhi. Ja, du ...« Eli hielt inne, um einen Schluck zu nehmen. »Du solltest sie vielleicht mal anrufen.«

»Oder ich könnte jetzt mit ihr reden.«

»Das ist wahrscheinlich nicht die beste Idee. Sie hat getrunken«, sagte Eli und schüttelte den halb ausgetrunkenen Tee.

»Ernsthaft? Du hast euch etwas in den Bubble Tea gemischt?« Zach wartete nicht auf eine Antwort. Er schnappte sich Elis Becher, nahm einen Schluck und rümpfte die Nase. »Da ist wirklich was in deinem Tee. *Wow!*«

Elis Knie berührte Zachs Oberschenkel. Dey schnaufte und schnappte sich deren Getränk zurück. Zachs Finger waren warm, seine Fingerknöchel knochig und hart. Sie brachen in Gelächter aus und alles in Eli wollte ihm näher kommen, deren Schulter gegen Zachs Schulter drücken, die Hand um seinen Oberschenkel legen. Aber dey tat es nicht, weil dey es nicht konnte. Denn wenn Eli sich zu ihm lehnte, würde alles aus denen heraussprudeln. All die ungesagten Wahrheiten. All die Erklärungen. Und dafür war es zu spät. Zu spät für sie beide.

»Wir sehen uns in San Francisco«, sagte Eli. Dey stand auf, bevor dey deren Meinung noch änderte. »Ich verspreche, dass du mich nicht noch mal retten musst.«

Zachs Lächeln wurde weicher, ehe es ganz verschwand. »Das werden wir dann sehen.«

KAPITEL 10

Los Angeles

Zachary Miller: Bringst du auch
Cosplays für die eigentlichen Cons mit?
Eli Peterson: nee, bring nur
meine cosplays für den runway
und normale kleidung
Eli Peterson: du?
Zachary Miller: Ich wohl auch
Zachary Miller: Freust du dich schon?
Eli Peterson: na klar??
Zachary Miller: Darauf, meinen
Staub zu schlucken?
Eli Peterson: hahahahahaha siiiiicheeerrr
Eli Peterson: ich hab den letzten
runway GEWONNEN alsoOooOOOoo
Zachary Miller: Ich habs
dir leicht gemacht
Eli Peterson: jaja, schon klar
Zachary Miller: Um wie viel
Uhr geht dein Flug?

Eli Peterson: arschfrüh am morgen
Zachary Miller: Meiner auch. Vielleicht können wir ja ein paar fürchterliche Flughafenkaffees trinken?

Eli stand mit einem Joint zwischen den Lippen in der Mitte ihrer Wohnung und starrte auf den hüpfenden Cursor auf deren Bildschirm. Dey saugte den Rauch in die Lungen und atmete die grauen Schwaden aus. Vor deren Fenster quietschten Bremsen und dey stieß einen Seufzer aus. Dey hatte das ja nicht so *geplant*. Eli hatte vielleicht darüber *nachgedacht*, Zach zu schreiben, aber dey hatte es nicht durchgezogen. Das war erst passiert, als Zach die verbotene Tür mit der Aufschrift *Keine Ex-Partner erlaubt* eine Zehenbreite aufgestoßen hatte und wieder in Elis Leben getreten war. Jetzt wusste Eli nicht, wie dey *aufhören* sollte, ihm zu schreiben.

Jedes Mal wenn deren Handy summte, hoffte dey, dass er es war. Jedes Mal wenn dey Instagram öffnete, suchte dey in den Likes und Kommentaren nach seinem Benutzernamen.

Sie konnten doch Freunde sein, oder? Ex-Partner können Freunde sein. Eli konnte absolut, hundertprozentig mit Zach befreundet sein.

Dey nahm einen weiteren langen Zug von deren Joint und aschte in eine alte Müslischale.

Eli Peterson: ja, vielleicht
Eli Peterson: schreibst du mir, wenn du durch die sicherheitskontrolle bist?
Zachary Miller: Wird gemacht 😊

Ein Smiley.

Eli blinzelte. War das ein flirtender Smiley oder ein platonischer Smiley? Dey blinzelte noch mehr. Gab es *flirtende* Smileys?

»Oh, mein Gott, nein. *Nein!*« Dey warf deren Handy aufs Bett. »Nein, Eli. Damit fangen wir gar nicht erst an. Nix da. Nö.« Dey rauchte den Joint auf und schnippte die Kippe in die Müslischale, wobei dey den Löffel nur knapp verfehlte. »Wir packen, wir gehen zur Grillparty, wir werden nicht mit Zach flirten. Schluss, aus! Keine Nachrichten mehr. Fertig. Nada. Das war's.«

Dey öffnete deren Seesack und stopfte Kleidung hinein – Jeans, Shorts, zwei Röcke, ein paar Shirts und ein Crop-Top –, dann stapfte dey ins Badezimmer und packte deren Pflegeprodukte ein. Es war vorbei. Zach und Eli waren fertig. Nach so einer Trennung würden sie nicht mehr zurückkommen. Das *konnten* sie nicht. Und Eli konnte es ganz sicher nicht gebrauchen, wenn deren Herz sich aus der Ferne nach Zach verzehrte, in der Hoffnung auf ... was? Etwas Neues? Noch eine Chance? Nicht wenn Beyond auf dem Spiel stand. Nicht wenn Zach die Macht hatte, Eli deren Träume zu entreißen. Eli seufzte erneut, zog den Reißverschluss von deren Kulturbeutel zu und kramte in der obersten Schublade nach Augentropfen.

Das Make-up-Kit war gepackt. Die Outfits zusammengelegt und im Seesack verstaut. Die Hautpflege- und Toilettenartikel startklar. Dey packte den Wollmantel mit Kapuze, den Bodhi für dey geändert hatte, in den Hartschalen-Rollkoffer, zusammen mit dem Rest der Sachen für den Runway. *So.* Eli legte deren Seesack oben auf den Koffer neben der Eingangstür. *Erledigt.*

Eli atmete aus, schürzte die Lippen und griff nach dem vibrierenden Handy.

Zachary Miller: Kann ich dich
irgendwie dazu bringen, mir zu sagen,
was für ein Cosplay du machst?

Elis Daumen glitten über die Tastatur und dey grinste.

Eli Peterson: 3 mal darfst du raten
Zachary Miller: Hmmm okay.
Kleine Meerjungfrau?
Eli Peterson: nö
Zachary Miller: Verdammt
Eli Peterson: 2 noch
Zachary Miller: Okay, okay
Zachary Miller: Maleficent?
Eli Peterson: nöööööööö
Zachary Miller: ERNSTHAFT?!
Eli Peterson: 1 noch. gib alles
Zachary Miller: Okay, gut.
Lass mich nachdenken.

Eli grinste den Bildschirm an. Drei Punkte hüpften. Hörten
auf zu hüpfen. Hüpften wieder.

Zachary Miller: Die Grinsekatze?
Eli Peterson: N Ö Ö Ö
Zachary Miller: Fuck. Komm schon, echt?!
Eli Peterson: wette, ich kann
dein märchen makeup erraten
Zachary Miller: Wetten, dass nicht
Eli Peterson: türlich machst du Das Biest

Eine Sekunde verging, dann noch eine. Eli wusste nicht, warum, aber deren Puls beschleunigte und in deren Hals hing plötzlich ein Kloß. Dey lächelte und lachte leise. Da erschien eine weitere Nachricht.

Zachary Miller: Du kennst mich zu gut

♡ ♡ ♡

Eli war seit zwei Monaten nicht mehr in Laguna Niguel gewesen, deren Heimatort.

Dey hatte deren Vater geschrieben und deren Mutter angerufen, aber zum ersten Mal buchte dey wieder ein Zugticket und fuhr nach Orange County zurück. Eli *hasste* es nicht unbedingt, in den Süden zu reisen, aber Orange County war lächerlich konservativ, übermäßig weiß, ekelhaft reich und nicht besonders freundlich zu allen, die nicht in diese drei Kategorien fielen. Manchmal verstand Eli nicht, wie deren Eltern es dort aushielten. Wie sie dort bleiben, arbeiten, leben und über die Runden kommen konnten. Ihr veraltetes einstöckiges Haus, das Elis Großeltern in den 70er-Jahren noch mit Bargeld gekauft hatten, war die Art von Handwerkertraum, der noch nie tatsächlich einen Handwerker *gesehen* hatte. Aber es war abbezahlt, genauso wie das Familienauto, und als sich Oma und Opa in Nevada zur Ruhe gesetzt hatten, hatten Elis Eltern hier Wurzeln geschlagen.

Im Grunde genommen waren die Petersons geübte Heuchler, die sich in Secondhandklamotten durch die Gesellschaft bewegten, mit Coupons aus dem *OC Shopper* Essen zum Mitnehmen bestellten und – für Eli – jeden Tag kostenloses Frühstück und Mittagessen in der Schule abholten.

Influencer zu werden hatte alles verändert, aber noch nicht *genug*.

»Liz!« Deren Mutter Claire winkte aus dem offenen Beifahrerfenster eines schwarzen Corolla, der vor dem Bahnhof im Abholbereich parkte. »Hattest du eine gute Reise, Schatz?«

Eli schob sich auf die Rückbank. »Ja, war in Ordnung. Können wir auf dem Weg zum Supermarkt anhalten? Ich habe vergessen, Ginger Ale mitzubringen.«

»Dein Vater hat die Hotdog-Brötchen vergessen, das ist also sowieso Teil des Plans«, sagte Claire und warf einen strengen Blick zu Elis Vater Gary, der schwer seufzte.

»Sieht so aus, als hätten wir die Grillparty ruiniert, Kind«, stichelte Gary und begegnete Elis Blick im Rückspiegel. Sie hatten das gleiche herzförmige Gesicht und die gleichen dunkelblauen Augen. »Wie ist L.A.? Gefällt dir die neue Wohnung?«

Eli nickte. In deren Bauch kochte Anspannung hoch. Eli wusste, was auf dey zukommen würde – ein Gespräch über den Wettbewerb –, und dey hoffte inständig, dass deren Eltern deswegen nicht ausrasten würden. »Ich bin noch dabei auszupacken, aber ja. Alles gut.«

»Ist mit der Versetzung bei der Arbeit auch alles gelaufen?«, fragte Claire, die in den Rückspiegel starrte und an ihrem kurzen blonden Haarschopf herumzupfte.

Jetzt oder nie! Eli zupfte an deren Nagelhaut und sah zu, wie identische Reihenhäuser und perfekt gestutzte Hecken am Fenster vorbeizogen. Eli hatte deren Eltern von Makeup Wars erzählt, aber dey hatte den Teil mit dem *ersten Platz* verschwiegen, genauso wie den Teil mit dem *Reisen*. Und den Teil mit der *Auszeit von der Arbeit*. »Ja, alles wunderbar. Hey, apropos Arbeit, ich, äh, hab irgendwie was Spontanes gemacht«, sagte

Eli und grub den Daumennagel in deren Handfläche. »Ich habe mich bei diesem Wettbewerb, von dem ich euch erzählt habe, Makeup Wars, angemeldet und bin reingekommen.«

»Oh, das ist ja toll«, sagte Gary und grinste, als er auf den Parkplatz des Lebensmittelladens einbog. »Glückwunsch!«

Eli nickte. »Aber ...«

»Aber?« Claire löste ihren Sicherheitsgurt und drehte sich um, um Eli anzusehen.

»Aber ich muss dafür viel reisen, deshalb nehme ich mir eine Auszeit von der Arbeit, um das zu hinzukriegen. Alles ist in Ordnung!«, platzte Eli heraus und fing sich am Sitz ab, als das Auto abrupt zum Stehen kam. *Flippt nicht aus!* »Ich habe jede Menge Urlaubs- und Krankheitstage und das Team bei Denny's ist damit einverstanden, dass ich so viel unterwegs bin. Ich habe schon mit meiner Chefin gesprochen, sie hat mir versprochen, dass ich noch einen Job habe, wenn ich zurückkomme, das ist völlig in Ordnung.«

Gary rückte die silberne Brille auf seiner Nase zurecht. »Über wie viel Zeit reden wir hier, Eli? Du kannst doch nicht einfach losgehen und deinen Job aufgeben.«

Claire stieß die Art von kurzem frustrierten Seufzer aus, die Eli nicht ausstehen konnte.

Eli redete schnell weiter: »Vier Wochen, vier Conventions, aber das ist in Ordnung ...«

»Vier Wochen?«, wiederholte Claire kopfschüttelnd. »Das kann doch nicht dein Ernst sein.«

»Ich bin zwischen den Shows ein paar Tage zu Hause. Ich arbeite immer noch jeden Dienstag und Mittwoch, aber ich brauche die Donnerstage, um meine Looks für den Runway zu proben, und wir fliegen normalerweise donnerstags oder freitags ab, also werden meine Wochenendschichten übernommen, wenn ich weg bin. Das ist in Ordnung, versprochen! Linda ist mit der Planänderung einverstanden, bis Makeup Wars vorbei ist.« Eli hielt inne, um Luft zu holen, und war überrascht, dass dey es so weit geschafft hatte, ohne unterbrochen zu werden. Eli schnürte es die Kehle zu, aber dey atmete durch und fuhr fort. »Der Gewinner bekommt ein Stipendium für Beyond. Das ist eine sehr, *sehr* gute Make-up-Schule und ich ... ich habe eine echte Chance.«

Gary zog die Schlüssel aus dem Zündschloss und stieg aus dem Auto. »Und diese Schule ist anerkannt? Es ist eine *Schule*?«

»Eine Berufsschule, ja«, sagte Eli. Dey folgte deren Eltern, zitterte kurz, als sich die automatischen Türen öffneten und denen ein kalter Windstoß ins Gesicht fuhr, und betrat den Laden. »So ziemlich die beste Schule für Spezialeffekte, die es gibt.«

Gary und Claire tauschten misstrauische Blicke aus. Jemand schob einen Einkaufswagen in Richtung Selbstbedienungskasse und Eli sprang zur Seite und holte wieder zu deren Eltern auf. *Verkauf es. Bring sie dazu, an dich zu glauben.* Gary klemmte sich eine Packung Hotdog-Brötchen unter den Arm und zeigte auf den Gang mit den Getränken. »Hol das Ginger Ale«, sagte er.

»Dad, komm schon«, jammerte Eli.

»Wir reden im Auto, wir dürfen nicht zu spät kommen. Na los.«

Eli schnaufte und tat wie geheißen. Sobald dey mit zwei Litern Ginger Ale als Begleitung wieder auf der Rückbank saß, wartete dey und kaute auf der Innenseite deren Wange. Die Stille wurde drückender. Claire klapperte mit den Fingernägeln – eine nervöse Marotte – und Gary richtete seinen Blick nach vorn auf die Straße. Eli hatte mit einer miesen Reaktion gerechnet, aber dey hatte gehofft, dass deren Eltern deren Zukunft diesmal vielleicht ernst nehmen würden. Dieses *eine* Mal.

Dey zog deren Handy heraus und las noch einmal die Nachrichten von Zach. *Nein, nicht.* Dey wischte seine Textblase weg und schrieb stattdessen Bodhi.

> **Eli Peterson**: das hier ist also ein albtraum
> **Bodhi Babe**: Was ist los?
> **Eli Peterson**: bin in OC bei meinen Eltern, habe ihnen grad von makeup wars erzählt
> **Bodhi Babe**: Uff, oje, ich wette, sie sind BEGEISTERT. Soll ich dich abholen kommen?
> **Eli Peterson**: nee ich komm schon klar für eine weile
> **Bodhi Babe**: Ich koch später mit meiner Oma. Komm vorbei, wenn du willst.
> **Eli Peterson**: mach ich ♡

»Ich finde, du solltest wirklich bedenken, dass du gerade erst in eine neue Wohnung gezogen bist. Du hast jetzt Rechnungen zu bezahlen«, sagte Gary.

»Wann hatte ich denn mal *keine* Rechnungen zu bezahlen, Dad? Ich habe angefangen, Miete zu zahlen, als ich sechzehn war.« Eli verdrehte die Augen und stöberte durch die beliebtesten Make-up-Hashtags auf Instagram.

Claire gab einen entrüsteten Laut von sich. »Wir haben nie *Miete* von dir verlangt! Du hast dieses ganze Geld einfach so bekommen und wir haben dich gefragt, ob du bei den Einkäufen aushelfen könntest und ... und ...«

»Mom, schon in Ordnung. Ich habe es angeboten, ich weiß. Aber ich habe das Geld nicht *einfach so* bekommen. Ich habe dafür gearbeitet und ich arbeite jetzt noch härter. Ich habe Ersparnisse, ich erwarte in den nächsten Wochen mindestens drei Sponsorenzahlungen *und* ich verwende einen Teil meiner Urlaubstage. Ich habe das durchgerechnet. Alles ist geregelt.«

»Du bist fast zwanzig, Eli. Dein Übergangsjahr ist so gut wie vorbei, du schiebst *immer noch* Nachtschichten in einem Diner und jetzt hast du deine eigene Wohnung und deine eigene Verantwortung. Du darfst uns keinen Vorwurf machen, wenn wir deinem Social-Media-Job etwas skeptisch gegenüberstehen, okay? Es ist kein sicherer und definitiv kein beständiger Job«, sagte Gary und versuchte deutlich, seine Stimme ruhig und gelassen zu halten. »Da sind wir uns doch alle einig, oder?«

»Ja, allerdings«, murmelte Claire.

Eli neigte deren Nase näher ans Handy und ignorierte den angehaltenen Atem deren Mutter und die Augen von deren Vater im Rückspiegel. Das Auto hielt am Bordstein im Viertel von deren Tante. Aus dem Hinterhof ertönten Lachen und Badegeräusche.

Bevor Eli es sich anders überlegen konnte, schnallte dey sich ab, schob dey Handy über die Mittelkonsole nach vorn und drückte bei einem Video auf Abspielen.

»Das bin ich«, sagte dey ganz sachlich. Neonlichter blitzten über die Bühne der Comic Palooza. Der Gewinner wurde bekannt gegeben und das Publikum applaudierte. »Das ist kein kleiner Onlinewettbewerb und auch kein *unbeständiger* Social-Media-Job. Das ist ein richtig großes Ding und ich will nicht, dass ihr denkt, ich hab nur Flausen im Kopf.«

Elis Mutter schnalzte mit der Zunge und lächelte sanft über das Video. Gary warf ihr einen Blick zu und lächelte ebenfalls.

»Wir wissen, wie viel *Spaß* dir Make-up macht, mein Schatz ...«, sagte Claire und seufzte. Sie schaute Eli über ihre Schulter an. »Wir machen uns nur Sorgen, das weißt du. Wäre es nicht etwas sicherer, ein paar Onlinekurse zu belegen? Oder dich hier in Saddleback einzuschreiben und später auf die Uni zu wechseln? Du weißt, dass du bei uns bleiben kannst, bis du auf eigenen Füßen stehst. Unser Haus ist dein Haus.«

»Ich *stehe* auf meinen eigenen Füßen«, sagte Eli, auch wenn dey vielleicht nur auf *einem* Fuß stand. Aber sie stand. Wackelig, ja, aber aufrecht. »Ich mache das, okay? Wenn ich nicht gewinne, gewinne ich nicht, aber ich muss es versuchen.«

Gary lächelte mit zusammengekniffenen Lippen. »Das ist sehr gut«, sagte er und deutete auf das Video. »Leute mit deiner Fantasie geben unglaubliche Architekten ab. Außerdem verdienen sie viel Geld. Die Details und die Farben, du könntest diese Fähigkeiten nutzen und daraus etwas machen. Du könntest Designer werden oder ...«

»Oder Make-up-Artist«, schnappte Eli. Dey stieß die Autotür auf, stieg aus und trug das Ginger Ale zu Tante Ashleys zweistöckigem weißen Haus.

Dey ballte die freie Hand zur Faust. Darauf war dey vorbereitet gewesen, auf die langweiligen, immer gleichen Ratschläge, die deren Eltern immer gaben. Sorgenvolle *Was wäre, wenn* und Ausreden. Eli war in einer Welt aufgewachsen, in der Geld als Held wie Bösewicht galt, und das erklärte, warum deren Eltern wollten, dass dey etwas Sicheres hatte. Claire und Gary wären überglücklich, wenn dey in einer Bank dahinvegetieren, völlig unerfüllt Immobilien verkaufen oder sich in einem Architekturbüro zu Tode langweilen würde. Aber der amerikanische Traum, den deren Eltern für den jedes Menschen hielten, klang wie eine Gefängnisstrafe und Eli weigerte sich, da mitzumischen. Trotzdem hatte dey auf etwas anderes gehofft, etwas, bei dem deren Glück und nicht deren Einkommen im Vordergrund stand. Eli hatte gehofft, dass deren Eltern endlich sagen würden: *Das ist toll, Schatz,* und danach kein einziges Wort mehr.

Nur: *Gute Arbeit.* Einfach nur: *Glückwunsch.* Einfach nur: *Wir drücken dir die Daumen.*

Eli öffnete die Haustür. »Ash? Wir sind da!«

»Liz? Oh, hi, Baby. Ja, wir sind hinten«, rief Ashley.

Wie die meisten Häuser in den Vorstädten war auch Ashleys in verschiedenen Grau- und Beigetönen eingerichtet. An den Wänden hingen Wohlfühlaccessoires aus teuren Boutiquen und gerahmte Familienporträts säumten den Treppenaufgang. Eli schob deren Sonnenbrille nach oben und stellte das Ginger Ale auf die Kücheninsel, die bereits voll mit Chips, Dips und geschnittenem Obst war. Elis Cousins plantschten im Pool, umarmten aufblasbare Tiere und schlugen einen Strandball über ein aufstellbares Netz.

Onkel David saß unter dem schattigen Pavillon und nippte an einem Pils. »Hey, hey, Familie, es gibt Rippchen auf dem Grill. Als Nächstes kommen Burger und Hotdogs!«

Gary und Claire folgten Eli auf dem Fuße. Elis Vater drückte deren Schulter, als er sich auf den Weg in den Garten machte, und deren Mutter seufzte, als sie zu Ashley am Grill ging.

Ein weiteres Wochenende in Orange County. Ein weiterer Tag voller höflicher Floskeln, Chlorgeruch und dem Anblick deren Eltern, die so taten, als zählten sie zu den erfolgreicheren Zweigen des Stammbaums.

Niemand sprach es je aus, aber Eli wusste, dass dey das schwarze Schaf der Familie war. Das eine Mitglied der Petersons, das sich nicht fügte, das nicht bei reichen Arschlöchern um Aufmerksamkeit buhlte oder vorgab, jemand zu sein, der dey nicht war. Nicht dass Ashley und David *Arschlöcher* wären, aber ... hey, sie hatten einen verdammten Pool.

Eli zog das Tanktop aus, goss sich ein Glas Limo ein und legte sich auf ein Handtuch neben den Pavillon, um sich wie eine Eidechse in der Sonne zu wärmen.

»Wie ist das Leben in der Großstadt, Eli?«, fragte David.

Und schon geht's wieder los. »Läuft großartig«, sagte Eli und seufzte.

»Machst du immer noch diese Kosmetiksachen?«

»Jepp«, sagte dey und ließ die Lippen wie einen Luftballon platzen.

Ashley kam mit einem Teller Rippchen herüber und setzte sich neben Gary auf den Liegesessel. Claire stand und stützte ihre Hüfte gegen ein Holzbein der Gartenlaube. »Deine Mutter hat gesagt, dass du ein Übergangsjahr machst«, sagte Ashley und tat so, als würde sie sich darüber freuen. »Das ist ja aufregend!«

»Wenn wir es so nennen wollen, klar.« Eli fischte mit den Fingern klebrige Rippchen auf einen Pappteller und knabberte an einem, bevor dey sich wieder zu deren Handtuch zurückzog. »Technisch gesehen ist es ein *Ich habe einen echten Job*-Jahr, aber Übergangsjahr passt ja auch.« Dey leckte sich die Barbecuesoße von den Fingern und lächelte.

Deren Tante nickte langsam und warf Claire einen fragenden Blick zu. Eli war dankbar, dass Gary anfing, über den Aktienmarkt zu reden, und dey mit dem Essen und dem Sonnenschein allein ließ. Die nächsten Stunden blieb dey allein, tauschte Sonne gegen Schatten, Rippchen gegen

Kartoffelsalat und schlief immer wieder ein, während der Nachmittag dahinbrutzelte.

Eli überstand den Tag nahezu unbeschadet – dey ging mit deren Cousins schwimmen, hörte Musik und las auf deren Handy die Leseprobe eines Buchs –, aber als sich die Familie zum Nachtisch versammelte, seufzte deren Onkel. »Also kein College, hm?«

Eli stach mit der Gabel in einen klebrigen Brownie und stieß ein Lachen aus. »Berufsschule«, sagte dey.

»Aha ...«

»Wir überlegen noch«, versicherte deren Vater David. »Nichts ist in Stein gemeißelt.«

Ashley seufzte. Sie hatte einen blonden Bob und eine kleine gerade Nase wie Elis Mutter. Als sie zum ersten Mal Elis rasierten Kopf gesehen hatte, hatte sie hörbar nach Luft schnappen müssen und Claire, nachdem Eli bei der Abschlussfeier über die Bühne gelaufen war, mitleidige Blicke zugeworfen. Sie verstand die Sache mit dem Make-up und das Nichtbinär-Sein nicht, aber sie hatte sich nie wirklich *abfällig* geäußert. Ihr Urteil bestand aus flüchtigen Blicken. Immer versteckt in heimlichen Entschuldigungen.

»Ich finde, Make-up ist eine tolle Sache für den Übergang.« Ashley streckte denen ihre Handfläche entgegen, als wäre Eli eine wilde Straßenkatze.

»Und eine tolle Karriere«, sagte Eli.

»Ja, sicher, aber du denkst doch immer noch über einen Abschluss nach, oder? Ich meine, ein Bachelor öffnet zwar nicht alle Türen, aber er kann nicht schaden.« Sie lachte und nickte, als ob sie die ultimative Wahrheit ausgesprochen hätte. »Nicht dass Make-up keinen Riesenspaß machen würde! Ich wette, das macht Spaß, was?«

»Es macht Spaß, ja«, sagte Eli und widerstand dem Drang, einen Streit anzufangen. *Und es ist stressig und anstrengend und anspruchsvoll.* »Apropos, ich muss zu einem Termin.«

»Was? Ich dachte, wir setzen dich heute Abend am Bahnhof ab?« Claire sprach leise durch ihre Zähne: »Liz, bitte. Bleib einfach.«

Elis Wangen glühten. Dey stand auf, das Handtuch in der einen Hand, die Handtasche in der anderen, und zwang sich zu einem weiteren schmerzlichen Lächeln. »Wünscht mir Glück bei Makeup Wars. Ich rufe an, bevor ich ins Flugzeug steige.«

»Jetzt warte doch mal«, sagte Elis Vater.

»Es war schön, dich zu sehen, Ashley. Tschüss, David!«, sagte Eli und ging, bevor dey noch deren Meinung änderte oder alle anschnauzte. Deren Cousins riefen Eli vom Pool aus zu: »Tschüss, Eli! Viel Spaß in San Francisco!«, und Eli drehte sich lachend um: »Danke, Jungs! Wir sehen uns!«

Dey hörte Ashley fragen: »San Francisco ...?« Dann fiel die Haustür hinter Eli ins Schloss.

Eli Peterson: wie lange bist du bei deiner Oma?
Bodhi Babe: Ähhhh eine Weile.
Kommst du?
Eli Peterson: nehme ein Lyft zum bahnhof, also ja. Bin in ein paar stunden da
Bodhi Babe: Biste okay?
Soll ich dich abholen?
Eli Peterson: mir gehts gut, muss bloß hier raus
Bodhi Babe: Oma sagt, sie macht extra Vada Pav uuuuunnnnd Donuts.

Eli Peterson: sind das die curry-kartoffel-burger?

Bodhi Babe: Ja, Dumpfbacke

Eli Peterson: sag Oma, sie ist mein lieblingsmensch

Bodhi Babe: ICH BIN DEIN LIEBLINGSMENSCH

Eli Peterson: ok sag ihr, sie ist mein zweitliebster

Bodhi Babe: Gut

♡ ♡ ♡

Bei den Burmans ging es immer herrlich chaotisch zu.

Bodhis Eltern, Bhavita und Steven, wuselten im Haus herum. Bhavita schrie, weil aus einem blubbernden Topf Öl spritzte. Steven krähte: »Schatz, alles in Ordnung«, während seine Frau in die Küche stürmte. Olivia, Bodhis Großmutter, verscheuchte Bhavita und ließ einen Teigklumpen in das gluckernde Öl fallen.

»Kokosnuss-Donuts«, sagte Olivia. Sie reckte den Daumen über ihre Schulter und deutete zu der Marmorinsel, wo Bodhi und Eli frittierte Teigbällchen mampften. »Gibst du diesen Kindern nichts zu essen? Guck dir deine Tochter an – hungrig und abgemagert.« Sie gab ein überspieltes verächtliches Geräusch von sich.

»*Abgemagert?*« Bodhi bellte ein Lachen. Puderzucker klebte an ihrem Kinn. »Wohl kaum, *Nani*. Aber du darfst mich gerne weiter füttern.«

»Danke fürs Kochen, Olivia«, sagte Eli.

»Danke für die Unordnung«, zischte Bhavita und schrubbte

den Tresen mit einem Lappen. Sie sah aus wie Bodhi. Starke Nase, rostbraune Haut, langes Gesicht. Wunderschön und immer mit einem finsteren Gesichtsausdruck. »Ich schwöre, Mama. Ich schwöre.« Olivia ließ mehr Teig in das Öl fallen und zog ihre Schürze enger um ihre füllige Taille. »Gern geschehen, Liz. Du kannst die hier haben.« Sie winkte halbherzig auf den restlichen Stapel Donuts. »Nächstes Mal mach ich welche mit Mangofüllung.«

»Könnt ihr zwei ...« Bhavita verscheuchte Bodhi und Eli und fuchtelte mit den Händen in Richtung Treppe. »... bitte gehen? Ich muss hier sauber machen – Mama, *hör auf.*«

Bodhi zuckte mit den Schultern, nahm den Teller und stieß Eli mit dem Ellbogen an. Die beiden stiegen die Treppe hinauf und gingen in Bodhis Schlafzimmer. Bodhi warf die Tür mit der Hüfte zu, saugte Zucker von ihren Fingerspitzen und trat schmutzige Kleidung in den überquellenden Wäschekorb in der Ecke.

»Deine Eltern sind also scheiße«, schmatzte sie. Sie saß im Schneidersitz auf ihrem Bett und ihre Wangen waren voller frittiertem Teig. »Das wussten wir doch, oder?«

»Sie sind nicht *scheiße.* Ich meine, okay, vielleicht ein bisschen, *irgendwie*, aber sie sind einfach ... beschränkt. Ich dachte, sie hätten es inzwischen begriffen.« Eli tippte auf deren Handy und öffnete eine weitere Textnachricht von deren Mutter. Schuldgefühle pochten in deren Brust.

Mama 🏵 : Wir lieben dich so sehr und wollen nur das Beste für dich
Mama 🏵 : Schick uns Bilder von deinem Schminkwettbewerb! MUAH! ♡

»Sie haben Angst, dass ich mein Leben verschwende«, fügte Eli leise hinzu. »Kann ich ihnen nicht verdenken.«

»Ach, komm schon. Du *verschwendest* gar nichts«, sagte Bodhi und schob Eli einen Donut in den Mund. »Ich glaube, es ist in Gehirnen von Eltern fest einprogrammiert, alles Künstlerische sofort mit Versagen zu assoziieren. Sogar Zachs Eltern machen ihm deswegen immer noch Vorwürfe.«

Eli hörte auf zu kauen. *Immer noch.* Also *jetzt.* Also musste Bodhi mit ihm *gesprochen* haben. Deren Herz machte einen Sprung. »Was ...?«

Bodhi hörte auch auf zu kauen. Ihre Augen weiteten sich und sie schluckte hastig. »Oh, richtig, ja. Er ... Er hat angerufen. Zweimal, um ehrlich zu sein. Den ersten Anruf habe ich weitergeleitet und dann ...«

»Was hat er gesagt?«

»Ich ... Ich meine ...«

Eli konnte die Hitze in deren Inneren nicht unter Kontrolle halten. »Was hat er *gesagt*, Bodhi?«

»Eine Menge, Eli. Er hat eine Menge gesagt.«

»Okay, und ...?«

»Und ich weiß nicht, ich bin noch dabei, es zu verdauen.«

»Es zu verdauen?«

»Ja, es zu verdauen. Es war hart, echt richtig, richtig hart. Er klang noch nie so ...«

»So *was*?«, fragte Eli ungeduldig und grob.

»*Traurig!* Mein Gott, Liz, du hast ihm das Herz gebrochen«, schimpfte Bodhi, schnippisch und zu laut. »Er war total am Boden zerstört, okay? Er dachte, er hätte alles falsch gemacht. Und er ... er dachte, dass ich ihn auch verlasse, und er wollte mich nicht von dir trennen, also hat er meine Nummer blockiert, als er in New York war, weil er sich nicht getraut hat, nicht nach dir zu fragen. Ich meine, ernsthaft, du hast ihn gefühlsmäßig in Grund und Boden gestampft und er hat trotzdem Rücksicht auf dich genommen.« Sie sprach mit Nachdruck. Zu Recht. Als wäre all die Wut, die sie unterdrückt hatte, an die Oberfläche gekommen. »Ja, ich würde ihm am liebsten in die Eier hauen, ja, ich bin wütend auf ihn, ja, ich fand's widerlich, dass er abgehauen ist, aber ich habe ihn auch vermisst, okay? Er *fehlt* mir und jetzt habe ich seine Seite gehört und bin wütend, weil ich euch beide lieb habe. Das ist scheiße. Diese ganze Sache. Du und er.« Bodhi hielt inne, um sich noch einen Donut in den Mund zu stopfen. »Der hier«, sie zeigte Eli ihren Mittelfinger, »ist für euch beide.«

Eli starrte sie an. Das Herz schlug denen bis zum Hals und dey unterdrückte den Drang zu schreien und blinzelte mit den Augen, bis dey sicher war, dass dey nicht weinen würde. »Ich weiß, dass ich ihm furchtbar wehgetan habe«, zischte Eli. Deren Nase brannte. Obwohl dey versuchte sich zu beruhigen, zitterte deren Stimme immer noch. »Aber ich habe ihn nicht gebeten, sich von dir fernzuhalten, und ich habe dich nicht gebeten, Team Eli zu wählen, okay? Denkst du, ich weiß nicht, wie beschissen das ist? Glaubst du, ich kapiere nicht ...«

Bodhi seufzte. »Nein, ich weiß. Es tut mir leid.«

»Muss es nicht. Er hat mich auf der Comic Palooza vor allen Leuten zurechtgewiesen, aber er hat ...« Eli schlug mit der Hand auf deren Handy, das neben dem Teller mit den Donuts lag. »Er hat mir auch geschrieben. Ich weiß nicht, was los ist, aber ich halte mich zurück, wenn du meinst, ich sollte das tun.«

»Er hat dich *zurechtgewiesen*?« Bodhi zog eine Augenbraue hoch.

»Ja, er hat mich wegen unserer Trennung zurechtgewiesen. Nicht direkt, aber so, dass jeder wusste, wovon er sprach.«

»Das ist ... ja, das ist nicht cool.«

»Ihn gefühlsmäßig in Grund und Boden zu stampfen ist auch nicht cool.«

»Okay, vielleicht war meine Wortwahl ein bisschen hart ...«

»*Ein bisschen?*« Eli spürte, wie sich deren Kinn verzog und dey den Kiefer zusammenpresste. Dey begegnete Bodhis nun weicherem Blick. »Du hast keine Ahnung, wie es ist, wenn man merkt, dass man nicht gut genug für die Person ist, die man liebt, okay? Ich weiß, dass ich ihn verletzt habe, ich weiß, dass ich Scheiße gebaut habe, ich *weiß* das. Und ich weiß, dass du im Kreuzfeuer standest; wenn du also *unbedingt* noch etwas loswerden willst, dann nur zu!«

Bodhi kaute auf ihrer Unterlippe. Ein angespannter Moment verging, dann noch einer, unterbrochen von Bhavitas schriller Stimme, klappernden Tellern und Olivias schallendem Gelächter. Vorsichtig ergriff Bodhi Elis Handfläche, drückte sie und stieß einen müden Seufzer aus. Sie plapperte nicht und bat auch nicht um Antworten. Sie hielt nur Elis Hand und sie ertrugen die peinliche Stille. Eli starrte auf die zerknitterte Bettdecke, gefangen in einem gedanklichen Teufelskreis – die Nacht der Trennung, die Wochen danach, die Comic Palooza, wie dey mit Zach im Café gesessen hatte – und versuchte, sich nicht zu verkrampfen, als deren Handy aufleuchtete.

Zachary Miller: Was Griechisches?
Hades oder Cerberus?

»Hältst du das für klug?«, fragte Bodhi. Sie ließ Elis Hand los und zeigte auf deren Handy.

»Was?«

»Wieder mit ihm zu reden. Ist das klug?«

»Ich kann nicht *nicht* mit ihm reden, Bodhi. Er ist buchstäblich mein Konkurrent. Ich kann ihm nicht aus dem Weg gehen.«

Bodhi nickte knapp. »Ich will nur nicht, dass du verletzt wirst«, sagte sie und es fühlte sich wie ein Schlusspunkt an. Als ob der Ausbruch, den sie begonnen hatten, vorbei wäre und die Asche sich endlich gelegt hätte. Zumindest für Eli und Bodhi. »Worum geht's da eigentlich?«

Der Schaden ist bereits da, dachte Eli. Am Ende hatte dey sich selbst gebrochen, indem dey ihn gebrochen hatte, und das ließ sich nicht mehr rückgängig machen. In San Diego in seiner Nähe zu sein, hatte sich schrecklich und hoffnungsvoll und *gut* angefühlt und Eli wusste nicht, wie dey sich davon fernhalten sollten. Dey wusste nicht, ob dey davon fernbleiben *konnte*. Eli steckte sich noch einen Donut in den Mund, kaute, schluckte und versuchte dann zu lächeln. »Er versucht, mein Cosplay zu erraten.«

Bodhi grinste verspielt und alles wurde wieder normal. »Der gefürchtete Haunt Master hat also schon Angst vor dir, was?«

»Ich weiß nicht, ob *Angst* das richtige Wort ist«, sagte dey und tippte eine Antwort.

Eli Peterson: wieder falsch, Biestchen

KAPITEL 11

San Francisco - Anime Bay

»Checken Sie ein?«

»Ja, die Reservierung sollte auf den Namen Eli Peterson laufen«, sagte Eli. Dey stand in der Lobby des gesponserten Hotels für die San Francisco Anime Bay Convention und warf einen Blick auf den cremefarbenen Boden. Die Riemen von deren Rucksack schnitten in deren Schultern und dey fuhr mit dem Finger am Rand deren schwarz lackierten Daumennagels entlang.

»Okay, perfekt. Sie sind in Zimmer 2024. Der Zugang zum Pool befindet sich im zwölften Stock und das kostenlose Frühstück wird jeden Morgen von sechs bis zehn Uhr im zweiten Stock serviert. Wenn Sie Fragen haben, lassen Sie es uns bitte wissen. Genießen Sie Ihren Aufenthalt.« Der Empfangschef lächelte und wies mit der flachen Handfläche auf die Fahrstühle am anderen Ende der Lobby. »Und viel Spaß bei der Convention!«

Eli nickte, nahm den Zimmerschlüssel in die eine und den Griff von deren Rollkoffer in die andere Hand. »Danke«, sagte dey, ging zu einem Lift und tippte auf die 20. Zwei andere Leute standen ebenfalls darin und unterhielten sich über Panels, Filmvorführungen und von der Convention gesponserte Bars in der Nähe des Convention Centers.

Normalerweise hätte Eli das Gleiche getan und mit Bodhi über Panels und Cosplay geredet. Aber zum ersten Mal überhaupt war Eli ein ganzes Wochenende lang allein. Dey umklammerte den Griff des Koffers fester und versuchte, die offensichtliche Lösung aus deren Kopf zu vertreiben, wo dey hier gestrandet war – mit Zach abzuhängen. Der Fahrstuhl bimmelte und die Tür öffnete sich. Elis Reisekoffer, der auf deren Rollkoffer lag, fiel beinahe auf den Boden, als dey den Flur hinunterstapfte und mit der Schulter die Tür zu Zimmer 2024 aufstieß.

Die Vorhänge waren zugezogen, aber Eli konnte trotzdem die flauschige weiße Bettdecke und den ausgeschalteten Fernseher erkennen. Auf der linken Seite befand sich neben einem Schminktisch ein kleiner Kleiderschrank und im Badezimmer gab es sowohl eine übergroße Badewanne als auch eine Dusche mit Glaswänden. Eli setzte den Rucksack ab und stellte deren Koffer nebeneinander vor dem Schrank ab. Unter dem unteren Rand der Vorhänge fiel etwas Licht herein und die Klimaanlage surrte leise.

Eli lehnte sich mit dem Rücken an die Wand, starrte an die Decke und fuhr mit dem Zeigefinger über die obere Hälfte von deren Handy, das aus der Vordertasche ragte.

Nachdem Eli von der Grillparty geflohen war, hatten deren Eltern noch längere Nachrichten geschickt – *Es ist unsere Pflicht, uns Sorgen zu machen, sei uns nicht böse, dass wir nur dein Bestes wollen, du bist toll als Make-up-Artist, aber man braucht einen Notfallplan, wir können es kaum erwarten, die*

Bilder von der Convention zu sehen, es ist okay, deinen Sommer zu genießen, aber vergiss nicht, dich bei Saddleback um finanzielle Unterstützung zu bewerben, bevor das Zeitfenster um ist, Motivation für die Karriere ist wichtig – und Eli hatte mit zwei Daumen-hoch-Emojis und einem Smiley geantwortet. Dey schluckte schwer. Schritte stapften den Flur entlang und aus dem Zimmer nebenan ertönte gedämpftes Gelächter. Einsamkeit war eine unangenehme Sache, vor allem, wenn man von Menschen mit denselben Interessen umgeben war, sich in der Nähe eines Menschen befand, der einen besser kannte als irgendjemand sonst, und nichts dagegen tun konnte. Eli prustete mit den Lippen und schlug den Hinterkopf gegen die Wand.

Konzentrier dich!

Wenn dey schon einsam war, konnte dey wenigstens auch produktiv sein. Eli packte zuerst deren Koffer aus, klopfte Falten aus deren Mantel und kämmte das braune Fell am Bruststück, dann machte dey sich daran, im Badezimmer die Hautpflegeprodukte zu ordnen.

Als alles erledigt war und Eli nichts mehr in eine Schublade legen oder in den Schrank hängen konnte, stellte dey deren Ringlicht vor den Spiegel und öffnete Instagram.

»Hey, Leute, Eli hier ...« Dey stöhnte auf und fing von vorn an. »Hi, Leute, hier ist Eli ...« Wieder ein Stöhnen, wieder ein festes Tippen auf den Bildschirm. »Ich bin hier bei der Anime Bay und bereite mich auf die nächste Chance vor ... verdammt noch mal ...« Eli wischte die App weg, krallte sich an der Kante des Schminktisches fest und starrte auf deren Spiegelbild. *Eine weitere Chance, das Stipendium für Beyond zu sichern.* Zwei weitere Stunden im selben Raum wie Beverly, Cassie und Zach, um ein Make-up zu kreieren. Ein weiterer Tag, an dem

Eli sich fragte, ob dey das Zeug für so etwas hatte, für eine Chance wie Beyond, für das Leben, das dey sich immer gewünscht hatte.

Egal wie oft dey sich daran erinnerte, dass SFX-Make-up deren Leidenschaft, deren *Ding*, deren Traum war, die besorgten Stimmen deren Eltern klangen immer noch unter jedem Gedanken nach. Was nämlich, wenn Gary und Claire recht hatten? Was, wenn Eli wertvolle Zeit damit vergeudete, etwas Unerreichbarem nachzujagen? Was, wenn dey nicht in der Stadt leben konnte, die dey liebte, nicht die Operation bezahlen konnte, die dey brauchte, nicht genug Geld zum Überleben verdiente und nicht den Job haben konnte, den dey wollte? Was, wenn der einzige Weg, das Leben zu meistern, darin bestand, so zu tun, als hätte man alles im Griff? So wie es deren Eltern taten, so wie es die meisten Menschen taten.

Seufzend kramte Eli in deren Make-up-Koffer und trug auf die Tränensäcke unter deren Augen Concealer auf. Dey baute ein Schutzschild aus dunklem Lidschatten und spitzem Kajal, kräftiger Kontur und markanten Augenbrauen und schoss vor dem riesigen Fenster ein Selfie. Es war einfacher, eine Bildunterschrift zu tippen, als ein Video aufzunehmen. Bei Texten konnte man sich durchmogeln, aber das Zittern in der Stimme oder die Unsicherheit in den Augen konnte Eli nicht verbergen, wenn dey deren Story aktualisierte. Dey drückte auf »Teilen«.

```
Ich habe gerade in meinem Hotel
für die ANIME BAY eingecheckt!!!
Ich kann es kaum erwarten, wieder
auf der Bühne zu stehen. Das
Thema dieser Woche ist Märchen
& Mythen und ich habe etwas
```

ziemlich Cooles, das ich euch
allen zeigen möchte. Ich kann es
immer noch nicht fassen, dass
ich hier sein darf, zusammen mit
so vielen talentierten Artists.
Morgen ist der Runway … drückt
mir die Klauen! Markiert alle
coolen trans/queeren Comic-
Artists, die auf der Anime Bay
sind, in den Kommentaren und
ich werde versuchen, an ihren
Ständen vorbeizuschauen ♡
#MakeupWars #VoteEli #BenNye
#StageCrewBodyPaint

Ein paar rote Herzen schwebten über Elis Bildschirm und eine Nachricht leuchtete auf.

> **BeverlyBelle_BB**: Heyy!! du bist hier?
> **EliSFX**: ja, ich habe gerade
> eingecheckt und ausgepackt
> **BeverlyBelle_BB**: super! gehst
> du auf die Con? Ich muss mir noch
> meinen Ausweis holen und so.
> **EliSFX**: klar 😊 gib mir 5

Eli zog die Flugklamotten aus und schlüpfte in eine hoch sitzende, dunkel gewaschene Jeans und ein altes Anime-T-Shirt, das dey zu einem Crop-Top geschnitten hatte. Dey schnappte sich deren Lanyard und warf sich deren schwarze Handtasche über die Schulter. Dann überprüfte Eli, ob dey deren Portemonnaie dabeihatte – ja –, den Zimmerschlüssel – ja –, das Handy und die Powerbank – ja und ja. Noch bevor die Tür hinter Eli ins Schloss gefallen war, schallte Beverlys Stimme durch den Flur.

»Natürlich haben sie uns im selben Stockwerk untergebracht«, sagte sie. Sie trug ein süßes schwarzes Zimmermädchen-Outfit mit Schleifen, Spitze und Reifrock, dazu flauschige Katzenohren und übertriebenes Augen-Make-up. »Das habe ich mir schon gedacht, aber manchmal geht es bei Hotelbuchungen drunter und drüber. Wie geht es dir? Wie war dein Flug?«

»Ganz gut, denke ich. Ich bin nur nervös. Der Flug war superkurz, also nicht so schlimm. Und bei dir?«

Beverly hüpfte auf der Stelle, während der Fahrstuhl nach unten fuhr. »Ich habe echt *richtig* coole Neuigkeiten«, platzte es aus ihr heraus. »Richtig große Neuigkeiten. Ich kann sie dir nicht mal verraten, weil das alles noch geheim ist und ich noch nicht mal weiß, ob ich dabei bin, aber ich bin trotzdem total aus dem Häuschen.«

»Oh, wow, wirklich? Große Neuigkeiten, was? Wie groß?« Eli zeigte ein breites Grinsen.

»So *groß*, dass ich eine Vertraulichkeitserklärung unterschreiben musste«, flüsterte Beverly.

Ihr Lächeln wurde breiter, sie schob ihren Arm um Elis Ellbogen und blieb dicht bei denen, während sie durch die Drehtür auf den Bürgersteig gingen. »Drück mir einfach die Daumen, okay? Ich brauche alles Glück, das ich nur kriegen kann. Und lächeln!« Beverly hielt ihr Handy in die Höhe. Eli lächelte und zwinkerte für ein Selfie.

Wie die meisten von der Convention gesponserten Hotels war auch das Marriott nur zwei Blocks vom Convention

Center entfernt. Donnerstag war der erste Tag und der Eingang zum Gebäude daher nicht so voll. Die überfüllten Tage waren Samstag und Sonntag, manchmal auch Freitag, und Eli war erleichtert, zwischen Gruppen von Cosplayern freie Flächen und an den Imbissständen kurze Schlangen zu sehen.

»Also ...« Beverly warf einen neugierigen Blick auf Eli. »Du und Zach habt letzte Woche nach dem Runway miteinander geredet?«

Eli seufzte. *Natürlich.* »Cassie hat dir davon erzählt?«

»Zach hat es Cassie erzählt und sie es mir, ja.«

»Ja, wir haben geredet. Aber es ist nicht so, dass wir *geredet* haben, weißt du? Wir sind cool. Wir sind beide in diesem Wettbewerb. Wir müssen einen Weg finden, damit es klappt«, sagte Eli kopfschüttelnd und folgte Beverly zur Warteschlange vor der Ausstellerhalle, um die Ausweise abzuholen. »Reden alle über uns oder ...?«

»Nein! Nein, nein, ich schwöre. Du weißt doch, wie das ist. Ihr beide wart das ultimative SFX-Pärchen, dann habt ihr aufgehört, euch gegenseitig in Posts zu markieren, Zach ist ohne dich zu Shockwave gegangen ... die Leute haben eine Weile getuschelt, das Drama hat sich gelegt und dann habt ihr euch im Make-up-Trailer gegenseitig angekeift, von daher ...« Beverlys Lächeln wurde dünner und ihre Augenbrauen zogen sich zusammen. Eli hasste diesen Blick, als wäre dey ein Kätzchen im Regen. »Es ist bestimmt nicht einfach, diese ganze Sache mit ihm zu machen, aber ich bin froh, dass ihr beide jetzt cool seid.«

»Ich hoffe, wir sind es«, sagte Eli. Dey räusperte sich und scrollte durch Instagram, vorbei an dem Selfie, auf dem Beverly sie markiert hatte, und den Updates von anderen

Influencern. Als dey aufblickte, schaute Beverly dey immer noch traurig und neugierig an. »Es ist in Ordnung, wirklich«, murmelte Eli.

Beverly seufzte. »Darf ich was sagen? Ich weiß, dass wir nicht besonders eng befreundet sind, aber wir sind doch befreundet?«

»Ja, wir sind befreundet. Schieß los.«

»Ich glaube, er hat immer noch ...« Ihr Lächeln wurde schwächer. »Weißt du, ich glaube, er ist *immer noch* ...«

»Ich *kann* das nicht, okay? Ich kann das absolut nicht.« Elis Herz schlug heftig.

»Okay, ich höre dich, laut und deutlich. Solange du es weißt. Wie auch immer, Ausweise, Ausstellerhalle, Artist Alley?«

Am liebsten wäre Eli ins Hotel zurückgelaufen, hätte sich unter die frische Bettdecke verkrochen und sich im Dunkeln vergraben wie ein Gürteltier. Der Gedanke, dass Zachary Miller noch Gefühle für dey haben könnte, war tabu. *Sperrzone. Vorsicht: Reißende Strömung – Gefahr!* Und nachdem Eli dieses vernichtende emotionale Bombardement durchgemacht hatte, als Bodhi ihre Gefühle über die ganze Sache zum Ausdruck brachte? Ja, *nein*, damit konnte Eli wirklich nicht umgehen. Aber dey zwang sich zu einem Lächeln, nickte und deutete auf einen freien Platz vor dem Abholschalter. »Klar, ja. Klingt gut«, sagte dey.

Nachdem Eli und Beverly ihre Ausweise abgeholt hatten, richtete Eli die Anstecknadel mit den Pronomen an deren Lanyard und Beverly befestigte ihren Ausweis an der herzförmigen Bauchtasche um ihre Taille. Elis Brust schmerzte immer noch bei der Vorstellung, dass andere Make-up-Artists *tatsächlich* über sie getratscht hatten. *Das ultimative SFX-Pärchen.* Scheiße, wahrscheinlich tratschten die Leute *noch immer* über sie. Dey rang die Hände und suchte die Plüschstände und Mangabände ab.

Die Artist Alley befand sich direkt neben den Panel-Räumen. Die Gänge waren gesäumt von Comiczeichnern, Fankünstlern und unabhängigen Läden. Eli schaute auf deren Handy und schlenderte zwischen den Ständen umher, bis dey auf ein paar der Kunstschaffenden stieß, die in den Kommentaren von deren Instagram-Post erwähnt wurden.

Beverly war begeistert von *Haikyu!!*-Schlüsselanhängern und *Beastars*-Heftchen. Eli überflog einen Tisch mit *Yuri on Ice*-Buttons und griff nach einem Comic namens *Shadow Deliverance*. Auf einem handgeschriebenen Schild stand: SUPER QUEER! BLUTSAUGER! TRANS-VAMPIRE! SEXY! LETZTES EXEMPLAR! Deren Finger trafen gegen die Fingerknöchel von jemandem.

»Tut mir leid, nimm du es«, sagte Eli und blickte vom Tisch zu der Person neben denen.

Zach musste deutlich schlucken. Mit seinen kurzen kastanienbraunen Haaren, die er aus dem Gesicht geschoben hatte, und in seinem alten *Wolf's Rain*-T-Shirt und der gut sitzenden schwarzen Jeans sah er so toll aus wie immer. »Wir waren wohl beide zu sehr damit beschäftigt, nach unten zu gucken, was?«

»Sieht so aus.« Eli reichte ihm den Comic. »Soll gut sein, hab ich gehört. Solltest du lesen.«

Er betrachtete Eli einen Moment lang, wobei sein Blick von deren Schuhen bis zu deren Nase huschte. »Ich bin mir ziemlich sicher, dass du zuerst danach gegriffen hast. Du solltest ihn nehmen.«

»Ich besorge mir online eine Ausgabe oder so. Kein Ding.«

»Ich hab eine bessere Idee – ich lese es heute Abend und du kannst es morgen früh ausleihen.«

Elis Lippen verrieten dey und verzogen sich zu einem Lächeln. »Klar, ja. Das können wir machen.« Dey hatte einen Kurzschluss. Sobald Eli anfing zu lächeln, konnte dey nicht mehr aufhören. *Oh, mein fucking Gott!* Dey blickte zu Boden und nickte. »Es tut mir leid, dass wir es nicht geschafft haben, am Flughafen einen Kaffee zu trinken. Ich hab verschlafen und die Metro war voll.«

»Ach, ich bin es gewohnt, dass du mich sitzen lässt.« Zach grinste sarkastisch und kniff die Augen zusammen. »War nur Spaß. Aber ich wünschte, du hättest etwas gesagt. Ich hätte dich mitnehmen können.«

Autsch! »Ich ... ja, daran habe ich nicht gedacht. Vielleicht können wir morgen früh einen Kaffee trinken gehen?«

»Das wäre cool.«

»Hey, was geht?«, sagte Cassie und steckte ihren Kopf hinter Zachs Arm hervor. Ihre Kaugummi-Lippen kräuselten sich. Sie umarmte Eli mit einem Arm, hielt ihr Handy mit dem anderen hoch und wackelte damit hin und her. »Habt ihr Theresas E-Mail bekommen? Sie wollen uns für einen Videodreh haben. Irgendwas von wegen Promotion für das Event, nehm ich an?«

»Ich habe eine Benachrichtigung bekommen«, sagte Beverly, die gerade einen neuen Button an ihre Bauchtasche heftete. »Um wie viel Uhr?«

Eli schürzte die Lippen. »Eine E-Mail?«

»Sie hat sie erst vor ein paar Minuten geschickt«, sagte Cassie. »Um sechs, glaube ich?«

Eli öffnete deren E-Mail-App und tippte auf die fett gedruckte Nachricht im Posteingang. Dann machte Eli einen Schritt aus dem Gang und Zach bezahlte den Comic. »Promomaterial für Social Media, das Anime Bay hervorhebt«, murmelten sie. »Volles Beauty-Make-up, maximal ein bis zwei Stunden.«

Beverly stupste sie mit ihrem Ellbogen an. »Ganz easy.«

Eli nickte. So konnte man es auch ausdrücken.

♡ ♡ ♡

Wenig überraschend war Theresa Jenkins bei den Dreharbeiten nicht im Raum. Sie hatte vier Makeup-Wars-Assistenzen und jemanden für die Videotechnik zur Verfügung gestellt, der einen behelfsmäßigen Greenscreen vor ein dreibeiniges Ringlicht hängte. Beverly und Cassie schminkten sich im Badezimmer und flüsterten sich hinter der geschlossenen Tür etwas zu. Zach lehnte mit dem Rücken und verschränkten Armen an der Wand, Eli stand neben dem Schrank, scrollte unbeholfen auf deren Handy und versuchte, deren Nervosität zu verbergen und deren Aufmerksamkeit auf *irgendetwas* anderes zu richten.

Elis Gedanken drehten sich jedoch im Kreis und spielten imaginäre Situationen durch. Dey wollte verstehen, wie Zach dey im Make-up-Trailer so anschnauzen konnte, nur um denen dann zu helfen, den Runway zu gewinnen, mit denen im Café zu lachen, denen die ganze Woche über Nachrichten zu schicken, dey zu bitten, sich mit ihm auf einen Kaffee zu treffen, um dann ... wo zu landen? Was sollte aus den beiden werden? *Freunde?* Elis Kehle schnürte sich zu. Das wollte dey, das hatte dey immer gewollt. Aber mit Zach hatte Eli schon sehr, *sehr* lange etwas anderes und dey wusste nicht, ob dey dazu bereit war, ihn nicht mehr romantisch zu lieben, ihn platonisch lieben zu können.

Liebe war nicht fair. Sie musste erlernt werden, war vertraut und unbezwingbar, und Eli konnte sich keine Welt vorstellen, in der sich deren Herz nicht mehr nach Zachary *fucking* Miller sehnte.

»Geht es dir gut?«, fragte Zach.

Eli nickte. »Ja, warum?«

»Du wischst schon seit zwei Minuten auf deinem Startbildschirm hin und her.«

»Stimmt, ja. Ich bin nur, du weißt schon ...« Deren Wangen wurden heiß, dey steckte das Handy in die Tasche und atmete tief durch. »Nervös, vielleicht? Ich denke zu viel, vermute ich.«

Zach zog eine Augenbraue hoch. »Grübeln ist nicht denken.«

»Okay, ich kann nicht wirklich was dagegen tun, also ...«, sagte Eli und schnaufte.

Zach stieß ein kehliges Lachen aus. »Du hast mir immer noch nicht gesagt, was dein Runway-Look ist.«

»Und das werd ich auch nicht.«

»Ich verstehe, dass du Angst hast. Ich hätte auch Angst vor mir«, stichelte er.

»Bitte.« Eli schnaubte und musterte ihn von seinen abgewetzten Stiefeln zu seinen schwarz umrandeten Wimpern. »Ich? Angst vor *dir*? Ja, nein. Tut mir leid, Haunt Master, aber so Furcht einflößend bist du nicht.« Eli zwang sich, das Flattern in deren Brust zu unterdrücken. Dey hatte keine Angst vor Zachs Fähigkeiten, sondern vor allem anderen, worüber er Macht hatte. Angst vor all den Erinnerungen, die zwischen ihnen in der Luft hingen, und davor, wie dey ihm sein selbstgefälliges Lächeln am liebsten von den Lippen küssen würde.

»Es ist okay, du kannst es sagen.«

152

»Kommt nicht in die Tüte.«

»Ich werd auch nicht schlechter von dir denken, ernsthaft.«

Eli brummte. »Aha, klar.«

Er lachte wieder, kräftiger und lauter, und Eli lachte auch. Dey vermisste das Geräusch von Zachs hauchigem Lachen, wie seine Schultern bebten und sich seine Nase kräuselte.

Was zum Teufel machst du da?

Dey streckte den Rücken durch und unterdrückte noch ein Glucksen. Eine drückende Stille legte sich wieder zwischen sie, eine Erinnerung daran, dass nichts mehr normal war, sie nicht mehr alles füreinander waren, sondern nur noch ... *das hier*, was auch immer es war.

»Tut mir leid wegen San Diego«, sagte Zach plötzlich überstürzt. »Ich wollte nicht so arschig sein. Ich hätte den Scheiß nicht sagen sollen, ich wollte nur ...«

»Schon gut«, sagte Eli ebenso plötzlich. »Das braucht dir nicht leidzutun. Du musst nicht ...« Dey verstummte und versuchte, die richtigen Worte zu finden. *Das hier geht nicht.* »Du bist mir nichts schuldig, okay? Das ist keine große Sache.«

»Für dich *war* es eine große Sache. Ich weiß es, ich hab's dir angesehen, Eli.«

Eli wusste nicht, was dey tun oder sagen oder wie dey sich fühlen sollte. Dey saß in der Falle; dey musste sich professionell verhalten, während deren Herz zerriss. »Das war letzte Woche«, sagte Eli und sah ihm in die Augen. »Mir geht es gut, es ist gut, uns geht es gut.«

Zach seufzte durch die Nase. Sein Kiefer war angespannt, seine Stirn gerunzelt und seine Lippen öffneten sich wieder, um etwas zu sagen, um sich zu entschuldigen oder um Eli ein noch schlechteres Gewissen zu machen, aber der Mensch für die Videotechnik unterbrach ihn.

153

»Wir können loslegen«, sagte er und richtete das Stativ aus.

»Super!«, platzte es aus Eli heraus. Dey warf Zach einen entschuldigenden Blick zu und räusperte sich. »Cassie! Beverly! Kommt schon, alles ist bereit für uns.«

Cassie und Beverly stürmten in makellosem Make-up in den kleinen Raum: die Haare gestylt, die Outfits geglättet und die Accessoires perfekt platziert. Eli bedauerte fast, dass dey in deren *Strawberry Panic*-T-Shirt und den engen Jeans so leger gekleidet war. Wenigstens trug Zach ebenfalls nur sein Outfit von der Artist Alley.

»Wir nehmen zuerst den dritten und vierten Platz von letzter Woche, dann die ersten beiden und dann machen wir ein Gruppenfoto«, sagte ein Freiwilliger und deutete auf den Greenscreen neben dem Bett.

Cassie und Beverly hingen aneinander, stützten sich mit den Ellenbogen ab, warfen die Arme über die Schultern, drückten die Wangen zusammen und sprachen Einzeiler in die Kamera.

Beverly sagte: »Das ist mehr als nur eine Schlacht«, während Cassie der Kamera einen Kuss zuwarf und hinzufügte: »Packt besser eure Rüstung ein.«

Der Technikmensch spielte ihren Teil des Videos noch einmal auf seinem Laptop ab und nickte anerkennend. »Gut gemacht, Mädels. Das war toll. Eli, Zach, ihr zwei seid dran.«

Eli stellte sich vor den Greenscreen. Zachs Arm berührte deren Schulter. Eli wich nicht zurück, aber dey verkrampfte sich ein wenig und blinzelte zu Boden.

»Okay, rückt gerne mal ein bisschen näher zusammen. Zach, kannst du sagen: ›Das ist ein Blutbad‹?, und Eli, du hast letzte Woche den ersten Platz belegt, also ist dein Satz der wichtigste. Guck einfach direkt in die Kamera und sag: ›Das ist Makeup Wars.‹ Ja, Eli, dreh dich ein wenig zur Seite. Ja, genau so, und Zach, ein bisschen, genau da, fantastisch.«

Zach und Eli standen fast direkt nebeneinander. Sie standen Brust an Brust. Zachs Kinn berührte deren Ohr und Elis Knöchel streiften seinen Oberschenkel. Eli hoffte, dass das Ringlicht übertünchte, wie rot dey anlief. Und dey hoffte, dass Zach nicht deren schnellen Herzschlag hören oder das Zittern in deren Atem spüren konnte.

»Und … los!«

»Das ist ein Blutbad«, raunte Zach und verzog die Lippen zu einem gefährlichen Lächeln. Er sah unglaublich sexy aus und war *viel* zu nah, sodass Eli am liebsten buchstäblich von einem Hochhaus gesprungen wäre.

Eli reckte mutig das Kinn in die Höhe und zwinkerte in die Kamera. »Das ist Makeup Wars.«

»Ja! Das war klasse, Leute. Beverly, Cassie, stellt euch mal dazu und ihr könnt alle einfach ein bisschen rumalbern. Umarmt euch, nehmt euch gegenseitig auf den Arm, damit die Zuschauer denken, ihr wärt alle Freunde. Alles klar?«

»Wir *sind* Freunde!« sagte Beverly und bellte ein Lachen. »Denken die Leute ernsthaft, dass wir keine Freunde sind oder so …?«

»Es *ist* ein Wettbewerb.« Cassie legte ihren Arm um Elis Schultern und zog dey an sich.

Sie rempelten sich gegenseitig an und lachten immer lauter, bis sie kaum noch stehen konnten, ohne sich an den Schultern zu fassen und die Finger zu verschränken. Irgendwann legte Eli die Stirn auf Beverlys Schulter und Cassie küsste dey auf die Wange. Als Eli versuchte, auf einem Fuß zu balancieren, kippte dey fast um. Zach fing dey auf. Während Beverly ihn von hinten umarmte, legte er seine Hände an deren Taille.

»Alles gut?«, fragte Zach, immer noch lachend.

Eli war sich der Kamera, deren steigenden Pulses und Zachs unbewegten Blicks schmerzlich bewusst. Dey nickte und lehnte sich zurück, um sich an Cassie anzulehnen, die ihren Fuß wie eine Tänzerin in die Höhe streckte. »Ja, du?« Der Technikmensch klatschte. »Das war's! Danke, Leute!« Zach sah Eli in die Augen, antwortete aber nicht. Seine Finger glitten weg und hinterließen an Elis Hüftknochen ein Echo.

♡ ♡ ♡

Das Castro-Viertel – San Franciscos Lesben- und Schwulenviertel – erwachte nach Einbruch der Dunkelheit zum Leben. Cassie hatte vor dem Wettbewerb auf einem gemeinsamen Abendessen bestanden, und obwohl Eli so gut wie pleite war, hatte dey zugestimmt mitzukommen. Viel Geld hatte dey nicht, aber es reichte für eine Vorspeise. Wahrscheinlich. *Hoffentlich.* Eli ging neben Beverly her, die von einer neuen Mangaserie erzählte, hörte zu, nickte und versuchte, nicht auf Zachs breite Schultern zu starren, während er neben Cassie und ihrem Mann auf dem Bürgersteig vor ihnen lief.

Über den Schaufenstern wehten queere Fahnen und die Gruppe lief über einen Zebrastreifen, der mit einem Regenbogen bemalt war.

»Kommt, hier lang«, sagte Cassie und zeigte die Straße hinunter.

Eli grinste. In San Diego war dey allein unterwegs gewesen, aber mit Beverlys Arm um deren Ellbogen und Cassies Lachen, das durch die Luft schallte, fühlte dey sich ganz und gar *gesehen.* Freundschaften waren noch nie einfach gewesen.

Soziale Ängste? Für die meisten Menschen zu schwer zu ertragen. Ein introvertierter Mensch? Macht auf Partys keinen Spaß. Aber Eli war nun Teil von etwas Besonderem und irgendwie fühlte sich diese kleine Make-up-Gruppe wie eine echte Gemeinschaft an. Wie etwas, das die Konkurrenz und den Wettkampf überstehen könnte. Dieses große, helle Gefühl schimmerte in Eli und dey wünschte sich sofort, dey könnte Bodhi und Stella nach San Francisco teleportieren.

Während die Nachtklubs dröhnten und die Leute auf den Terrassen lachten, erregte ein Batman-Aufnäher an Zachs Jeansjacke Elis Aufmerksamkeit. Dey nickte, als Beverly von der epischen Kampfszene erzählte, die sie im Flugzeug gelesen hatte, und versuchte, nicht in Panik zu geraten, als Cassie die Gruppe in ein volles Restaurant führte. Normalerweise hätte dey sich vorher die Speisekarte angesehen und die Preise studiert, aber der Abend hatte sich nach dem Videodreh schnell entwickelt. Eben noch hatten sie alle im Gang gestanden und über das kitschige Promo-Drehbuch gelacht, doch schon im nächsten Moment hatte Eli »Klar doch« gesagt, als Cassie vorschlug, gemeinsam Abendessen zu gehen.

»Oh, ein orientalisches Restaurant! Super, ich habe schon ewig keine Shakshuka mehr gegessen, lass uns das machen«, sagte Beverly.

»Der Laden sieht ziemlich klein aus. Meinst du, die haben einen Tisch, der groß genug ist?«, fragte Zach.

Cassie winkte ab. »Wir schieben einfach zwei zusammen. Sind alle damit einverstanden, ein paar verschiedene Sachen zu bestellen und die Rechnung zu teilen? So wär das am einfachsten.«

Eis schoss in Elis Magen. Dey schluckte schwer und zückte das Handy, um einen Blick auf die Speisekarte zu werfen.

»Natürlich!« Beverly klatschte aufgeregt. »Ich will auf jeden Fall ein bisschen von allem probieren.«

Scheiße! Eli konnte sich ihren gleichen Anteil an vier teuren Hauptgerichten und einer *alibimäßigen* Vorspeise nicht leisten.

Zach räusperte sich. »Warum bestellen wir nicht alle das, was am besten aussieht, und fragen nach Tellern, um zu teilen?«, fragte er.

»Das geht auch«, sagte Cassie strahlend.

Zum zweiten Mal von Zach gerettet. Eli kaute auf deren Unterlippe, rang sich ein Lächeln ab und nickte begeistert. »Klingt gut.«

Vielleicht war Zach diese Idee nur zufällig gekommen oder vielleicht hatte er sich an Elis angespanntes Verhältnis zum Geld erinnert, wie dey immer auf Kinokarten für die Nachmittagsvorstellung bestand und ihre Verabredungen lieber in billigen Restaurants als in schicken Cafés plante. Eli hatte deren finanzielle Situation nie beim Namen genannt und das Wort *arm* ausgesprochen, aber dey hatte auch nie in Zachs Lieblingsläden eingekauft. Dey besaß nie die neueste Spielkonsole oder *irgendwelche* Markenprodukte. Dey war nie in Vergnügungsparks gegangen oder hatte mit extravaganten Urlauben geprahlt.

Eli sah sich um und bemerkte, wie Cassie eine schlichte schwarze Kreditkarte aus ihrer Tasche kramte, wie Zach auf seinem iPhone Apple Pay öffnete und Beverly ein paar Zwanziger aus ihrem BH fischte.

»Also, was denkt ihr alle?«, fragte Eli mit gespielter Selbstsicherheit. Dey hatte Drogerie-Make-up für High-End-Looks benutzt, für makellose Cosplays Discount-Stoffe zusammengenäht und in teuren Restaurants heimlich mit ausgeschnittenen

Coupons bezahlt – wenn es etwas gab, das Eli gut beherrschte, dann, trotz allem den Schein zu wahren. Bevor jemand antworten konnte, sagte dey: »Ich nehme Labneh und Pita.«

Neun Dollar. Das billigste Gericht auf der Speisekarte. Easy, done.

»Perfekt«, säuselte Cassie und besah sich die Speisekarte. »Ich nehm den gebackenen Käse, keine Frage.«

Nachdem sich alle für ihre Teller entschieden hatten, bestellten sie an der Theke und setzten sich an zwei Tische im Freien. Eli saß mit dem Rücken zum Fenster des Restaurants und blickte auf die Church Street, Zach nahm den Stuhl neben denen. »Also, morgen«, quietschte Beverly aufgeregt. Sie fuchtelte mit den Händen und kräuselte ihre Nase. »Sind wir bereit für einen weiteren Runway, Gang?«

»Meine Frau – die sonst übrigens wie ein Bär schläft – ist irgendwie zu einer waschechten Nachteule mutiert, also sollte sie besser bereit sein«, stichelte Brandon und bekam von Cassie einen harten Klaps. »Ich hab's nämlich satt, um Mitternacht geweckt zu werden, weil irgendein Schaumstoffteil fertig werden muss.«

»Wenn du dich weiter beschwerst, musst du wieder für mich Modell stehen«, erwiderte Cassie.

Alle lachten und Eli versuchte, das Gewicht von Zachs Stiefel an deren Knöchel unter dem Tisch zu verdrängen.

»Ich hätte nicht gedacht, dass das so eine große Sache wird«, sagte Zach und zog seine Jacke aus. »Ich meine, ich wusste, dass es ein Wettbewerb ist, aber ich wusste nicht, dass es so einen Hype geben würde.«

»Die Leute lieben Cosplay«, sagte Beverly. Sie platzierte ihren knochigen Ellbogen auf dem Tisch, stützte ihr Kinn auf den Handballen und schaute zwischen den anderen hin und her. Sie grinste katzenhaft und verschmitzt. »Aber apropos Hype. Ich muss zugeben ... Ich war sehr, sehr nervös, euch alle kennenzulernen.«

Einstimmig sagten Zach, Eli und Cassie: »Was?«

»Ich mein's ernst!«, krähte Beverly. Sie schob ihre Unterlippe vor und zog einen Schmollmund. »Ich habe eine Menge Follower – *egal* –, aber ich stalke dich schon seit Jahren«, sagte sie und zeigte auf Zach. Sie drehte sich um und zeigte mit dem Finger auf Cassie. »Und du, Madam, bist online total einschüchternd, okay? Ich meine, ich habe einen Stitch mit dir auf TikTok gepostet und hatte dann eine Panikattacke, weil ich mir *sicher* war, dass du mich für ein dummes Weeaboo-Mädchen hältst.« Bevor Cassie antworten konnte, schnellte Beverly zu Eli herum. »Und du! Ich habe mich nie getraut, dich anzusprechen, aber ich habe immer gehofft, dass wir uns auf einer Convention über den Weg laufen würden. Ich habe mich sogar richtig darauf vorbereitet. Ich habe mir *aufgeschrieben*, was ich sagen wollte.«

Eli blinzelte völlig verdattert. »Du ... *was*? Ich weiß, dass wir uns gegenseitig folgen, aber ich hatte angenommen, dass du meine Sachen nie gesehen hast. Ich hab nur ...«

»Ich hab alles gesehen«, versicherte Beverly mit großen Augen.

»Ja, alle haben es gesehen. Du hast eine riesige Fangemeinde. Vielleicht nicht ganz Mainstream, aber es gibt sie«, sagte Cassie. Sie schenkte Eli ein Lächeln und ließ ihren Blick zu Beverly schweifen. »Aber Bev, wovon redest du überhaupt? Du bist eine Königin unter den Influencern. Als du den Stitch mit meinem TikTok gemacht hast, habe ich tausend neue Follower bekommen. Wir haben nie miteinander geredet, weil ich immer eine Scheißangst vor dir hatte«, sagte sie so ernst, dass es am Tisch still wurde. Beverlys heiterer Gesichtsausdruck zerbrach. Sie zog die Brauen zusammen, legte den Kopf schief und blinzelte Cassie an. »Aber du hast doch vor nichts Angst«, sagte sie verwirrt.

Cassie schnaubte und nippte an ihrem Getränk. »Ich wünschte, es wär so.«

Zach blieb still. Sein kleines wissendes Lächeln sprach Bände und Eli wusste – dey *wusste* es einfach –, dass er ab dem ersten Tag von Cassies Unsicherheiten gewusst hatte. So war Zach nun mal. Er war aufmerksam, speicherte Informationen ab und sorgte dafür, dass sich alle in seiner Umgebung ein kleines bisschen wohler fühlten. Kein Wunder, dass Cassie so an Zach hing. Eli hatte sich vor langer Zeit in genau diese Sanftheit verliebt.

»Ich hatte vor euch allen eine Heidenangst«, sagte Eli und lenkte die Aufmerksamkeit von Beverly ab. Brandon nickte mitfühlend und Beverly deutete mit einer offenen Handfläche auf Eli, wie um zu sagen: *Warum denn das?* »Ihr habt alle mehr Follower als ich, mehr Sponsoren als ich, mehr Verbindungen ... glaubt ihr ernsthaft, ich hatte keine Angst? Cassie, ich dachte, du würdest mich bei lebendigem Leib fressen.« Eli lachte kehlig, um die Stimmung aufzulockern. »Bev, wenn du bei *irgendeiner* Convention auf mich zugekommen wärst, hätte ich gezittert wie ein Chihuahua.«

»Ach, halt die Klappe!«, sagte Beverly und gackerte los.

Eli schüttelte den Kopf und grinste. »Mein voller Ernst.«

Etwas in Elis Brust löste sich. Etwas Winziges, Geheimes, das Angst hatte vor *dem hier* – vor dieser Verbindung, der Freundschaft, der Zukunft –, brach auf wie ein rostiges Schloss und Eli spürte alles. Das überschwängliche Glück, die Sicherheit, die Hoffnung. Dey zuckte mit den Schultern und sah sich am Tisch um, wobei dey Zachs aufmerksamem Blick auswich.

»Na dann, auf die Scheißangst, die wir voreinander haben!«, sagte Cassie und hob ihr Glas. »Aber worauf stoßen wir
wirklich an, Gang?«

»Natürlich auf Makeup Wars«, sagte Beverly.

Eli hob deren Limoglas. »Auf die Freundschaft!«

»Auf den Sieg!«, scherzte Zach und musste sofort lachen.
»Ach was, das war nur ein Scherz. Auf die Chance unseres
Lebens!«

Eli schluckte schwer und stieß mit ihm an. Der Tisch
dröhnte vor Lachen, aber dey spürte immer noch Zachs Stiefel
an deren Knöchel und erkannte immer noch seinen ruhigen
Blick.

»Hast du auch Angst vor mir?«, fragte Zach halblaut.

Ein Schauer lief Eli über den Rücken. Deren Herz klopfte
wie wild. Dey erinnerte sich daran, wie dey Zachary Miller
zum ersten Mal geküsst hatte und wie ängstlich, aufgeregt und
nervös dey gewesen war. Jetzt konnte Eli an nichts anderes
denken, als wieder *zu ihm* zu gehören. Da war Angst, ja. Aber
da gab es auch etwas anderes.

»Natürlich nicht«, sagte Eli.

Zach jagte Eli eine Mordsangst ein. Er machte Eli
leichtsinnig.

Er machte Eli *mutig*.

KAPITEL 12

San Francisco - Anime Bay

Eli lag quer auf dem Bett im Hotelzimmer, das Handy auf der Brust, und starrte an die Decke, während auf dem Fernseher ein auf stumm geschalteter Lifetime-Film lief. Dey dachte an gestern, an den Promovideo-Dreh, an Zachs Entschuldigung, an das lange, späte Abendessen, an Beverlys Worte: *Ich bin froh, dass ihr beide jetzt cool seid*, und fragte sich, was genau *cool* bedeuten sollte. Deren Handy vibrierte einmal, und ein paar Sekunden später wieder.

Bodhi Babe: Sorry, aber 👀

Unter ihrer ersten Nachricht erschien ein Link. Eli tippte drauf und wurde auf den offiziellen Makeup-Wars-Instagramkanal weitergeleitet. Unter dem Video, das sie gestern Abend aufgenommen hatten, häuften sich Kommentare und Likes. Der Greenscreen hatte sich in einen bunten Hintergrund verwandelt, voller blinkender Sterne und Face Charts. Eli erhöhte die Lautstärke.

Oh!

Eli dachte, dey hätte verstanden, wie nahe beieinander Zach und dey gestern Abend gewesen waren, aber als Eli das Video sah, wurde denen klar, wie lächerlich wenig Platz tatsächlich zwischen ihnen gewesen war. Zachs Augen wanderten von der Kamera zu Eli, sein Lächeln wurde noch breiter, wenn Eli sprach. Sie standen Brust an Brust, kaum zwei Zentimeter voneinander entfernt, die Gesichter einander zugeneigt, und als das Video zur nächsten Szene überging, einer Zeitlupenaufnahme von der Gruppe, wie sich alle umarmten und lachten, musste Eli sich bewusst daran erinnern zu atmen. Zachs Zeigefinger schob sich durch Elis Gürtelschlaufe. Elis weicheres Lächeln, als die anderen dey wieder mit einem sanften Zerren aufrichteten, und wie dey lachte, als Cassie gegen Elis Rücken balancierte und Beverly sich von hinten um Zachs Mitte schlang. Eli und Zach schauten sich die ganze Zeit an, von Angesicht zu Angesicht, und tauschten kaum merkliche Berührungen aus.

Oh Scheiße!

Eli scrollte durch die Kommentare.

MakeupIsLife13: ommmgggg eli und zach!! sind sie wieder zusammen? kann das jemand bestätigen??
Trend_Set: heilige scheiße, alle sehen AMAZING aus
Hearteyes: ELI & ZACH! SEHT! IHR! DAS! #goals
SFXnerd_09: Beverly und Cassie haben mein Herz gestohlen, aber Eli und Zach ♡ Perfektion

sunandstars: Ich will, dass mich jemand so anguckt wie Zach Eli
BeautyBaby: Sind sie noch zusammen? Heilige Scheiße!
LipstickValerie: willst du mich verarschen?! eli sieht ihn an, als hätte er die fucking sonne an den himmel gehängt
daniellemua: omfg küsst euch endlich
janellemakeovers: CASSIE ANNE IST EIN BABE
MakeMeUp: Ich bin hier für Zach und Eli content, vielen Dank

Eli setzte sich mühsam auf und wäre fast vom Bett gefallen. Dey wischte die App weg, ignorierte die absurde Anzahl an Followern, die dey über Nacht dazubekommen hatte, und rief Bodhi an. Dey hielt das Handy in deren Schoß und lauschte dem Klingelton.

Endlich leuchtete Bodhis Gesicht auf dem Display auf. »Na, das ist ja mal ein Video«, sagte sie, die Zahnbürste im Mund.

»Hast du die Kommentare gesehen? Verstehen diese Leute nicht, wie das echte Leben funktioniert? Wir shippen keine echten Menschen, richtig? Das doch noch so? Das ist immer noch der *Standard* im Fandom, oder?«

»Klar, natürlich. Aber du und Zach, ihr wart quasi schon *immer* in der Öffentlichkeit. Ich glaub, die Leute freuen sich einfach, ein queeres Pärchen im Rampenlicht zu sehen.«

»Okay, aber wir sind kein Pärchen.«

»Schon klar, aber ihr *seht aus* wie ein Pärchen.« Sie hielt inne, um auszuspucken, und schaute dann mit einer hochgezogenen Augenbraue aufs Handy. »Ist was passiert?«

»Bodhi, also wirklich. Meinst du das *ernst*?«

»Hey, werd jetzt nicht pissig. Du machst die Hundeaugen in dem Video, nicht ich.«

Eli stöhnte und lehnte das Handy gegen die Lampe auf dem Nachttisch. Bodhi lehnte sich näher an den Bildschirm. »Ich will ja kein Spielverderber sein, aber du weißt, dass *du* mit *ihm* Schluss gemacht hast, ja? Du weißt, dass du vor grad mal *zwei* Tagen buchstäblich gesagt hast, dass er dein Konkurrent ist?«

»Ja, natürlich«, schnauzte Eli.

»Weil ich das auch noch weiß. Ich weiß auch noch, dass du nicht eben begeistert davon warst. Du warst sogar ziemlich zerrissen ...«

»Punkt, Bodhi. Komm zum Punkt.«

»Vielleicht ist er auch noch nicht über dich hinweg«, sagte sie und zuckte mit den Schultern. »Vielleicht seid ihr noch nicht durch.«

»Was ist daraus geworden, dass du *nicht* willst, dass ich verletzt werde?«

»Ja, natürlich will ich nicht, dass du verletzt wirst. Ich will auch nicht, dass er wieder verletzt wird. Aber ich kenne *dich* und ich kenne *ihn* und ihr beide habt offensichtlich jede Menge zu klären ...« Bodhi hielt inne und hielt ihre schaumigen Lippen in die Kamera. »... und zwar gemeinsam.« *Ich will auch nicht, dass er wieder verletzt wird.*

Wieder. Das Wort landete wie eine Hornisse auf Elis Wange.

Elis Handy surrte. Oben auf dem Bildschirm blinkte eine Nachricht auf.

Zachary Miller: Hey, immer
noch Lust auf Kaffee?

Eli biss sich auf die Lippen.

»Was? Was ist los? Ich meine, abgesehen vom Offensichtlichen«, sagte Bodhi.

»Wir sind zum Kaffee verabredet.«

»Wer?«

»Zach und ich.«

»Oh, ja, klar. Das ist normal. Kaffee-Dates sind *total* normal.«

»Das ist kein Date!«

Bodhi brummte vielsagend. »Okay, dann wünsch ich dir viel Spaß beim Kaffeetrinken bei deinem Nicht-Date mit deinem Ex-Freund.«

Eli wimmerte und stieß die Stirn gegen das Bettgestell. »Ich hasse dich.«

Bodhi stieß ein Lachen aus. »Tu nicht so, als wäre das nicht vorhersehbar gewesen. Ich wusste es, er wusste es, du wusstest es *todsicher*.«

»Was? Es ist nichts passiert. Es *passiert* nichts.«

»Ja, klar, sicher. Schreib mir, wenn ihr euren total platonischen Kaffee getrunken habt.«

Eli wimmerte wieder.

»Hab dich lieb, ciao!«, sagte Bodhi.

»Na *guuuut*. Hab dich auch lieb. Ciao!«

Eli seufzte, fummelte am Saum von deren Shirt herum und griff wieder nach deren Handy.

Eli Peterson: klar, treffen wir uns unten in 20?
Zachary Miller: Bis gleich

Zach wählte ein Café zwei Blocks vom Hotel entfernt mit einem Travelocity-Aufkleber an der Tür und zehn Prozent Rabatt für alle mit einem Anime-Bay-Ausweis. Eli saß auf der einen Seite eines quadratischen Tischs neben dem Fenster, die Handflächen um ein von Kondenswasser beschlagenes Glas geschlungen. Dey schleckte die Schaumkrone von deren Kaffee und versuchte, nicht zu nervös auszusehen, als Zach Eli gegenüber Platz nahm.

»Der Videodreh gestern hat Spaß gemacht.« Zach räusperte sich und strich mit dem Daumen über den Henkel seines dampfenden Bechers.

Eli nickte. Dey musste herausfinden, wo Zach stand, wenn es darum ging, was sie zusammen gewesen waren und was sie jetzt werden könnten. Ex-Partner. Rivalen. Vielleicht sogar Freunde. »Stimmt, ja. Bodhi hat mir heute früh den Link geschickt«, sagte dey.

Zach lachte leise vor sich hin. »Mir hat sie ihn auch geschickt. Du hast die Kommentare bestimmt gesehen?«

Eli nippte an deren Kaffee und nickte. »Jepp.« Dey ploppte mit den Lippen und verzog das Gesicht in vorgespielter Abscheu. »Wir sind ziemlich beliebt.«

»So kann man es wohl ausdrücken.« Zach zupfte an dem ausgefransten Saum seines langärmeligen Hemds. Die geflochtene Kette um seinen Hals hatte Eli ihm vor zwei Jahren zu Weihnachten geschenkt. »Ich weiß, du hast gesagt, dass zwischen uns alles in Ordnung ist, und ich hab mir wahrscheinlich den schlechtesten Zeitpunkt ausgesucht, um mich zu entschuldigen, und ich wollte das schon gestern Abend sagen, aber wir waren mit allen beim Abendessen und ... ich will nur, dass du weißt, dass es mir *echt* leidtut wegen San Diego, Liz.«

Er hielt inne, blinzelte vom Tisch weg und schaute Eli in die Augen. »Ist das noch in Ordnung?«

»Ist was in Ordnung?«

»Dich Liz zu nennen.«

»Oh.« Eli nickte knapp. »Für dich, ja.«

»Für mich?«

»Für dich, Bodhi, meine Familie. Aber ... sag Eli, wenn wir ... na ja, wenn wir, du weißt schon, unterwegs sind. In der Gruppe.«

Zachs Lächeln wurde weicher.

»Und hör auf, dich bei mir zu entschuldigen. Ich sollte mich bei dir entschuldigen, nicht andersrum«, sagte Eli.

»Wofür?«

Dieses eine Wort klingelte in Elis Schädel wie eine Alarmglocke. »Für alles«, platzte es aus denen heraus und dey lachte atemlos und traurig. *Ich habe das alles nicht so gemeint.* »Ich hab Scheiße gebaut, das weiß ich.« *Ich hätte dir die Wahrheit sagen sollen.* »Ich hab Schiss gekriegt und ...« *Einen Fehler gemacht.* Eli nippte an deren Kaffee, um sich Zeit zu verschaffen und den Kloß in deren Kehle zu vertreiben. »... eine Entscheidung getroffen. Ich habe bis zur letzten Minute gewartet, weil ich gedacht habe, ich würde meine Meinung über New York vielleicht noch ändern. Es tut mir leid, dass ich alles schlimmer gemacht habe als nötig.«

»Es wäre so oder so schlimm gewesen.« Zach fummelte immer noch an seinem Ärmel herum. »Gut, dass Instagram nicht die ganze Wahrheit weiß. Wenn sie wüssten, was für ein kaputtes Wrack wir am Ende waren, würden sie uns nicht so sehr shippen.«

»Wir waren kein kaputtes Wrack. Und die Vergangenheitsform ist falsch, ich bin es. Ich bin das Wrack«, sagte Eli. Dey blickte zu Zach und sah, dass er zurückblickte, das Lächeln sanft wie immer. »Und man sollte ohnehin keine echten Leute shippen. Das ist gruselig.«

Zach brach in Gelächter aus. Eli lachte auch. Wenigstens das hatten sie noch. Lachen und Kaffee. Sie waren sich nahe, rückten an die Wahrheit heran und trafen die bewusste Entscheidung, sanft mit diesem Ding umzugehen, was auch immer es war. Was auch immer *sie* waren. Dafür konnte Eli dankbar sein. Als zwischen ihnen wieder Stille einkehrte, beobachtete Eli ihn, zufrieden damit, seine Augen, sein Kinn und seine gepiercten Ohren anzustarren. Zach tat das Gleiche, sein Blick wanderte über Elis Gesicht, blieb an deren Wimpern hängen, verweilte dort zu lange und wanderte dann zum Mund, zum Hals und zu deren sommersprossigen Schläfen.

Zach stützte seinen Ellbogen auf den Tisch und dann sein Kinn auf die Handfläche. Sein Lächeln verwandelte sich in ein entzücktes Grinsen. »Der große böse Wolf«, säuselte er und zog eine Augenbraue hoch.

Eli registrierte die Bemerkung zunächst nicht, aber sobald dey es tat, verengte dey die Augen. »Bodhi hat es dir gesteckt«, sagte dey, ohne eine Miene zu verziehen, und schnaubte. »Verdammte Verräterin!«

Zachs Grinsen wurde noch breiter. »Oh, Großmutter, was hast du nur für große Augen?«

»Halt die Klappe, das wird fantastisch.«

Er brummte und schöpfte den Milchschaum aus Elis Becher. Er leckte sich den Finger sauber. »Kein Zweifel.«

Hitze schoss Eli in die Wangen. Dey drehte sich zum Fenster und sah zu, wie Autos über den heißen Beton rollten und Menschen über den Bürgersteig eilten. »Ich bin froh, dass du hier bist«, sagte dey abwesend, wie beiläufig.

In der Spiegelung des Fensters sah dey Zachs Lächeln. »Ich auch.«

♡ ♡ ♡

Der Vorbereitungsraum für die finalen Looks bei der Anime Bay war eng und heiß.

Eli konnte durch die Schaumstoffprothesen kaum atmen – die Wolfsschnauze war fest über deren Nase geklebt, das Stirnteil schmiegte sich um die Augenbrauen und die betonten Wangenknochen ragten aus deren Gesicht. Dey lehnte an einem der hohen Schminktische im Backstagebereich und schob sich bernsteinfarbene Kontaktlinsen in die Augen.

Cassie stand neben Eli. Sie besprühte ihre rote, mit Muscheln und einem Fischernetz dekorierte Perücke und fluchte leise vor sich hin.

»Ich bin raus«, sagte sie leise und seufzte, als sie ihr Spiegelbild betrachtete. »Ich habe definitiv nicht genug gemacht.«

»Du siehst toll aus.« Eli drückte ihren Arm.

Gegenüber von Eli stand Beverly vor einem Ganzkörperspiegel und zupfte ihre schwarze Robe zurecht. Riesige Schaumstoffhörner wölbten sich von ihrem Kopf weg und zarte Silikonprothesen veränderten ihre Knochenstruktur, sodass sie zur perfekten Maleficent verwandelt war. Zach zog pelzige Stiefelüberzüge über die Spitzen seiner hufförmigen Schuhe. Seine Pupillen waren durch gelbe Kontaktlinsen zu ziegenhaften Vierecken geformt. Elis Magen krampfte sich zu einem Knoten zusammen. Die letzte Woche fühlte sich so, *so* weit weg an, jetzt, da dey backstage braune Farbe auf deren Hals auftrug und die an einem beigen Stirnband befestigten Wolfsohren zurechtrückte.

Zach und Beverly sahen unglaublich aus. Cassie machte sich vollkommen zu Recht Sorgen. Eli aber auch.

Im Eiltempo verpasste Eli dem Cosplay den letzten Schliff, puderte transparente Ränder ab, tupfte die Farbe so auf die Kieferpartie, dass es wie Fell aussah, und zog sich Krallenhandschuhe über die Hände. *Okay.* Dey atmete scharf aus und trat einen Schritt zurück, um sich selbst zu betrachten. *Okay, das sieht total in Ordnung aus.*

»Oh, was für große Zähne du hast«, gurrte Zach und lehnte sich mit der Hüfte an den Rand des Schminktischs. Er hielt sein Handy hoch und sagte stumm: *Für Insta.*

Eli warf einen Blick zur Seite und grinste, wobei dey falsche Reißzähne über die Eckzähne schob. »Damit ich dich besser fressen kann, mein Lieber.«

Zach lachte leise und ließ sein Handy sinken. »Die Leute werden denken, dass wir Kanon sind.«

»Der große böse Wolf und das Biest? Was für ein sexy Pärchen«, stichelte Eli.

Aus Schaumstoff geformte, mattgrau lackierte Widderhörner ragten aus Zachs Schläfen empor. Seine Ohren liefen spitz zu und sein Kiefer wurde durch eine weitere Prothese verlängert. Seine Interpretation des Biests war in einem Wort satanisch. Er hatte sich Kunstblut um den Mund geschmiert, sein maßgeschneiderter Anzug war am Kragen zerrissen und rot gefärbt, ebenso wie seine Manschetten und die zerfetzten Enden seiner schwarzen Anzughose.

»Ich find schon.« Zach warf Eli einen flüchtigen Blick zu. »Bist du bereit?«

Bevor Eli antworten konnte, rief der Makeup-Wars-Freiwillige, der am Rand der Bühne stand: »Okay, alle Teilnehmenden, die Zeit ist um! Pinsel runter, wir stellen uns auf für den Runway!«

Eli war noch nicht bereit, aber dey musste es sein, also nickte dey. Zachs verspielte Stimme kam und ging, während Eli deren Pinsel, Schwämme und Kleber in einen Beutel steckten. *Ich find schon.* Der Satz spukte in Elis Kopf umher. Dey wiederholte ihn vor sich selbst und kam zu einer erschreckenden Schlussfolgerung: Zachary Miller, deren verdammter Ex-Freund, flirtete definitiv mit denen. Und Eli hatte keine Ahnung, wie dey es anstellen sollte, *nicht* zurückzuflirten.

Cassies glitzernder Schleier schleifte hinter ihr her, als sie sich an die Spitze der Reihe stellte, gefolgt von Beverly, Zach und zum Schluss Eli. Lichter flackerten über die Bühne und Applaus ertönte. Eli holte noch einmal tief Luft und schaute auf deren Handy.

> **Eli Peterson:** Bev und Zach sind um welten besser als ich und Cassie
> **Eli Peterson:** also ... sie oder ich, einer von uns geht Ganz Sicher heim
> **Bodhi Babe:** DU KLINGST WIE EINE DUMPFBACKE
> **Eli Peterson:** ich meins ernst
> **Bodhi Babe:** Mach dich nicht verrückt. Ich guck grad den Livestream.
> **Bodhi Babe:** Liebe grüße an »meine gute bitch« von Stella
> **Eli Peterson:** liebe grüße zurück

Eine Sekunde verging. Drei Punkte hüpften in der Nachrichtenblase.

Bodhi Babe: UFF BABE DAMIT ICH DICH BESSER FFFRRREEESSEN KANN?! WOW
Eli Peterson: das war ein W I T Z
Bodhi Babe: Aber siiiiicher. Brich ihm nicht wieder das Herz Liz
Bodhi Babe: Und benutzt ein Kondom
Eli Peterson: ich red nie wieder mit dir. auf wiedersehen für immer
Bodhi Babe: Byyyyyeeeee ✌
Bodhi Babe: Okay aber im Ernst viel Glück, packste locker
Eli Peterson: ahhh
Eli Peterson: ♡

Theresas Stimme dröhnte durch das Mikrofon. »Seid ihr bereit, Anime Bay?«

Das Licht wurde gedimmt. Ihre Stimmen hallten wider, die von Cassie, Beverly, Zach und Eli, und auf der großen Leinwand über der Bühne lief das Video, das sie gestern Abend gedreht hatten. Als es zu Ende war, rief Theresa Cassie auf und der Runway begann.

Cassie stolzierte über die Bühne. Ihr Meerjungfrauen-Cosplay war von einem unterschätzten Anime über Sirenen und Meerestiere inspiriert. An ihrer Wange klebte eine Seesternprothese, die so bemalt war, dass es aussah, als wäre sie aus ihrer Haut gewachsen.

Ihr Beauty-Make-up war wie immer perfekt. Ihre Augenlider glitzerten und perfekt ausgeführte Schuppen glänzten an ihrem Hals und auf ihrer Stirn. Kaum hatte Cassie die Schwelle hinter der Bühne überschritten, ging Beverly hinaus.

»Ja, das war's«, sagte Cassie seufzend. »Ich werd *definitiv* meinen Koffer packen müssen.«

»Das weißt du doch noch gar nicht.« Zach schenkte ihr ein beruhigendes Lächeln.

Cassie warf ihm einen bösen Blick zu, indem sie die Lippen zusammenpresste und die Augenbrauen hochzog, und deutete auf sich selbst. »Laber keinen Scheiß, Zach. Komm schon.«

Eli schüttelte den Kopf. »Du weißt nicht, wonach sie die Punkte vergeben. Du hast es in der Tasche, wenn sie uns nach unserem Beauty-Make-up beurteilen.«

»Zum Glück ist das hier ein Wettbewerb, bei dem es um Spezialeffekte geht.« Sie klang nicht wütend, sondern besiegt.

Das Publikum johlte und jubelte Beverly zu, als sie mit ihrem Zepter auf die Bühne schlug und ihren schwarzen Umhang herumwirbelte. Zach ging hinaus, die Schultern eng angezogen, seine Hufstiefel klapperten auf der Bühne. Er wankte nicht – was beeindruckend war, da er keine Absätze hatte, mit denen er die Balance halten konnte – und schob seine Daumen durch die Gürtelschlaufen seiner Anzughose; eingebildet und wie aus einer anderen Welt. Seine Hörner sahen total realistisch aus, ein krasser Kontrast zu seinen cartoonhaften Gesichtszügen. Silikonprothesen betonten seine Kieferpartie und seine Wangenknochen und dunkle Farbe ließ seine Augen eingesunken erscheinen. Er befand sich irgendwo zwischen Mensch und Tier, beunruhigend und dämonisch, und Eli gab sich keine Mühe, die Augen abzuwenden.

Dey folgte ihm über die Bühne, wobei dey jeden seiner Schritte nachging. Als er sich umdrehte und wieder hinter die Bühne ging, trafen sich ihre Blicke.

»Vergiss nicht, auch wie ein Wolf zu heulen«, sagte er und grinste breit.

Eli verdrehte die Augen.

Theresa rief deren Namen ins Mikrofon: »Eli Peterson!«

Der Ballsaal explodierte. Jubel, Applaus und Pfiffe erfüllten den Raum, als Eli die Bühne betrat. *Nicht stolpern.* Dey setzte einen Fuß vor den anderen, hob das Kinn und blinzelte, da deren Augen von den grellen Lichtern brannten. Der weiße Überzug aus Wolle, den Bodhi angefertigt hatte, verwandelte Eli in ein unscheinbares Schaf; außerdem bedeckte eine Kapuze deren Gesicht, wobei Druckknöpfe den Überzug von den Knöcheln bis zum Kinn geschlossen hielten. Eli wartete, bis dey am Rand der Bühne war, riss dann den Mantel auf und warf die Kapuze zurück, sodass deren Wolfs-Make-up und das Lumpenkostüm darunter zum Vorschein kamen.

Eli fletschte knurrend die Reißzähne und krümmte die Finger, um die an der Spitze mit Blut getränkten Krallen zu zeigen. Ein Jurymitglied lachte sogar überrascht auf. Eli hasste sich selbst dafür, aber dey kam nicht umhin, sich ein wenig erleichtert zu fühlen. Cassies Make-up war gut. Sogar wunderschön. Aber es war einfach und dezent und Eli wollte, Eli *konnte* nicht rausfliegen. Dey ging hinter die Bühne und schüttelte den Gedanken ab. Dey wolle sich nicht darüber freuen, wenn jemand anders schlechter abschnitt als dey. Eli wollte nicht zulassen, dass dieser Wettbewerb – egal wie sehr der Preis deren Leben verändern konnte – dey zu jemandem machte, der die Niederlage anderer Menschen feierte. Trotzdem … irgendwo tief in deren Inneren hoffte Eli, dass Cassie nach Hause geschickt werden würde, denn das würde bedeuten, dass dey bleiben durfte.

Und dey *musste* bleiben.

Eli blieb vor dem Ganzkörperspiegel stehen. Deren Atem stockte, ein Keuchen blieb in deren Kehle stecken. *Nein, nein,*

nein! Die Farbe auf der Wolfsschnauze war rissig geworden und blätterte vom Schaum ab. Dey beugte sich näher heran und betrachteten deren Spiegelbild. Wenn dey versuchte, die Farbe neu aufzutragen, könnte das die Färbung verwischen. Wenn dey versuchte, die Risse abzutupfen, würde die Farbe nicht schnell genug trocknen, und Theresa Jenkins durfte das *nicht* in noch nasser Farbe sehen. Deren Puls beschleunigte sich.

Cassies Make-up mochte einfach sein, aber es war trotzdem *gut*. Zumindest war die verdammte Farbe komplett und trocken. Eli schloss die Augen und presste Luft in deren Lungen. Als Eli die Augen wieder öffnete, stand Zach mit geneigtem Kopf hinter denen und musterte deren Spiegelbild.

»Es ist in Ordnung«, sagte er und nickte langsam. »Ich hab es gar nicht bemerkt, bis ich gesehen habe, wie du es angestarrt hast.«

»Die Jury hat es bemerkt«, sagte Eli. »Es ist buchstäblich ihr Job, das zu bemerken.«

»Ich wette, sie haben es nicht bemerkt.«

»Ich wette doch.«

Zach stieß einen Seufzer aus. Er mochte sich in ein ziegenähnliches Monster verwandelt haben, aber sein Lächeln war immer noch dasselbe. Ruhig und sanft und *Zach*, wie aus einem Traum, den Eli schon halb vergessen hatte. Einem guten Traum. Die Art von Traum, in den dey zurückkehren wollte. Zach ging mit langen Schritten zu Eli. Er war schon immer so viel größer gewesen, dass es Eli ärgerte, aber seine Hufe machten ihn noch größer und er schaute mit seinen Ziegenaugen auf dey herab.

»Es ist in Ordnung«, sagte er wieder.

»Ist es nicht.« Eli versuchte vergeblich, den Kloß in deren Hals herunterzuschlucken.

Zach legte seine Handfläche auf deren Schulter.

Der Stage Manager legte die Hände zu einem Trichter vor den Mund und rief: »Alle Teilnehmenden zurück auf die Bühne in fünf ... vier ...«

Eli reihte sich wieder hinter Zach ein, ballte die Faust und entspannte sie wieder. Deren Hände waren glitschig in den Handschuhen, deren Wangen heiß unter dem Make-up, aber dey musste sich zusammenreißen. *Lächeln.* Eli musste so tun, als wäre alles in Ordnung. *Kopf hoch, Kinn hoch, Augen geradeaus, Rücken gerade.* Der Beifall kam und ging, als alle vier sich in der Mitte der Bühne aufstellten.

»Unsere Artists haben uns wieder einmal vier fantastische Make-ups abgeliefert und eine Menge zu bedenken gegeben«, sagte Theresa. Ihr Haar war zu einem Dutt hochgesteckt, die Augen mit einem Eyeliner in elektrischem Blau umrandet und das Gesicht mit Glitzer bestäubt.

Die Gastjurorin Margaret Madness stützte ihre Ellbogen auf die Armlehnen ihres Rollstuhls. Sie tippte die Finger aneinander und musterte jeden Anwesenden noch einmal. »Um ehrlich zu sein, mussten wir wirklich hart überlegen. Aber ich glaube, wir wissen, wer den *Anime Bay Cosplay Runway* gewinnt.« Ihr Dalek-Kleid wehte über ihre Knöchel, als sie sich umdrehte und Theresa und Scott ansah. »Sind wir bereit?«

»Ich denke schon. Anime Bay, seid *ihr* bereit?«, fragte Scott und grinste.

Das Publikum klatschte und johlte. Lichter kreuzten die Bühne. Eli hielt den Atem an.

»Auf dem dritten Platz ...« Scott hielt inne und schenkte jedem der Teilnehmenden ein Lächeln. »Eli Peterson! Dein Make-up als Großer Böser Wolf war eine Hommage an die Klassiker und wir waren begeistert.«

Elis Knie wackelten. Dey setzte ein Lächeln auf, winkte dem Publikum zu, nickte der Jury höflich zu und versuchte nach Kräften, die Fassung zu behalten. Vom ersten Platz auf den dritten Platz. Im Handumdrehen. Die Punktzahl wäre sicher nicht *überragend*, aber Eli hatte die Chance, es beim nächsten Runway besser zu machen, mehr Stimmen auf Instagram zu bekommen und von der Jury eine bessere Gesamtbewertung zu erhalten. Deren Brust zog sich zusammen. Der dritte Platz war nicht gut, aber *raus* war dey auch nicht. Eli war noch im Rennen und das allein zählte.

»Zweiter Platz, Beverly Belle! Was für ein wunderschönes, filmreifes Maleficent-Cosplay. Gut gemacht«, sagte Scott.

Beverly lächelte und winkte.

Eli warf einen Blick zur Seite. Cassies Kehle krampfte sich zusammen. Sie straffte die Schultern, atmete aus und nickte Zach knapp zu, als sie beide nach vorn traten.

Theresa nahm das Mikrofon in die Hand. »Und der erste Platz des Anime Bay Cosplay Runway geht an ... Zachary Miller, für seine Interpretation des Biests!«

Wieder erfüllten Applaus und Pfiffe den Ballsaal. Cassie lächelte schmerzlich gen Boden. Eli konnte sie wegen der Lautstärke des Publikums nicht hören, aber dey sah, wie Cassies Mund die Worte *Es ist okay* formte, als sie Zach anschaute. Beverly legte ihre Hand an Cassies Rücken.

»Cassie Anne Montgomery, dein Sirenen-Cosplay war wunderschön, aber leider können wir nur drei Artists mit nach Oakland nehmen und die Jury hat entschieden, dass du gehen musst«, sagte Theresa.

Cassie nickte weiter. »Es ist okay«, sagte sie, diesmal zu Beverly. Eine Taschenlampe blinkte im Bühnenflügel auf. Cassie ging als Erste, eilte hinter die Bühne und kniff die

Augen zusammen. Sie blieb vor dem Schminktisch stehen, wo neben ihrem rosa Koffer ihre Lidschattenpalette und eine Flasche Flüssiglatex standen. »Ich weiß nicht, warum ich weine. Ist schon gut, es ist nur ein Wettbewerb. Keine große Sache.«

Eli schüttelte den Kopf und versuchte zu lächeln. »So was ist eben hart«, sagte dey und sah zu, wie Cassie sich mit einem Taschentuch die Augen abtupfte. »Du warst toll, Cassie. Eine Menge Marken werden dir die Tür einrennen, damit du ihre Produkte verwendest. Du wirst in kürzester Zeit eine angesehene Beauty-Influencerin sein.«

Beverly schlang ihre Arme von hinten um Cassie und legte ihr Kinn auf Cassies Schulter. »Eli hat recht, weißt du?«, sagte sie.

Cassie nahm ihre Perücke ab und warf sie auf den Schminktisch. »Ja, ich weiß, aber ...«, sagte sie und zuckte mit den Schultern. Ihr Mund zitterte. »Ich wollte *das hier*.«

Zach tauchte neben Eli auf. Sein Ellbogen stieß gegen dey. »Tut mir leid«, murmelte er und bewegte sich so, dass ihre Handgelenke aneinanderstießen. »Es wird andere Gelegenheiten geben«, sagte er zu Cassie. »Und du wirst sie wahrscheinlich nicht mal brauchen. Wir wissen doch beide, noch bevor dieser Wettbewerb vorbei ist, machst du das Make-up für die angesagtesten Runways.«

»Ja, vielleicht«, sagte Cassie und schniefte durch ein Lachen. »Wir bleiben doch in Kontakt, oder?«

Eli schob sich näher an Zach und lehnte deren Schulter an seine. »Ja, na klar bleiben wir das«, sagte dey und nahm Cassies Hand.

Eli hatte zwar nicht gewonnen, aber auch nicht verloren, und alles in denen war in Aufruhr darum, wie dey sich damit fühlen sollte. Eli wollte nicht, dass Cassie ging, aber dey *musste* bleiben. Der dritte Platz war nicht gut genug, aber er reichte für Oakland, für den nächsten Runway. Ein Schritt näher an Beyond.

Und das ganz allein zählte am Ende.

Das Stipendium. Die Zukunft.

Alles zu gewinnen.

KAPITEL 13

Los Angeles

»Okay, letzte Woche hast du den dritten Platz gemacht, diese Woche machst wieder du den ersten. Keine große Sache«, sagte Bodhi und klemmte eine Nähnadel zwischen ihre Zähne.

Eli streckte den Rücken durch. »Ich weiß nicht, Bodhi. Beverly und Zach sind harte Konkurrenz.«

Bodhi brachte dey mit einem scharfen Geräusch zum Schweigen und hielt denen ein Maßband an die Taille. »Du willst es eng, ja? Wie ein Korsett?«, sagte sie, wobei sie um die silberne Spitze der Nadel herummurmelte.

»Ja, ich mache das dunkle Magie-Outfit aus Staffel drei«, sagte Eli.

»Keine Ärmel?«

»Nein, ich trage Armprothesen, also keine Ärmel. Wie kurz sollte es deiner Meinung nach sein?«

»Oh, kurz. *Sehr* kurz.« Sie stach die Nadel durch ein Bündel Stoff, ließ das Maßband fallen und trat einen Schritt zurück, um Eli kurz zu mustern. »Du brauchst eine dicke Strumpfhose. Wirst du Absätze tragen?«

»Ja, Eli leiht sich meine Stiefel«, sagte Stella. Sie warf die Worte über ihre Schulter, während sie in Bodhis Nähzeug kramte. »Meinst du, die Leute werden überrascht sein, wenn du als Wych auf die Bühne gehst?«

»Wahrscheinlich schon«, antwortete Eli und betrachtete sich im Spiegel an der Rückseite von Bodhis Schlafzimmertür. »Es ist ja nicht so, als hätte ich noch nie ein Cosplay von einem femininen Charakter gemacht, weißt du? Ich denke nur, dass die Leute von mir erwarten, dass ich mich immer maskulin kleide.« Dey zupfte an dem langen schwarzen Rock und folgte Bodhis Daumen bis zur Mitte von deren Oberschenkel. Bodhi schnappte sich eine weitere Nadel und stach sie durch den Stoff. »Das ist *kurz*, Bodhi, also ...«

»Deshalb ja die Strumpfhose«, sagte Bodhi. »Wenn du ein Wych-Cosplay machst, musst du sexy sein. Das weißt du doch.«

Eli kaute auf den Lippen. Normalerweise würde dey zustimmen, aber ein hautenges schwarzes Kleid mit einem Kunstlederkorsett vor deren Ex anzuziehen, machte Eli nervös. *Delta Quest* war ein unglaublich beliebter Anime und Wych war die perfekte Wahl für das Superhelden/Superschurken-Thema für den dritten Runway, aber Eli wusste jetzt schon nicht, was dey wegen Zach machen sollte. In einem wahnsinnig sexy Outfit herumzustolzieren, fühlte sich an wie eine Einladung zu mehr Geflirte und mehr seltsamen Nicht-Dates und mehr anhaltenden Gefühlen, die dey nicht verscheuchen konnte. Das Problem war nicht Zachs Aufmerksamkeit, das Problem war, Zachs Aufmerksamkeit zu *wollen*. Eli errötete.

Dey wollte, dass Zach dey anschaute. Dey wollte, dass er dey wieder begehrte.

Und das war nicht fair. Nicht nachdem Eli sein Herz in den Boden gestampft hatte.

Dey riss mit den Zähnen an einem Stück loser Haut und verzog das Gesicht. »Wann wollen wir abendessen?«

»Zach hat um fünf Schluss, also so gegen sechs, denke ich.« Bodhi wollte gerade den dunklen Stoff schneiden, als sie innehielt. »Oh, Scheiße! Das ist das Problem, hm? Du zierst dich mit dem Cosplay, weil ...«

»Nein, das ist es nicht. Er hat nichts damit zu tun«, schnauzte Eli. Stella brummte vielsagend. Sie trat um Elis abgelegte Kleidung herum, tippte mit zwei Fingern unter deren Kinn und neigte Elis Kopf, um denen ein mit einem Acrylkristall verziertes Halsband um den Hals zu legen. »Das Outfit muss nicht nach supersexy Femme aussehen. Du kannst statt des Rocks auch eine Hose zum Korsett tragen.«

»Nein, ich weiß, ich will nur ...« Dey stieß einen frustrierten Atemzug aus. »Okay, na gut, ja. Es geht um Zach.«

»Hab ich doch gesagt«, sang Bodhi.

Stella unterdrückte ein Lachen und strich sich eine schwarze Locke hinters Ohr. »Willst du das ausführen?«

»Wir haben uns, ich weiß nicht, wieder angenähert, glaub ich? Wir reden viel, gehen zusammen Kaffee trinken, machen Witze. Und ich hab einfach ... Ich hab das Gefühl, dass ich was falsch mache, als ob ich ihn irgendwie nur ködern würde. Als ob ich ihn verarschen würde, schätze ich. Ich fühl mich peinlich und dumm.« Eli seufzte und sah Bodhi dabei zu, wie sie einen Streifen Stoff abriss, sodass über deren Knie ein gezackter asymmetrischer Saum zurückblieb. »Ich kann ihn nicht immer noch wollen, so funktioniert das nicht.«

»Oh, Liebes«, sagte Stella und lachte. Bodhi stieß indessen einen Pfiff aus und sagte: »Eli, du Brotgehirn.«

Eli schwenkte den Kopf zwischen den beiden hin und her. »Was? Was? Ich mein's ernst! Man sollte nicht mit einer Person Schluss machen und *Jahre später* wieder mit ihr flirten. Das ist arschig.«

»Tatsächlich ist das ganz normal«, sagte Stella. »Willkommen im queeren Datingleben, Schätzchen!«

»Ich würde dir zustimmen, wenn du tatsächlich mit ihm hättest Schluss machen *wollen*«, sagte Bodhi und schnaubte. »Wir haben doch darüber geredet. Ihr seid in der achten Klasse zusammengekommen, und als du mit ihm Schluss gemacht hast, war das wirklich ... ich weiß nicht, unter absolut bescheuerten Bedingungen. Was hast du erwartet? Simsalabim, die Gefühle sind weg? Tut mir leid, Babe, aber so funktioniert das nicht.«

Eli wackelte mit der Nase. »Ich glaube, so weit waren wir schon, danke.«

»Wie ich letztes Wochenende schon gesagt habe, vielleicht seid ihr beide noch nicht durch.«

»Das ist der ganze Sinn bei einer Trennung, Bodhi. Einen Weg zu finden, damit es durch ist.«

Stella seufzte und verpasste Eli einen Klaps auf den Hintern. »Ja, aber manchmal gelingt das nicht. Manchmal muss eine Beziehung ihren Lauf nehmen, auch wenn man schon dachte, dass sie vorbei ist.«

Eli leckte sich über die Lippen und betrachtete deren Spiegelbild. Vielleicht hatten Bodhi und Stella recht. Vielleicht war Eli noch nicht mit Zach durch, vielleicht war Zach noch nicht mit denen durch. Vielleicht war diese ganze Sache – FaeCon, Makeup Wars, Beyond – ein Wink des Schicksals, um sie wieder zusammenzubringen. Dey verbannte den Gedanken tief, tief nach unten, weg von deren viel zu hoffnungsvollen

Herzen, und zuckte zusammen, als Bodhis Nadel in deren Magen stach.

»Oh, Scheiße!«, hauchte Bodhi durch ihre Zähne und warf Eli einen entschuldigenden Blick zu. »Sorry, Babe. Am Set sollte ich besser niemanden abstechen, was? Sonst verlier ich noch meinen einzigen Gig, bevor er überhaupt begonnen hat.«

Eli schüttelte abweisend den Kopf, immer noch in Gedanken bei Zach und diesem verdammten Outfit, bis denen klar wurde, was genau Bodhi da gesagt hatte. *Am Set. Gig.* Eli schnappte nach Luft und fuchtelte mit den Händen vor Bodhis Gesicht, während diese die letzte Stecknadel durch den Stoff unter ihrer Achselhöhle schob.

»Wie bitte, *was*?«, rief Eli.

Stella stieß ein kehliges Lachen aus und nahm das Halsband ab. Bodhi grinste, die Hände in die Hüften gestemmt; eine weitere silberne Nadel hing zwischen ihren vollen Lippen. »Ein Indie-Film, der in Pasadena gedreht wird. Es wird so gut wie nichts bezahlt, aber ich bin offiziell *Head of Costuming* und mein Name taucht in den Credits auf.«

»Bodhi, *was*?« Eli lachte überrascht auf und zog sie in eine Umarmung. »Das ist ja unglaublich! Wann ist das passiert? *Wie* ist das passiert?«

Bodhi zuckte mit den Schultern. Sie grinste immer noch, schnippte mit dem Finger auf und ab und deutete auf Elis Outfit. »Zieh das aus, damit ich mit dem Korsett anfangen kann.«

»Erzähl mir alles!«

»Es ist einfach passiert, ehrlich gesagt. Ich habe von einer anderen Praktikantin gehört, die einen Make-up-Artist kennt, der für einen Zombiefilm mit einem dreistelligen Budget jemanden für das Design brauchte.« Bodhi hängte das Kleid und das Korsett an den Griff ihrer Schranktür. »Es gab sonst keinen, der es machen wollte, also habe ich dem Make-up-Artist geschrieben und er hat mein Portfolio weitergegeben.«

»Du hast den Teil übersprungen, wo du den Make-up-Artist drei Tage lang im Internet gestalkt hast, bevor du endlich herausgefunden hast, dass er der richtige Ansprechpartner ist«, bemerkte Stella.

Eli lachte noch lauter. »Stimmt das?«

»Halt die Klappe! Natürlich stimmt das. Du hättest es genauso gemacht. Aber ja, es ist offiziell«, sagte sie und zog ihre bauchfreie Jeansjacke an. »Ich habe meinen ersten Gig.«

»Ich bin stolz auf dich«, sagte Eli und das meinte dey ernst. *Schau uns an*, wollte dey sagen. Aber es gab noch nichts zu sehen, nicht bei Makeup Wars und nicht bei Beyond. Aber sie waren auf dem Weg. Sie beide. Zusammen.

Bodhi räusperte sich. »Ich habe es nicht erwähnt, weil du dein Ding in San Francisco gemacht hast und ich dich nicht ablenken wollte.«

»Du lenkst niemals ab, wenn du mir von den guten Dingen in deinem Leben erzählst.« Eli zog die Brauen zusammen und schob die Unterlippe vor. »Erzähl mir immer, immer, *immer* davon.«

»Okay, gut, ja, ich höre dich. Es war keine große Sache, also bis gestern, als ich das Angebot bekommen habe, also ...« Bodhi zuckte mit den Schultern in Richtung Tür und unterdrückte ein Lächeln. »Bist du gleich fertig?«

Eli zog sich die Stiefel an und nickte. »Ja, bloß noch 'ne Sekunde. Gott, ich kann's nicht glauben – ich meine, natürlich *kann* ich, aber trotzdem, heilige Scheiße, Bodhi! Das ist eine große Sache, eine riesige, gigantische Sache.«

»Ich habe auch versucht, ihr das zu sagen« sagte Stella und warf sich ihre Handtasche über die Schulter.

»Ich will es einfach wirklich, *wirklich* nicht verkacken«, sagte Bodhi. Sie rang mit den Händen und sog die Luft ein, bis sich ihre Wangen aufblähten.

»Das wirst du nicht.« Eli stopfte deren Portemonnaie in die Hosentasche – *Herrenjeans, ein Geschenk des Himmels* – und warf einen kurzen Blick auf sich im Spiegel, bevor dey sich wieder Bodhi zuwandte. »Du rockst das.«

Jahrelang war Bodhi vor Komplimenten zurückgeschreckt. Nicht vor netten kleinen Komplimenten wie *Dein Hintern sieht in dieser Jeans umwerfend aus* oder *Deine Cat Eyes sind der Hammer.* Von solchen Komplimenten konnte sie nie genug bekommen. Aber Komplimente, die wirklich etwas bedeuteten, über ihre Arbeit, die Schule oder ihre Designs, wurden immer beiseitegewischt, als ob über ihre Erfolge zu sprechen diese gefährden würde. Eli verstand es nicht; dey würde unter dieser Last zusammenbrechen. Doch vielleicht waren sie genau darum so gut füreinander, so *perfekt* füreinander, weil Bodhi wusste, dass Eli immer stolz auf die Träume wäre, die Bodhi verschwieg, weil Eli wusste, dass Bodhi immer da wäre, um denen den Druck zu nehmen, um Eli zu beruhigen, um dey zu verstehen.

Eli legte deren Hand auf Bodhis Schulter und drückte sie.

»Im Ernst, Bodhi. Diese Filmcrew kann froh sein, dass sie dich hat.«

Bodhis Lächeln wurde weicher, nur für einen Moment, dann verdrehte sie die Augen und schüttelte Elis Hand ab. »Jaja, wie auch immer, wir treffen uns mit Zach im Noodle Shack. Können wir los? Sind wir bereit?«

Eli begegnete Stellas Blick und schüttelte den Kopf. Sie zuckte mit den Schultern, als wollte sie *Ich weiß, ich weiß* sagen, und schlang ihren Arm um Bodhis Taille.

»Ja«, sagte Eli und der fast vergessene Gedanke, Zach wiederzusehen, nagte an denen.

Ich hoffe, ich bin bereit.

♡ ♡ ♡

Eli angelte glitschige Reisnudeln aus der reichhaltigen fischigen Brühe und versagte völlig dabei, deren Tom Kha elegant zu essen. Stella saß auf dem Platz neben denen, Bodhi und Zach saßen ihnen gegenüber und alle stocherten mit roten Stäbchen in dampfenden Schüsseln herum. Sie hatten sich einen Teller mit knusprigen Frühlingsrollen und panierten Meeresfrüchten geteilt und Eli hatte zugehört, als Bodhi von ihrem schrecklichen Praktikum erzählte, das sie unbedingt hinter sich bringen wollte, und immer wieder von Brautkleidern, Schleiern und Tüll redete. Eli hatte mit dem Strohhalm in deren Rosen-Milchtee herumgespielt. Bodhi hatte Zach Stella vorgestellt, die Zach eine Million Fragen über New York gestellt hatte. Zach hatte geantwortet, aber seine Augen waren zu Eli gewandert und er hatte seine Worte sorgfältig gewählt und nur kurze Beschreibungen vom Times Square, vom Central Park und vom Shockwave Workshop abgeliefert.

Eli wusste nicht, wie dey hiermit umgehen sollte, was auch immer das hier war. Zach war einfach aus dem Nichts wiederaufgetaucht und hatte sich in die Lücke in Elis Leben gesetzt, in der ein Freund fehlte. Dey hatte beobachtet, wie er mit Bodhi lachte, an ihrem Eiskaffee nippte und eine frittierte Garnele von ihrem Vorspeisenteller mopste. Es fühlte sich an, als hätte sich nichts verändert, aber alles hatte sich verändert. *Alles.* Aber hier saßen sie nun, im Noodle Shack, in einer Stadt, in die es sie alle verschlagen hatte, lachten wie in alten Zeiten, aßen zusammen wie in alten Zeiten, sprachen über Jobs und Karrieren und große Lebensentscheidungen wie in alten Zeiten.

Zach stocherte in den letzten Resten seines Tom Yum herum. Er hatte die Schultern zu den Ohren gezogen, seine Snapback trug er rückwärts auf dem Kopf. »Was macht ihr danach?«

Bodhi warf einen Blick zu Eli. Ihre Lippen kräuselten sich.

Elis Kiefer spannte sich an. *Tu es nicht*, sagte dey mit den Augen. *Tu es nicht!*

»Stella und ich gehen ins Kino, glaube ich«, säuselte Bodhi.

Stella nickte sofort. »Jepp. Ein Kinoabend. Was ist mit dir, Zach? Hast du was Schönes vor?«

Eli war sich sicher, dass Bodhi und Stella keinen Kinoabend geplant hatten.

»Ich hatte überlegt, zum Griffith-Observatorium zu fahren.« Zach schaute zu Eli. »Eli, bist du dabei?!«

Sag nein. Dey schenkte Zach ein schiefes Lächeln. »Mh, ich hab noch nichts vor.« Dey zögerte und beobachtete Zachs Mund, der sich nach oben wölbte. *Verdammt!* »Ja, ich komme mit.«

Bodhi checkte ihr Handy. »Oh, wow, Babe, wir sollten los.«

Stella erhob sich, stellte sich hinter Elis Stuhl und strich denen mit der Hand über die Schulter. »Es war schön, dich zu sehen, Eli, und schön, dich endlich kennenzulernen, Zach. Die beiden erzählen viel von dir«, sagte sie und gestikulierte zwischen Bodhi und Eli hin und her. »Ich hoffe, der Himmel am Observatorium ist wolkenlos.«

»Viel Spaß!«, sang Bodhi und winkte über ihre Schulter, bevor sie Stellas Hand nahm.

Die Glocke über der Tür läutete. Eine Sekunde später vibrierte Elis Handy.

Bodhi Babe: Viel Spaß

Eli legte deren Handy mit dem Bildschirm nach unten auf den Tisch und zupfte an deren Daumennagel. »Ich bestelle mir noch einen Tee zum Mitnehmen. Willst du was?«

»Nö, ich brauch nichts. Treffen wir uns draußen?« Zach stand auf und wischte sich unsichtbare Krümel vom Schoß.

»Ja, bin gleich da.«

Während Zach durch die Tür schlüpfte, ging Eli zum Tresen und bestellte einen weiteren Rosen-Milchtee, extra süß. Deren Gedanken kreisten um eine Situation, die dey sich sehnlich gewünscht und gleichzeitig vermieden hatte – allein mit Zach in der Stadt zu sein, die sie beide liebten, an dem Ort, an dem sie nicht hätten landen sollen. Eli atmete tief ein.

Deren Binder spannte sich, woraufhin dey die anthrazitfarbene Bleistifthose zurechtrückte und und an deren pinkfarbenen Top zupfte. Als die Bedienung den neuen Tee brachte, blieb dey stehen. In der Hoffnung, dass ein Kaffeefleck die Zukunft verraten könnte, starrte dey auf den Tresen. Was würde gleich passieren? Was zum Teufel *machte* dey da überhaupt? Eli holte noch einmal tief Luft, steckte ein paar Dollar in die Trinkgeldkasse und ging hinaus.

»Bereit?« Zach stand mit den Händen in den Hosentaschen da und lehnte mit der Schulter an einem Straßenschild.

Eli nickte und folgte ihm zu seinem Jeep, einem glänzenden Toyota, den er von seinen Eltern zu seinem sechzehnten Geburtstag bekommen hatte. Eli schlüpfte auf den Beifahrersitz.

Dey kurbelte das Fenster herunter und ließ sich von der Sommerluft die glühenden Wangen kühlen. Sie hörten Zachs Pop-Punk-Playlist und Eli summte den Text einer neuen Beartooth-Single mit. Dey lehnte den Kopf gegen den Sitz und beobachtete Zachs Finger, die den Schaltknüppel umfassten, seinen Ellbogen, den er auf den Türrahmen stützte, und die Fingerknöchel, die an seinem Kinn ruhten.

Die Scheinwerfer durchschnitten die Dunkelheit, die Autobahn wurde von roten Bremslichtern und leuchtenden Wolkenkratzern erhellt.

Zum letzten Mal hatte Eli in diesem Jeep gesessen, als sie sich getrennt hatten. Das Mal davor hatte Zach in einer schattigen Straße in der Nähe des Strandes geparkt und Eli war auf seinen Schoß gekrochen, hatte deren Hände unter sein Hemd geschoben und an seinem Hals Knutschflecken hinterlassen. Das Mal *davor* hatten Zach, Eli und Bodhi auf einer Decke auf der Ladefläche des Wagens gefaulenzt, sich Tarotkarten gelegt und beschissenes, selbst angebautes Gras geraucht, das sie von einem Surfer in Venice Beach gekauft hatten. Eli leckte sich die Lippen und schaute Zach an.

»Ich bin froh, dass du und Bodhi wieder miteinander klarkommt«, sagte Eli.

Zach seufzte und nickte. »Ich auch. Ich hätte mich wahrscheinlich schon früher melden sollen, aber ich ... ich weiß nicht, es war viel los.«

»Hat sie mir erzählt.«

Seine Fingerknöchel am Schaltknüppel wurden weiß. »Was hat sie dir erzählt?«

»Na ja, dass du dich nicht bei ihr gemeldet hast, weil du nicht wolltest, dass sie das Gefühl hat, sie müsste sich entscheiden. Weil es wegen mir so schwer war ...«

»Es war nicht wegen dir schwer. Es *war* einfach schwer, und zwar alles. Bodhi war hier, bei dir, in Los Angeles, und ich war auf der anderen Seite des Landes. Es war gut, dass wir Abstand hatten. Für uns alle.«

Er dachte, dass ich ihn auch verlasse.

»Sie hat sich nie für mich *entschieden*. Das weißt du doch, oder? Sie hat dich lieb.«

»Ich weiß«, schnappte Zach wie ein in die Enge getriebenes Tier.

Eli klappte den Mund zu und schaute auf die Straße. Bremslichter, unterbrochene weiße Linien, Leitplanken. Dey lauschte der Musik, die leise aus den Lautsprechern tönte. Dey unterdrückte den Drang, ebenfalls laut zu werden, zu streiten und deren Wut rauszulassen. Aber ein Wutausbruch würde nichts bringen, und Zachs ständiges Hin und Her – wie eine unberechenbare Flut – machte Eli schon nervös genug. Dey sollte diese seltsame Situation nicht noch komplizierter machen, indem dey einen Streit anzettelte.

Zach blieb einen Moment lang still, mahlte mit dem Kiefer, den Blick nach vorn gerichtet. Distanziert. »Stella ist nett. Meinst du, sie kommen gut miteinander aus?« Er blinkte und bog auf die kurvenreiche Straße ein, die zum Observatorium führte.

»Am Anfang war ich mir nicht sicher. Stella ist cooler als wir«, sagte Eli und prustete ein Lachen. »Aber ja, ich denk schon. Sie hat einen Job und sie ist gut zu Bodhi. Gut *für* sie, denke ich. Und, na ja, du kennst ja Bodhi. Sie ist selbstbewusst, aber nicht *so* selbstbewusst. Stolz, aber es fällt ihr schwer, stolz auf sich zu sein. Stella hat ihr Leben im Griff und weiß, was sie will, aber strahlt auch viel Ruhe aus und unterstützt sie.« Eli lächelte verschmitzt und verdrehte die Augen, dankbar für den

Themenwechsel. *Minenfeld vermieden.* »Sie sind verschieden, aber sie passen gut zusammen.«

Ein weiterer Moment verstrich, still und angespannt. »Was ist mit dir?«, fragte Zach. Ihm schnürte sich die Kehle zu und er bewegte seine Hand vom Schaltknüppel zum Lenkrad, das er etwas zu fest packte. Er hielt seinen Blick noch immer nach vorn gerichtet, doch seine Stimme – ein wenig zittrig, sehr neugierig – strafte den unbekümmerten Blick in seinen Augen Lügen. »Hast du wen Neues?«

Eli wollte lachen. Fast *hätte* dey auch gelacht. Dey starrte Zach an, folgte der markanten Linie seines Kiefers, der bis auf einen kleinen Schnitt von der Rasur glatt war, und studierte das schwarze Tattoo, das oberhalb des Kragens in seine Haut gestochen war. »Nein«, sagte Eli leise und lachte dann wieder. »Nein, Zach, es gibt niemand Neues.«

Zachs Lippen kräuselten sich. Er legte seinen Arm über Elis Sitz, schaute durch die Heckscheibe und fuhr den Jeep rückwärts zum Aussichtspunkt. Er roch immer noch nach demselben dämlichen teuren Parfüm aus demselben dämlichen teuren Strandbekleidungsgeschäft.

»Wartet in New York jemand auf dich?«, fragte Eli.

Er lachte und drückte den Start-/Stopp-Knopf auf dem Armaturenbrett. Der Motor ging aus. »Warum sollte das jemand tun? Ich geh nicht zurück«, sagte er und schlüpfte aus dem Wagen.

Eli schloss die Tür hinter sich und sah Zach über die Kante der Ladefläche hinweg an. »Du gehst nicht zurück?«

»Mein Leben ist hier«, sagte er einfach so, als hätte Eli es besser wissen müssen. Er zog die Klappe der Ladefläche herunter und schwang sich hinauf, sodass seine Füße über dem Boden baumelten.

Der Himmel erstreckte sich tief und schwarz und voller Sterne. Unter ihnen leuchtete Los Angeles in hellem Blau und Neongrün, elektrischem Gelb und Bremslichtrot. Auf der anderen Seite des Weges, über der weißen Kuppel des Griffith-Observatoriums, prangte an einem steilen Berghang das Hollywood-Schild mit seinen klobigen Buchstaben. Eli ging auf Zehenspitzen, dicht an dem kratzigen Gebüsch entlang, das sie von dem überwucherten Tal am unteren Ende des Hangs trennte. Wilder Salbei und stachelige Aloe blühten rings um sie und Büsche von cremefarbenem Buchweizen säumten das trockene Gras.

»Sieh mich an«, sagte Zach.

Elis Herz machte einen Sprung, aber als dey über die Schulter blickte, hielt Zach sein Handy in Brusthöhe und schoss ein Foto. Eli wartete darauf, dass Zach noch etwas anderes tat, *irgendetwas* anderes. Dass er näher kam. Doch das tat er nicht. Er ließ sein Handy sinken, stützte sich auf seine Handflächen und starrte auf die über der Stadt schwebende Mondsichel. Eli ließ sich Zeit, ging langsam von der Klippe zum Jeep und setzte sich neben ihn.

»Weißt du noch, wie wir vor den Bullen geflohen sind?«, fragte Zach.

Eli verschluckte sich an einem Lachen. »Nur weil du in einem der O sitzen wolltest.«

»Das wäre ein tolles Profilbild geworden.«

»Wir wären fast verhaftet worden.«

»Es ist das Hollywood-Schild! Wir mussten es versuchen«, sagte er, legte den Kopf schief und hielt die Augen auf deren Gesicht gerichtet.

»Weißt du noch, wie wir in den Garten deines Nachbarn eingebrochen sind?«

Zach lachte offen und hell. »Um in den Pool zu springen? Ja, das weiß ich noch.«

»Ich kann immer noch nicht glauben, dass ihre Haushälterin mich nackt gesehen hat. Nicht nur ein bisschen nackt, sondern richtig splitterfasernackt«, sagte Eli und versuchte nicht zu kichern, aber Zach riss dey mit seinem ansteckenden, schulterschüttelnden Lachen mit sich. »Im Ernst, das ist mir immer noch peinlich. Ich habe meine Klamotten dagelassen.«

»Ja, stimmt, so war's«, sagte Zach, heulte auf, ließ sich auf den Rücken fallen und schaute wieder zu den Sternen. »Haben sich deine Eltern dich danach nicht vorgeknöpft und wollten dich aufklären? Weil du in meinen Klamotten nach Hause gekommen bist?«

Eli seufzte. »Ja, genau.«

»Darüber musst du dir jetzt keine Sorgen mehr machen. Das neue Strandhaus hat einen eigenen Pool. Allerdings mit Chlor, was doof ist. Ich wollte eigentlich Salzwasser.«

Eli verdrehte die Augen. »Oh, nein, es ist kein *Salzwasser*pool, sondern ein normaler Pool für *reiche Leute*? Buuhuuu, armes Zachilein ...«

»Hey, komm schon, das ist zwar ein *First World Problem*, aber es ist trotzdem *mein* Problem.«

Ihr gemeinsames Lachen hallte im Schutz der Wildnis rund um den Anfangspunkt des Wanderwegs wider. Vorsichtig lehnte sich Eli zurück, bis dey mit baumelnden Beinen Schulter an Schulter mit Zach auf der Ladefläche des Jeeps lag. Sie blieben lange Zeit so liegen, atmeten, entspannten sich und genossen die angenehme Vertrautheit. Eli starrte in den Himmel, bis dey bemerkte, dass Zach sich umgedreht hatte, um dey anzuschauen. Eli wusste nicht, wie lange sie schon so dalagen – Eli betrachtete die Sterne, Zach betrachtete deren

Profil –, aber dey hatte zu große Angst, sich zu ihm umzudrehen, ihn anzuschauen, ihm in die Augen zu sehen, solang sie sich so nahe waren.

Eli hatte Angst, dass dey ihn küssen würde, wenn dey es täte. Genau hier, mit Tausenden von Lichtern in den Hügeln über einer wilden Stadt als Zeugen.

»Hat Beverly dir schon von ihrem großen Gig erzählt?«, fragte Eli.

Zach nickte. »Dachtest du wirklich, ich würde in New York bleiben?«

Eli schnürte sich die Brust zusammen. »Ich weiß es nicht. Ich bin nur froh, dass du es nicht getan hast.«

Zach berührte Elis Hand, seine Finger schlossen sich um deren kleinen Finger. »Ja, ich auch.«

Sie verweilten an Ort und Stelle, genau wie sie waren. Sie berührten sich kaum, hielten sich aber fest – *Halt mich weiter fest* – und sahen zu, wie der Mond ein wenig höher stieg.

KAPITEL 14

Oakland - Heroes Expo

Auf der Straße vor Elis Hotelzimmer wimmelte es von Autos. Vom fünfzehnten Stock aus starrte Eli zwischen den Gebäuden hindurch und beobachtete, wie das Sonnenlicht die Flussmündung erklomm. Auf dem Bürgersteig flatterten orangefarbene Banner und auf der anderen Straßenseite führten Schilder die Con-Besucher zum Marriott, wo die Heroes Expo stattfand. Dey legte deren Hand an die Scheibe und dachte über die Bestätigungsmail in deren Posteingang nach.

> Sprechstunde bei Dr. Tamura –
> 15. September, 12:00 Uhr

Seit dem Beginn des Wettbewerbs – vor vier ganzen Wochen – war die Zeit wie im Flug vergangen. Es fühlte sich an, als wären die FaeCon und Makeup Wars schon vor einer Ewigkeit in deren Leben getreten, aber es war eben doch gerade mal ein Monat vergangen. Im Juni war Eli ausgezogen, der Juli hatte aus vielen dicht aufeinanderfolgenden Conventions bestanden und der August kam nun unerwartet und vielversprechend. Es waren noch zwei Monate – einundsechzig Tage –, bis Eli die Zusage für die Mastektomie erhalten würde oder nicht. Unbewusst berührte Eli den unteren Rand des Sport-BHs und fuhr die enge Linie unter deren linken Brust nach. Keine Binder mehr, keine BH-Bügel mehr, keine viel zu weiten Klamotten mehr, wenn Eli zu wund war, um einen BH zu tragen. Dey seufzte und deren Augen fielen zu. Keine Tage, Wochen und Monate mehr, in denen dey in einem Körper leben musste, der nicht der Vorstellung deren Selbst entsprach.

Eli öffnete Instagram und überflog die Kommentare unter einem Selfie, auf dem dey in der Hand drei flüssige Lippenstifte einer veganen Marke hielt, bei der dey letzte Woche unterschrieben hatte. Eli tippte auf Cassies Profil und likte ein Video mit dem Titel *Swan Eyeshadow Tutorial*, das sie vor ein paar Stunden gepostet hatte, und scrollte dann durch deren Dashboard, bis eine Werbung für die Heroes Expo auf dem Bildschirm auftauchte.

Wenn Conventions *in* einem Sponsorenhotel stattfanden, war alles viel einfacher … und viel lauter. Die Leute rollten ihre Koffer durch die Flure und Gelächter hallte von einer Gruppe von Con-Besuchern wider, die an den Fahrstühlen warteten. Unten in der Lobby wimmelte es von Cosplayern und Leuten, die den Raum suchten, wo sie ihre Ausweise abholen konnten. Eli war froh, dass das Makeup-Wars-Team deren Ausweis an der Rezeption hinterlegt hatte, zusammen mit einem Heroes-Expo-Lanyard und zwei kostenlosen Gutscheinen für ein Frühstück.

Eli wischte die App weg, steckte deren Handy in die Tasche, griff nach dem Heroes-Expo-Wegweiser und blätterte durch die Seiten mit den Panels, Standnummern und Sponsoren.

Eigentlich sollte Eli an deren Runway-Make-up arbeiten, ein paar Influencerfotos schießen oder E-Mails von deren Brand Managern beantworten. Aber an einem Freitag war nicht viel los, einey, dey einen von deren Lieblingscomics zeichnete, verkaufte Abzüge an deren Stand und Eli konnte sich absolut nicht beherrschen, wenn es darum ging, süße Artworks zu sammeln.

Eli zog sich einen Binder in deren Hautfarbe und ein lockeres She-Ra-Tanktop an, schlüpfte in deren Vans, zog deren Lanyard über den Kopf, stellte den Riemen deren Handtasche ein und zog die Tür hinter sich zu. Als Eli sich umdrehte, stieß dey mit der Nase an eine breite, warme Brust.

Zach lachte, denn natürlich war es *seine* breite, warme Brust. *Warum passiert das ständig?*

»Perfektes Timing.«

Eli wich einen Schritt zurück und verfluchte die Hitze in deren Wangen. »Sorry, hi! Bist du auf dem Weg nach unten?«

Zach deutete auf das Exemplar von *Shadow Deliverance* unter seinem Arm, das er am Wochenende zuvor bei der Anime Bay gekauft hatte. »Ja, ich hab gesehen, dass der Autor in der Artist Alley ist, mit Exemplaren von Band zwei. Ich dachte, ich schnappe mir besser eins, ehe alles ausverkauft ist.«

»Oh ja, das ergibt Sinn«, sagte Eli.

Vor zwei Nächten hatten sie nebeneinander in den Nachthimmel gestarrt, die Finger miteinander verschränkt, Hüfte an Hüfte, und sosehr dey es auch gewollt hatte, sosehr Eli auch daran gedacht hatte, dey hatte ihn nicht geküsst, als er dey an deren Wohnung abgesetzt hatte. Jeder leichtsinnige Teil von Eli hatte es gewollt und jeder pragmatische Teil von Eli hatte *Warte, stopp, lass es* gesagt, als ob Zach zu küssen eine Grenze überschreiten würde, die Eli noch nie überschritten hatte.

Aber das war Schwachsinn. Eli war bereits zu nahe dran. Deren Herz war bereits zu hoffnungsvoll.

»Hast du Beverly schon gesehen?«, fragte Zach.

Eli schüttelte den Kopf und betrat den Fahrstuhl, sobald sich die Tür öffnete. »Sie hat in einer protzigen Wohnung in Santa Monica eine Insta-Story gedreht, also wette ich, dass sie morgen hier sein wird.«

»Ja, die Story hab ich gesehen«, sagte er und zog eine Augenbraue hoch. »Ziemlich nette Hütte, was?«

Eli schnaubte. »Sagt der Kerl, der im Strandhaus seines Vaters in Malibu wohnt.«

Zach grinste verschämt und schüttelte den Kopf. »Jaja, aber es ist ja nicht *mein* Haus.«

»Hat es einen Whirlpool?«, stichelte Eli und runzelte die Stirn in gespielter Verachtung. »Ich weiß schon von dem stinknormalen Infinitypool *mit Chlor*. Ich bin mir sicher, dass es auch eine voll ausgestattete Bar mit dem Besten vom Besten gibt, oder? Küchengeräte aus Edelstahl und raumhohe Fenster ...«

»Komm doch mal vorbei und sieh selbst«, sagte Zach geschmeidig. Es klang wie eine Herausforderung.

Eli begegnete seinem Blick flüchtig und schaute sofort wieder weg. Dey wollte tausend Fragen stellen. *Ist das Meer nahe genug, um es nachts zu hören? Willst du wirklich, dass ich mitkomme? Was machen wir hier? Wohin führt das von hier aus? Darf ich deine Hand halten?* Aber Eli blieb stumm und war dankbar für das Bimmeln des Fahrstuhls, als dieser zum Stillstand kam.

Der Konferenzraum in der unteren Etage war in zwei Flügel aufgeteilt. Der Ostflügel diente als Raum für Panels, Ladestationen und Workshops, der Westflügel war mit Kordeln als Artist Alley abgetrennt. Der Cosplay-Wettbewerb und der Cosplay-Runway fanden in einem Ballsaal in der fünften Etage statt und ein paar andere große Räume waren für Cosplay-Reparaturen, Filmvorführungen und Arcade-Spiele reserviert. Die Heroes Expo war eine kleinere Convention mit starkem Fokus auf Fandom und lokale Kunstschaffende, und dass es keine stickige Ausstellerhalle gab, machte Eli definitiv nichts aus.

Dey bewegte sich durch den Raum, Zach einen Schritt hinter denen. Sie schlüpften zwischen in Ohnmacht fallenden Prinzessinnen hindurch und umgingen eine *Attack on Titan*-Gruppe. Zachs Handfläche streifte deren unteren Rücken. Als sie durch die offenen Doppeltüren in einen engen Raum mit vielen Ständen liefen, stieß Eli versehentlich mit den Fingerknöcheln an seine Hand. Als dey abrupt stehen blieb, rempelte er gegen dey, seine Brust an deren Rücken, sein Atem an deren Ohr, und als dey einen weiteren Schritt machte, weiterging, weiterlief, schnappte er sich deren Hand, betastete sie kurz und ließ dann los.

Was wird das hier?

Eli grinste und stieß ein kehliges Lachen aus. Es war, als wären sie wieder vierzehn und würden ungeschickte Berührungen gegen ein Lächeln eintauschen.

Eli hielt an, um ein Selfie für deren Insta-Story zu schießen. Dey hielt das Handy auf Armeslänge, um deren Grinsen einzufangen, den Kopf zur Seite geneigt und Zach hinter denen, der lächelnd seinen Heroes-Expo-Ausweis zwischen den Zähnen baumeln ließ. Sie liefen gemeinsam durch die Gänge. Zach blieb stehen, um eine Pansexuell-Anstecknadel aus Emaille in Form einer Fledermaus zu kaufen und sie an sein *Monsterpalooza*-T-Shirt zu heften, Eli stöberte an einem Stand mit selbst gemachten Würfeln und süßen, stilisierten Rollen-spielbögen. Dey kaufte ein in Pastellrosa und Blau bedrucktes *Chaos Reign*-Set. Clue, die Person, die Comics zeichnete und Eli gesucht hatte, saß in Gang E.

An dem Stand hingen holografische Drucke an Juteleinen und darüber eine nichtbinäre Flagge.

Eli zeigte sofort auf einen *Voltron*-Druck: eine Hauptfigur, gezeichnet mit Narben von einer Mastektomie, die eine andere Figur küsste. »Kann ich bitte eins davon haben? Und ein Mini-Artbook?«

Clue grinste. Deren tiefschwarze Haut war mit sternförmigem Glitzer besprenkelt. »Klar, Babe. Darf ich es für dich signieren?«

»Oh ja, bitte. Ist es seltsam, wenn ich dich um ein Selfie mit mir bitte?«

»Pschhhh, Eli Peterson will ein Selfie mit *mir*? Aber klar doch!«

Clue weiß, wer ich bin. Eli zügelte deren Lächeln und drehte sich um, um ein Foto mit Clue zu schießen. Beide lächelten albern, Clue machte ein Peace-Zeichen und Eli hielt deren neuen holografischen Druck hoch.

»Ich drücke dir morgen Abend die Daumen«, sagte Clue und überreichte denen das Artbook.

»Danke, ich brauche alles Glück, das ich kriegen kann. Ist es okay, wenn ich dich markiere?«

Clue nickte. »Aber gerne. Danke, dass du vorbeigekommen bist!«

Zach schritt neben Eli her. »Du wirkst ein bisschen überwältigt davon, dass dey dich kannte«, sagte er.

»Ich bin sogar sehr überwältigt«, gab Eli zu und lachte leise. Dey bemerkte, dass Zachs Hand immer noch auf deren

Rücken ruhte, und streckte deren Hand aus, um seinen Unterarm zu berühren.

Zach wich zurück, räusperte sich und rang die Hände. »Hast du den Stand von Andrew Daye irgendwo gesehen?«

Eli lächelte ihm verlegen zu. Vielleicht war Händchenhalten nicht drin. »Gang A, glaube ich? An der hinteren Wand?«

Zach stupste seine Schulter gegen deren und steckte die Hände in die Taschen. »Glaubst du, er hat dieses Mal Anstecknadeln?«

Eli seufzte und hielt neben ihm Schritt. »Vielleicht.«

Dey hätte seine Hand auf deren Rücken lassen sollen. Dey hätte ihn dort lassen sollen, ihn dey berühren lassen, genauso wie früher immer. Während Zach den nächsten Band von *Shadow Deliverance* und eine purpurrote Anstecknadel kaufte, auf der in Druckbuchstaben *Bloodsucker!* stand, streckte Eli die Brust heraus, um Selbstvertrauen vorzugeben, und wartete am Rand von Andrews Stand. Nachdem sie die Artist Alley zweimal abgelaufen waren, zeigte Zach durch ein Fenster auf einen Smoothie-Truck, der vor dem Hotel parkte. Sie bahnten sich ihren Weg durch die überfüllte Lobby und traten auf den Bürgersteig. Milde Luft schlug Eli ins Gesicht. Die Gerüche der Stadt umwehten dey.

Am Smoothie-Truck bestellte Eli eine säuerliche Mischung aus Himbeeren, Guaven und Brombeeren. Zach entschied sich wie immer für etwas unglaublich Süßes mit Erdbeeren, Banane und Mango. Sie suchten unter einem Baum im Innenhof Schutz, wo Cosplayer für Fotografen posierten. Ein paar Con-Besucher saßen im Gras und aßen aus einem To-Go-Behälter aus Pappe Dumplings, ein Pärchen las auf einer Bank Manga.

Eli platzierte sich mit dem Rücken zum Baum und nippte an deren Smoothie. Das Sonnenlicht strahlte durch die Äste und erhellte Zachs Gesicht. Eine Brise schob die blattreichen Ranken hin und her. Zach legte den Kopf schief und blickte Eli mit schweren Augen an.

»Bist du bereit für morgen?«, fragte er.

Eli kaute auf deren Strohhalm. »Ja«, log dey. »Du?«

Zach nickte. »Werden deine Eltern die Liveübertragung sehen? Bodhi sagt, sie wird einschalten.«

»Oh, nein. Wahrscheinlich nicht. Du weißt ja, wie sie sind. Sie glauben nicht, dass irgendetwas von dem, was wir machen, echt ist, also echt im Sinne von ›beständig‹. Dad ist immer noch überzeugt, dass ich Architektur machen sollte.«

»Immer noch?«

»Immer noch. Und was ist mit dir? Wie geht's deiner Mutter und deinem Vater?«

»Sie sind viel beschäftigt, wie immer. Aber gut, denke ich. Dad arbeitet viel, Mom ist viel mit Freunden unterwegs. Wie immer halt, derselbe Mist.«

Eli stieß einen Seufzer aus. Zachs Eltern waren nett – so wie Angestellte in Luxusgeschäften nett waren. Weil sie es sein mussten. Georgina hatte nie einen Aufstand gemacht, wenn Eli bei ihnen übernachtete, und Paul hatte Eli trotz eines etwas herablassenden Tonfalls immer erfreulich geschlechtsneutral behandelt. Aber wenn es darum ging, akzeptiert zu werden, war es, als hätte Zach statt Eli einen Welpen mit nach Hause gebracht, den er in der Gosse gefunden hatte, räudig und ungepflegt und ein bisschen zu sarkastisch für ihren Geschmack.

»Sie haben mich nie gemocht, hm?«, fragte Eli, ohne es absichtlich laut auszusprechen.

Zach runzelte die Stirn. »Meine Eltern? Doch, klar haben sie dich gemocht.«

»Ich war nur ... Ich war nicht das, was sie sich vorgestellt haben, oder? Für dich?«

Er blinzelte und öffnete die Lippen, um irritiert auszuatmen. »Mir war es immer scheißegal, was sie sich für mich vorgestellt haben, Eli. Sonst wäre ich in die Fußstapfen meines Vaters getreten, hätte BWL studiert und ein hübsches Mädchen geheiratet, das an den Wochenenden mit meiner Mutter Schnaps trinkt. Ich hätte, ich weiß nicht, *golfen* gelernt«, sagte er und schnaubte. »Glaub mir, ich bin selbst nicht das, was sie für mich wollten.«

»Was halten sie von Makeup Wars?«

»Sie denken, dass ich verdammt viel Aufwand betreibe, um mit der Person abzuhängen, die mir den Laufpass gegeben hat.« Er lachte und scharrte frustriert mit den Füßen am Boden. Als er Eli wieder in die Augen sah, wurde sein Lächeln weicher. »War nur ein Scherz, mehr oder weniger. Aber ja, meine Eltern sind von der ganzen Sache nicht sonderlich begeistert.«

Eli schmerzte das Herz. Dey stieß sich vom Baum ab und ging auf ihn zu. »Zach, ich ...«

»Nein«, sagte er. Dieses eine schneidende Wort traf Eli bis ins Mark. Zach wich zurück und fuhr sich mit einer Hand über den Nacken. »Wie auch immer«, murmelte er und lachte wieder, »ich glaube, da drinnen gibt es irgendwo ein improvisiertes Kino. Angeblich zeigen sie einen Miyazaki-Marathon. Wollen wir uns das angucken?«

Eli seufzte. Dey versuchte zu lächeln, aber deren Lippen verzogen sich kaum. Das Hin und Her zwischen ihnen beiden, diese Achterbahn, diese anhaltenden Gefühle und die Unruhe ... das alles fühlte sich für dey zu groß an. Groß und hell und hässlich und unehrlich, wie ein Anker, der auf deren Brust lag. *Was genau willst du?* Die Frage brannte und erstarb auf deren Zungenspitze.

Zach richtete seinen Blick in den Himmel und atmete langsam. »Hey, können wir nicht einfach darüber reden? Ich hätte nichts sagen sollen. Heute war ein schöner – ein *wirklich* schöner – Tag, und ich will ihn nicht kaputt machen, also ...«

»Nein, ich versteh schon. Lass uns das Kino suchen«, sagte Eli. Zach lächelte wieder und nickte.

Als sie in die überfüllte Lobby eintraten, verschwand die peinliche Atmosphäre allmählich. Eli schob sich hinter einem *Gundam*-Cosplayer vorbei, und als sie um eine *Air Gear*-Gruppe auf Rollschuhen herumgingen, murmelte dey ein »Entschuldigung«. Fingerspitzen berührten deren Fingerknöchel, zunächst nur kurz, bevor Zach seinen Zeigefinger um deren krümmte und sich von Eli durch das belebte Hotel führen ließ. Im Fahrstuhl hielt Zach immer noch deren Finger, und als sie einen fast leeren Flur im vierten Stock entlanggingen, ließ er nach wie vor nicht los. Erst als sie das Kino erreichten – einen großen Ballsaal voller Klappstühle, bequemer Sofas und Menschen, die auf Decken lagen –, drückte er seine Handfläche in Elis Hand.

Der Raum war dunkel, bis auf den Projektor, der *Prinzessin Mononoke* auf eine riesige Rollleinwand warf, und das gelegentliche Aufleuchten von Handys im Schoß von Leuten. Eli wusste nicht, wie fest dey Zachs Hand greifen sollte. Am liebsten hätte Eli fest zugedrückt, sich in seine Haut gegraben und sich festgehalten, aber dey behielt einen lockeren Griff bei, aus dem man im Zweifel leicht entkommen konnte. Eli sah sich um, bevor dey sich auf ein freies Pärchensofa in der hintersten Reihe niederließ, und versuchte, nicht den Atem anzuhalten, als Zachs Oberschenkel gegen deren stieß.

»Alles in Ordnung?«, fragte Zach. Seine Finger schlangen sich noch immer eng um deren Handfläche, die auf deren Bein ruhte.

»Ja, alles in Ordnung.« Eli setzte ein Lächeln auf.

Ashitaka, die Hauptfigur, hatte gerade mit seinem Elch Jakkul seine Heimatstadt verlassen und war auf der Suche nach einem Heilmittel für den tödlichen Dämonenfluch, der sich in seinem Körper ausbreitete. Eli hatte diesen Film schon tausendmal gesehen, aber dey starrte trotzdem wie gebannt auf die Leinwand und hielt deren Augen auf Moro, die Wolfsgöttin, und das blutverschmierte Gesicht von Prinzessin Mononoke gerichtet. Eli spürte Zach wie eine Hitzewelle neben sich. Jedes Mal wenn er sich bewegte, versuchte dey, nicht in alte Gewohnheiten zu verfallen. Jedes Mal wenn er sein Bein ausstreckte oder seine Ferse am Boden rollte, stellte dey sich vor, näher zu rücken, sich wie früher auf seinen Schoß zu schieben, wie früher deren Wange an seine Brust zu drücken und wie früher deren Mund an die Sehne an seinem Nacken zu setzen.

Als er deren Hand losließ und mit seinen Fingern die Furchen zwischen deren Fingerknöcheln entlangfuhr, schluckte Eli schwer, ignorierte den brennenden Knoten in deren Bauchnabel und den Drang, sich zu ihm umzudrehen, ihn zu küssen, seine Unterlippe zwischen deren Zähne zu nehmen und deren Hand zwischen seine Beine zu schieben. Eli wollte ihn wie früher zum Keuchen bringen, genau hier, in diesem dunklen Raum, auf dieser gottverdammten Convention, bei diesem verdammten Wettbewerb, den Eli unbedingt gewinnen musste.

Eli drehte deren Hand um. Zach zeichnete die Linien auf deren Handfläche nach, seinen Blick immer noch auf die weißen Wölfe und Waldgeister gerichtet.

»Du bist doch nicht wegen mir hier, oder?«, flüsterte Eli.

Zachs Mund spannte sich. Er strich mit den Fingern über Elis Handgelenk, dann faltete er die Hände in seinem Schoß. »Ist das nicht deine Lieblingsstelle?«, fragte er und reckte sein Kinn in Richtung Leinwand.

Prinzessin Mononoke drückte die Spitze einer Klinge gegen Ashitakas Hals. Sie brüllte: »Du hättest dich mir nicht in den Weg stellen sollen! Am liebsten würde ich dich töten!«

Ashitaka antwortete benommen und ruhig: »Du bist wunderschön.«

Das ist eine furchtbare Idee, dachte Eli. *Eine monumental beschissene Idee.*

Trotzdem nickte Eli, nahm erneut Zachs Hand und verschränkte deren Finger zwischen seinen Knöcheln. »Ja, genau.«

KAPITEL 15

Oakland - Heroes Expo

Als der Film zu Ende war, wurde der Nachmittag schnell zum Abend und die allermeisten Panels auf der Heroes Expo waren plötzlich nicht mehr familienfreundlich, sondern nur ab achtzehn Jahren zugänglich. Die Leute drängten sich an der Hotelbar, vor dem jugendfreien Fanfiction-Panel bildete sich eine Schlange und hinter einer angelehnten Tür, wo unter einem Marvel-Motto ein Speeddating stattfand, hallte Gelächter wider.

Eli lehnte sich gegen die Rückenlehne eines freien Stuhls in der Lobby und rang mit den Händen. »Was glaubst du, wie schwer es ist, hier Gras zu finden?«

»Nicht besonders«, sagte Zach und lachte leise vor sich hin.

Eli stieß deren Schulter gegen seine und machte sich auf den Weg zur Eingangstür. Zach folgte dey auf dem Fuß. Die kühle Luft strich über Elis Wangen und der Geruch von heißem Asphalt erfüllte den Parkplatz, der immer noch voll war von umherwandernden Con-Besuchern mit Vape-Pens und Zigaretten. Sobald der Abspann in dem provisorischen

Kino gelaufen war, hatte Eli ihre verschränkten Finger gelöst und deren Arme über den Kopf gestreckt. Danach hatten sie sich nicht mehr berührt. Sie hatten weder ihre kleinen Finger verkreuzt noch sich sanft angefasst – aber das Gefühl blieb, von Zachs Hand in deren, von seinem Daumen, wie er dey über die Knöchel strich, von seinen Fingerspitzen, die deren Handfläche kitzelten.

Jetzt steckten Zachs Hände in den Vordertaschen seiner Jeans und Eli war zu schüchtern, um die Hand nach ihm auszustrecken. Sie gingen durch das Parkhaus, wo ein paar Leute um ein Auto herumstanden und eine Wodkaflasche hin und her wandern ließen, und dann weiter hinaus auf den Bürgersteig. Endlich bemerkte Eli den wohlvertrauten Geruch von süßlichem Rauch, der von der Rückseite des Hotels herüberwehte.

»Ich wette, hier in der Nähe gibt es eine Dispensary. Wir könnten einfach jemanden bitten, es für uns zu kaufen«, sagte Zach.

Eli schüttelte den Kopf. »Zu kompliziert. Komm mit.«

Eli folgte dem Geruch, bis dey zwei Köche entdeckte, die sich an der Hintertür einen kleinen Joint teilten. Eli zögerte nicht, auch nicht, als Zach hinter denen innehielt. »Habt ihr noch so einen? Ich geb euch das Doppelte von dem, was ihr dafür bezahlt habt«, sagte dey. »Eli, ernsthaft?«, zischte Zach.

Der Typ mit dem Joint in der Hand – ein schlaksiger weißer Junge mit einem Rosentattoo am Hals – musterte Eli kurz, schaute flüchtig zu Zach und zog eine Augenbraue hoch. »Ihr seid offensichtlich keine Cops«, sagte er und schnaubte. »Dreißig.«

Eli schnaubte zurück. »Für einen *vorgerollten*? Fünfzehn.«

»Fünfundzwanzig.«

»Zwanzig«, sagte Eli und zog einen gefalteten grünen Schein aus der Hosentasche.

Der andere Koch schnappte sich den noch schwelenden Jointstummel und trat ihn unter seinem Schuh aus. »Tu's einfach, Alter. Unsere Pause ist eh vorbei.«

»Gut, zwanzig«, sagte der Typ. Er kramte in seiner Schürze und holte einen einfachen, mit weißem Paper gewickelten Joint raus. Sie schlossen ihren Handel und der Koch ging ohne ein weiteres Wort hinein.

»Du hast gerade zwanzig Dollar für Katzenminze bezahlt«, sagte Zach nüchtern.

Eli drehte den Joint unter deren Nase. »Riecht nicht nach Katzenminze, du Arsch.«

»Hast du überhaupt ein Feuerzeug?«

Dey hielt inne und blickte vom Beton auf Zachs Gesicht.

Scheiße! Eli versuchte, sich nichts anmerken zu lassen, aber sobald Zach schnaubte und sich bemühte, sein Lachen zu verkneifen, gab es kein Halten mehr und dey lachte ebenfalls. Sie beide gackerten, bis sie Seitenstiche bekamen, bis Zach vor Lachen keine Luft mehr bekam und Eli sich die Lachtränen von den Wimpern wischte.

Als Eli wieder zu Atem gekommen war, steckte dey sich den Joint hinters Ohr, packte Zach am Handgelenk und zog ihn in Richtung Parkhaus. Die Leute, die da an einer fast leeren Wodkaflasche nippten, rauchten ebenfalls Bubatz und liehen Eli ein Feuerzeug. Danach wanderten Eli und Zach über den dunklen Parkplatz herum und reichten den Joint hin und her. Im Herzen der Innenstadt von Oakland dröhnten Autohupen. Die schwüle Hitze lag schwer über der Nacht. Eli sog den Rauch in die Lungen und versank in der wohligen Wärme, die sich von deren Kopf bis zu den Zehen ausbreitete. Deren

Puls verlangsamte sich. Deren Mut flammte auf und forderte Eli heraus, wieder Zachs Hand zu greifen. Dey tat es nicht. Stattdessen legte Eli den Kopf in den Nacken und suchte den Mond.

»Ich bekomme vielleicht eine Mastektomie«, sagte Eli. Dey öffnete die Lippen, atmete aber nicht. Dey schaute einfach in den Himmel und wartete.

Eli kannte Zach schon so lange, dass ihn zu verlieren sich angefühlt hatte, als hätte dey ein Stück von sich selbst verloren. Als hätte Eli sich den eigenen Schatten abgetrennt oder eine Rippe herausgebrochen. Eli vermisste ihn schmerzlich, aber dey hatte ihm gegenüber nie, kein einziges Mal, die Operation erwähnt. Er hatte Eli schon vor der Transition immer geliebt. Er hatte sich *vorher* in Eli verliebt. Eli wusste nicht, ob er dey jemals wieder lieben könnte, und dey wusste erst recht nicht, ob er die Person lieben würde, die dey *danach* war.

Elis Schienbein streifte eine Stoßstange und dey stolperte so, dass dey mit Zach zusammenstieß. »Sorry, das war komisch.«

»Eine Mastektomie?«, fragte Zach. Er nahm noch einen Zug von dem Joint und reichte Eli den Stummel. Er blieb stehen und lehnte sich gegen eine dunkle Straßenlaterne.

Eli legte die Lippen um den fast aufgerauchten Stummel und inhalierte, bis sich das Gras zu dicht an deren Fingern entzündete und denen die Lippen versengte. Eli ging in die Hocke, um den Joint auszutreten, und pustete graue Rauchschwaden in die Luft. »Ja, das ist, wenn ...«

»Ich weiß, was es ist, Liz.«

Eli klappte den Mund zu. Deren Gedanken waren zu laut. *Was, wenn er dich jetzt hasst, was, wenn er dich nie wieder so ansehen wird, was, wenn er verwirrt ist, was, wenn er es nicht versteht, was, wenn* ... Eli packte deren eigenen Ellbogen und schlang deren Arme um sich selbst.

»Wissen deine Eltern Bescheid?«, fragte Zach. Er berührte mit der Spitze jedes Fingers seinen Daumen, eine nervöse Marotte von ihm.

Eli schaute ihm in die Augen. »Nein, noch nicht«, sagte dey leise und fügte dann schnell hinzu: »Aber ich sag's ihnen – ich *werde* es ihnen sagen, ich habe *vor*, es ihnen zu sagen, nur noch nicht ... noch nicht jetzt.«

Auf Zachs Stirn bildete sich eine Sorgenfalte. »Wer wird sich um dich kümmern?«

Eli hielt wieder den Atem an. Als dey ausatmete, sprach dey nicht, aber deren Lippen formten die Frage: *Was?*

»Bodhi hat diesen Film-Gig und ihr beschissenes Praktikum, und deine Eltern sind fünfzig Kilometer weit weg. Ich meine ja nur, ich weiß, dass es mindestens zwei Wochen Genesungszeit sind, also wer kümmert sich in der Zeit um dich?« Zach legte den Kopf schief, seine Wangen waren plötzlich gerötet und seine Hände verschränkten sich und drückten und rangen nervös. »Du wirst Hilfe brauchen mit deinen Verbänden und den Drainagen und ...«

»Wieso weißt du so viel darüber?«, unterbrach ihn Eli, etwas zu laut.

Zach blinzelte. Seine grünen Augen wurden weicher und er richtete seinen Blick auf Elis Gesicht. »Ich wollte sichergehen, dass ich alles weiß, falls du dich für diesen Weg entscheidest.«

»Dass du was genau weißt?«

»Wie ich mich um dich kümmern kann«, sagte er und runzelte die Stirn, als ob Eli das hätte wissen müssen.

Eli umklammerte deren Ellbogen fester. Dey hatte es zuerst nicht verstanden. Das *Wie* und *Warum* passten nicht zusammen, bis Eli Zachs Worte noch einmal wiederholte, langsamer, bis wirklich jede Silbe hängen blieb.

Zachary Miller hatte sich über Mastektomien informiert. Er hatte sich vorbereitet, er hatte Arbeit hineingesteckt. Und wie schon so oft erinnerte sich Eli plötzlich daran, dass Zach das Beste war, was denen je passiert war.

Eli holte tief Luft und schlang die Arme um seine Schultern. Dey realisierte nicht, was dey tat, bis es bereits passiert war. Elis Gesicht war bereits in seinem Nacken vergraben. Dey drückte sich an ihn, hielt sich an ihm fest und atmete den Duft seines Eukalyptusshampoos ein. Zach reagierte nicht sofort. Seine Brust erstarrte und er versteifte sich, aber nach einem angespannten Moment, in dem alles in der Luft zu hängen schien, schlang er seine Arme um Eli. Seine Handflächen wanderten Elis Wirbelsäule hinauf bis zum Nacken. Eine Hand umfasste deren Hinterkopf und er hielt Eli sanft, aber fest, so wie er es immer getan hatte.

Die Sekunden dehnten sich. Eli schloss die Augen, als Zach leicht über das geschorene Haar hinter deren Ohr strich. Ein Lachen erhob sich in seiner Brust, erst leise, dann lauter. »Dein Kopf fühlt sich komisch an«, murmelte er und fuhr mit seiner Hand wieder über Elis Haare. »Wie ein ganz weicher blonder Tennisball.«

Lass mich ja nicht los! Eli nickte und legte deren Wange auf seine Schulter, wobei dey auf seinen Mundwinkel starrte, der sich nach oben zog. »Ist das gut oder schlecht?«

»Gut.«

»Ich dachte, du wärst sauer«, sagte Eli und schloss wieder die Augen.

»Was? Wegen deiner Haare?«

Eli stieß ein Lachen aus. »Wegen meiner Operation.«

Zach drückte dey fester an sich. »Ist das der Grund?«

»Der Grund wofür?«

»Der Grund, warum du New York sausen gelassen hast?«

Eli schlug die Augen auf und starrte auf die angespannte Sehne an Zachs Hals. Deren Herz krampfte sich zusammen und kämpfte gegen die schläfrige Gewichtslosigkeit an, die sich im Rest von deren Körper ausbreitete. Eli sollte – Eli *konnte* – dieses Gespräch nicht führen, wenn dey high war. Das würde in einer Katastrophe enden. Die Wahrheit würde nur unbeholfen herauskommen. *Wir kommen aus verschiedenen Welten. Ich würde dich nur aufhalten.* Nicht jetzt, nicht so.

»Ich habe New York sausen lassen, weil ich Angst hatte«, sagte Eli und das war keine Lüge.

Zach seufzte. »Angst wovor?«

Eli trat einen Schritt zurück. Zach legte den Kopf schief und sein Blick verweilte auf deren Lippen, bis Eli sich räusperte. Er schaute denen in die Augen. »Vor allem«, sagte Eli und lachte und blinzelte, um das Unbehagen zu vertreiben. Traurigkeit schlich sich in Elis Stimme und fing deren Lachen ein wie ein Lasso. Wenn Zach wollte, hätte er dey mit diesem Lasso einholen können, hätte Antworten verlangen können, hätte Eli überzeugen können, die Wahrheit zu sagen. Jedes kleinste, unschöne Detail.

Ich habe mich geweigert, dein Untergang zu sein.

»Vor allem«, wiederholte Zach halblaut. Seine blutunterlaufenen Augen blickten zu Boden, er runzelte die Stirn und presste die Lippen zu einer blassen Linie zusammen. Er verzog das Gesicht, als hätte Eli ihm eine Ohrfeige verpasst, und rang wieder die Hände. »Aber ich hätte dich beschützen können«, fügte er hinzu, als ob Eli überzeugt werden müsste. »Es sei denn, es lag an mir ...«

»Es lag nie an dir.« Eli versuchte den Kloß herunterzuschlucken, der sich in deren Hals bildete. »Es lag ausschließlich an mir, Zach. Ich bin das Wrack, schon vergessen?« Eli schaute wieder in den Himmel und zwang sich zu einem verlegenen Grinsen. »Wie auch immer, wir haben Gutscheine für den Zimmerservice. Sollen wir uns vielleicht eine Pizza teilen? Falls du Hunger hast?«

Zach versuchte ebenfalls zu lächeln. Bei der Art und Weise, wie seine Lippen sich kaum verzogen, wie er verloren und aufgelöst aussah, wurde Eli das Herz schwer. Deren Finger strichen über seine Fingerknöchel, als er sich zurückzog und seine Hände in die Hosentaschen steckte.

»Ich bin tatsächlich ziemlich kaputt. Vielleicht morgen?« Zach mühte sich ein weiteres kraftloses Lächeln ab.

Eli nickte. »Klar, ich bin auch müde.«

Sie gingen durch die Lobby und standen nebeneinander im Fahrstuhl. Eli dachte an die Artist Alley, das gemütliche Convention-Kino und wie gut es sich angefühlt hatte, Zachs Hand zu halten. Das Fahrstuhlbimmeln erklang. Eli ging hinaus. Zach berührte wieder deren unteren Rücken und führte Eli sanft an einer *Chaos Reign*-Gruppe in zwanglosem Cosplay vorbei.

»Danke für, äh – danke für *heute*, für alles«, sagte Eli und strich sich mit der Hand über den Hinterkopf. »Ich meine, danke, dass du mit mir abgehangen hast. Die Artist Alley, die Smoothies, der Film. Das war wirklich schön. Ich hatte Spaß.«

»Hat sich angefühlt wie in alten Zeiten«, sagte Zach. Er warf Eli einen Blick über die Schulter zu und ging mit langen Schritten zu einem Zimmer zwei Türen weiter. »Gute Nacht, Eli!«

Eli wollte ihm folgen. Dey wollte ihn küssen, mit ihm fettigen, überteuerten Zimmerservice bestellen und zu ihm ins Bett kriechen. Dey vermisste ihn schrecklich, fürchterlich, unerbittlich. »Nacht, Zach!«, sagte dey und sah zu, wie die Tür hinter ihm ins Schloss fiel.

♡ ♡ ♡

Der Make-up-Trailer auf der Heroes Expo erstreckte sich in dem überfüllten Parkhaus über sieben ausgewiesene Stellplätze. Gedämpfte Gespräche sickerten durch die dünnen Wände, Autotüren knallten, Lachen und Schritte hallten wider.

Eli, dey deren quälenden Nervosität erlegen und zehn Minuten zu früh gekommen war, stand allein vor dem mittleren Arbeitsplatz und starrte deren Spiegelbild an. Deren Make-up-Koffer stand offen, die Paletten waren ordentlich auf dem Tresen gestapelt, daneben Farbtuben und dornige Unterarmprothesen. Dey griff nach dem To-Go-Becher, den dey sich an der Frühstückstheke geholt hatte, um die Wärme in der Mitte deren Handfläche zu spüren. Der gestrige Tag wirkte noch nach; wie sie zusammen durch die Artist Alley geschlendert waren, wie dey Zachs Hand gehalten hatte, wie dey mit ihm auf einem ruhigen Parkplatz einen Joint geteilt hatte. Irgendwie, auf irgendeine Weise krochen sie beide langsam wieder aufeinander zu und Eli wusste nicht, ob dey den Mut hatte, ihn wieder loszulassen.

Dey erinnerte sich daran, wie er gestern Abend das Gesicht verzogen hatte, wie der Schmerz hinter seinen Augen zum Vorschein gekommen war, als sie *alles* ausgesprochen hatten. Dey erinnerte sich daran, wie dey deren Gesicht an seinem Hals vergraben und seine Hand in deren Nacken gespürt hatte.

Wie konnte Eli ihn danach nur gehen lassen? Wie hatte dey ihn jemals zuvor gehen lassen können?

Die Tür schwang auf.

Beverly kam in den Trailer gestürmt. Ihre zweifarbige blonde Perücke saß schief auf ihrem Kopf, ein türkisfarbener Zopf hing hoch auf der linken Seite, der andere, pinkfarbene Zopf hing tief auf der rechten Seite. Sie grinste und rollte ihren Make-up-Koffer zu einem leeren Spiegeltisch neben Eli.

»Ich war *so* kurz davor, meinen Flug zu verpassen«, sagte sie und kniff Daumen und Zeigefinger zusammen. »Wie geht es dir, Schatz, du ... wow, hallo und guten Morgen! Sexy, *sexy*! Ist das dein Outfit für den Runway?« Beverly schnappte nach Luft, schob sich vor Eli und zupfte an dem Korsett, das auf einem Samtbügel hing, und dem dazu passenden Mikrorock. »Heilige Scheiße, du machst ein Wych-Cosplay, hm?«

Eli errötete. »Findest du das zu krass?«

»Äh, nein«, sagte Beverly mit offenem Mund. Sie knuffte Eli spielerisch in den Arm. »Aber Zach wird ...«

»Schhh, das will ich nicht hören.« Eli krallte nach ihr wie eine Katze und zog einen Schmollmund. »Ich bin jetzt schon so nervös, dass ich kotzen könnte, können wir das bitte lassen?«

Beverly zog eine Augenbraue hoch und fixierte Eli mit neckender Miene. »Na gut, na gut«, flüsterte sie, hob eine Hand und tat so, als würde sie ihre Lippen abschließen. »Aber nein, das ist nicht zu krass. Gut möglich, dass du damit gewinnst. Machst du ...? Oh mein Gott, du *machst* es«, jaulte sie aufgeregt und ließ ihre Handflächen über die Armprothesen tanzen, die auf Elis Arbeitsplatz lagen. »Du hast das im Sack. Ernsthaft.«

Eli verkreuzte die Finger. »Wir werden sehen. Das entscheidet sich erst am Ende.«

Beverly lächelte, aber ihre Miene hatte Risse. Etwas Trauriges und Unerwartetes blitzte hinter ihren Augen auf, als ob sie noch mehr zu sagen hätte. Sie setzte ein schelmisches Lächeln auf und richtete ihre Perücke. »Natürlich. Ich hab mich offensichtlich für Harley entschieden.«

»*Offensichtlich*«, wiederholte Eli und zupfte an einem von Beverly Zöpfen. Dey hatte volles Vertrauen in Beverlys Fähigkeit, ein fantastisches Cosplay zu kreieren, aber Harley Quinn war wirklich, *wirklich* simpel. Vor allem so spät im Wettbewerb.

Die Tür des Trailers ging wieder auf und Zach trat ein, die Augen hinter einer Sonnenbrille, die breite Brust in einem Pokemon-Tanktop. Er nahm den freien Platz gegenüber von Beverly auf der anderen Seite von Eli ein und hielt inne, um deren Wych-Cosplay zu begutachten. Sein Blick wanderte über den Rand seiner Brille und landete auf denen.

Eli schluckte schwer. »Was?«

»Das ist ganz schön viel Bein«, schnurrte er.

Beverly kreischte vor Lachen.

Eli errötete noch mehr. »Nichts, was du nicht schon gesehen hättest«, sagte dey und drehte sich schnell zu deren Arbeitsplatz um, wo dey deren Pinsel von klein nach groß anordnete. Dey schenkte Zach mit zusammengekniffenen Augen ein Lächeln, um die Hitze in deren Bauch zu dämpfen. »Wofür hast du dich entschieden, hm?«

Zach lächelte schief. Er öffnete seinen Koffer, holte ein Gesichtsteil aus Schaumstoff heraus und ließ die Prothese auf die freie Arbeitsfläche fallen. *Ja, na klar.* Er stellte Tuben mit roter, schwarzer und weißer Farbe auf seinen Arbeitsplatz. Die unfertige Gestalt des blutroten Symbionten Carnage starrte an die Decke. Zach begegnete Elis Blick und stieß ein Lachen aus. »Bist du bereit?«

Eli hielt seinem Blick stand. Einen Moment lang vergaß dey, wie man sprach. Vergaß, wie man atmete. Vergaß, wie man irgendetwas anderes tat, als Zachary Miller anzustarren.

Beverly reckte ihre Faust in die Höhe. »Runde drei, *auf geht's!*«

Sobald der Timer lief, machte sich Eli an die Arbeit, die Prothesen vorzubereiten, indem dey Pros-Aide auf die Rückseite einer Silikonapplikation auftrug. Wych war eine Figur zwischen Schönheit und Schrecken, die nicht leicht zu cosplayen war. Aber Eli hatte das Make-up schon zweimal in deren Wohnung geübt und Bodhi das Kostüm genau auf Elis Maße zugeschnitten. Solange dey die verstörende Gothic-Atmosphäre von Wych gut rüberbringen konnte, würde alles glattlaufen.

Hoffentlich!

Eli drückte die erste Prothese vorsichtig auf deren Stirn und glättete die Ränder mit einem in Alkohol getränkten Wattebausch, um das überstehende Silikon wegzuschmelzen. Als dey die Fingerspitzen wegzog, ragte die Prothese in Form des Wych-Emblems von *Delta Quest* aus deren Stirn heraus. Dey machte sich eine geistige Notiz, an das geronnene Blutgel zu denken – die Rillen im Silikon würden sonst zu flach aussehen. Als Nächstes legte dey die extravagante Brustprothese an und verdeckte das Silikon mit einer Schicht beiger Farbe, die deren Hautton entsprach. *Okay, ganz ruhig.* Eli trug präzise Lidschatten auf deren Augenlid auf, malte vom Augenwinkel bis zur Spitze der Augenbraue eine messerscharfe Linie und klebte sich zwei spinnenhafte Wimpern an.

Neben Eli tupfte Zach eilig Farbe auf seine Maske und wechselte zwischen den Schichten aus Blutrot, Kastanienbraun und Schwarz zwischen einem farbgetränkten Schwamm und einem Föhn hin und her. Beverly rappte unterdessen zu einem Hip-Hop-Song mit, der aus ihrem Bluetooth-Lautsprecher dröhnte, und löste ein falsches Tattoo-Blatt von ihrer Wange.

»Vorsichtig damit«, stichelte Zach und betrachtete die gezackten schwarzen Stacheln, die Eli auf deren Unterarme klebte.

Eli grinste und setzte die Prothesen an. Dey hielt sie an Ort und Stelle, bis der Kleber getrocknet war und die dünnen, schwärzlichen Verlängerungen vom Arm abstanden, sodass die Illusion von Stacheln entstand. »Angst, dass ich dich in meinen Bann ziehe, Carnage?«

Zach kaute auf seiner Unterlippe, wandte sich dem Spiegel zu und zog die Maske über sein Gesicht. Eli konnte seinen Gesichtsausdruck nicht sehen, aber dey hörte sein tiefes, raues Lachen.

Eli zog hinter dem Sichtschutz an deren Rockzipfel. Aus den Lautsprechern dröhnte Musik und das Publikum schnatterte, solang es auf den *Heroes Expo Cosplay Runway* wartete. Eli zog eine Grimasse, als dey deren Spiegelbild betrachtete. Künstliche Ranken ragten aus deren Wangenknochen, schlängelten sich die Arme entlang und bogen sich von deren Knöcheln weg. Schwarze Sklera-Kontaktlinsen bedeckten deren Augen und eine dunkle, sinnliche Perücke reichte denen bis zur Taille. Eli schmierte etwas mehr Blutgel in die Prothese zwischen deren Schlüsselbeinen, um die Illusion einer komplizierten runenförmigen Narbe zu erzeugen, und tat das Gleiche mit dem Gegenstück auf der Stirn, dem dey mit einem Spatel den letzten Schliff gab.

Es war schon *lange* her, dass dey sich in einem femininen Outfit gesehen hatte. Dey atmete zittrig aus, steckte den Spatel in deren Pinselgürtel und zog den Verschluss der Stiefel fest, die dey sich von Stella geliehen hatte. *Augen zu und durch*, dachte Eli und betrat den Aufenthaltsbereich hinter der Bühne.

Beverly, in einer bunten Konfettijacke und hautengen Shorts, starrte Eli an. »Das ist mal ein sexy Make-up«, sagte sie und deutete auf Eli. »Wirklich *verdaaaaaammt* sexy.«

Eli betrachtete sich im Schminkspiegel: schwarze Lippen, in einen bodenlangen Umhang gehüllt und stachelig wie ein Rotfeuerfisch.

Zach rückte die Manschetten seiner Anzugjacke zurecht. Sein Carnage war zurückhaltend und raffiniert, aber durch die monströse Schaumstoffmaske war sein Ausdruck unlesbar. Er schaute Eli lange an und betrachtete die extravaganten schwarzen Krallen an deren Armen, deren Brust, die sich mit deren unsicherem Atem ächzend hob, und deren Taille, die durch das Korsett zur Sanduhr geformt war. Eli lächelte und versuchte, Selbstbewusstsein vorzutäuschen. Dey sonnte sich in Zachs Blicken, bis Beverly ihre Hände rang und zwischen die beiden trat.

»Also, ich bin raus.« Sie verzog halb das Gesicht, halb lächelte sie. »Also, raus im Sinne von *Ich steig aus.* Aus dem Wettbewerb.«

Eli schüttelte ungläubig den Kopf und musste hörbar nach Luft schnappen. »Moment, was jetzt?«

»Ja, einen Moment«, sagte Zach mit hinter den gezackten Zähnen und einer gallertartigen Zunge gedämpfter Stimme.

»Es ist aus einem guten Grund, das verspreche ich. Eigentlich sollte ich nichts sagen. Ich konnte es euch bloß nicht verschweigen, weil ich weiß, dass die Jury es heute Abend verkündet. Ich habe einen Gig. Einen riesigen, lebensverändernden Gig, den ich mir nicht entgehen lassen kann«, sagte Beverly. Mit ihren Zähnen kratzte sie ein bisschen feurigen

Lippenstift weg. »Ich mein, kommt schon«, murmelte sie und schwang ihren überdimensionalen Schaumstoffhammer, »oder meint ihr etwa, ich würde mich für *diese* Version von Harley entscheiden, wenn es keinen Grund dafür gibt?«

Einen Moment lang verstand Eli nicht. Dann fügten sich die kleinen Puzzleteile zusammen und *alles* machte Klick.

»Heilige Scheiße, du hast einen Job bei DC? Einen Job beim Film?«, fragte Eli und stürzte zu ihr.

Beverlys Grinsen wurde breiter und sie hüpfte auf ihren Zehen. »Mehr kann ich nicht sagen, aber ...« Sie schwang wieder ihren Hammer und lachte freudig.

»Das ist fucking fantastisch, Bev«, sagte Zach. Er umschlang sie mit nur einem Arm, da er sie wegen der riesigen Mundprothese, die er am Kiefer trug, nicht wirklich umarmen konnte.

Eli umarmte sie ebenfalls und hüpfte noch auf der Stelle, als die Hilfskraft für Makeup Wars sie schon in die Warteschlange rief. Die Oberlichter in der Haupthalle wurden gedimmt. Theresa Jenkins kündigte an, dass der Makeup-Wars-Runway gleich losginge, und Beverly schob sich an die Spitze der Schlange. Sie ging als Erste hinaus, schwang ihren Hammer, grinste und lachte. Eli ging als Zweites, mit wehendem Umhang und in Stellas hochhackigen Kunstlederstiefeln Beverly hinterher. Dey stemmte die Hände in die Hüften und lächelte in die Menge, aber deren Gedanken rasten weiter.

Wenn Beverly aus Makeup Wars ausstieg, bedeutete das, dass Eli und Zach die einzigen beiden waren, die noch teilnahmen. Die letzten beiden, die noch im Rennen um Beyond waren. Wenn Beverly Belle einen Vertrag mit einem berühmten Studio unterschrieben hatte, bedeutete das, dass Eli gegen Zachary *fucking* Miller antreten musste. Deren Kehle brannte, aber dey zwang sich, die Fangzähne mit einem Grinsen zu zeigen. Dey stand stolz da und lauschte den Pfiffen und dem Applaus der Menge. Als Eli die Bühne verließ, lief Zach über den Runway. Sein Büro-Cosplay von Carnage war perfekt ausgeführt, aber die Bemalung war für nur zwei Stunden Vorbereitungszeit etwas zu ambitioniert gewesen. Die Farben waren nicht so knackig, wie sie hätten sein können, einige waren rissig, andere gedämpft. Zachs Make-up war wunderschön, aber Eli hegte eine egoistische Hoffnung.

Dey wollte unbedingt gewinnen. Aber dey wollte auch Zach. Genauso unbedingt. Diese beiden Sehnsüchte prallten hinter deren Rippen aufeinander und gingen in Flammen auf.

Beyond. Zach.

Eli würde sich in dieses Stipendium verbeißen und um Leib und Leben nicht loslassen. Zach hatte Eli schon einmal gewonnen – dey hatte ihn geliebt, ihn gehen lassen und liebte ihn immer noch – und dey wusste nicht, ob die Zukunft tatsächlich Raum für beides bieten würde. Das hielt Eli jedoch nicht davon ab, alles gewinnen zu wollen.

Den Wettbewerb. Den Kerl.

»Gut gemacht«, sagte Eli und nickte Zach zu, als er hinter denen in der Warteschlange Platz nahm und sie darauf warteten, dass die Jury die Top Drei wieder auf die Bühne rief.

Zach streckte den Rücken durch, ohne von seinem Platz zu weichen. »Nicht gut genug.«

Eli konnte weder seine Augen noch seine Mundwinkel sehen. Dey wusste nicht, ob sich unter dem Schaum und dem Latex auf seinem Gesicht Wut abzeichnete oder Traurigkeit seine Augenbrauen zusammenzog. Aber Eli wusste, wie sich Niedergeschlagenheit und Distanziertheit bei ihm anhörten, und dey erkannte in seiner gedämpften Stimme beides.

Die Musik steigerte sich zu einem Crescendo und Scott Brant sprach ins Mikrofon. »Alle Teilnehmenden, bitte begebt euch auf die Bühne!«

Beverly hüpfte auf den ihr zugewiesenen Platz. Eli folgte ihr und nahm deren Platz neben ihr ein, während Zach sich rechts von Eli hinstellte. Das Trio stand vor Theresa, die einen rosafarbenen Anzug mit aufgestickten goldenen Sternbildern trug, Scott, leger gekleidet in einem Muskelshirt und Jeans, und Gastjurorin Jayson Rue, die ein wunderschönes Prinzessin-Serenity-Cosplay trug. Das Publikum tuschelte und schnatterte, als Jayson das Mikrofon an ihren lächelnden Mund führte und aufstand, wobei sie ihre Finger um einen ihrer goldenen Zöpfe wickelte.

»Also gut, also gut«, sagte Jayson. Ihr leises Lachen hallte durch den großen Raum. »Ich freue mich so, *so* sehr, heute Abend Gastjurorin zu sein, vor allem, weil mir die Ehre zuteil-wird, eine außergewöhnliche Ankündigung zu machen. Seid ihr bereit, Makeup Wars?« Das Publikum in der Haupthalle jubelte und klatschte. »Natürlich ist das hier ein Wettbewerb, aber heute schicken wir niemanden nach Hause, sondern sind überglücklich, uns von einer Teilnehmerin zu verabschieden und herzlich zu gratulieren. Einen Applaus bitte für den neuen Make-up-Artist bei DCs nächstem Superheldenfilm mit weib-licher Hauptrolle – Beverly Belle!«

Ein Scheinwerfer leuchtete auf Beverly und sie trat vor, ver-beugte sich vor der Jury und dann vor dem Publikum. Als sie sich aufrichtete, kamen Jayson und Theresa auf sie zu, um sie höflich zu umarmen. Scott ergriff Beverlys Hand und grinste. Sein Mund formte die Worte: *Herzlichen Glückwunsch, alles Gute!*

Theresa schnappte sich das Mikrofon. »Beverly, wir wer-den dein Talent auf der Bühne vermissen, aber wir wünschen dir allen Erfolg der Welt. Wir sind hier allerdings *immer noch* bei Makeup Wars. Und dementsprechend haben wir einen Plot Twist eingebaut, wenn man das so nennen will. Eine improvisierte Quest!« Die Haupthalle brach in Jubel aus. »Die *beiden* in unserem Finale hier werden nächste Woche auf der FanEx in Portland gegeneinander antreten, aber Zachary und Eli werden nach einem neuen Punktesystem bewertet. Beide werden in bestimmten Kategorien bewertet, die unsere finale Entscheidung auf dem Cosplay Runway bei der Sea City in Seattle beeinflussen werden, wo wir die Person krönen, die am Ende gewinnt. Aber wer erntet heute Abend die Lorbeeren?«

Beverly wippte auf der Stelle und schaute zwischen Eli und Zach hin und her.

Das Licht wurde gedimmt. Eli hielt den Atem an. Zachs Farbe war perfekt, aber dey hatte *jede Menge* Geschütze aufgefahren. Prothesen für die Wirbelsäule, Wangenknochen aus Silikon, Wunden und Narben aus Latex. Zach besaß indessen immer noch die Größe, die Erhabenheit und die Unmittelbarkeit, für die die meisten Spezialeffekte bekannt waren ...

»Eli Peterson!«, brüllte Theresa.

Der Raum brach in Beifall und Gejohle aus.

Ja, dachte Eli und deren Brust leerte sich beim Ausatmen. *Ich habe es geschafft. Ich kann es schaffen.*

Zach stieß seine Kralle gegen deren Hand. »Nicht gut genug, weil du besser warst«, krächzte er. »Gegen so viel Bein hatte ich keine Chance.«

Hitze erfasste Elis Brust. Dey strahlte das Publikum an. »Da hast du wohl recht«, sagte dey und vollführte in deren Mikrorock einen Knicks.

KAPITEL 16

Oakland

» Ich kann nicht glauben, dass du wirklich gedacht hast, du würdest nicht gewinnen«, sagte Beverly und reichte Eli eine handwarme Flasche Vanillewodka.

Eli führte die Flasche an den Mund, verzog das Gesicht und schüttelte dann den Kopf. »Hey, ich wusste nicht, ob die Jury auf Größe oder Details achtet. Zach hatte trotzdem ein wahnsinnig gutes Cosplay.«

»Deine Ausführung war perfekt. Ich meine, einfach absolut *perfekt*. Ich wusste sofort, dass du das Ding im Sack hast, als ich dein Kostüm gesehen habe. Hast du das übrigens selbst gemacht?«

»Oh, nein. Meine Freundin Bodhi hat das Outfit entworfen. Und die Stiefel habe ich mir von ihrer Freundin geliehen«, sagte Eli.

Zach kam aus dem Hotelbadezimmer, wo er sich den ganzen Mastix und Latex von der Haut geschrubbt hatte. »Das ist geschummelt«, neckte er und ließ sich gegenüber von dem Bett, auf dem Eli und Beverly saßen, auf einen geblümten

Stuhl fallen. »Bodhi als deine Geheimwaffe einzusetzen.«

Eli zeigte mit der halb leeren Flasche auf Zach. »Du könntest einen Designer zurate ziehen, wenn du einen hättest. *Keine Hilfe beim Zusammenbau* heißt nicht, dass man sich keine *kreative Hilfe* holen kann. Regeln sind Regeln.«

»Aha, klar. Regeln mit Schlupflöchern zum Schummeln«, stichelte Zack weiter.

»Das ist kein Schummeln, nur clever«, sagte Eli.

Beverly gackerte. »Okay, es gibt hier einen Klub, so drei Kilometer entfernt, glaube ich. Wir können uns ein Lyft teilen. Ich habe einen ...« Sie steckte ihre Zunge zwischen die Zähne und zog aus ihrer Fransenhandtasche einen silbernen Flachmann. »So können wir die miese verwässerte Limo oder den Kombucha oder was auch immer sie da an der Bar haben, ein bisschen aufpeppen.«

»Bist du sicher, dass der Klub nicht ab einundzwanzig ist?«, fragte Zach.

»Nee, ab achtzehn. Es ist ein queerer Klub, nennt sich Solar. Sie sponsern die Convention, also bekommen wir an der Tür einen Rabatt, wenn wir unsere Ausweise zeigen«, sagte sie und schaute zwischen Zach und Eli hin und her. »Ach, kommt schon, ihr dürft nicht kneifen. Wir feiern meinen Gig, Elis Sieg und dass ihr im Finale von Makeup Wars seid!« Sie schmollte mit ihrem pinken Mund. »Kommt schon«, jammerte sie, »das ist mein letztes Hurra!«

Eli warf einen verstohlenen Blick auf Zach. Dey war jetzt schon zu warm. Zu mutig und begierig, mit ihm allein zu sein. *Aber wir werden nicht allein sein*, dachte Eli und redete sich ein, dass das Versprechen von einer dunklen Tanzfläche, mehr Alkohol und Beverly als behelfsmäßige Anstandsdame Eli schon von deren Ex fernhalten würde.

Eli konnte einzig und allein daran denken, sich an ihn zu drücken und seine Hand zu finden, so wie dey ihn im Kino und auf der Ladefläche seines Jeeps gefunden hatte. Nach der gestrigen Nacht, wo dey auf dem leeren Parkplatz deren Arme um ihn geschlungen hatte, und nachdem dey gesehen hatte, wie er hinter der Bühne vor dem Runway innehielt und Eli wie einen Preis in Augenschein nahm, konnte dey nicht anders. Wochen- und monatelang hatte dey versucht, sich von ihm loszureißen, aber Eli Peterson wusste einfach nicht, wie dey Zachary Miller *nicht* wollen sollte.

»Bist du dabei?«, fragte Zach.

Eli nickte. »Ja«, sagte dey und nahm noch einen weiteren Schluck von dem Vanillewodka. »Wenn du auch dabei bist.«

Schwere Bässe brachten die dunkel getäfelten Wände im Solar zum Erzittern. Der überfüllte Nachtklub befand sich über einer schicken Ladenzeile, Hip-Hop und EDM schallten in die leeren Boutiquen und Lokale darunter. Halb bekleidete Con-Besucher und Freizeit-Cosplayer bevölkerten den Raum. Leute mit gelben Armbändern schlürften Cocktails und Bier, während Barkeeper den minderjährigen Anwesenden klare Limonade mit Kirschen gaben. Einige Furrys tanzten am Rand der erhöhten DJ-Bühne. Eli stand in der Nähe der Bar in einem weiteren Minirock – *Mutige Entscheidung, Eli* – und zupfte an dem schlabbrigen *My Hero Academia*-Shirt, das dey in den hohen Bund des Jeansstoffes gesteckt hatte. Während Beverly drei Limos mit Limette bestellte, beobachtete dey die wogende Menge. Neben Eli verschränkte Zach die Arme vor der Brust. Seine Augen hatte er mit einem Kajalstift geschminkt, auf seinen leicht stoppeligen Wangen schimmerten Neonfarben. Er sah umwerfend gut aus. Hinreißend und anders und genau wie immer.

»Geht es dir gut?«, fragte Zach.

Eli riss den Blick von seinem markanten Schlüsselbein los, das unter dem Kragen seines Hemdes hervorlugte, und blinzelte. *Erwischt.* Zach grinste und Eli schnaufte, dankbar, dass deren feuerroten Wangen im Dunkeln verborgen waren.

»Ja, mir geht's gut. Warum?«, fragte Eli herausfordernd.

Er legte den Kopf schief und zog eine Braue hoch. »Du hast gestiert.«

»Nein, habe ich nicht.«

»Doch, hast du, aber okay.«

»Was soll das denn heißen? *Okay?*«, forderte Eli. Dey grinste, streckte die Wirbelsäule durch und nahm eine selbstbewusste Pose ein.

»Das muss gar nichts heißen«, sagte Zach. Er streckte die Hand aus, machte einen Schritt auf denen zu und schnippte Eli auf die Nase. »Du hast meine Erlaubnis. Kannst ruhig stieren.«

Eli schlug seine Hand weg. »Ich kann mich nicht erinnern, *dir* backstage eine Erlaubnis gegeben zu haben.«

Zach grinste. »Hast du dich etwa wegen mir unwohl gefühlt?«

Eli fuhr sich mit der Zunge über die Unterlippe. *Ruhig Brauner, komm runter.* »Nein, ganz und gar nicht.«

»Habe ich dann jetzt deine Erlaubnis? Ich kann auch gern woanders hinschauen, wenn …«

»*Halt die Klappe!*«, sagte Eli und brach in Gelächter aus.

Beverly berührte Elis Arm mit einem kalten Becher und drückte denen das langweilige Sodagetränk in die Hand. »Kommt, lasst uns wo hingehen, wo was los ist«, sagte sie und nickte in Richtung Tanzfläche.

Eli war froh über die Gelegenheit, den Blick von Zach abwenden und das Flattern in deren Brust beruhigen zu können. Dey folgte Beverly in die Menge, wobei dey sich der Anwesenheit von Zach hinter sich äußerst bewusst war, wie er deren Schritte nachging, die Handfläche in der Luft um deren Taille. Als sie in der Mitte der wogenden Menge standen, zog Beverly den Flachmann aus ihrer Handtasche und kippte Vanillewodka in die Becher, wobei sie über ihre Schulter paranoide Blicke warf.

»Okay, okay – Prost!«, rief Beverly und steckte ihren Flachmann zurück in die Handtasche, woraufhin alle drei mit ihren Bechern anstießen. Beverly stieß einen schrillen Jubelschrei aus. »Auf meinen ersten fucking Gig und euch im Finale von Makeup Wars!«

Eli lachte und johlte zusammen mit Beverly und Zach. Dey trank deren Wodkalimo, zerdrückte eine Kirsche zwischen den Zähnen und seufzte erleichtert auf, als ein Anflug von Süße den scharfen Geschmack des Wodkas abschwächte. Eli atmete tief aus und wirbelte herum, geführt von Beverlys Hand an deren Handgelenk, um eine verspielte Drehung zu vollführen. Alle drei nippten an ihren Getränken, kauten Limetten und aßen Kirschen, hielten sich an den Händen, schunkelten verspielt und unschuldig und sangen zu den neu abgemischten Anime-Titelsongs, die aus den Lautsprechern dröhnten.

Ein rosa Laser blitzte über Zachs Gesicht, der die Schatten unter seinen Wangenknochen vertiefte und sein Grinsen violett färbte. Blaues Licht glitzerte an seinen Ohrringen und Eli musste ihn ansehen. Dey konnte sich nicht davon abhalten, dem perlmuttfarbenen Licht zu folgen, das über seine tätowierte Haut strich und ihn in Szene setzte wie einen Bösewicht, wie eine Verzauberung, wie etwas aus einem vergangenen Leben. Aber vielleicht war er das auch, vielleicht auch nicht. Vielleicht hatte Eli ihn nie gehen lassen, selbst als dey ihn allein nach New York ziehen gelassen und sein Herz in die Tonne getreten hatte.

Eli knabberte an deren tauben Lippe und genoss die sirupartige Sämigkeit, die deren Schädel erfüllte. *Komm näher*, dachte dey, als dey zusah, wie Beverly ihre Arme um Zachs Schultern schlang. *Fass mich an, du Idiot.* Aber Zach lachte nur, als sich Beverly ausgelassen an seine breite Statur hängte, und Eli wusste nicht, was dey tun sollte.

Jemand in der Nähe erregte Beverlys Aufmerksamkeit – jemand Befreundetes oder vom Job – und quietschte erfreut mit ihr und hüpfte auf der Stelle. »Bin gleich zurück«, rief Beverly und wurde von der Masse an wogenden Körpern verschluckt.

Eli leckte ein paar Tropfen Limo von deren Lippen. Gegenüber von Eli bewegte sich unbehaglich Zach und tippte mit den Füßen auf den klebrigen Zementboden. Jemand stieß mit der Schulter gegen Eli, Füße schlurften an denen vorbei und dey öffnete den Mund, um etwas zu sagen. *Tanz mit mir. Komm her. Bitte, Zach, lass uns …*

»Ich glaub, ich hol mir noch einen Drink. Willst du auch was?«, fragte Zach mit lauter Stimme über die Musik hinweg.

»Ich brauch nichts, danke.« Eli nippte an deren halb vollen Limo.

Sein Lächeln wurde schwächer. »Dann treffen wir uns später, ja?«

»Ja, klar. Ähm, eigentlich, warte, Zach …«

Aber er war schon fort und auf dem Weg zur Bar.

Eli stieß einen verärgerten Seufzer aus. *Du gigantischer Feigling*, dachte dey und starrte zu der Stelle, wo Zach verschwunden war. Vielleicht war es besser so. Vielleicht hatten sie beide einfach … keine Aussicht auf eine Zukunft. Vielleicht hatte Eli keine weitere Chance verdient. Aber Eli konnte nicht anders, als sich auf die Zehenspitzen zu stellen, weil dey ihm nachlaufen, seine Hand nehmen und ihn an sich ziehen wollte. Dey sagte leise: »Sorry«, als eine andere Person denen anrempelte, und schob sich durch die Gruppen, die rundum lachend miteinander tanzten, wobei deren Handflächen schweißnasse Kleidung streiften.

Eli ging zum Rand der Tanzfläche, ließ sich gegen die Wand sinken, damit diese deren Gewicht trug, starrte an die Decke und lauschte, wie alles bebte. Deren Herzschlag galoppierte. Eine Leichtigkeit erfüllte deren Glieder und sammelte sich hinter deren Kniescheiben, lockerte deren Wirbelsäule und brachte deren Kopf zum Schwirren.

Geh ihn suchen. Sag es ihm. Scheiße, küss ihn einfach!

Eli drehte den Kopf und schaute in die Richtung, in die Zach gegangen war. An der Bar war die Hölle los, durstige Menschen bestellten massenweise Cocktails und Mocktails. Ein Pärchen, das sich als Pokémon-Gym-Leader verkleidet hatte, lehnte an der Theke und knutschte wie verrückt, während ein Barkeeper ihre Drinks bereitete. *Wo bist du?* Eli ließ den Blick wieder über die Menge schweifen, über spitzenbesetzte Mädchenröcke, Heroes-Expo-Lanyards, flauschige Stiefelüberzüge und spitze Elfenohren. *Da.*

Eli entdeckte die obere Hälfte von Zachs Tattoo. Seine Arme waren locker und entspannt, sein Gesicht zu einem Lachen verzogen. Eine zierliche Hand, mit einem Stapel goldener Bänder und mit trendigen Acrylfarben verziert, ruhte auf seinem Ellbogen. Elis Kehle schnürte sich zusammen. Dey musterte die Person, die vor Zach stand, betrunken. Sie war hübsch – *wirklich* hübsch –, mit einem umwerfenden Lächeln,

goldenen Cinderella-Locken und perfekter Statur. Eine hinrei-
ßende Femme fatale in einem glitzernden roten Paillettenkleid,
die Zachary Miller zum Lachen brachte. Eli wandte den Blick
ab.

Autsch!

Dey hätte es besser wissen müssen. Dey hätte es erwarten
müssen. Dey hätte sich genau *darauf* vorbereiten müssen –
dass Zach von jemand anderem berührt wurde.

»Du bist Eli Peterson, oder?«

Eli wirbelte schlagartig zu der Stimme herum, sodass dey
einen halben, unbeholfenen Schritt zur Seite machen musste.
Eli blickte von der unverschämt sexy Brust hoch zu den runden Wangen und den freundlichen Augen. Womöglich kannte
dey die Person. Dunkle, bernsteinfarbene Haut, eine gestreifte
Weste, um die Hüften geschnallte leere Pistolenhalfter. Eli
blinzelte und kramte in deren Erinnerungen.

»Ja, ich bin ... *oh*«, antwortete Eli stammelnd, dann weiteten sich deren Augen. »Vance«, platzte es aus Eli heraus und
dey unterdrückte ein überraschtes Lachen. »Du bist Vance
Johnson.«

»Der bin ich. Ich benutze er. Du benutzt dey, oder?«

»Ja, wow, tut mir leid, ich bin nur ...« Dey lachte wieder,
herzhaft und echt. »Du bist der Comiczeichner, der das *Chaos
Reign*-Fanzine ins Leben gerufen hat, richtig? Ich habe das
Projekt direkt vier Minuten nach dem Start unterstützt.«

»Genau, der bin ich.« Vance lächelte verschämt.

»Und du cosplayst, mal sehen ...« Dey betrachtete sein aufwendig gestaltetes Outfit. »Jesper aus *Das Lied der Krähen*?«

Er verbeugte sich und lachte kehlig. »Wenn Cosplay-Adel
wie Eli Peterson mein Cosplay erkennt, dann habe ich wohl
was richtig gemacht.«

Eli fuhr mit der Unterlippe am Rand von deren Becher entlang. »Ich bezweifle, dass ich auf *irgendeine* Art adelig bin, aber danke.«

»Oh doch, das bist du«, sagte Vance. Sein Lächeln verwandelte sich in ein Grinsen. »Und ich wette, dass du bei Makeup Wars gewinnst. Zach hat keine Chance.«

Eli trank deren Getränk aus und strich in Gedanken Zachs Namen aus dem Gespräch. »Hattest du eine erfolgreiche Con? Ich bin das erste Mal auf der Heroes Expo. Bisher war es ziemlich toll«, sagte dey und atmete durch das Brennen des Wodkas aus.

»Oh, ja. Das Fanzine war nach der Hälfte des ersten Tages ausverkauft und die Drucke waren's am zweiten Tag fast. Das ist mein viertes Jahr hintereinander. Ich komm auf jeden Fall wieder.«

Eli nickte und hielt sich selbst davon ab, nach deren Ex-Freund und roten Paillettenkleidern Ausschau zu halten. Stattdessen verwöhnte Eli deren einsames Herz, indem dey die ungeteilte Aufmerksamkeit von jemand anderem genoss. Vance Johnson, der begnadete Comiczeichner, hob sein Kinn und musterte Elis Gesicht, wobei er mit seinen dunklen Augen und seinem Lächeln Zuversicht ausstrahlte. »Möchtest du noch einen Drink?«, fragte Vance.

»Nein danke.«

Vance wollte etwas sagen, aber Beverly kam von der Tanzfläche gesprungen und schlang ihre Arme um Elis Hals. »Hey! Was machst du gerade? Wo ist Zach? Oh, hi!« Sie löste sich von Eli und streckte Vance ihre Handfläche entgegen. »Ich bin Beverly.«

»Vance«, sagte er und griff nach ihrer Handfläche. »Ich habe die große Ankündigung gesehen. Gratuliere zu dem Job bei DC!«

»Danke, ja, es ist eigentlich alles ziemlich unwirklich.« Beverly grinste breit und drehte sich zu Eli um. »Ich geh heim, bevor ich noch zu betrunken werde«, sagte sie und kicherte niedlich.

»Oh, ja, okay.« Eli warf einen Blick in Richtung Bar. »Ich komme mit …«

»Nein, nein, ich bin okay. Ein paar befreundete Fan-Artists teilen sich ein Taxi mit mir. Bleib noch und amüsier dich«, sagte sie.

Eli schaute von Vance zu Beverly. »Bist du sicher?«

»Ja, absolut. Wir fahren trotzdem zusammen zum Flughafen, ja?«

»Das ist der Plan.«

»Fantastisch. Sag Zach, dass ich ihn morgen früh sehe.« Sie umarmte Eli und winkte Vance zu. »Schön, dich kennenzulernen!«

Beverly hüpfte davon und hakte sich in der Nähe der vollen Bar bei einer Gwen-Stacey-Cosplayerin unter.

Eli rang die Hände. Dey schenkte Vance ein winziges Lächeln, ängstlich und unter seinem aufmerksamen Blick zu warm. »Also«, sagte er verlegen und wies mit seiner Schulter in Richtung Tanzfläche. »Tanzen Make-up-Artists?«

Aufregung überkam Eli. Es war lange, *lange* her, dass Eli mit jemandem getanzt hatte. Mut, geschürt durch einen peinlichen Anfall von Eifersucht, erfasste deren Herz. Eli dachte an Zach – *Er flirtet wahrscheinlich immer noch mit der blonden Jessica Rabbit* –, nickte und machte eine Drehung hin zu dem Menschenauflauf.

Vance folgte Eli auf die Tanzfläche. Er probierte es zuerst mit einer Berührung an deren Fingerspitzen, dann schnappte er sich deren Knöchel und lachte. Sie verschmolzen mit der

Menge. Eli schwang deren Hüften, ließ die Schultern wackeln, lachte und genoss die kleinen, flirtenden Berührungen – Vance' Hand auf deren Taille, sein Mund an deren Wange, deren Taille gegen seine gepresst, für eine, zwei, drei Sekunden –, aber sobald Vance versuchte, Eli bei sich zu halten, wich dey zurück.

Eli sammelte sich wieder, täuschte ein Lächeln vor und schluckte gegen den Drang an, *Es tut mir leid* oder *Ich muss gehen* oder *Ich bin immer noch hundertfünfzigprozentig in meinen Ex verliebt* zu sagen. Dey spielte mit deren Nähe. Dey erlaubte Vance, seine Hände auf deren Hüften zu legen. Dey platzierte deren Handgelenk locker über seiner Schulter und hielt den Kiefer von ihm abgewinkelt, unküssbar und unerreichbar.

Irgendwann spähte Eli durch die wogenden Körper um sie herum und entdeckte Zach, der in dem sich bewegenden Labyrinth stillstand und Eli vom Rand der Tanzfläche aus beobachtete. Sein Mund war verschlossen, die Schultern angespannt und die Finger zu Fäusten geballt. Als sich Zach durch die Menge bewegte, stolperte Eli, blinzelte und löste sich von Vance.

Plötzlich war Zach da, seine Handfläche fest an Elis Rücken, sein Mund an deren Ohr. »Ich gehe jetzt. Viel Spaß«, knurrte er.

Eli kannte ihn schon lange genug, um das wütende Beben in seiner Stimme zu erkennen. Dey versuchte, ihn abzufangen, aber er riss sich los und machte sich auf den Weg zum Ausgang.

»Whoa!«, sagte Vance. Er verzog das Gesicht und hob die Augenbrauen.

»Ja, sorry.« Eli stolperte rückwärts und lächelte entschuldigend. Dey stieß mit einem herumwirbelnden Furry zusammen, der ein Jaulen ausstieß. »Ich hatte Spaß, aber ich muss jetzt los«, sagte dey, lief hinter Zach her und ließ einen sehr verwirrten, sehr gut aussehenden Jungen auf der Tanzfläche zurück.

Eli sah, wie er um eine Gruppe herumtanzte, die Shots trank, und stürmte zum Ausgang. Schwüle Luft schlug denen ins Gesicht. Eli wirbelte im Kreis und suchte den Vorplatz des Klubs ab. Als dey um die Ecke bog, entdeckte dey Zach, der den Bürgersteig entlangstapfte.

»Hey«, bellte Eli und stürzte hinter ihm her. »Zach!«

Er blieb stehen und warf einen Blick über die Schulter.

Eli packte ihn am Handgelenk und zerrte ihn herum, sodass er dey ansah. »Was zum Teufel war das denn, hm?«

»Geh wieder rein, Eli«, sagte Zach und weigerte sich, dey in die Augen zu sehen.

»Nein, nicht ohne eine Erklärung.«

Er schnaubte ein fieses Lachen und fragte, zu leise: »Was soll ich denn erklären?«

»Wir können damit anfangen, was das für ein Mist auf der Tanzfläche war«, sagte Eli. Deren Stimme versagte.

Zachs Mund zuckte und seine Zunge huschte über seine Unterlippe. »Ich bin nicht mit dir und Bev ausgegangen, um dann zu sehen, wie du dich ... dich an *irgendeinem Typen* reibst, okay? Dafür bin ich nicht hier. Das ist nicht ...«

»Nein, das ist unfair. Du kannst jetzt nicht so tun, als ob du nicht selber mit jemandem an der Bar geflirtet hättest.«

Er lachte wieder. »Habe ich nicht«, sagte er und blickte an Eli vorbei. »Entschuldigung«, murmelte er, nahm Eli am Ellbogen und schob dey in die Gasse neben das Solar, um einer Gruppe Platz zu machen, die den Bürgersteig entlangwankte.

»Von wegen!«, knurrte Eli und konnte die Emotionen nicht verbergen, die in deren Kehle hochkochten. Dey riss sich von Zach los und stellte sich auf die Zehenspitzen, damit sie sich auf Augenhöhe begegneten. »Ich habe dich gesehen und ich habe sie gesehen und …«

»Sie hat mich nach *dir* gefragt.« Das *dir* fauchte Zach förmlich, Zentimeter vor Elis schlaffem Mund. »Sie macht Anime-inspirierte Kunst, die sich auf die Fingernägel kleben lässt, und hat mich gefragt, ob ich dich ihr vorstellen kann, damit ihr beide eine Cross-Promo oder einen Livestream oder *was auch immer* machen könnt.« Er zog eine Augenbraue hoch und warf Eli einen amüsierten Blick zu. »Ihr Shop heißt Tipped by Annie. Sie hat mir ihr Instagram-Handle gegeben und ist wirklich verdammt nett.«

Eli blinzelte. Verdaute das Gesagte. Dey schluckte hart und klammerte sich an die Wut, die in denen kochte. »Wenn das so ist und du gesehen hast, dass ich rein *gar nichts* gemacht habe, warum spielst du dich dann auf wie so ein Alphamännchen-Arschloch? Ich hab nur getanzt.«

»Ich habe dir gesagt, dass ich gehe. Ich habe mich gar nicht so *aufgespielt.*«

»Wir wissen beide, dass das nicht stimmt.«

»Was willst du denn von mir hören, Eli?«

»Die Wahrheit zum Beispiel«, sagte Eli zu laut.

Zach schürzte seine Lippen und schaute mit einem harten Blick an Eli hinunter. »Glaubst du, ich guck gerne zu, wie du mit jemand anderem tanzt? Glaubst du, es macht mir Spaß, *endlich wieder* mit dir im Kino zu kuscheln, mit dir zu lachen, dir nahe zu sein und dann zu sehen, wie eine andere Person dich anfasst? Glaub mir, ich weiß, wie sich das anhört«, sagte er scharf und hitzig. Er legte die Stirn in Falten und schnaubte traurig und schwach, bevor Wut oder etwas wie Wut – vielleicht Niedergeschlagenheit – seine Stimme erfüllte. »Ich weiß, wie das aussieht, okay? Was glaubst du, warum ich gegangen bin?« Er hielt inne, die Augen groß, die Lippen geschürzt, und seufzte tief. »Es ist erbärmlich, eine Person zu wollen, die einen nicht auch haben will.«

Elis Atem stockte. »Was?«

Zachs Gesicht verzog sich zu einem Zähneknirschen. »Hör zu, ich kann das nicht.«

Eli konnte sich nicht zurückhalten. Dey konnte das schmerzhafte Ziehen in deren Brust nicht ignorieren, konnte nicht verhindern, dass deren Körper nach vorn schoss. Dey packte Zach, eine Handfläche fest an seiner rauen Wange, und zog ihn näher zu sich. Ihre Lippen trafen aufeinander. Zach atmete durch die Nase aus, drückte Eli gegen eine kalte Backsteinmauer und stürzte fast auf dey. Im Schutz der Dunkelheit schlang Eli deren Bein um Zachs Taille, umklammerte sein Gesicht, presste sich auf seinen Mund, schmeckte sein Keuchen und schluckte den kleinen verletzten Laut hinunter, der hinten in seiner Kehle auftauchte.

Elis Herz klopfte wie wild. *Du hast mir gefehlt.* Dey küsste ihn heftig und ertrank in seinem heißen Atem und seinen weichen Lippen, dann erkundete dey dreist und mutig seinen Körper. Zach schlang eine Hand um deren Oberschenkel, während sich die andere wie ein Halsband um deren Hals legte und Eli zärtlich und doch besitzergreifend festhielt. Zach küsste Eli mit einem Hunger, den dey noch nie gekannt hatte, und als er sich zurückzog und Eli mit einem gequälten, erschütterten Blick ansah, führte dey ihn wieder zu sich.

»Zach, du *fehlst* mir«, flüsterte dey und streifte seinen Mund mit deren Lippen.

Zach fuhr deren Kinn mit seinem Daumen ab. »Komm her«, sagte er, als wären sie nicht schon ineinander verschlungen, als wäre Eli nicht schon schwerelos in seinen Armen, und küsste dey abermals.

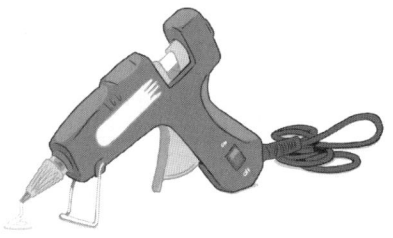

KAPITEL 17

Oakland

Eli wurde vom Sonnenlicht geweckt, das durch die Jalousien schien. In der Ferne hörte dey Autos über die Straße rauschen und ganz nah hörte dey auf die Fliesen hinter der geschlossenen Badezimmertür Wasser prasseln. Dey blinzelte und wälzte sich unter der weißen Bettdecke, bevor deren Gedanken wieder schärfer wurden und Erinnerungen an die vergangene Nacht aufblitzten. *Das Solar. Diese Gasse. Mit Zach zu knutschen. Wie sie zusammen ins …*

Eli keuchte, richtete sich auf und suchte auf dem Boden nach deren Klamotten. »Scheiße!«, flüsterte dey und rieb sich mit dem Handballen die Schläfe.

Letzte Nacht hatten Zach und Eli gemeinsam ein Lyft gerufen. Auf dem Rücksitz hatten sie Händchen gehalten. Sie waren zusammen in den Hotelfahrstuhl gestürzt, durch den Flur gestolpert und in Zachs Zimmer gelandet. Eli erinnerte sich daran, wie dey sich gegen die Tür gelehnt hatte, nachdem Zach deren T-Shirt abgestreift hatte. Wie er mit seinen Zähnen deren Hals, deren Schlüsselbeine und deren Bauch liebkost hatte, den Reißverschluss von deren Rock geöffnet und auf deren Innenschenkel einen Knutschfleck gemacht hatte. Sie hatten zusammen gelacht. Waren zusammen ins Bett gefallen. Hatten sich gegenseitig ausgezogen. Eli schluckte schwer. Dey berührte deren Mund mit zwei Fingern und erinnerte sich an deren Lippen auf Zachs Brustbein, seine Hand zwischen deren Beinen und wie er deren atemlosen Laute mit einem rauen Kuss zum Verstummen gebracht hatte.

»*Fuck!*« Eli zog die Knie an die Brust und hielt sich die Seiten von deren Kopf.

Das war also passiert. Es war wirklich, *wirklich* passiert.

Eli manövrierte deren Füße am Fußende des Bettes hin und her, griff mit den Zehen nach deren Unterwäsche und streifte sich den mit Spitzen besetzten Stoff über die Hüften. Deren Rock lag neben Zachs Schuhen, das T-Shirt zerknittert vor der Tür. Dey suchte nach deren Sport-BH – er hing an einer halb geöffneten Schublade herunter – und zog sich so schnell und leise wie möglich an. Eli fand deren Handy auf dem Nachttisch und freute sich still, als deren Zimmerschlüssel aus der Handyhülle glitt, wo er zwischen deren Ausweis und deren Debitkarte gelegen hatte.

Einen Moment lang überlegte Eli, ob dey zurück ins Bett kriechen und warten sollte, bis Zach dey fand. Aber zu bleiben bedeutete reden und Eli war noch nicht bereit, ihm gegenüber *irgendein* Wort über die letzte Nacht zu verlieren. Mit den Schuhen unter einem Arm schlich dey sich in den Flur und schob die Tür langsam zu. Als dey den Flur durchquerte, fummelte dey mit dem Zimmerschlüssel herum und hielt sich das Handy ans Ohr. *Ganz ruhig*, dachte dey. *Einatmen. Ausatmen.* Dey huschte in den dunklen Raum und lief direkt durch ins Bad. Dey knipste gerade das Licht an, als Bodhis verschlafene Stimme durch den Lautsprecher ertönte.

»Hallo?«

»Ich habe mit Zach geschlafen«, verkündete Eli unverblümt. Dey starrte auf deren Spiegelbild: Die Augen waren tief eingesunken und mit Kajal verschmiert, die Kehle von einem Knutschfleck gezeichnet, die Wangen gerötet. Eli leckte sich über die sauren Zähne und tat einen zittrigen Atemzug. »Sex, Bodhi. Ich hatte Sex mit Zach.«

»Ja, hab dich schon verstanden, Babe«, sagte Bodhi. Sie atmete aus und prustete dabei mit den Lippen. »Bist du okay?«

Eli blinzelte deren Spiegelbild an. Deren Augen waren heiß und wässrig. Deren Kinn bebte und deren Mund zitterte. »Ich weiß es nicht«, krächzte dey. Als Bodhi seufzte, brach Eli in ein schwaches Schluchzen aus. »Das ist eine Katastrophe«, heulte dey und sank auf den Boden. »Ich hatte vorher schon *keine* Ahnung, wie ich gegen ihn antreten soll, also wie zum Teufel soll ich jetzt gegen ihn antreten? Ich habe einfach *komplette* Scheiße gebaut, was tu ich überhaupt?«

»Na ja, *komplette* Scheiße war es nur, wenn der Sex auch scheiße war, also ...«, sagte Bodhi.

Ein weiteres Aufheulen erschallte durch das Badezimmer. »Du bist keine Hilfe!«

Bodhi lachte durch ein Gähnen. »Wo bist du jetzt gerade?«

»Wieder in meinem Zimmer. Er war unter der Dusche, als ich gegangen bin. Ich bin gerade ...«

»Du sitzt auf dem Boden?«

»Auf dem Badezimmerboden, um genau zu sein«, sagte Eli und schniefte.

»Okay, also erklär mir erst einmal, wieso du das *nicht* hast kommen sehen.«

Eli runzelte die Stirn, ließ sich auf die kühlen Kacheln fallen und drückte mit dem Fingerknöchel auf das Lautsprechersymbol.

Dann ließ dey das Handy auf dem Boden neben deren Kopf klappern. »Was meinst du?«

»Stell dich nicht dumm«, mahnte Bodhi.

Eli wischte sich mit dem Handrücken über die Nase. Dey hatte erwartet, dass dey seine Hand halten würde. Dass dey ihn vielleicht küsste. »Okay, ich war vielleicht auf ein kleines bisschen Rumknutschen vorbereitet, nicht auf die Missionarsstellung.«

»Missionarsstellung? *Ernsthaft?* Das war deine erste Wahl bei eurem verklemmten Versöhnungssex?« Bodhi gab ein unbeeindrucktes Geräusch von sich. »Vielleicht hast du tatsächlich Scheiße gebaut.«

»Kannst du das bitte sein lassen? Es war übrigens gut. Großartig, sogar.« Elis Gesicht brannte. Dey wischte sich die Tränen von den Wangen und schnaufte. »Es war nicht nur Sex. Es war mehr als das.«

»Du hast noch Gefühle für ihn? Also, *echte* Gefühle?«

»Ja«, wimmerte Eli. »Ist das so offensichtlich?«

»Oh ja. Das sieht ein Blinder. Aber es ist trotzdem höflich zu fragen.«

Eli wimmerte wieder.

Bodhi fuhr fort. »Und ich nehme an, er hat noch Gefühle für dich? Ich meine, das *weiß* ich ja im Prinzip, bloß ...«

»Das hat er gestern Abend zumindest gesagt. Aber wir hatten getrunken. Vielleicht hat es ihn nur so überkommen. Vielleicht waren wir einfach bloß betrunken und chaotisch und ... Scheiße, ich weiß auch nicht.«

»Ich kenn euch beide ziemlich gut und schnapp bitte nicht ein, aber betrunken und chaotisch ist dein Ding, nicht seins. Ich bezweifle, dass er mit dir schlafen würde, wenn er sich nicht voll und ganz auf dich einlassen will. Vor allem, weil *du* mit *ihm* Schluss gemacht hast.«

»Ja, hast recht. Er war auch richtig süß«, sagte dey mit kaum mehr als einem Flüstern. »Er hat versucht, ein Gentleman zu sein.«

»Er hat es *versucht*?«

Eli kicherte durch einen weiteren schlimmen Schniefanfall. »Ja, ich habe ihn nicht gelassen.«

»Siehst du! Du warst halt eine betrunkene, chaotische Bitch – hab ich doch gesagt«, stichelte Bodhi und lachte ebenfalls. »Ihr habt doch ein Kondom benutzt, oder?«

Eli kniff die Augen zusammen vor Lachen, hörte aber sofort auf, als Bodhis Frage bei denen richtig ankam. Dey richtete sich schlagartig auf, wodurch dey mit der Stirn gegen die Unterseite des Waschbeckens schlugen. »*Aua* ... was? Ja, ich meine, ich glaube.« Dey rieb sich die schmerzende Stelle über den Augenbrauen und starrte auf deren Handy. Eine Nachricht ploppte oben auf dem Bildschirm auf.

Zachary Miller: wo hast du
dich hinverkrochen?

»Liz«, hauchte Bodhi so, dass deren Name wie eine Warnung klang.

Eli kaute auf deren Unterlippe. Jetzt erinnerte dey sich wieder an alles – an Zach, der deren Körper abtastete, an seine Hüften zwischen deren Schenkeln, an die schweißnasse Haut gegen deren, an seinen Mund, der deren Schultern entlangwanderte –, aber dey erinnerte sich weder daran zu sehen, wie Zach sich ein Kondom übergestreift hätte, noch daran, ihm ein Kondom übergezogen zu haben.

»Wir hatten ein paar andere Sachen im Kopf«, murmelte Eli. »Wir haben bestimmt eins benutzt. Ich meine, ich glaube nicht, dass wir ... du weißt schon, *es getan hätten*, wenn wir keins gehabt hätten.«

»Aber du bist dir nicht sicher?«

»Ich bin mir ziemlich sicher!«

»Okay, ziemlich sicher ist nicht *sicher*«, sagte Bodhi.

»Ich bin mir zu fünfundachtzig Prozent sicher.«

»Oh mein Gott, du musst das klären, Eli, und zwar pronto!«, sagte Bodhi.

»Ich weiß«, stöhnte Eli und stieß ein weiteres jämmerliches Wimmern aus. »Was, wenn ich einfach ins Meer gehe?«

»Eli.«

»Oder bei Bigfoot einziehe?«

»*Liz!*«

»Oder ...«

»Spitz mal die Ohren, meine liebe Bitch. Das passiert allen mindestens ein Mal, mit dem Ex noch mal in der Kiste zu landen. Du hast es jetzt hinter dir, fertig, bingo, Sex mit dem Ex ist abgehakt. Jetzt hörst du auf zu weinen, wäschst dir das Gesicht – oder noch besser, wasch direkt alles – und ziehst dir was Nettes an. Was *Nettes*, nichts Nuttiges.«

»*Hey!*«

»Hör zu!« brüllte Bodhi. Ihre Stimme schallte durch das Badezimmer. »Du redest mit Zach, gehst auf Nummer sicher, dass ihr ein Gummi benutzt habt, und dann gewinnst du Makeup Wars. Das ist alles. Nichts leichter als das. Sag: *Ja, Bodhi.*«

»Ich ...«

»*Ja, Bodhi!*«

Eli stieß einen schweren Seufzer aus. »Ja, Bodhi«, sagte dey und schnappte sich deren Handy. Eli stand auf und sah sich wieder deren wasserverschmierten Spiegelbild gegenüber, mit tränennasser Haut und geröteten Nasenlöchern. »Ich seh scheiße aus.«

»Zum Glück bist du ein Make-up-Artist«, sagte Bodhi. »Schreib mir später, ja? Hab dich lieb.«

Im Hintergrund rief Stella: »Du hast den Runway in diesen Stiefeln gerockt!«

Eli verschluckte sich an einem weiteren Lachen, beendete das Gespräch und richtete den Blick zum Spiegel.

Elis Atem zitterte immer noch. Die Angst klaffte wie eine Grube in deren Bauch. Eli weinte nicht, weil dey die letzte Nacht bereute. Eli weinte, weil die letzte Nacht zu schön gewesen war. Sie hatte sich zu richtig angefühlt. Das brachte eine ohnehin schon komplizierte Situation in noch viel schwierigere Gewässer. Eli wollte Zach. Eli wollte mit Zach zusammen sein.

Aber dey musste die Makeup Wars gewinnen. Dey *brauchte* dieses verdammte Stipendium.

»Was zum Teufel tust du nur?«, flüsterte dey. Eine weitere einsame Träne kullerte über deren Wange. Dey klatschte sich selbst darauf, um die Träne zu vertreiben.

Dey erinnerte sich an Zachs Lippen auf deren Mund. Seine Nase, die deren Schläfe berührte, seine Wimpern, die über deren Wange strichen.

Nein, wollte Eli zu deren Herzen sagen. *Wag es nicht.*

Aber es war zu spät. Eli hatte sich ganz und gar, Hals über Kopf verliebt.

♡ ♡ ♡

Nach einer kochend heißen Dusche überschminkte Eli den Knutschfleck an deren Hals mit grünem Primer, beigem

Concealer und durchsichtigem Puder und zeichnete schwere schwarze Flügel über deren Augenlider. Dey zog die Augenbrauen nach, konturierte die Wangenknochen, tupfte falsche Sommersprossen auf die Nase und knipste dann ein Selfie für Instagram; Eli grinste lässig, streckte die Zunge raus und zwinkerte in die Kamera. Die Bildunterschrift lautete:

`Finale. #MakeupWars`

Dey postete das Bild und durchkämmte dann schwerfällig das Zimmer nach liegen gebliebenen Socken und Hygieneartikeln. Als Eli sich vergewissert hatte, nichts vergessen zu haben, atmete dey tief durch, schnappte sich deren Make-up-Kit und deren Koffer und zog los auf den Weg in die Lobby.

Also, wie genau sollte dey Zach bitte nach der letzten Nacht fragen? Es war ja nicht so, als hätte Eli noch nie mit ihm geschlafen – dey hatte buchstäblich jahrelang mit ihm geschlafen –, aber ihn in diesem bescheuerten Hotel nach ihrer absolut bescheuerten Trennung wegen eines noch viel mehr bescheuerten Kondoms zu konfrontieren, brachte Unruhe in Elis Eingeweide. Die letzte Nacht war *fantastisch* gewesen und Eli wusste nicht, wie dey es verarbeiten sollte, wieder mit Zach zusammen zu sein und gleichzeitig bei einem Wettbewerb gegen ihn anzutreten. Dey wusste nicht, wie dey es unter einen Hut bringen sollte, dass dey eindeutig in Zach verliebt war und gleichzeitig wusste, dass dey ihn besiegen musste.

Neben Eli kamen quietschend ein paar Räder zum Stehen. Eli schaute auf die vertrauten schwarzen Kampfstiefel und ließ den Blick nach oben wandern, wo er schließlich auf Zachs hübschem Gesicht landete. Er blickte dey über den Rand seiner fledermausförmigen Sonnenbrille an.

»Du hast mich geghostet«, stichelte er mit leiser, gedämpfter Stimme. »*Schon wieder.*«

Ah, Scheiße! Elis Wangen wurden warm. »Ich bin in mein Zimmer gegangen, um mich fertig zu machen«, sagte dey, was zumindest ein bisschen der Wahrheit entsprach. »Ich musste packen und mir die Zähne putzen und ...«

»Schon gut, Eli. Es ist in Ordnung«, sagte er. Sein Lächeln wurde schwächer, verschwand aber nicht ganz. »Ist alles ...?« Er hielt inne, um sich zu räuspern. Die Fahrstuhltür glitt auf. »Sind wir okay?«

Eli betrat den Aufzug. Deren Zunge klebte am Gaumen fest. Eli zog eine ernste Miene und hoffte, dass das frisch aufgetragene Make-up deren Nervosität verbarg. »Ja«, sagte dey und nickte energisch. »Ja, natürlich. Ich wollte nur ... ich hab tatsächlich eine Frage, denn ich kann mich nicht wirklich erinnern – nicht dass ich mich *gar* nicht erinnere, das schon, aber ...« Eli kaute auf deren Lippe und wartete, dass sich die Tür schloss.

Zach drückte den Knopf für das Erdgeschoss. »Aber?«

»Wir haben doch ein Kondom benutzt, oder?«, flüsterte Eli und zuckte vor Verlegenheit zusammen. Dey rang mit den Händen. Deren Binder fühlte sich enger an.

Zachs helle Wangen verfärbten sich rosa und sein Mund klappte ein Stück weit auf. »Jaja, natürlich«, sagte er und nickte schnell. »Ich würde nie ...«

»Nein, ich weiß. Ich hatte vielleicht einen kleinen Nervenzusammenbruch, weil ich mir nicht sicher war, und – tja.« Eli atmete erleichtert aus, als der Fahrstuhl abwärtsfuhr. »Mein *Gott*!«

»Ein Nervenzusammenbruch, was?«

Eli drückte deren Finger zusammen. »Ein kleiner.«

»Wir haben ein Kondom benutzt, aber ich war mit niemandem sonst im Bett. Also, ich hatte mit *niemandem* ungeschützten Sex, seit ... ich meine, nicht dass das wichtig wäre. Ich dachte nur, du würdest es vielleicht wissen wollen ...«

»Nein, ja, schon in Ordnung. Ich hatte auch mit niemandem was Ernstes.«

»Gut.«

»Gut?«

Zach stieß ein Glucksen aus. »Großartig!«, platzte er heraus. Seine Schultern bebten vor Lachen.

Eli lachte auch. Dey starrte an die verspiegelte Decke und grinste verlegen. »Fantastisch.«

Motten oder Fledermäuse oder verdammte *Porgs* tanzten in deren Brustkorb. Zach berührte deren Fingerknöchel nur ganz leicht und seine Fingerspitzen kitzelten deren Handfläche. *Was zum Teufel tun wir?* Der Fahrstuhl hielt an, die Tür öffnete sich, Eli packte deren Koffer und trat in die klaustrophobische Lobby. Die Gäste der Heroes Expo schlenderten umher, zahlten an der Rezeption ihre Rechnungen, warteten auf Taxis und standen vor dem Hotelrestaurant.

»Hey«, sagte Zach und stupste Eli mit seinem Ellbogen an. Er hielt sein Handy für ein Selfie hoch. »Top Zwei«, flüsterte er und grinste.

»Top Zwei«, wiederholte Eli und lächelte in die Kamera.

Auf der anderen Seite der Lobby hüpfte Beverly in ihren orangefarbenen Sneakers auf und ab und winkte mit dem Arm. »Eli, Zach, hey! Unser Tisch ist gleich fertig!«

Zach fuhr mit seiner Hand an Elis Ellbogen entlang. »Hast du Hunger?«

Eli wollte sich diese Berührung einprägen. *Jede* Berührung. Dey nickte und widerstand dem Drang, ihn zu küssen, genau hier, vor allen anderen. »Ich sterbe vor Hunger.«

KAPITEL 18

Portland - FanEx

Eli hatte insgesamt drei Tage zu Hause und zwei davon musste dey im Diner arbeiten. Das war nicht *toll*, aber dey brauchte Trinkgelder, um die letzten beiden Cosplays zu finanzieren, und dey konnte es sich nicht leisten, deren regulären Job zu verlieren. Eine hilfsbereite Managerin und interessierte Mitarbeitende zu haben, war ein Plus, aber wenn Eli nicht gewann, brauchte dey deren Stabilität zurück. Und *Stabilität* bedeutete Doppelschichten, Überstunden und hoffentlich – Daumen drücken – mehr Sponsoren. Auch wenn Eli versucht hatte, sich einen leichten Übergang zurück in deren langweiliges Alltagsleben einzureden, trug Makeup Wars immer noch das Versprechen auf eine Zukunft mit sich, auf die Erfüllung deren Träume, auf Beyond.

Aber diese Zukunft zu erreichen, kostete Geld, und Geld kostete Zeit. Das zusätzliche Geld war zwar nett, doch auf die Erschöpfung hätte dey liebend gern verzichtet.

Eli stieg aus dem Flughafentaxi aus, bedankte sich beim Fahrer und schleppte deren Koffer auf den Bürgersteig, wobei dey bei dem dumpfen Schmerz in deren rechten Arm das Gesicht verzog. Als Bedienung zu arbeiten war *immer* ätzend, aber das Schlimmste war, die schweren Tabletts auf deren recht dünnen Armen herumzuschleppen. *Du bist zu jung, um wie eine knarrende Treppe zu klingen*, hatte deren Mutter gesagt, als sie an einem hartnäckigen Knoten gerieben hatte, der sich, zwei Wochen nachdem Eli bei Denny's angefangen hatte, unter deren Schulterblatt festgesetzt hatte. *Im Ernst, Schatz. Du kannst zu Hause bleiben, Kurse bei Saddleback belegen und, wenn du so weit bist, an eine Uni wechseln.* Aber Eli war stattdessen zum Denny's in West Hollywood gewechselt und nach Los Angeles gezogen.

Vor vier Monaten wirkte wie vor einem ganzen Leben.

Eli tat einen tiefen, müden Atemzug, legte den Kopf schief und betrachtete die Fenster an den geschwungenen Türmen des Marriott. FanEx-Banner säumten den Gartenbereich vor den automatischen Türen und im Abfahrtsbereich wartete ein Shuttlebus darauf, Cosplayer und Convention-Besucher einzusammeln. Eli wollte nur ein bisschen verdammten Schlaf. Dey wollte ein Bad nehmen, in Unterwäsche einen Joint rauchen und wie ein Grizzlybär Winterschlaf halten. Aber im Gegensatz zu den anderen Makeup-Wars-Conventions hatte die FanEx den Cosplay Runway auf Freitagabend gelegt. Auf Tag eins, nicht Tag zwei.

In fünf Stunden sollte Eli auf die Bühne? Dey brauchte dringend einen Energydrink. Einen *riesigen* Energydrink.

Eine Autotür wurde zugeworfen. Auf dem Bürgersteig hinter Eli ertönten Schritte.

»Seltsam, was?«, meinte Zach. Er erschien in einer zerrissenen schwarzen Jeans und einem *Star Wars*-Tanktop neben ihr und schob seine Sonnenbrille nach oben. Er schaute Eli mit einem Lächeln in die Augen. »Die letzten zwei.«

»Ich habe immer gedacht, du und Beverly würdet es schaffen«, sagte Eli und das war die Wahrheit. Dey hatte immer *gehofft*, dass dey neben Zach im Halbfinale stehen würde, aber die Realität fühlte sich immer noch unwirklich an.

»Ich nicht.«

Eli lächelte, aber nur leicht. Dey musste sich vor Zachs Macht hüten, deren Herz einfach niederwalzen zu können. Dey musste sich jede Nachtschicht und jeden hart erkämpften Sponsor in Erinnerung rufen, jeden zweimal umgedrehten Penny, jeden gesparten Dollar und jedes Abendessen, das aus nichts als einer mit Wasser übergossenen Packung Ramen bestand. Trotzdem konnte Eli den Blick nicht von seinen geschwungenen Lippen und seinen jadegrünen Augen abwenden. *Verflucht sei er!*

»Alles okay?« Zach stupste Eli mit seinem Stiefel am Knöchel an.

»Ich habe die Mitternachtsschicht gearbeitet und zu Hause dann noch ein Zusatzpaar Reißzähne angefertigt und *dann* musste ich packen und L.A.X war ein Albtraum und ...« Dey stieß den Atem aus. »Ich bin einfach nur *richtig* müde.«

»Schon eingecheckt?«

»Ja, ich mache das Onlineding. Hab ich grade gemacht.« Dey deutete auf sich selbst, den Bürgersteig und das Hotel. »Ich stand hier und war gerade dabei.«

»Stell dir einen Wecker, schick mir deine Zimmernummer und mach ein Nickerchen.«

»Warum, damit ich den Runway verschlafe?«, stichelte Eli. Dey zerrte deren Koffer in die Lobby. »Damit du die Makeup-Wars-Krone gewinnst und zu Beyond abhaust?«

»Ich kann nicht gewinnen, wenn ich nicht gegen die Besten antrete«, konterte Zach.

Eli schnaubte und schwankte in ihn hinein. Sie stießen mit den Schultern aneinander, verschränkten ihre Finger, ließen wieder los und Eli stellte sich vor, sich an seine Brust zu schmiegen, den Nachmittag durchzudösen, Zimmerservice zu bestellen, im Bett zu bleiben und zu knutschen, bis sich der Abend über den pazifischen Nordwesten legte. Aber dey musste noch ein kosmisches Make-up anfertigen und durfte nicht weiter von deren lächerlich gut aussehenden und talentierten Ex-Freund träumen, mit dem dey aus Versehen geschlafen hatte.

»Im Ernst, Liz. Ruh dich ein bisschen aus. Wir sehen uns später«, sagte Zach. Sein Daumen strich über deren Kinn, eine einfache, innige Berührung. Er lächelte wieder und ging zu einem freien Platz am Check-in-Schalter.

Eli hatte Zach seit Los Angeles nicht mehr gesehen. Dey bedauerte es immer noch, ihn nicht nach oben eingeladen zu haben, als das Taxi Eli vor deren Wohnung abgesetzt hatte. Eli hatte einen Video-Chat mit deren Eltern hinter sich gebracht, eine Schicht für Max bei Denny's übernommen und sich am nächsten Morgen mit Bodhi zum Kaffeetrinken getroffen. Aber dey hatte Zach geschrieben. Dey hatte ihm ein Foto von der einwandfreien Waffel geschickt, die jemand hatte zurückgehen lassen, weil sie zu süß war – auf dem Foto hatte Eli sich die Waffel in eine Backe gestopft und die Gabel zwischen deren Lippen baumeln lassen –, und dey hatte im Gegenzug ein Foto aus dem Strandhaus der Millers bekommen: Mondlicht glitzerte auf dem Infinity-Pool und vor allem spiegelte sich in der Glasschiebetür Zachs nackter Oberkörper.

Die beiden hatten nicht darüber gesprochen, was in Oakland passiert war. Aber Zach schickte Nachrichten wie: *Bist du okay, sind wir okay?*, und Eli antwortete mit: *Ja, wir sind okay, ich kann es kaum erwarten, dich in Portland plattzumachen.* Sie schickten sich Gutenacht-Selfies, diskutierten die neue Graphic Novel, die Zach gerade schrieb, likten gegenseitig ihre Posts auf Instagram und lachten über die Kommentare von Followern und Fans.

> **Glow_Beam**: omfg zach und
> eli sind wieder zusammen
> **MKEUP**: ERNSTHAFT!?!?!
> **Cindy_babe016**: Ich shippe
> die beiden so hart
> **AnimeArt_**: seid ihr echt
> wieder zusammen?

Aber die schwierigen Fragen hatten sie beide nicht gestellt: *Machen wir das? Wollen wir wieder zusammen sein? Vertraust du mir mit deinem Herzen? Hörst du auf wegzulaufen?*

Der Mensch an der Rezeption gab Eli den Schlüssel, dey fand deren Zimmer und stellte sich ans Fenster, um den Willamette River im Sonnenlicht plätschern zu sehen. Deren Handy surrte unaufhörlich, wobei ein Blumen-Emoji und der Name »Mama« aufleuchteten.

»Hi, Mom!«, sagte Eli und tippte auf das Lautsprechersymbol.

»Hallo, Schatz! Wie geht's dir? Wie war dein Flug?« Sie klang ebenfalls müde. Als hätte sie eine weitere Fünfzig-Stunden-Woche hinter sich.

»Der Flug war okay. Ich hatte eine Nachtschicht, also bin ich ziemlich erschöpft, aber alles ist gut. Ich habe eingecheckt, Zach war in der Lobby.«

Claire lachte gurrend – das Geräusch, das alle Mütter von sich geben, wenn es um Herzschmerz, Liebeskummer und alles andere geht, was mit dem Herzen zu tun hat. Sie säuselte in den Lautsprecher. »Zach, was? Und wie geht es *ihm*?«

»Gut«, sagte Eli, zu sanft. »Ihm geht es immer gut«, wiederholte dey.

»Ich wette, es ist ein bisschen ...«, Claire hielt inne und überlegte, »... *seltsam*, das mit ihm zu machen. Ist alles in Ordnung zwischen euch beiden?«

Eli beobachtete die Gänse auf dem Fluss und überlegte, ob dey lügen sollte. Dey dachte auch darüber nach, die Wahrheit zu sagen. »Es ist schwer«, sagte dey.

»Ich bin immer noch ...« Plötzlich hatte Eli einen Frosch im Hals. »Weißt du, ich habe immer noch ...«

»Oh, Baby, es ist okay, noch Gefühle zu haben. Trennungen brauchen Zeit.« Claire schnalzte mit der Zunge.

»Ich fühle immer noch *alles*«, gab Eli zu und räusperte sich. »Ich will einfach nur diesen Wettbewerb gewinnen. Das will ich wirklich, unbedingt, Mom. Ich weiß, dass du und Dad das nicht verstehen – ich *weiß* das –, aber ich will das mehr als alles andere.« Einen Moment lang wusste Eli nicht genau, ob dey damit Beyond oder Zach meinte. Dey schniefte und tupfte sich die feuchten Wimpern ab. *Keine Tränen mehr*, schwor sich dey. »Hast du die Bilder bekommen?«

»Ja«, sagte ihre Mutter enthusiastisch. »Das letzte war ein bisschen viel.«

Eli grunzte ein Lachen. »Ja, ich weiß, ich weiß.«

»Du hast *natürlich* toll ausgesehen.« Claire stieß einen Seufzer aus. »Ich muss mir immer wieder ins Gedächtnis rufen, dass du fast zwanzig bist, weißt du? Ich gehe immer wieder in dein altes Zimmer und vergesse, dass du weg bist.«

»Ich bin nicht *weg*, Mom. Komm schon.«

»Du lebst allein, du reist allein, du fängst ein eigenes Leben an ...« Claire stimmte ein scherzhaftes Wimmern an. Als sie lachte, lachte auch Eli. »Ich weiß, dass du das willst, Schatz. Ich mach mir nur Sorgen, das ist alles. Du bist so *wahnsinnig* talentiert. Ich weiß gar nicht, wo du das herhast.«

Eli lachte noch lauter. »Von dir wahrscheinlich.«

»Na ja, von deinem Vater auf keinen Fall.« Für einen Moment schallte von beiden Seiten Gelächter durch den Lautsprecher. »Halt einfach die Augen offen, okay? Sei klug, wachsam und hartnäckig. Make-up ist kein stabiles Feld, aber es zahlt sich aus, oder?«

»Nach und nach, ja.« Irgendwie. *Beinahe.* »Beyond kann helfen, dass es was wird. *Wirklich* etwas wird.«

»Dann zeig ihm, wo der Hammer hängt, Baby«, sagte deren Mutter und flüsterte in den Lautsprecher. »Ich hab dich lieb, okay? Ruf mich morgen an.«

Eli lächelte. »Hab dich auch lieb. Ciao!«

Zum ersten Mal spürte Eli, wie sich der Sorgenballast hob, den deren Eltern denen auferlegt hatten. Dey atmete auf. Dey schloss die Augen und kicherte vor sich hin. Deren Mutter war nicht begeistert, aber sie freute sich für Eli. Sie ermutigte dey. Sie drückte denen die Daumen. Und das war alles, was Eli je gewollt hatte.

Dey tippte auf Zachs Nachrichtenblase.

Eli Peterson: zimmer 806. weck
mich spätestens um vier
Zachary Miller: Alles klar

Eli schminkte sich weder ab noch zog dey sich aus, sondern ließ sich einfach auf die weiche Bettdecke fallen und schloss die Augen. Dey versuchte, an den letzten Anime zu denken,

den dey gesehen hatte, oder an das letzte Buch, das dey gelesen hatte. Dey versuchte, deren Gehirn dazu zu bringen, an
etwas anderes zu denken.

Es ist okay, noch Gefühle zu haben.

Aber wie immer träumte Eli von Filmkulissen, Bühnenlicht,
selbst gebastelten Monstern und Zachary Miller.

♡ ♡ ♡

Ähnlich wie die Heroes Expo war auch die FanEx eine lebhafte
Veranstaltung mit einer treuen Anhängerschaft und einer lo-
kalen Fanbasis. Eli hatte mit einem kleinen Publikum gerechnet, aber als dey einen Blick hinter die Tür des für Makeup
Wars designierten Green Rooms warf, zog sich die Schlange
für Halle A – wo der Cosplay Runway stattfinden würde – die
ganze Wand entlang und um die Rolltreppen herum. Eli zog
sich wieder hinter die Tür zurück, bevor noch jemand die
glitzernden Flossen sah, die dey sich ins Gesicht geklebt hatte.

»Viele Leute?«, fragte Zach. Er lehnte sich über den Tresen
seines Arbeitsplatzes und hielt gegen die Mitte seiner Latexglatze ein Horn.

Eli nickte und warf einen Blick auf Zachs rot-schwarz
gezackte Bemalung. Dey hätte wissen müssen, dass er die
Chance ergreifen würde, für einen Runway mit dem Thema
Kosmos ein *Star Wars*-Cosplay zu präsentieren. Mit seinen fie-
sen knochenfarbenen Hörnern und den traditionellen Zabrak-
Zeichen verwandelte sich Zach in einen furchterregenden
Sith. Seine Farbgebung passte auf den Punkt, die Prothesen
saßen perfekt und sein Kostüm war makellos.

Verflucht sei er!, dachte Eli. *Verflucht sei er, verflucht sei er,
verflucht …*

»Erde an Weltraumnixe«, sagte er und grinste Elis Spiegelbild an. »Wir haben noch eine halbe Stunde Zeit. Hopp, hopp!«

Eli verdrehte die Augen. »Es ist so still hier drin. Viel, *viel*
zu still.«

Zach daddelte auf seinem Handy herum. Er spielte Pop-
Punk-Musik ab, wie immer. »Besser?«

Eli erinnerte sich, wie sie in den letzten Frühjahrsferien
über die 101 gefahren waren, dey mit den nackten Füßen auf
dem Armaturenbrett. Bodhis Surfbrett war auf der Ladefläche
von Zachs überteuertem Jeep festgeschnallt und sie zog auf
der Rückbank an einem Joint, während Eli einen Eistee mit
Schuss trank. Eine deren Hände lag um den Eistee, die andere
auf Zachs Fingerknöcheln auf dem Schaltknüppel. Zach sang.

Eli blinzelte die Erinnerung weg und nickte. »Ja, viel
besser.«

Trotz des zweistündigen Nickerchens fühlte sich Eli immer
noch schlapp und einfach verdammt *müde*. Dey hätte sich
mehr ausruhen sollen. Dey hätte ihre Kräfte eher sparen
sollen, anstatt eine weitere Schicht zu übernehmen. Eli ging
zurück zu deren Arbeitsplatz und überprüfte das Make-up und
testete den Hautkleber an deren Hals. Hoffentlich sah man
deren Make-up nicht deren Erschöpfung an.

Eli hatte sich für ein knalliges Design entschieden, inspiriert von einer Figur aus *Planetary Bounty*, einem Weltraum-
Anime, in dem es um einen bewaffneten Kopfgeldjäger und
seine Crew von Außenseitern ging. LoLo Locke, die quirlige
kosmische Meerjungfrau, eine Botanikerin mit leuchtenden
Schuppen, glitzernden Kiemen und übertriebenen feenartigen
Ohren, war die perfekte Wahl für den Runway.

Eli setzte kiemenförmige Silikonprothesen auf den Hautkleber am Hals und hielt sie an Ort und Stelle, wobei dey die

Kanten mit etwas Alkohol glättete. Deren Spiegelbild glänzte schillernd, denn sie hatte ihr Gesicht fein mit Perlmuttpuder bestäubt. Winzige Wangenknochenprothesen überzeichneten Elis Augenform und weiße Mascara machte deren Wimpern quasi transparent, sodass dey außerirdisch und fremdartig wirkte. Zum Schluss besprenkelte Eli das Silikon, setzte weiße Kontaktlinsen ein und stellte sicher, dass deren Kostüm für den letzten Feinschliff bereit war. Neben Eli brachte Zach seine Hörner an und legte sich einen schwarzen Umhang um die Schultern.

Ein Makeup-Wars-Freiwilliger öffnete die Tür und sagte: »Zwei Minuten bis zu den finalen Looks.«

Eli seufzte. Dey hätte sich noch einen Energydrink holen sollen. Eli starrte in den Spiegel und begutachtete deren Make-up: violette Konturen, Schuppen aus Abalone, spitze Ohren, überschminkte Augenbrauen und blau gefärbte Lippen. *Das ist nicht genug*, dachte Eli und warf einen Blick auf Zach, der sich an seinen absichtlich zerfledderten Gürtel gerade ein falsches Lichtschwert steckte. *Ich hätte die Schicht nicht machen und ein größeres Gesichtsteil modellieren sollen.*

Aber es war zu spät. Zach hatte dey jetzt schon demoliert.

»Bist du bereit?«, fragte Zach.

Eli schluckte und nickte knapp. »Ja, lass uns gehen.«

Der Freiwillige führte die beiden durch eine Tür mit der Aufschrift STAGE CREW und wies sie zu zwei separaten Spiegeltischen mit frei montierten Glühbirnen und einem aufklappbaren Sichtschutz dazwischen. Eli stellte deren Beutel ab und sah den Freiwilligen auf seine Armbanduhr mit weißem Band blicken. »Und die Zeit für die finalen Looks beginnt … jetzt«, sagte er und reckte eine Hand empor, als hätte ein Wettrennen begonnen.

Eigentlich *war* es ein Wettrennen. Es war nur schon entschieden.

Eli trug eilig eine weitere Schicht rosafarbener Sommersprossen auf deren Nase und deren Wangen auf, um der Farbe mehr Tiefe zu verleihen. Abgeschirmt durch den Sichtschutz zwängte dey sich in den hautengen Overall, legte sich falsche Goldketten um die Taille und schnallte sich dicke Armbänder um die Handgelenke, wobei dey darauf achtete, die Flossenprothesen, die auf deren Handrücken klebten, nicht zu beschädigen. Dey berührte das tropfenförmige, mit einer Lichterkette befüllte Netz, das wie die Beuteattrappe eines Anglerfischs von deren Stirn ragte. Als Eli hinter dem Netz hervortrat, drehte sich Zach zu denen um. Er war ganz in Schwarz gehüllt und sah mächtig und einfach *perfekt* aus.

»Du machst LoLo Locke? Mich flundert nichts mehr«, stichelte Zach und zwinkerte.

Dey errötete fürchterlich. »Fischwitze. Wunderbar.«

»Ach, komm schon. Was hast du denn erwartet?« Er trat näher an Eli heran. Sanft berührte er mit dem Daumen die zarten flossenartigen Gliedmaßen aus Frischhaltefolie und Acryl, die Eli an deren Schaumstoffohren geklebt hatte.

»Das ist übrigens wunderschön. Eins deiner besten.«

Dey reckte das Kinn nach oben und starrte auf Zachs aufwendige Farbgebung und seine gelben Augen. »Ja, aber du wirst trotzdem gewinnen.«

»Wir werden sehen.«

»Zeit für die Warteschlange. Zachary, du zuerst«, sagte jemand von den Freiwilligen.

Zach ließ seine Hände fallen und Eli wünschte sich augenblicklich, er würde dey wieder berühren. Dey versuchte, den Gedanken zu verdrängen und sich auf den Runway – *das verdammte Halbfinale* – zu konzentrieren, aber dey konnte nicht aufhören, an die Nacht in Oakland zu denken. Zach, wie er Eli vor dem Klub gegen die Wand warf, sein Oberschenkel zwischen deren Beinen, wie dey rückwärts auf sein Hotelbett fiel und ihn mit sich nach unten zog. Dey wollte das noch einmal erleben, Zach wiederhaben, wieder mit ihm zusammen sein.

»Alles gut?«, fragte Zach.

Eli wurde schlagartig in die Gegenwart zurückgeholt. »Ja«, sagte dey und nickte, als wäre es die Wahrheit. »Mir geht's gut.«

Eingangsmusik erfüllte Halle A und Theresa Jenkins heizte die Menge an. »Heute findet das Makeup-Wars-Halbfinale statt. Seid ihr bereit, Portland?« Die Menge brüllte und klatschte. Sie fuhr fort. »Bitte begrüßt den ersten Finalteilnehmenden auf der Bühne – Zachary Miller!«

Eli und Zach durften Wünsche für die Bühnenpräsenz beim Halbfinale und Finale äußern, um das Ambiente für ihre Cosplays zu gestalten. Zach hatte sich natürlich für Düsternis entschieden. Er pirschte sich auf die Bühne – der schwarze Mantel wehte hinter ihm, seine Hörner waren verdeckt – und ließ in dem nun stockdunklen Raum sein rotes Lichtschwert aufleuchten. Eine Sekunde später leuchteten die Scheinwerfer auf, woraufhin er seine Kapuze zurückwarf und sein Lichtschwert für das Publikum herumwirbelte.

Als er in den Bühnenflügel kam, sagte er nichts, berührte aber Elis zitternde Hand.

»Und dey zweite Finalteilnehmende von Makeup Wars ist …« Die tiefe Stimme von Scott Brant erfüllte den Raum. »Eli Peterson!«

Die Lichter wurden gedimmt und Rauchmaschinen verströmten Nebel über die Bühne. Aus den Lautsprechern ertönte die Musik von LoLo Lockes Ozeanwelt aus *Planetary*

Bounty und Eli schlich sich durch die künstlichen Schwaden, nur erleuchtet von der Beuteattrappe an deren Stirn und der leuchtenden Farbe auf deren Haut. Das Publikum klatschte und johlte. Langsam wurde das Bühnenlicht heller und Eli machte deren typischen Gang über den Runway, schlich über die Bühne, hielt kurz für die Jury inne und verschwand dann in den Bühnenflügel.

Eli wusste, dass dey mehr hätte tun können. Dey hätte größere Prothesen anfertigen können. Dey hätte die Gesichtszüge mehr betonen, die Farbgebung verbessern, LoLo Lockes botanischen Laborkittel nachbauen oder an deren Kostüm Blumen anbringen können. Aber dey war zu sehr damit beschäftigt gewesen, im Diner das Geld für das Finale zu verdienen und von Zach zu träumen.

»Du hast mich ganz schön ins Schwitzen gebracht, Liz«, sagte Zach und warf einen Blick über seine Schulter, während die beiden auf das Zeichen warteten, wieder auf die Bühne zu kommen.

Eli mahlte mit dem Kiefer. »Na ja, wir werden sehen.«

Als Zach und Eli auf die Bühne zurückkehrten und vor die Jury traten, johlte und brüllte das Publikum. Wie immer leuchteten zwei Scheinwerfer auf sie herab und vom Tisch aus bewertete die Jury ihre Cosplays. María Love, die Gastjurorin, lächelte. Sie trug ein Cosplay von La Muerte – falsche Kerzen glitzerten auf ihrem breitkrempigen Hut, ihr Gesicht war wie ein Totenschädel bemalt – und legte einen ihrer Skeletthandschuhe auf das Mikrofon.

»Willkommen auf eurem vorletzten Runway! Heute Abend haben wir eure Cosplays nach verschiedenen Kriterien bewertet. Diese Punkte werden mit darüber entscheiden, wer in Seattle die Krone gewinnt, aber für den Moment werden wir sie nutzen, um eure Stärken und Schwächen hervorzuheben. In der Kategorie Ausarbeitung geht der Sieg an ... Zachary Miller!«

Natürlich. Eli zwang sich zu einem Lächeln. Dey war froh, dass nicht verkündet wurde, wer *verloren* hatte, ärgerte sich aber trotzdem, dass deren Cosplay der letzte Schliff gefehlt hatte. *Ich hätte mich mehr konzentrieren sollen.* Dey straffte die Schultern. *Ich frage mich, was auf meiner Bewertung steht.*

Scott beugte sich zu seinem Mikrofon. »Zach, dein Sith-Cosplay ist umwerfend. Filmreif, bühnenreif und absolut knallhart.«

Zach grinste und verbeugte höflich den Kopf.

Theresa richtete ihren Blick auf Eli. »Eli Peterson, du gewinnst in der Kategorie kreative Entwicklung! Du hast ein fantasievolles Design mit viel Originalität und technischem Können umgesetzt.«

Erleichterung erfüllte Eli. Dey nickte dankend und winkte der Menge zu.

»Also gut, Zachary Miller, Eli Peterson, ich hoffe, ihr seid bereit für das Finale von Makeup Wars, denn es sind nur noch zwei Wochen! Wir wollen große, wunderschöne Ganz-körper-Cosplays mit dem Besten und Unglaublichsten, was ihr in puncto Kostümen und Spezialeffekten zu bieten habt. Setzt euer gesamtes Talent ein«, sagte Theresa und winkte in Richtung Zach, »und nutzt eure technischen Fähigkeiten, um euren Entwürfen den letzten Schliff zu geben«, sie deutete mit der offenen Handfläche zu Eli, »und denkt daran, ihr kämpft um ein Stipendium bei Beyond!«

Halle A jubelte und applaudierte.

Eli stand neben Zach, lauschte dem Gejohle, dem Lachen und dem Klatschen und versprach im Stillen, ihm in Seattle so richtig in den Hintern zu treten.

KAPITEL 19

Portland

Zachary Miller: Bist du zu müde
für donuts und bücher?

Eli stand umgeben von Abschminktüchern und schmutzigen Handtüchern im Badezimmer und blinzelte auf deren Handy. Dey hatte geplant, sich etwas Fettiges beim Zimmerservice zu bestellen und im Fernsehen irgendeinen Hallmark-Film anzuschauen. Auf Instagram und TikTok häuften sich die Benachrichtigungen und ein paar Kommentare auf deren Weblog-Kanal blieben unbeantwortet. Dey rollte die Unterlippe zwischen den Zähnen und las Zachs Nachricht erneut. Nach wenigen Sekunden erschien eine weitere Nachricht.

Zachary Miller: zwing mich
nicht, allein in den größten
buchladen der welt zu gehen
Eli Peterson: ich bin total fertig
Zachary Miller: wird ganz entspannt

Eli runzelte die Stirn. *Wow!* Dey atmete aus. *Du dummer, heißer, lächerlicher Junge. Wir machen das nicht, Eli. Wir machen diesen Scheiß nicht zur Gewohnheit, zwei Wochen bevor …*

Zachary Miller: bitte. ich geb
dir auch einen Tee aus
Eli Peterson: na guuuuuuut

♡ ♡ ♡

Die Sonne funkelte golden am Sommerhimmel. Die Menschen drängten sich mit Hundeleinen und Einkaufstaschen um die Imbisswagen und Skateboards rollten über die Bürgersteige. In den Restaurants und Bars tummelten sich Familien, Paare und Polyküle und die Boutiquen hielten ihre Türen mit Kreideschildern offen, die die Touristen einluden, in den letzten Stunden des Tages noch einzukaufen.

Zach hielt Eli die Tür von Powell's City of Books auf. »Ich hab gehört, dass dieser Laden ziemlich cool sein soll«, sagte er.

Cool war eine Untertreibung. In dem riesigen mehrstöckigen Gebäude füllten Bücher gewaltige Regale mit lauter Genres und Subgenres, die in farblich gekennzeichneten Räumen untergebracht waren. Eli fuhr mit den Fingerspitzen über die gut erhaltenen Buchrücken, zog ein Taschenbuch mit Gedichten aus einem Regal am Ende einer Reihe und blätterte darin, wobei Zach hinter denen stand. Der Runway steckte immer noch in Elis Kopf und die Enttäuschung mischte sich mit der Aufregung, die immer dann aufflammte, wenn dey in Zachs Nähe war. Ein Teil von Eli schrie innerlich und drängte darauf, sich wieder an die Arbeit zu machen, das letzte Cosplay zu entwerfen und so lange daran zu feilen, bis jedes

Teil perfekt war. Aber ein anderer, weicherer Teil fühlte sich gerade geborgen – hier in der Einfachheit eines Buchladens und mit Zachs Kinn, das auf deren Schulter ruhte.

»Gerüchten zufolge gibt es im obersten Stockwerk seltene Bücher«, flüsterte Zach.

»Weißt du noch, wie wir bei Barnes & Noble in der Manga-Abteilung gesessen haben?«, fragte Eli. Dey lehnte sich an Zachs Brust. Die Wärme drang durch deren T-Shirt. »Wir haben die letzte Stunde geschwänzt, sind vorher zum Wagen mit den scharfen Mangos gegangen und haben dann so viel gelesen, wie wir konnten, bis uns die Buchhändler rausgeworfen haben.«

»Wir sind auch immer mit dem Zug zum Small World in Venice gefahren. Und haben da mit der Katze der Buchhandlung gechillt.«

Eli stieß ein kehliges Lachen aus. *Ja*, dachte dey, *bis wir beim Knutschen in der Science-Fiction-Abteilung fast erwischt wurden*. Aber dey war nicht mutig genug, das zu erwähnen.

»Komm«, sagte Zach. Er strich mit seinen Handflächen über deren Taille, löste sich von denen und ergriff deren Fingerspitzen.

Eli behielt seine Hand in deren und gemeinsam nahmen sie die Treppe ins oberste Stockwerk und gingen in den privaten Raum, wo hinter verschlossenen Schaukästen auf Ständern signierte Bücher ausgestellt waren. Ein Regal füllte eine Sammlung signierter Erstausgaben von Anne-Rice-Büchern. Es gab ein limitiertes Exemplar von *Fight Club* von Chuck Palahniuk, alte Kartografie-Einbände von Oregon, Gedichte mit verblasstem Text und signierte Comics. Eli wanderte von einem schwach beleuchteten Schaukasten zum nächsten, vorbei an verblichenen Seiten und rissigen Buchrücken.

»Arbeitest du immer noch an *deinem* Buch?«, fragte Eli.

Zach fuhr mit seinem Daumen die Spitzen deren Fingerknöchel nach. »Ein bisschen, ja. Aber der Influencer-Job lässt mir kaum Zeit.«

Eli nickte. Influencer zu sein machte Spaß, war aber an guten Tagen stressig und an schlechten Tagen total lähmend. Was dazwischenlag, bewegte sich gänzlich auf einer gleitenden Skala, die meistens auf *Spaß* stand, manchmal aber auch im Bereich *kurz vor einer Panikattacke* lag, der wiederum direkt vor *völlig beschissen* lag. »Du könntest jederzeit ein wenig kürzertreten und an deiner Graphic Novel arbeiten. Vielleicht wollen ein paar Leute sie eines Tages lesen. Man weiß ja nie.«

»Ich will das bisschen, was ich an Make-up-Fame habe, nicht mit meiner nicht existierenden Schreibkarriere vermischen. Es ist schon schwer genug, eine Schaufensterpuppe zu sein; ich muss nicht auch noch einen Haufen Fremder in mein Schriftstellerleben einladen.«

»Hast du Angst, dass man dich mit jemandem shippt, der auch schreibt und mit dir rivalisiert?«, stichelte Eli und hielt vor einem in Leder gebundenen Tolkien-Band inne.

»Ich bin mir ziemlich sicher, dass meine Follower da schon jemanden im Kopf haben«, sagte Zach. Er schob seinen Mund dicht an Elis Ohr. »Und ich kann nicht *kürzertreten*. Ich muss einen Wettbewerb gewinnen.«

Eli schnaubte. Dey drehte sich um, stand Nase an Nase mit dem Kerl, von dem dey nicht die Finger lassen konnte, und sagte: »Hattest du nicht Tee erwähnt?«

Sein Lächeln wurde spitzer. »Möglich. Sollen wir auf dem Weg nach draußen noch ein oder zwei Bücher mitnehmen?«

Eli schüttelte den Kopf. Ein Schamgefühl kroch denen unter die Haut. Dey brauchte nicht in deren Banking-App zu schauen, um zu wissen, dass dey gerade über genug Geld für entweder ein Buch oder eine Flasche SFX-Kaltschaum verfügte. Dey hatte zwei Hotelgutscheine für ein von der Con gesponsertes Abendessen und einen Zwanziger für Snacks im Flugzeug im Portemonnaie, aber das war auch alles. »Ich wollte mir erst mal keine neuen Bücher kaufen«, sagte dey. »Ich habe noch eine ganze Serie, die ich durchlesen muss.«

Seit Jahren steckte Eli in dieser Schleife fest – dey belog Zach, indem dey Dinge nicht aussprach, obwohl er clever genug war, dey zu durchschauen – und Eli hatte keine Ahnung, wie dey diese Gewohnheit durchbrechen konnte. Geld war ein Monster, mit dem Zach schon seit seiner Kindheit vertraut war. Eine ständige, ungefährliche Präsenz, die ihm zwar bewusst war, über die er sich aber nie Gedanken machen musste. Unterdessen schlief Eli mit einem offenen Auge und wartete auf den Tag, an dem ein Sponsoring auslief und deren Konto plötzlich leer war.

Zach drängte nicht. Er nickte und hielt die Tür auf, dann folgte er Eli durch den Buchladen und zurück auf den Bürgersteig. Sterne blitzten durch das dunkler werdende Blau und Straßenlaternen ließen die Schatten wachsen. Während Eli und Zach nebeneinander hergingen, lag der schmuddelige Geruch der Stadt in der Luft. Wieder bewegten sich deren Finger auf seine zu, streiften leicht seine Knöchel und legten sich zärtlich um seinen Daumen. Zachs Karten-App führte sie zu einem Teeladen in der Nähe von Voodoo Doughnuts. Eli bestellte Matcha mit Tapiokaperlen. Zach bestand darauf, auch was Süßes zu holen. Sie lehnten sich vor einem verlassenen Kino an eine Backsteinmauer und haschten gegenseitig mit dem Mund nach ihrem Gebäck: einem Donut in der Form eines Joints und einem mit Erdbeeren gefüllten Vanilleriegel.

Zach strich mit dem Daumen über Elis Mundwinkel, um die Regenbogenstreusel zu entfernen, und Eli versuchte nicht rot zu werden, als dey das letzte Stück Donut zwischen Zachs Lippen schob.

Was zum Teufel tun wir hier?

»Gut?«, fragte Eli und räusperte sich.

Zach leckte den Zucker von seinem kleinen Finger und scrollte auf seinem Handy. »Sehr. Wohin als Nächstes?«

Eli wippte von einem Fuß auf den anderen und überlegte. Sie konnten am Fluss spazieren gehen und über Oakland reden. Eli konnte Zach die Wahrheit sagen. *Ich habe nie aufgehört, dich zu wollen. Was ist das hier? Was sind wir? Hast du immer noch …*

»Oh, guck dir das an!«, platzte Zach heraus und drehte sein Handy zu Eli. Auf dem Bildschirm erschien ein Onlineflyer für ein Arcade-Café mit dem FanEx-Logo. »Kostenlose Jetons für Con-Teilnehmer. Hast du dein Lanyard dabei?«

Eli zog an dem Riemen von deren Minirucksack. »Hier drin, ja.«

Zach stupste dey mit seiner Schulter an. »Komm, es ist direkt die Straße runter von unserem Hotel.«

Wir sollten reden. Eli spürte, wie denen die Worte im Mund schwammen. *Wir müssen reden.* Aber Eli lächelte und nickte. Als Zach deren Hand nahm, verkrampften sich deren Lungen.

Während sie so nebeneinander hergingen, legte sich der Abend über die Stadt. Das Stag-Neonschild leuchtete in Gelb, Grün und Blau, und jedes Mal wenn sich die Tür einer Bar öffnete, dröhnte Musik auf die Straße. Ähnlich wie in Los Angeles hörte man auch in Portland das Klirren von Glas, lautes Gelächter und eilige Schritte. Eli blieb dicht bei Zach, seine Hand immer noch um deren Handfläche, und als sie um die

Ecke bogen, ließ er seinen leeren Becher in einen Mülleimer fallen. Dann betraten sie ein Spielhallencafé namens Coin Toss.

Vintage-Konsolen und lärmende Flipperautomaten blitzten und surrten an einer Wand, gegenüber standen hohe Spieltische. Die Person an der Tür gab Eli und Zach jeweils fünf Jetons und wies sie auf die Barista-Station hin, wo es einen Zwei-für-eins-Deal für Lattes gab. Con-Besucher teilten sich Apfelmuffins und nippten an kalten Getränken und jemand an einem ovalen Stand zeigte mit dem Kinn auf Eli und Zach. Leises Gerede wallte auf und verebbte. Eli spürte, dass die Leute sie beide anschauten und ihre langen Schritte zu den Spielkonsolen verfolgten.

Eli Peterson und Zach Miller. Ja, sie waren mal zusammen, glaube ich. Sie treten bei diesem Cosplay-Wettbewerb gegeneinander an.

»Okay, also, Bubble Time, Pac-Man oder Frogger?«, fragte Zach. Er neigte seinen Körper in Richtung Pac-Man.

»Du kannst der hungrige kleine Blob sein, ich schieße ein paar Blasen ab«, sagte Eli. Dey griff nach dem Joystick und schoss mit Lasern auf Pixelblasen. Neben Eli fauchte Zach den Bildschirm an und rannte auf der Jagd nach einer hüpfenden Beere vor einem Rudel bunter Geister davon. Nach der ersten Runde wechselten sie zu Frogger und feuerten sich gegenseitig an, während ihr Frosch über volle Autobahnen hüpfte.

»Ist das hier ein Date?«, fragte Zach plötzlich.

Eli blinzelte erschrocken und deren Frosch wurde von einem heranrasenden Truck überfahren.

»Das war komisch von mir. Tut mir leid, ich wollte nur ...«

»Nein, ist schon gut. Ich habe nicht wirklich darüber nachgedacht«, sagte dey.

So ein Quatsch. Eli hatte ausschließlich darüber nachgedacht, seit dey das Hotel verlassen hatte. Dey trat von der Konsole weg, verbarg deren gerunzelte Stirn und den verwirrten Gesichtsausdruck, hielt sich an den Seiten eines Flipperautomaten fest und starrte auf die bunten Lichter unter dem Glas. »Willst du, dass es eins ist?«

Piep- und Pingtöne erfüllten den Raum und lieferten sich eine Lärmschlacht mit Alternative Rock und leisen Gesprächen. Eli schob einen Jeton in den Schlitz des Flippers und holte zitternd Luft. *Kann das hier ein Date sein?* Eli wollte, dass Zach *Ja* sagte. Dey wollte, dass er dey auf die Wange küsste und genau da weitermachte, wo sie aufgehört hatten. Vor dem Herzschmerz, vor New York, bevor Eli ihn hatte gehen lassen. Eli zog den Plunger und schoss eine silberne Kugel durch die Maschine.

Zach legte seine Hände auf den Flipperautomaten, sodass Elis Hüfte zwischen ihnen lag. Sein Atem traf auf deren Ohr und verursachte denen auf deren Armen eine Gänsehaut. Die feinen Haare in deren Nacken standen zu Berge.

»Die Frage ist: Willst *du*, dass es eins ist?«, fragte er. Ein Lachen schlich sich in seine Stimme. »Ich bin nicht derjenige von uns, der sich gerne mal umentscheidet.«

Eli hörte auf zu atmen. Dey drückte auf die Knöpfe der Maschine. Dey spürte, wie deren Kinn bebte und deren Mund zitterte. »Ja, ich weiß«, flüsterte dey.

»Ich will nicht, dass du dich eingeengt fühlst, als würdest du in der Falle sitzen«, neckte er und fuhr mit seinen Lippen an Elis Kiefer entlang. »Als ob ich dich an der Leine hätte.«

Die silberne Kugel rollte an den Flippern vorbei und die Worte *Oh, oh! Du verlierst!* blinkten auf dem rechteckigen Bildschirm auf.

»Das ist nicht ...« Eli drehte sich weg. »Darum ging es nie.«

Zach erstarrte. Er blieb wie eingefroren hinter Eli stehen und deren Anspannung stieg. »Ich dachte, wir machen gerade nur Spaß, ich ...«

»Ich kann das nicht.« Etwas knickte unter deren Binder ein. Es brach weit auf und ergoss sich in deren Körper. Elis Augen wurden heiß, deren Kehle schnürte sich zu und dey schob sich an Zachs ausgestrecktem Arm vorbei, das Gesicht zu Boden gerichtet.

»Du kannst was nicht – Eli, warte!«

Eli eilte durch das Café, stieß die Tür auf und rannte los. Deren Schritte waren hart auf dem Beton und trug dey durch die warme Sommernacht, vorbei an einem Händchen haltenden Paar und einer Person im Rollstuhl, an Rauchern, die vor einer schäbigen Bar herumlungerten, und an jemandem mit einem Riesenblumenstrauß im Arm. *Ich habe mich nie gefühlt, als würde ich in der Falle sitzen. Ist es das, was du gedacht hast? Habe ich dich das glauben lassen?* Ein leiser Schluchzer entfuhr Eli und dey stürmte ins Marriott. Deren Schultern zitterten und deren Magen krampfte sich zusammen, was den engen Kloß in deren Kehle noch schlimmer machte und deren Lungen zum Brennen brachte. *Es war nicht deine Schuld*, dachte dey. *Es war nicht deine Schuld. Es war nie deine Schuld.* Dey drückte den Fahrstuhlknopf, wieder und immer wieder.

Hinter Eli erklangen Schritte auf dem polierten Boden und Zach packte dey am Ellbogen. »Eli, was ...« Er hielt inne und schnaufte durch, um zu Atem zu kommen. Er versuchte, Eli in die Augen zu sehen, aber dey starrte nur auf den Boden. »Was ist los? Was ist passiert? Hab ich was Falsches gesagt?«

»Nein«, sagte dey niedergeschlagen. »Du hast nichts Falsches gesagt. Du hast nichts Falsches *getan.*«

Die Fahrstuhltür öffnete sich. Eli ging hinein. Zach folgte denen. Er fasste Elis Schultern, dann deren Gesicht, wobei seine Daumen dey die feuchten Wangen trockneten.

»Was ist passiert? Was hab ich getan?«, fragte Zach. Seine Augenbrauen zogen sich zusammen und seine Lippen erschlafften. Auf seiner Stirn zeichneten sich Sorgenfalten ab.

Was habe ich getan?

Elis Gesichtszüge entgleisten denen, deren Atem ging schwer und dey schüttelte den Kopf. Die Wahrheit kochte in Eli auf und ergoss sich in Wellen. »Du hast *nichts* getan. Nicht jetzt und nicht damals. Ich habe mich nie gefühlt, als würde ich in der Falle sitzen, Zach. Es ging nie darum, dass ich Abstand brauche oder ... oder dass ich mich *eingeengt* fühle. Ich wollte dich *so* sehr«, gestand Eli und hustete, weil deren Atem stockte. Ein Frosch steckte in deren Hals, deren Stimme war schwach, durchtränkt von Emotionen. »Aber Shockwave war teuer. Es war so, *so* teuer und du hattest das Geld – du *hast* Geld.«

Eli hob den Kopf und sah ihm in die Augen, suchte in seinem traurigen sanften Blick nach Anzeichen von Wut. Nichts. »Wenn ich mit dir gegangen wäre, hätte ich all meine Ersparnisse aufgebraucht und ich hatte nicht viel. Und eine Mastek ist auch teuer. *Wirklich* teuer. Du musstest dir noch nie Sorgen um Geld oder Stabilität oder Rechnungen machen, aber ich schon. Ich muss mir *ständig* Sorgen machen. Und ich will ... ich muss mich ändern.« Dey gestikulierte zu deren oberen Körperhälfte, der Lift kam zum Stehen.

»Und ich wusste, wenn ich dir gesagt hätte, dass ich nicht genug Geld habe, um mitzufahren, ich mich zwischen

Shockwave und der OP entscheiden muss, dann hättest du alles abgesagt. Du hättest einen Workshop sausen lassen, den du unbedingt machen wolltest, und wärst nicht in eine Stadt geflogen, in der du leben wolltest. Du wärst geblieben. Das konnte ich nicht zulassen, okay? Ich durfte nicht der Grund dafür sein, dass dein Leben plötzlich stillsteht. Das ist die Wahrheit. Es ging nie darum, dass ich dich nicht liebe. Ich habe dich geliebt. Ich *liebe* dich«, platzte Eli heraus und machte ein paar scharfe, panische Atemzüge. »Es tut mir leid«, flüsterte dey und denen entfuhr ein weiteres Schluchzen. Als sich die Fahrstuhltür öffnete, wiederholte dey: »Es tut mir leid«, und stürmte den Flur hinunter.

Zach folgte denen nicht. Er blieb im Lift, still wie eine Leiche. Eli öffnete die Tür zu deren Hotelzimmer und wagte einen Blick über deren Schulter. Dey sah, wie Zach den Kopf hob und sich zu Eli drehte. Sein Mund formte deren Namen – *Liz* – und die Fahrstuhltür ging wieder zu.

Die Dusche prasselte heiß auf Elis Schultern. Dey stand unter dem Hochdruckstrahl, die Stirn auf die Kacheln gestützt. *Ich liebe dich.* Deren Stimme hallte in deren Kopf wider wie ein Vogel, der gegen eine Fensterscheibe flattert. Es war denen rausgerutscht, aber es war die Wahrheit. Doch alles andere? Tja, der Rest war ein völlig in den Sand gesetzter Versuch gewesen, ihm klarzumachen, warum Eli ihnen beiden das Herz gebrochen hatte. Dey atmete den feuchten Dampf ein und ließ sich Wasser über das Gesicht laufen, um das Salz wegzuspülen.

Eli wünschte, Bodhi wäre bei denen. Dey wünschte sich, dey könnte in den Schoß deren Mutter krabbeln und sich von ihr die Haare streicheln lassen. Dey wünschte sich, dey wäre im Diner und könnte sich auf das Servieren von Speisen und das Aufnehmen von Bestellungen konzentrieren und säße hier nicht mutterseelenallein fest, weil dey in jemanden verliebt war, der dey wahrscheinlich absolut erbärmlich fand. Eli seifte deren Körper ein, rasierte sich, schrubbte deren Gesicht mit einer Reinigungsmilch und stieg aus der Dusche. Dey ließ sich mit der Hautpflegeroutine Zeit und tupfte sich die Feuchtigkeitscreme, die dey von einem Markenbotschafter – von einer Marke, die Eli sich nie leisten könnte – bekommen hatte, aufs Gesicht und den Hals.

All die schönen Dinge, die dey besaß, das luxuriöse Make-up und die Bio-Hautpflegeprodukte, hatte Eli sich durch eine Plattform und deren Follower verdient. Verdient, weil Eli gelernt hatte, sich selbst und deren Fähigkeiten zu vermarkten, weil Eli *queer* und *neu* und *fluide* und *frisch* war. Manchmal nagte sich die Realität durch die bequeme Welt, die deren Influencer-Status denen normalerweise verschaffte, und Eli fragte sich dann, ob deren Fähigkeiten überhaupt etwas mit deren Erfolg zu tun hatten. Dey schüttelte den Gedanken ab, schimpfte mit sich selbst, dass dey ihn überhaupt gedacht hatte, und richtete deren Handy auf die schicken weißen Flaschen, die auf dem silbernen Badezimmertablett aufgereiht waren: Hagebuttenserum, Moonbeam-Feuchtigkeitscreme, Kollagen-Augencreme. Die Beleuchtung war etwas ungünstig, aber Eli machte trotzdem ein Foto, markierte Sunbeam Skincare und fügte das Bild zu deren Instagram-Story hinzu.

Dey zog sich frische Unterwäsche an und ein lockeres T-Shirt über den Kopf. Dey erinnerte sich an Zach am Ende des Flurs, wie er deren Namen sagte, ehe sich die Fahrstuhltür schloss. Dey tippte auf seine Nachrichtenblase und seufzte, die

Zahnbürste zwischen die Lippen geklemmt, die Daumen über den Tasten schwebend.

können wir

Backspace.

glaubst du, wir können

Backspace. Backspace.

ich weiß, bin ein bisschen durchgedreht

Auf einmal klopfte es an der Tür. Eli schreckte auf und wirbelte zu dem Geräusch herum. Dey spülte sich den Mund aus und betrachtete deren Spiegelbild: Augen noch geschwollen, Wangen noch gerötet. Dey sah auf die Uhr – 00:01 Uhr – und wusste, dass es niemand anderes sein konnte.

Dey ging zur Tür, krümmte auf dem Teppich die Zehen, legte die Hand an den Knauf, versteckte deren nackten Beine hinter der Tür und öffnete.

Zach trug Jeans, dazu ein schwarzes Hemd, und sein Blick lag schwer auf deren Gesicht. Er fuhr sich mit der Hand durch die Haare, seine Lippen öffneten und schlossen sich, er suchte nach Worten, bis er schließlich sagte: »Du hast recht.« Er nickte knapp. »Ich wäre geblieben.«

Eli legte deren Schläfe an die Tür und öffnete sie etwas weiter, damit er eintreten konnte. Zwischen den Vorhängen lugte das Mondlicht hervor und erhellte den dunklen Raum, gelbes Licht drang aus dem Badezimmer in den Flur. Überall sonst herrschten Schatten.

»Ich hätte Shockwave sausen lassen und wäre bei dir geblieben«, sagte Zach beinahe defensiv.

»Oder du hättest versucht, New York für mich zu bezahlen«, sagte Eli. Dey rang die Hände und sah ihn durch deren Wimpern an. »Und das konnte ich nicht zulassen.«

Einen Moment lang war Zach still. Die Muskeln an seinem Hals spannten sich an. »Ich würde nur gern verstehen, *warum*.«

»Weil du dir noch nie Gedanken darüber machen musstest, was andere Leute von dir denken, wenn du dir etwas nicht selbst leisten kannst. Du hattest immer die Mittel, du hattest immer die Unterstützung und da ist nichts falsch dran, aber ich hatte das nicht. Ich musste immer mein eigenes Sicherheitsnetz sein.«

»Aber *ich* hätte dein Sicherheitsnetz sein können, Eli. Ich hätte dir etwas leihen können …«

»Dann hätte ich in deiner *Schuld* gestanden«, sagte Eli und deren Stimme wurde sanfter. »Und das konnte ich nicht zulassen.«

»Okay, aber ich wäre *geblieben*, bei dir. Wir hätten den Workshop verschieben können, du hättest mit mir in das Haus in Malibu ziehen können. Ich hätte mich um dich gekümmert«, sagte er und griff nach deren Händen. »Ich werde mich immer noch um dich kümmern.«

Eli versuchte zu lächeln. »Ich muss mich selbst um mich kümmern, Zach.«

»Okay, schon klar, aber nicht, wenn du dich von einer *OP* erholst, Liz.« Er seufzte über deren Namen.

Eli ergriff seine Handflächen. »Die OP lag da noch in weiter Ferne. Sie liegt *immer noch* in weiter Ferne. Aber ich konnte nicht einfach deinen Träumen, deiner Zukunft und deinem ganzen Leben im Weg stehen, Zach.«

»Du warst der wichtigste Teil in meinem Leben«, antwortete er verärgert. »Du. *Wir.* Scheiß auf Shockwave, scheiß auf New York! Wir waren wichtiger.«

Eli blinzelte das Stechen in den Augen weg. Weil dey ihm glaubte. Weil dey alles bedauerte. Weil dey sich wünschte, dey könnte es zurücknehmen, ihm das Herz gebrochen zu haben. Weil dey nicht glauben konnten, dass er vor denen stand, deren Hand hielt und von einem *Wir* sprach.

»Es tut mir leid«, flüsterte Eli. »Ich wusste nicht, was ich tun sollte. Ich dachte, dich gehen zu lassen, wäre die richtige Entscheidung. Wir hatten diese ganzen Pläne und großen Träume und alles hat sich zu … zu perfekt angefühlt. Es hat sich *echt* angefühlt und alles, was so verdammt gut ist, musste unmöglich sein, denn nichts *Gutes* in meinem Leben war je einfach. Abgesehen von dir«, sagte dey und schmiegte sich an seine Brust. »Abgesehen von uns.«

Zach umarmte Eli. Er drückte seine Lippen auf deren Scheitel, und als Eli deren Arme um seine Schultern schlang, stieß er ein Brummen aus. »Ich wünschte, du hättest es mir gesagt«, flüsterte er und stupste seine Nase gegen die weiche Stelle hinter deren Ohr. »Ich wusste, dass Geld für dich ein Problem ist, aber wir haben nie darüber geredet. Du hättest mir davon erzählen können, von deiner OP, von allem.«

»Ich wollte dich nicht verschrecken«, gestand dey. »Ich wollte nicht, dass du denkst, ich würde mich radikal verändern, *obwohl* ich mich radikal verändere. Und die Sache mit dem Geld ist halt einfach … es ist wirklich hart, okay? Es ist hart und peinlich, und ich kann es dir nicht erklären. Ich weiß, das ist doof, bloß …«

»Ich lebe nicht dein Leben, ich stecke nicht in deinen Schuhen, aber das heißt nicht, dass ich dir nicht zugehört hätte.«

Seine Hände wanderten über den Spitzenbesatz deren Unterwäsche. Er blickte Eli in die Augen, streng und unnachgiebig. »Wenn die Optionen sind, vor mir wegzurennen oder mich mit der Wahrheit zu konfrontieren, will ich, dass du mir die Wahrheit sagst. Auch wenn du denkst, ich würde es nicht verstehen, auch wenn du es mir in einer Nachricht oder in einem Brief oder *wie auch immer* sagen musst. Ich will, dass du es mir *sagst*, okay? Verpass mir den härtesten Scheiß, den du hast. Ich kann's aushalten.«

»Du musst dir nie um irgendetwas Sorgen machen«, murmelte dey.

»Das stimmt zwar nicht *ganz*, aber ich verstehe, was du meinst.«

»Wenn es um Geld geht«, stellte Eli klar.

»Okay, fair.«

»Du hast mir nicht gesagt, dass du dich über Mastektomien informiert hast.«

»Tja, und du hast mir nicht gesagt, dass du über eine Mastektomie *nachdenkst*.«

»Ja, okay, das ist auch fair.« Eli schloss die Augen und seufzte. Zach stupste seine Stirn gegen deren. »Deine Eltern hassen mich«, sagte dey.

»Nein, tun sie nicht.« Zach lachte leise vor sich hin.

»Sie behandeln mich, als wäre ich ein Opossum, das in ihrem Müll wühlt.«

»Bin ich der Müll?«

Ein Lachen sprang aus deren Kehle. »Ja«, sagte dey scherzhaft. »Müll, der in einem Strandhaus in Malibu lebt.«

»Eli«, hauchte er, sodass Eli seinen Atem spürte. »Komm schon, sieh mich an.«

Dey öffnete die Augen.

»Ich bin noch hier«, flüsterte er.

»Ja, das bist du. Und ich weiß nicht, warum.« Dey fuhr sich mit den Fingern durch das kurz geschnittene Haar am Schädelansatz.

»Weil ich dich liebe«, sagte Zach, als hätte er *natürlich* gesagt. »Weil ich dich immer geliebt habe.«

Eli atmete scharf durch die Nase aus. »Dich zu verletzen war das Härteste, was ich je getan habe.«

»Ich wünschte, du hättest nicht das Gefühl gehabt, das tun zu müssen.«

»Ich auch.«

»New York ist übrigens scheiße. Überall Müll, Ratten so groß wie Pudel«, sagte Zach.

Eli lachte wieder. »Warst du im Met?«

»Nein, Museen sind so was, was wir immer zusammen gemacht haben. Ich habe mich einfach an Cassie gehängt, die mir alles über ihren Mann erzählt und dann auf mich aufgepasst hat, wenn ich traurig war, mich betrunken und ihr alles über dich erzählt habe.«

»Oh«, sagte Eli und brach in ein weiteres überraschtes Lachen aus. Zach lachte auch. Eli fühlte sich wie ein Arsch, weil dey Cassie am Anfang nicht gemocht hatte, als sich die Eifersucht um deren Herz gelegt hatte. Eli fühlte sich wie ein Idiot, nicht gedacht zu haben, dass Zach dey ebenfalls vermisste. Dey fühlte so *wahnsinnig* viel. »Es tut mir leid, einfach alles.«

»Mir tut es auch leid. Einfach alles«, sagte er und küsste Eli fest auf den Mund.

Eli hätte ihn am liebsten stundenlang geküsst. Dey wollte ihn küssen, bis das Sonnenlicht durch das Fenster schien, dey wollte ihn bis in den Morgen hinein küssen, dey wollte ihn unter der Dusche küssen und küssen und *küssen*. Aber trotz der Hitze, die tief in deren Inneren pulsierte, war Eli zum Um-fallen müde.

»Bleib bei mir«, murmelte Eli und küsste seine Lippen erneut.

Zach nickte. Er zog sich bis auf seine Unterhose aus und schlüpfte unter die Bettdecke. Eli folgte ihm und schmiegte sich an Zachs starke Brust. Sie tauschten langsame Berührungen aus. Zach zeichnete entlang deren Wirbelsäule Muster und Eli betastete sein Schlüsselbein mit dem Daumen.

Wie ich das vermisst habe, dachte dey und schwang deren Knöchel über seinen Fuß.

»Als du gesagt hast, dass du mich liebst, hast du geweint«, flüsterte Zach mit gedämpfter Stimme in dem fast stillen Raum. »Das war nicht *ganz* so, wie ich es mir vorgestellt habe, dich zurückzugewinnen.«

Eli neigte deren Gesicht zu ihm. »Ich liebe dich, Zach«, sagte dey und drückte deren Nase gegen seine. »Ich habe dich die ganze Zeit geliebt. Als ich dich habe gehen lassen, als ich dich auf der FaeCon gesehen habe, als wir zum Observatorium gefahren sind – ich habe dich jeden Tag geliebt.«

Zach küsste dey auf den Mundwinkel.

Sie schliefen mit deren Handfläche auf seiner Brust ein, Herzlinie an Herzschlag.

Als Eli aufwachte, warf die blaue Stunde einen silbernen Schein auf Zachs Schulter. Er schlief auf der Seite, mit dem Rücken zu denen, sein Brustkorb hob und senkte sich. Eli beobachtete ihn eine Weile. Dey zeichnete sein Tattoo mit dem Zeigefinger nach und schlang deren Arm um seine Taille, sodass deren kleinerer Körper sich an seinen schmiegte. Er brummte wohlig, nahm deren Handgelenk und führte deren Hand zu seinem Brustbein. Dey hielt ihn fest und sank immer wieder in den Schlaf, bis die Geräusche der Stadt Eli zwei Stunden später abermals aufweckten.

Zach wälzte sich auf die Seite und rieb sich genüsslich die Augen. »Morgen!«

Eli lächelte und drückte deren Gesicht gegen das Kissen. »Hi!«

»Gut geschlafen?«

»Ja, und du?«

Er nickte, die Haare wirr und mit den Wimpern klimpernd, hinreißend und halb wach. »Hatte fast vergessen, dass du so aufwachst«, sagte er und schnappte sich sein Handy vom Nachttisch, um es auf Eli zu richten. »Niemand sollte morgens gut aussehen.«

»Tut mir leid«, stichelte Eli.

»Das sollte es auch.«

Eli schnappte ihm das Handy weg und kroch näher zu ihm heran, wobei dey deren Beine über seine Taille schwang. Zach zog eine Augenbraue hoch, stützte seine Fingerknöchel auf das Kissen neben seinem Kopf und sah Eli an, dey ein Foto machte. Er lächelte und Eli errötete, als dey festhielt, wie ein Lichtstreifen auf Zachs stoppeliges Kinn fiel. Dey warf das Handy neben sich aufs Bett und stützte sich auf die Handflächen.

»Wir haben den ganzen Tag Zeit und können tun, was wir wollen«, flüsterte Eli. Deren Mund schwebte über seinem Kinn. »Irgendwelche Ideen?«

»Zimmerservice.« Sein Lächeln wurde breiter und er küsste dey unschuldig. »Wir könnten eine Weile auf die Convention gehen, hierher zurückkommen, ein paar Ideen für Sea City entwickeln, ein Sushirestaurant in der Nähe finden, am Fluss spazieren gehen. Es gibt viele Möglichkeiten.«

»Oder …«, schnurrte sie und küsste ihn fester und inniger. *Scheiß auf den morgendlichen Mundgeruch!* »Wir könnten hierbleiben.«

Zach fuhr mit einer Handfläche über Elis Wirbelsäule. Deren Shirt wickelte sich um sein Handgelenk und entblößte Zentimeter für Zentimeter nackte Haut. Seine Fingerspitzen spielten mit deren Bauchnabel, wanderten höher, kitzelten deren Rippen und glitten zwischen deren kleine Brüste. »Genau hier?«

Elis Atem stockte. »Genau hier.«

Eli küsste ihn langsam. Dey drängte sich an seinen Mund und begrüßte die sanfte Bewegung seiner Zunge hinter deren Lippen. Dey schmeckte seinen bebenden Atem, spürte seinen Daumen auf deren Brustwarze, erkannte die erwartungsvollen Bewegungen seiner Hüfte, die sich zwischen deren Schenkel schob und nach Verbindung suchte.

»Sag mir, dass du ein Gummi hast«, murmelte Eli.

Zach bellte ein Lachen. Er umklammerte deren Taille, drehte dey um und legte seine Zähne an deren Halsschlagader. »Ja«, sagte er atemlos und knabberte an deren Kehle.

»*Gott sei Dank!*« Eli legte den Kopf in den Nacken, um seinen Mund zu küssen, fuhr ihm mit den Fingern durchs Haar und hielt ihn fest. Ihre Hände wurden immer eifriger, ihre Körper glühend heiß, sie nahmen gegenseitig jede Bewegung und jedes schnelle Keuchen auf.

Irgendwo im Hinterkopf dachte Eli, *Beyond*, aber wesentlich präsenter, tief in deren Inneren, dachte dey: *Fuck, wie ich das vermisst habe! Ich habe dich vermisst. Ich will das. Ich will alles.*

Zach hinterließ über deren wild klopfenden Herzen einen blauen Fleck.

»Komm her«, sagte Eli und küsste ihn wieder.

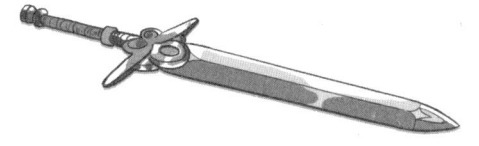

KAPITEL 20

Los Angeles

Los Angeles brannte.

Waldbrände versengten die trockenen Hügel rund um die Stadt und trieben Kaninchen, Rehe, Vögel und Kojoten näher an Autos und Gebäude heran. Eli wechselte das Wasser in der übergroßen Schale hinter dem Diner und kippte ein paar Dosen Katzenfutter in eine silberne Untertasse. Vier Augenpaare starrten dey von einem Müllcontainer in der Nähe aus an – ein Waschbär und seine drei Babys. Eli stupste das Futter mit dem Fuß in Richtung der pelzigen Familie.

»Ihr könnt bald wieder nach Hause«, sagte dey und blickte in den grausamen roten Himmel.

In der Küche zog sich Eli die Schürze aus und warf sie in den Wäschekorb neben der Hintertür. Dey klopfte Max auf die Schulter, der den Speck auf dem Grill wendete, und schlängelte sich im Gastraum zwischen Feuerwehrleuten und Rettungssanitätern hindurch. Linda stand hinter der Kasse und rechnete eine Feuerwehrfrau ab.

»Banane-Sahne-Torte oder Key Lime, meine Liebe?«, fragte Linda.

Die Feuerwehrfrau zeigte auf die Banane-Sahne-Torte.

Eli schnappte sich ein vorverpacktes Stück und reichte es ihr. »Passt da draußen auf euch auf.«

»Wir geben unser Bestes«, sagte die Feuerwehrfrau und ging in den dunstigen Nachmittag hinaus.

»Danke, dass du hier bist. Ich weiß, dass du viel zu tun hast mit deinem wilden Make-up-Kram«, sagte Linda. Sie stieß einen müden Seufzer aus, strich sich die silbernen Strähnen hinters Ohr und schielte auf die abgepackten Kuchenstücke im Kühlschrank. »Feuerwehrleute mögen selbst dann keinen Key Lime, wenn er umsonst ist.«

»Brauchst du mich morgen hier?«, fragte Eli.

Linda legte den Kopf schief und überlegte. »Vielleicht. Zumindest für den Ansturm beim Abendessen. Fünf Stunden vielleicht. Kannst du das schaukeln?«

Fünf Stunden bei anderthalbfachem Gehalt plus Trinkgeld? Da konnte Eli kaum *Nein* sagen. »Ja, das krieg ich hin. Aber heute Abend kann ich mir immer noch freinehmen, ja?«

Linda wedelte die Luft vor ihr weg. »Jaja, du hast auch Sonntag und Montag frei, und *ja*, ich habe deine Urlaubstage für nächstes Wochenende genehmigt. Juana wird dein Runway-Ding mit ihrem schicken Tablet auf den großen Bildschirm projizieren.« Sie zeigte mit dem Finger auf den leeren Fernseher in der Ecke, der normalerweise für Footballspiele und Gameshows reserviert war. »Na los, dann verschwinde mal. Und bete, dass diese Waldbrände das Gleiche tun.«

Eli nickte und winkte über die Schulter. »Wollen wir's hoffen. Bis morgen!«

Linda scheuchte Eli davon und wandte ihre Aufmerksamkeit dem Ticketautomaten zu, der eine neue Bestellung ausspuckte.

Eli setzte deren Ohrstöpsel ein und trat nach draußen. Dey schob die Sonnenbrille über die Augen, hängte sich die Handtasche über die Schulter und ging zum Bürgersteig. In fünf Tagen war das Makeup-Wars-Finale. Eli hatte deren Design entworfen, die Gussformen für die Prothesen waren angefertigt und kühlten auf dem Badezimmertisch ab, dey hatte Latex gekauft und das Silikon zum Erhitzen und Ausgießen vorbereitet, aber Elis Cosplay fühlte sich immer noch eine Nummer zu groß für dey an. Von den hervorstehenden Klauen bis hin zu den Stelzen, die in Hufen steckten, von der kompletten Gesichtskonstruktion bis hin zum Beckenaufsatz – das Cosplay war größer als alles, was dey je gemacht hatte, und Eli wusste einfach nicht, ob dey bereit war, etwas so vollkommen, absolut Extravagantes zu tragen. Dey wusste *wirklich* nicht, ob dey die Fähigkeiten hatte, es auch tatsächlich umzusetzen.

Ein Auto hupte und über den Bürgersteig neben Eli schrammten Reifen. Dey sprang auf wie eine Katze, riss den Kopf mit wütend aufgerissenem Mund zu dem Auto herum, bereit loszubrüllen: *Pass auf, wo du hinfährst, verdammt …*

»Steig ein, Dumpfbacke«, rief Bodhi und grinste breit.

»Du hättest mich fast überfahren«, schnauzte Eli, ließ sich auf den Beifahrersitz fallen und warf die Tasche in den Fußraum. »Aber danke, dass du mich abholst. Wie läuft's mit dem neuen Job?«

»Ich war sowieso auf dem Weg zu dir. Ich dachte, du könntest eine Mitfahrgelegenheit gebrauchen.« Bodhi hielt ihren Arm auf der Fahrerseite aus dem Fenster und zeigte dem Mercedes hinter ihnen den Mittelfinger, was zu einem weiteren verärgerten Hupkonzert führte. »Na ja, es ist ein Indie-Gig, also nicht toll, aber ich werde bezahlt und die Crew ist cool. Wie war der *Feuerwehrleute essen umsonst*-Freitag?«

»Es ist eher eine *Feuerwehrleute essen umsonst, bis die Brände gelöscht sind*-Woche.«

Eli seufzte. Dey ließ sich tiefer in den zerrissenen Sitzbezug sinken und legte die Fersen aufs Armaturenbrett. »Das ist an sich eine super Sache – aber es gibt viele müde Leute in der Stadt, die helfen wollen, und Denny's hat nur eine begrenzte Anzahl an Kaffeekannen.«

Bodhi verzog das Gesicht. »Ja, verstehe. Viel zu tun also?«

»*Extrem* viel. Bist du schon dazu gekommen, dir meine Stelzen für Sea City anzusehen? Ich bin fast fertig mit den Hufen, aber ich muss sichergehen, dass die Stelzen genauso passen wie Stilettos. Sonst habe ich an den Stellen, wo meine Schienbeine sein sollten, zwei große Beulen.«

»Oh ja, solange wir eine Schicht Schaumstoff zwischen deine Füße und die Fellüberzüge setzen, sollte es automatisch spitz zulaufen. Hast du das Kopfteil schon fertig?«

»Ich arbeite noch an den Hörnern, bin aber fast fertig.«

»*Niiiiice*. Also, was bestellen wir heute Abend? Chinesisch? Es gibt auch diesen neuen äthiopischen Laden in der Santee Alley. *Oh!* Wie wäre es mit dem Southern Shack auf dem Sunset? Apfelbutterbiskuits klingen ...« Sie kniff die Finger vor dem Mund zusammen und machte einen Luftkuss.

»Ich könnte auf jeden Fall gegrilltes Hähnchen und gebratene grüne Tomaten vertragen«, sagte Eli und sah Bodhi mit einem schelmischen Lächeln an. »Aber dann will ich auch gebratene Okras und diese kleinen Jalapeño-Maisbrot-Häppchen.«

»Abgemacht!« Bodhi hielt auf einem leeren Platz an der Straße vor Elis Wohnung.

Sie bestellte über eine App auf ihrem Handy und folgte Eli die Treppe hinauf in die klimatisierte Wohnung.

Sie zog ihre Sneakers aus. »Heilige Scheiße, du hast *geputzt!*«

»Entschuldige mal, ich putze oft«, sagte Eli abwehrend.

»Nein, tust du *nicht*. Eigentlich putzt du nie – oh, warte, warte, jetzt raff ich's. Du hattest einen postkoitalen Putzanfall, was? Zach muss hier gewesen sein.« Bodhi ließ ihre Schultern tanzen und schwang ihre Hüfte in Richtung Bett. »Er hält dich auf Trab, hm? Habt ihr euch schon gegenseitig Nacktfotos geschickt? Seid ihr auf Instagram jetzt offiziell ein Rivals-to-Lovers-Pärchen?« Sie stemmte ihre Hüfte wieder nach vorn und machte eine anzügliche Geste zu Eli. »Gibt es einen Namen für das *Ship?*«

»Ich werf dich gleich aus dem Fenster«, sagte Eli viel zu ruhig. Denn Bodhi hatte recht. Eli hatte deren Bücher ausgepackt und in das Bücherregal an der Wand geräumt, deren Kleidung sortiert und den Couchtisch gewischt.

»Wer hat das erste Spiegel-Selfie geschickt?«

Eli rollte die Lippen ineinander, um ein Grinsen zu unterdrücken. »Ich«, gestand dey.

Bodhi stieß ein schallendes Lachen aus, wobei ihr Schal auf den Boden fiel. »*Na klar* du. Okay, also, erzähl mir von Portland. Was ist passiert? Was ist jetzt? Seid ihr beide *zusammen* oder …?« Sie ließ sich neben Elis Bett auf den Boden plumpsen und stupste dey mit einem spitzen Acryl-Fingernagel an. »Du arbeitest nonstop, seit du wieder da bist. Spuck's aus.«

Eli setzte sich im Schneidersitz auf deren Bett. Dey erinnerte sich, wie dey Zimmerservice bestellt und Zach mit dem Daumen Puderzucker vom Kinn gestreichelt hatte. Wie sie Händchen haltend durch die Artist Alley auf der FanEx gelaufen waren, wie dey ihn auf einer Bank vor der Willamette geküsst und seinen Körper in deren Hotelzimmer erkundet hatte. Dey erinnerte sich daran, wie dey nach Hause kam, wie Zach vor deren Wohnung stand, die Jacke halb ausgezogen, wie er Eli in der Tür heftig küsste, wie dey ihn in die Wohnung zog. Sie hatten sich angefasst, als wollten sie die verlorene Zeit wieder aufholen, als hätten der Flug und Elis Nachtschicht zu viel Distanz zwischen sie gebracht.

»Ich weiß nicht, ob wir zusammen sind, aber irgendwas sind wir auf jeden Fall«, sagte Eli. Dey schluckte schwer, lächelte verlegen und zupfte an den Häutchen zwischen deren Fingern. »Es fühlt sich gut an, offensichtlich. Aber ich weiß nicht. Es ist hart ...«

»Da wette ich drauf«, stichelte Bodhi.

»Halt die Klappe!«, zischte Eli. »Ich will Makeup Wars gewinnen – ich *muss* gewinnen – und jetzt sind Zach und ich ...« Dey holte dramatisch mit den Händen aus. »... wohl wieder ein *Ding*, aber er ist buchstäblich die einzige Person, die mir noch im Weg steht, und ich weiß, dass er es auch will, aber ...«

»Nichts aber«, unterbrach Bodhi dey und klatschte die Handflächen aneinander. »Du kannst dein *Ding* mit Zach machen und trotzdem mit Zähnen und Klauen kämpfen, um diesen Wettbewerb zu gewinnen.«

»Klar, ja, aber es ist *Zach*. Kann ich überhaupt gewinnen?«

»Ja.« Bodhi strahlte Zuversicht aus, wie immer. »Hör zu, nur weil ihr wieder zusammen seid ...«

»Wir sind nicht nur zusammen«, fiel Eli dazwischen.

Bodhi legte den Kopf schief, zog die Augenbrauen hoch und wartete.

Es klopfte an der Tür, sodass ihr Gespräch für den Moment auf *Pause* geschaltet wurde. Bodhi ging ihr Essen holen, bedankte sich bei dem Lieferboten, setzte sich danach wieder und verteilte um sie beide herum auf dem Boden die Styroporbehälter.

»Als du in Oakland Rotz und Wasser geheult hast, war das also kein *Oh nein, ich hatte betrunken Sex mit dem Ex*-Ausraster?« Bodhi warf Eli eine Plastikgabel zu.

»Nein, das war ein *Oh nein, ich liebe meinen Ex immer noch*-Ausraster«, sagte Eli und seufzte niedergeschlagen. »Und dann hatte ich einen Nervenzusammenbruch, habe in Portland Rotz und Wasser geheult und ihm das quasi alles erzählt.«

»Du hast es ihm erzählt?«

»Na ja, ich habe ihn eher angebrüllt.«

Bodhi schob sich mit der Gabel eine Okra in den Mund. »Okay, noch mal ganz langsam, damit ich den Ablauf von Sex mit dem Ex bis zum Nervenzusammenbruch richtig verstehe. Du hattest in Oakland auf der Heroes Expo Sex mit Zach.« Sie zeigte mit der Gabel auf Eli. Dey nickte und Bodhi fuhr fort. »Und dann bist du zur Convention in Portland gefahren, hast angefangen zu heulen und Zach gesagt, dass du ihn immer noch liebst?«

»Das ist ein bisschen kurz gegriffen, aber ja, so grob.«

»Und was hat er gemacht?«

»Er ist in mein Zimmer gekommen. Wir haben eine Weile geredet, er hat mir gesagt, dass er mich liebt, wir haben den Rest des Wochenendes zusammen verbracht und ... ja, ich weiß auch nicht.« Eli spießte die Hähnchenbrust auf, führte das gesamte Stück zum Mund und riss mit den Zähnen einen Bissen ab. »Es ist, als ob wir wieder *Zach und Liz* wären. Als ob sich nichts geändert hätte, nur *hat* sich alles geändert und es ändert sich immer noch und ich ... ich weiß auch nicht. Ich hätte mich von ihm fernhalten sollen, denn jetzt ist er zurück und ich weiß nicht, was er will, und ich weiß, was *ich* will, aber ich weiß nicht, ob ich das wollen kann.«

»Kau erst mal dein Essen«, platzte es aus Bodhi heraus, die dabei mit der Hand wedelte.

Eli funkelte sie an, kaute aber deren Essen und schluckte es runter. »Ich weiß nicht, wie wir wieder so werden können wie früher, bevor ich ihm sein Scheißherz gebrochen habe, Bodhi.«

»Offensichtlich hast du es ja nicht so sehr gebrochen, dass er sich von dir fernhält. Du hast ihn verletzt, ja. Und jetzt willst du dich lieber selbst geißeln, damit du dich besser fühlst, anstatt zu akzeptieren, was passiert ist. Du hast einen Fehler gemacht; er hat deinen Fehler nicht *akzeptiert* – du Glückspilz – und jetzt arbeitet ihr beide daran, die Sache zu klären.« Sie schob Eli das Maisbrot zu und öffnete eine Dose mit Apfelbutter. »Wenn ich ganz ehrlich bin, glaube ich nicht, dass er den ganzen Weg zurück nach Kalifornien geflogen ist, nur um ein Stipendium zu gewinnen, das er eigentlich gar nicht braucht.«

»Warum ist er dann zurückgekommen? Und was soll das überhaupt heißen, dass er meinen Fehler nicht *akzeptiert* hat?« Eli stopfte sich erst Hühnchen, dann Maisbrot und dann eine grüne Tomate in den Mund. Dey verschmierte deren Wange und deren Kinn überall mit Barbecuesoße und blinzelte, als dey sah, wie Bodhi die Augen verdrehte. »Was?«, schmatzte Eli.

»Meinst du das ernst?« Bodhi bewarf dey mit einer Handvoll Servietten. »Zach ist nicht der Typ, der etwas öffentlich macht, dass es die ganze Welt sehen kann, es sei denn, er kämpft für etwas, und ich bezweifle *stark*, dass er für Beyond kämpfen muss. Vielleicht übersehe ich ja was, aber für mich sieht es ganz so aus, als ob er zurückgekommen ist, um dich zurückzugewinnen, Babe. Das meine ich damit, dass er deinen Fehler nicht akzeptiert. Er ist wegen *dir* wieder da.«

Eli löffelte einen Klecks Butter auf eine Scheibe Maisbrot und schob sie sich in den Mund. Deren Brust zog sich schmerzhaft zusammen. Dey dachte an jeden Moment, den dey mit Zachary Miller verbracht hatten: an ihren herzzerreißenden Streit im Make-up-Trailer, wie sie gemeinsam auf der Ladefläche seines Jeeps die Sterne zählten, wie sie in dem improvisierten Kino Händchen hielten, wie dey mit ihm auf dem dunklen Parkplatz einen Joint rauchte, an den intensiven Kuss vor dem überfüllten Nachtklub. All diese Momente, sämtliche Berührungen waren eine Entscheidung gewesen. Zach hatte sich direkt vor Eli platziert. Er war denen gefolgt, hatte sich nach denen gesehnt, war zu denen zurückgekehrt, und egal wie sehr Eli versucht hatte, sich von ihm fernzuhalten, dey hatte jede Sekunde damit verbracht, sich auch nach ihm zu sehnen.

»Was soll ich tun?«, flüsterte Eli.

»Willst du mit ihm zusammen sein?«, fragte Bodhi.

»Ja, das will ich. Absolut.«

»Kannst du auch mit ihm zusammen sein und ihn besiegen?«

Eli sah ihr in die Augen und nickte zögerlich. »Ich habe keine andere Wahl.«

»Wenn er dich liebt, wird er das erwarten«, sagte sie und zog die Brauen hoch.

Eli nickte wieder und richtete den Blick auf das halb fertige Kopfteil, das über dem Stapel von Science-Fiction-Taschenbüchern auf deren Nachttisch drapiert war. »Ja«, sagte dey und dachte über Zach und Beyond und deren Zukunft nach. »Ich hoff's.«

♡ ♡ ♡

Bodhi und Eli saßen vor dem Strandhaus der Millers im Auto. Die Flammen der Waldbrände färbten die Nacht so rot wie Mordor und spiegelten sich auf dem plätschernden schwarzen Wasser, wodurch das quadratische zweistöckige Gebäude golden erstrahlte. Eli atmete tief durch und nickte, wobei dey die großen Fenster und das graue Garagentor betrachtete.

»Na ja, wenigstens ist es kein Herrenhaus.« Bodhi lachte sarkastisch.

»Aber nahe genug dran«, sagte Eli. Dey schenkte ihr ein Lächeln. »Danke fürs Bringen.«

»Jederzeit. Unser Treffen fürs Kostümdesign steht doch noch, oder?«

»Jepp, bis dahin hab ich die Hufe für einen Probelauf fertig. Das Kopfteil auch.«

»Oh-kay«, sang Bodhi und deutete mit dem Kinn auf das schicke schuhkartonförmige Haus. »Viel Glück bei eurem *Gespräch*!«

Eli schob sich vom Beifahrersitz und warf sich deren Rucksack über die Schulter. »Wir sehen uns morgen.«

»Bis dann!«, sagte Bodhi und fuhr von der Bordsteinkante weg.

Atme. Deren Binder spannte eng über deren Brust, ein beruhigender Druck. Das Strandhaus, das Zach sein zweites Zuhause nannte – ein Haus, das seine Eltern normalerweise für zahlungskräftige Touristen reservierten –, wirkte in dieser Gegend ganz normal. Jedes Haus war einzigartig, einige waren modern, andere alt, und alle mussten in einer Preisklasse liegen, die Eli sich nicht vorstellen konnte. Die Beträge waren hoch, sechsstellig, wahrscheinlich sogar siebenstellig. Die meisten waren Mietshäuser und wurden wahrscheinlich als *Sommerschloss* oder *Strandasyl* angepriesen. Eli folgte dem Weg vom Bürgersteig zur Veranda, der mit dichten Aloes und gestutztem Gras gesäumt war, und fuhr mit dem Finger über die bronzenen Zahlen neben der Tür: 1349. Als dey klopfte, ging das Licht auf der Veranda an.

Dey wartete. Klopfte. Wartete. Angst verknotete deren Magen. Dey drückte auf die Türklingel.

Zach öffnete die Tür in Sneakers und einer marineblauen Jogginghose. Seine Brust und seine Arme waren nass, Schweiß stand ihm auf der Stirn. Er schnaufte und riss sich die kabellosen Kopfhörer aus den Ohren. »Hi!«, sagte er verwirrt.

»Hey, sorry«, sagte Eli und warf einen schnellen Blick auf sein Schlüsselbein und die durchtrainierten Unterarme. »Du hast gesagt, ich könnte jederzeit vorbeikommen.« Dey ließ die Augen über seinen Bizeps wandern und landete schließlich bei seinem lockeren Lächeln. *Verflucht sei er!* Dey zuckte mit den Schultern und grinste schief. »Überraschung.«

»Du hast aber nicht lange hier draußen gewartet, oder? Ich war auf dem Laufband.«

Klar warst du das. »Bloß ein paar Sekunden.«

»Gut«, sagte er und stieß die Tür auf.

Eli trat ein, legte den Kopf in den Nacken und bewunderte die hohen Decken und das reine Weiß. Eine schwebende Treppe führte zu einem Loft und ein wunderschön zusammengestelltes Ledersofa füllte den Wohnraum in der Mitte des Erdgeschosses. Es war alles so, wie Eli es erwartet hatte – *unwirklich.* Die gesamte Rückwand des Hauses war verglast und bot den Blick auf einen von kleinen Palmen umgebenen Infinity-Pool. Eine Steintreppe führte zum Strand, wo die Wellen über den goldenen Sand rollten. Schräg neben der Couch, die auf einen Flachbildschirm zeigte, der über einem modernen Kamin hing, stand ein teures Laufband.

Eli stieß ein kehliges Lachen aus und stellte deren Rucksack auf die Kücheninsel. »Nette Hütte, Bonzenkind«, sagte dey und schenkte Zach ein neckendes Lächeln.

»Kann mich nicht beklagen.« Zach rieb sich mit der Handfläche über den Hinterkopf und gestikulierte zu den Edelstahlgeräten in der geräumigen Küche. »Ich habe Saft und Eistee. Ich wollte gerade ...« Er verstummte.

Eli hoffte, dass er errötete und mit offenem Mund zusah, wie dey sich aus deren Shirt schälte. Dey schlüpfte aus deren Jeansshorts, trat deren Stiefel weg und hüpfte auf einem Fuß zur Hintertür, während dey sich die Socken von den Füßen zog. Dey warf die Kleidung einfach auf den glatten Holzboden und warf einen Blick über die Schulter.

»Geh mit mir schwimmen«, sagte dey selbstbewusst und sammelte alles an Selbstbewusstsein, was dey aufbringen konnte, um begehrenswert oder verspielt oder sexy – *oder was auch immer* – zu wirken. Dey hoffte, dass Zach dey als Liz sehen würde, die Person, mit der er zusammen sein wollte, und als Eli Peterson, dey Make-up-Artist, dey ihm am nächsten Wochenende in den Hintern treten würde.

Eli konnte beide Personen sein. Dey *musste* beide Personen sein.

Als die zweite Socke draußen auf den Beton fiel, sprang Eli ins Wasser. Zach folgte denen, entledigte sich ebenfalls seiner Kleidung und sprang kopfüber in den Pool. Er packte sich einen von deren Knöchel. Eli kreischte vor Lachen und spritzte ihn an, als er auftauchte.

»Wie geht es mit deinem letzten Cosplay voran?«, fragte Eli. Dey umkreiste ihn, glitt durchs Wasser und schmeckte

Asche, Salz und Chlor. Die Poolbeleuchtung zwischen den glatten Fliesen warf einen grünen Schein auf Elis beigen Binder und Zachs blasse Haut.

Zach spuckte dey mit Wasser an. »Ich glaube nicht, dass wir Betriebsgeheimnisse austauschen sollten«, sagte er.

Eli ließ sich sinken, stieß sich ab und schoss durchs Wasser. Dey segelte bis ans flache Ende und drückte Zach gegen den Rand des Beckens. »Stimmt.« Dey küsste seinen feuchten Mund. »Du hast mir immer noch nicht gesagt, warum du an dem Wettbewerb teilnimmst. Du hast Shockwave erfolgreich abgeschlossen, du könntest für Beyond bezahlen. Warum also die Mühe?«

»Meine *Eltern* könnten für Beyond bezahlen«, korrigierte er und nahm deren Lippen zwischen die Zähne.

Eli brummte. »Und?«

»Und ich wollte etwas für mich. Meine Eltern waren total gegen Makeup Wars. Ein Schock, ich weiß«, sagte er sarkastisch. »Ich habe noch nie etwas für mich gemacht. Shockwave war unser Ding und das ...« Er musterte ihr Gesicht, ehe er fortfuhr: »... ist nicht so gelaufen wie geplant. Makeup Wars war etwas, das ich allein machen konnte, für mich, und dann bist du auf der FaeCon aufgetaucht und ...«

»Und?«

»Und ich konnte nirgendwo anders hingucken.«

»Du hast wirklich nicht daran gedacht, dass ich auch an dem Wettbewerb teilnehmen würde?«

»Ich wusste ehrlich gesagt nicht, was du tun würdest.« Er betastete den Riemen an deren durchnässten Binder mit dem Daumen und duckte sich um dey herum, um zum tiefen Ende des rechteckigen Beckens zu schwimmen. »Ich weiß, dass ich es gut habe, aber meine Familie will, dass ich auf eine angesehene Uni gehe, genau wie deine, und sie wollen, dass ich buchstäblich *alles andere* mache als Make-up, genau wie bei dir. Wenn ich Makeup Wars gewinne und dieses Stipendium bekomme, kann ich beweisen, dass ich es auch alleine schaffe, wenn ich muss.«

Eli schob sich näher an ihn heran. Zach trieb wie ein Krokodil, die Augen knapp über dem Wasser. Lange war dey davon ausgegangen, dass Zach seinen eigenen Weg in der Branche gehen würde, egal was seine Eltern darüber dachten. In Elis Kopf konnte er einfach mit einer Kreditkarte wedeln, auf der der Familienname eingeprägt war, und dann tun und lassen, was er wollte. Warum auch nicht, wenn er Zugang zu Geld und allen Bequemlichkeiten hatte?

»Du willst mir also erzählen, dass deine Eltern dir nicht helfen würden, wenn du ihnen klarmachst, dass Make-up dein Ding ist? Sie würden dich nicht auf die beste Schule schicken? Dir die beste Ausrüstung besorgen? Dir die besten Produkte kaufen?«, fragte Eli.

Zach grinste fies. »Sie würden es nicht *wollen.*«

»Aber sie würden es tun, weil sie es *können.*«

»Ich müsste mir das mein ganzes Leben lang anhören.«

Eli nickte. Wenn dey noch weiter auf dem Thema beharrte, würde dey früher oder später einen Nerv treffen. Dey seufzte durch die Nase, den Blick starr auf Zachs Gesicht gerichtet. Deren Herz pochte schmerzlich, und obwohl Eli wusste, wie es sich anfühlte, auf Anerkennung, auf Vertrauen in die eigene Leidenschaft, auf den Glauben von Menschen zu hoffen, die nie an einen geglaubt haben, widerstand dey dem Drang, schwach zu werden. Stolz mochte für Zach die treibende Kraft sein, genauso wie für Eli. Aber im Gegensatz zu ihm hatte Eli keinen Fallschirm aus Geld und auch sonst niemanden, der dey im Notfall auffangen konnte. Eli musste deren eigenes verdammtes Sicherheitsnetz sein. Dey musste doppelt so hart arbeiten mit nur halb so vielen Ressourcen, um sich einen Namen zu machen.

Am Ende hatte Zach eine sichere Zukunft, egal ob seinen Eltern seine Karrierewahl gefiel, und Eli nicht.

Zach schob seine Hände unter Eli und legte deren Schenkel unter dem Wasser um seine Taille. »Ich weiß, dass du das willst«, sagte er und streichelte deren Wange mit der Nase. »Ich weiß, dass Beyond dein Traum ist.«

»Ich habe mehr als einen Traum«, antwortete Eli. Dey begegnete seinem Blick und deren Handfläche wanderte vom Bund seiner Unterhose zur Mitte seiner Brust. »Du bist mein Traum, und wir – du und ich – sind auch mein Traum.«

Er küsste dey, seine Lippen fühlten sich auf deren Mund glitschig an. »Bist du sicher?«

»Ich war mir nie unsicher bei dir, dass ich mit dir zusammen sein will, dass ich ein Leben mit dir aufbauen will. Aber ich hatte Angst und jetzt habe ich keine mehr«, gestand Eli und nahm seinen Kiefer zwischen die Hände, um ihn inniger zu küssen. Chlorwasser schwappte um deren Schultern und Eli atmete die Luft, die nach Lagerfeuer roch, durch die Nase ein. »Du und ich, wir bleiben beieinander, richtig? Egal was passiert. Nach dem Wettkampf haben wir immer noch uns.«

Zach nickte, seine Pupillen weiteten sich und seine Lippen berührten Elis Kinn, als er erwiderte: »Ja, wir bleiben beieinander.«

»Nimm mich aber ja ernst, Mister Haunt Master«, sagte dey und strich mit dem Daumen über seine Ohren. »Ich will gewinnen, weil ich die Besten der Besten besiegt habe. Nicht weil mein Freund mir einen Vorteil verschafft hat.«

Auf Zachs Lippen blitzte ein wölfisches Grinsen auf. »Keine Sorge, Babe«, neckte er dey und stahl sich einen weiteren Kuss. »Du wirst mich nicht besiegen.« Er schlang seine Hände um deren Taille und warf dey ins tiefe Wasser.

Eli schwamm an die Oberfläche, schnappte nach Luft und hustete ein lautes hicksendes Lachen.

Zach schnappte sich Elis Fuß und zerrte dey zu sich zurück.

»Nächstes Wochenende mach ich dich fertig«, sagte Eli mit heißen Wangen, voller Hoffnung und fürchterlich verliebt.

Zach lächelte. »Du wirst es versuchen«, flüsterte er und küsste dey noch einmal.

KAPITEL 21

Seattle - Sea City Comic Con

Seattle bot einen rauchfreien Himmel und heilloses Durch-einander. Limettengrüne Banner mit der Aufschrift SEA CITY COMIC CON! zierten den Skywalk zwischen dem Convention Center auf der einen und dem Konferenzzentrum auf der anderen Seite einer belebten Straße in der Innenstadt. Darunter wehte unter einer kühlen Brise ein weiteres Plakat, das sich über den gläsernen Skywalk spannte. Auf der linken Seite lächelte Zach schief, auf der rechten Seite grinste Eli und zwischen den beiden, in der Mitte des Banners, stand: MAKEUP WARS: DER FINALE RUNWAY. Eli blieb auf den Zementstufen stehen und starrte auf deren riesiges Gesicht, das inmitten der Stadt zur Schau gestellt war. *Das bin ich.* Dey musste sich daran erinnern zu atmen. *Heilige Scheiße, das sind wir!*

»Verdammt, die ziehen ja alle Register!«, sagte Bodhi. Ihr Koffer kam zum Stehen und sie warf einen Blick über ihre Schulter, wobei sie sich die tintenschwarzen Haare aus dem Gesicht strich. »Baby, schaffst du das?«

»Ja, ich habe nur *viel* zu viele Schuhe eingepackt«, rief Stella und schleppte mit viel Geklapper einen prall gefüllten Koffer über den Bürgersteig. »Viel zu viel von allem, um ehrlich ... oh mein Gott, Eli!« Sie streckte ihren Arm zum Banner hin aus und zeigte aufgeregt darauf. »Du bist eine echte Con-Berühmtheit!«

Bodhi kniff die Augenbrauen zusammen, senkte ihre Sonnenbrille und folgte Stellas Zeigefinger. »Heiliger *fucking* Bimbam!«

Eli hatte keine Sekunde weggeschaut. Dey beobachtete das Spiel des Lichts auf dem laminierten Plakat, bemerkte eine winzige Unregelmäßigkeit in den rasiermesserscharf gezogenen Cat Eyes, betrachtete deren eigenes Lächeln und erinnerte sich, weswegen dey hier war.

Um die Makeup-Wars-Krone mit nach Hause zu nehmen. Um das Stipendium zu gewinnen. Dafür durfte Eli sich auf der Bühne nur nicht auf den Hufstelzen auf die Schnauze legen. Und sich auf *gar* keinen Fall von deren unfassbar gut aussehendem Freund ablenken lassen.

Eli zückte deren Handy und knipste ein Foto von dem Banner, dann gab dey deren Handy an Bodhi.

»Okay, bereit?«, fragte Eli.

Bodhi hüpfte auf der Stelle. »Ja, okay, also ... ein bisschen nach links. Gut, ja ... oh, du Scherzkeks, komm schon ... noch eins ... uuuuunnnd alles klar. Ich habe direkt eine ganze Menge gemacht.« Sie klatschte Elis Handy in deren Handfläche und nickte übertrieben. »Das bist du, Alter«, flüsterte sie und nickte in Richtung Banner. »Und fester verdammter Freund. Ihr beide seid übrigens unfassbar schlecht darin, getrennt zu bleiben. Nicht mal ein knochenharter Wettbewerb hält euch ...«

»Ich weiß, ich weiß«, sagte Eli und knuffte ihr in den Arm.

»Ich mach doch bloß Spaß.« Sie griff nach dem Griff ihres Koffers. »Können wir das Zeug hier irgendwo abstellen, wo es hingehört? Ich bin echt am Verhungern.«

Eli nickte. »Wir müssen in den vierten Stock, glaube ich. Es ist direkt vor einer der Ausstellerhallen in der ...« Eli öffnete die E-Mail mit den Anweisungen und schielte auf deren Handy. »Atrium-Lobby.«

Eli, Bodhi und Stella schleppten ihre Koffer und Make-up-Kits durch die Eingangstür in die Lobby und nahmen die übereinanderliegenden Rolltreppen in den vierten Stock. Sie landeten in einem schmalen Raum und am anderen Ende fanden sie eine Tür, die zu einer der beiden Ausstellerhallen führte. Schilder und Plakate prangten über den hell erleuchteten Ständen. Plüschtiere, Comics und Souvenirs füllten die Regale und in verschlossenen Schaukästen waren Sammlerstücke untergebracht. Die drei nahmen den Gang neben den Rolltreppen. Sie zeigten dem Sicherheitsmenschen ihre Ausweise und betraten die Atrium-Lobby, einen sonnigen, von einem Garten umgebenen Raum, in dem Cosplay-Fotografen ihre Blitzgeräte und Stative aufstellten.

»Ist das der Raum?«, fragte Stella und zeigte auf eine Tür mit der Aufschrift Green Room – MW.

»Ja, das muss es sein«, sagte Eli. Dey rollte deren Koffer dorthin und hielt die Tür mit dem Fuß auf. Vor lauter Schreck über das vertraute Gesicht, das dey dort vor einem halb eingerichteten Schminktisch anlächelte, ließ dey fast den Koffer fallen.

Cassie Anne Montgomery zwinkerte. »Hey, Eli!«, sagte sie. »Lange nicht gesehen.«

»Natürlich«, platzte Eli heraus und lachte vergnügt. »Du bist Zachs Assistentin, was?«

»Offensichtlich«, sagte sie. Sie grinste breit, rümpfte die Nase, verlagerte ihr Gewicht auf einen Fuß und schaute sich um. »Du musst Bodhi sein.«

»Genau die.« Bodhi stellte ihren Koffer neben dem unbesetzten Arbeitsplatz ab.

Aus dem Türrahmen ertönte Zachs raue Stimme. »Hey, Stella!«, sagte er freundlich und betrat den Raum, wobei er im Vorbeigehen mit der Handfläche über Elis Nacken strich. »Ihr habt es endlich geschafft.«

»Der Flughafen war die Hölle«, sagte Eli. Dey deutete zu Stella, die sich mit den Fingernägeln durch ihre langen Locken fuhr und winkte. »Cassie, das ist Stella, Bodhis Partnerin. Stella, das ist Cassie.«

Während die Frauen einander vorstellten, lehnte sich Zach gegen die Arbeitsfläche, die an Elis frisch für sich reklamierten Spiegeltisch angebaut war. Er trug eine zerrissene Jeans und ein schwarzes *Castlevania*-Shirt und hielt die Arme lässig vor der Brust verschränkt.

»Hast du das Memo von Makeup Wars gesehen?«, fragte Zach. Sein jungenhaftes Lächeln war verschmitzt und zuversichtlich.

Eli runzelte die Stirn, zog deren Handy heraus und schaltete eilig den Flugmodus aus. »Was für ein Memo?«

»Das über das letzte Promo-Video. Wir sollen uns in einer Stunde mit einem Videografen im Penthouse des Sheraton treffen.«

»In *einer Stunde*?« Eli starrte von Zach zu Bodhi. »Mit vollem Make-up oder wollen sie uns im Cosplay oder ...?«

»Make-up, ja. Cosplay optional«, antwortete Zach. Er reckte sein Kinn in Richtung Bodhi, Cassie und Stella. »Wenn es euch nichts ausmacht, die Arbeitsplätze einzurichten, haben wir etwas mehr Zeit, um uns auf dieses Video vorzubereiten, das wir drehen müssen.«

»Aber klar, kriegen wir hin«, sagte Cassie und nickte.

»Jau, wir haben das im Griff. Schreibt mir, wenn ihr fertig seid, dann treffen wir uns zum Abendessen«, sagte Bodhi.

Eli packte ein paar Sachen in deren Reisetasche und folgte Zach in die Atrium-Lobby. Zach streifte mit seinen Fingern über deren Knöchel. Er ergriff Elis Hand erst, als sie außerhalb des Convention Centers waren und zu einem der von der Convention gesponserten Hotels gingen. Eli drückte seine Hand ganz fest.

»Kannst du glauben, dass wir hier sind? Im Finale?«, fragte Eli.

Zach prustete ein Lachen. »Ja, kann ich. Du nicht?«

»Ich find's immer noch ein bisschen unwirklich, ehrlich gesagt.«

Die beiden gingen mit langen Schritten den überfüllten Bürgersteig entlang und traten durch die Doppeltür in das Sheraton Hotel ein. An der Bar wimmelte es nur so von Con-Besuchern, Schriftstellern, Regisseuren und Ehrengästen. Die Leute strömten in die Lobby und warteten vor dem Empfangsschalter, um einzuchecken. Zach steuerte Eli in Richtung der Fahrstühle. Als sie in einem Lift waren und die Tür zuging, küsste er dey.

»Sollen wir das wirklich bis nach dem Runway geheim halten?«, fragte er und knabberte an deren Kinn.

»Wenn du mit *das* Instagram und TikTok meinst, ja. Es ist ja nicht so, dass wir vor unseren Freunden so tun müssen, als wären wir nicht zusammen. Ich will bloß vermeiden, dass irgendwelche Leute im Internet auf die Idee kommen, dass jemand von uns die andere Person gewinnen lässt. Das gäbe einen Shitstorm und das weißt du«, sagte Eli.

»Oh, du redest davon, dass *du mich* gewinnen lässt, weil ich gewinnen werde«, säuselte Zach und stahl sich einen weiteren Kuss.

»Mhm, aber sicher.« Etwas Wildes und Feuriges flammte in deren Brust auf. Eli schnappte mit den Zähnen nach seiner Lippe. Dann kam der Fahrstuhl an und gab den Blick auf eine einzelne Tür am Ende eines kurzen Ganges frei.

Zach löste ihre verschränkten Finger und steckte seine Hände in die Taschen.

Eli vermisste sofort das Gewicht seiner Handfläche, aber dey hob die Hand und klopfte an die Tür.

Die Tür wurde aufgerissen. Eli erschrak. Zach machte ebenfalls einen Satz.

Eine Person mit kurzen roten Haaren in enger Jeanslatzhose und gestreiftem Crop-Top stand vor ihnen. An ihrem Lanyard hing ein Ausweis, wie sie die Freiwilligen für Makeup Wars trugen, und sie beäugte insbesondere Eli wie einen Falken.

»Genevieve Saxon. Xier, xies«, sagte xier.

Oh! Eli nickte. »Eli Peterson. Dey, denen.«

»Zach. Er, ihm«, sagte Zach.

»Wunderbar. Ich drehe heute das Video mit euch. Ihr könnt euch gerne noch etwas zurechtmachen, bevor wir anfangen. Ich habe einen Greenscreen an einer leeren Wand und wir machen auch ein paar Aufnahmen draußen auf dem Balkon«, sagte Genevieve und deutete zu einem Tisch mit Erfrischungsgetränken. »Limo, Wasser, Tee, wir haben alles da. Bedient euch.«

»Danke«, sagte Eli. Dey schaute zu Zach und zuckte mit einer Schulter in Richtung Badezimmer. »Brauchst du Eyeliner? Kontur?«

»Willst du etwa mein Make-up für das Promo-Video machen, das unser episches Cosplay-Duell bewirbt?«

»Es wird unser Geheimnis sein«, sagte Eli.

Er lachte und folgte denen ins Badezimmer, wo er sich auf den geschlossenen Klodeckel setzte. »Nur nicht zu viel. Grauer Eyeliner vielleicht. Nur Wangenknochenkontur.«

»Keine falschen Wimpern?« Eli nahm seinen Kiefer zwischen die Finger und neigte sein Kinn nach oben.

»Heute nicht«, sagte er und grinste verlegen.

Eli betonte Zachs Wangenknochen mit einem mattierenden braunen Puder und zog mit einem Kajalstift über seinen Wimpernkranz. »Mascara?«

»Ja, wahrscheinlich eine gute Idee«, sagte Zach. Er fuhr mit dem Finger über die Innennaht von Elis Jeans, was denen einen warmen Schauer über den Rücken sandte.

Dey trug schwarze Mascara auf seine Wimpern auf und tupfte Gloss auf seine Lippen. Er öffnete seinen Mund und erwischte Elis Daumen mit seinen Zähnen.

»Du lenkst ab«, murmelte dey und kämpfte dagegen an, furchtbar rot zu werden.

»Dasselbe könnte ich von dir sagen.« Er begegnete deren Blick und ging weg, sodass Eli mit deren roten Gesicht allein in dem geräumigen Badezimmer zurückblieb.

Verflucht sei er! Dey ignorierte deren zu warme Haut, beruhigte das Flattern in deren Bauch und kümmerte sich um deren eigenes Gesicht. Dey trug violetten Lidschatten auf Cremebasis auf deren Lider auf, kreierte mit Konturen und Highlights einen kantigen Look und formte deren Augenbrauen zu schönen Bögen. Dey wurde nervös. In vierundzwanzig Stunden würde Eli vor der Jury auf der Bühne stehen und hoffen, dass dey sich mit deren bisher besten Cosplay die Chance verdient hatte, von der dey immer geträumt hatte. Eli hoffte, dass dey alle deren Fähigkeiten voll ausgereizt hatte, dey hoffte, dass dey genug getan hatte, dey hoffte, dass *dey* genug war.

»Eli, wir sind bereit für dich«, rief Genevieve.

Noch einmal betrachtete Eli deren Spiegelbild. Die Augenbrauen waren perfekt. Die Lippen: glossig. Highlights: dezent, aber wirkungsvoll. Dey atmete tief durch und ging zurück in die Suite, wo dey Genevieves ausgestrecktem Arm in Richtung Greenscreen folgte.

»Okay, erst mal ohne Text. Ihr braucht euch nur gegenseitig niederzustarren, dann dreht ihr euch zu mir um und lächelt breit in die Kamera. Wir machen ein paar Varianten davon, damit das Marketingteam mehrere Optionen hat, in Ordnung?« Xier wartete darauf, dass Eli und Zach nickten, bevor auch xier nickte. »Gut. Ihr seht großartig aus. Dann legen wir mal los!«

Eli drehte sich zu Zach. *Ernsthaft, verflucht sei er!* Er sah so gut aus, dass es wehtat.

»Okay und ...« Genevieve hielt inne und schob xiese Hände in der Luft zusammen. »... können wir ein bisschen ...?«

Zachs Augenbraue schnellte nach oben. Er machte einen Schritt auf Eli zu, sodass sie Brust an Brust standen, die Hände parallel. Eli neigte den Kopf und schaute ihm in die Augen, woraufhin deren Herz einen Sprung machte. Dey wollte deren Finger durch seine Gürtelschlaufe schieben und ihn noch näher zu sich heranziehen.

»Alles klar, gut, gut. Wir machen einen Countdown. Auf drei dreht ihr euch zu mir um. Eins ... zwei ...« Genevieve hielt xiese Hand in die Luft, nickte und hielt drei Finger hoch.

Eli legte den Kopf schief und drehte sich zur Kamera. Zach tat das Gleiche, nur dass Genevieve lachte.

»Die Augen zu *mir*, Zachary«, sagte xier.

»Mein Fehler«, sagte er leise und ließ seinen Blick von Eli zur Kamera schweifen.

Xier nickte knapp. »Noch mal.«

Eli und Zach gingen dieselben Bewegungen – sie standen mit den Gesichtern zueinander, drehten sich dann in Richtung Kamera und lächelten selbstbewusst – so lange durch, bis Genevieve genug Material für das Marketingteam hatte. Dann scheuchte xier die beiden auf den Balkon und machte Einzelaufnahmen. Eli stützte die Ellbogen auf das Geländer, die Schultern locker, die Knöchel überkreuzt, und ließ den Kopf lässig hin- und herbaumeln. Dey beobachtete Zach, der wiederum dey beobachtete. Eli ließ deren Lippen sanft auseinandergleiten, spürte, wie sich deren Herzschlag beschleunigte, und atmete tief gegen deren engen Binder ein. Eli schaute in seine hungrigen Augen und lächelte für Genevieves Kamera. Von Zach *so* begehrt zu werden, in Herrenkleidung und in maskuliner Aufmachung, fühlte sich an, als wäre deren Haut hauchdünn und alles näher an den Knochen. Es fühlte sich roh und elektrisch an.

»Perfekt, danke, Eli«, sagte Genevieve. Xier zeigte auf den runden Gartentisch. »Zach, könntest du dich bitte da hinsetzen?«

Zach ging quer über den Balkon und setzte sich auf den Tisch. Er stützte seine Arme auf die Oberschenkel und schaute erst in die Kamera und dann durch seine rehartigen Wimpern zu Eli. Er starrte dey an, streckte seine Hände aus und den Rücken durch und sah kraftvoll und neugierig und *anders* aus.

Eli hätte ihn am liebsten mit Haut und Haaren verschlungen. Der Gedanke daran ließ dey erröten.

Genevieve schoss ein paar letzte Fotos. »Sehr schön. Ihr werdet die Fotos dann heute Abend auf Social Media sehen.«

Xier verneigte höflich den Kopf. »Danke, dass ihr so unkomplizierte Modelle wart.«

»Vielen Dank für das Shooting«, sagte Eli. Dey schnappte sich deren Reisekosmetiktasche aus dem Bad, dann winkten beide Genevieve zum Abschied zu, und als die Tür der Suite zufiel, betraten sie auch schon den Fahrstuhl.

Kaum war die Tür zu, packte Zach Elis Gesicht. Er umschloss deren Wangen mit seinen Handflächen und zog dey an sich, bis sich ihre Münder zu einem harten Kuss trafen. Eli ließ deren Tasche fallen. Wahrscheinlich war deren Lidschattenpalette gesprungen und die Puderdose könnte ebenfalls zerbrochen sein, aber das war Eli egal. Die Fahrstuhltür ging zu und Zach schob dey gegen die kühle silberne Wand. Sein Atem zitterte zwischen deren Lippen, seine Hand fuhr über deren Hals, deren Brustbein und fasste deren Brustkorb. Zachs Küsse lösten ein Fieber in Eli aus. Er küsste dey, bis deren Lippen geschwollen waren, bis denen schwindelig war und dey sich nach ihm verzehrte. Erst als der Gong erklang, löste sich Zach von denen und trat einen Schritt zurück.

Die Fahrstuhltür ging auf. Zach atmete schwer, sein Gesicht war rot und er starrte Eli an. »Wir könnten zu spät zum Abendessen kommen«, sagte er heiser.

»Ja«, sagte Eli und nickte heftig. »Lass uns zu spät zum Abendessen kommen.«

KAPITEL 22

Seattle

Aus der geschäftigen Küche des Pho Madness wehte heiße Luft in den Essbereich. Eli saß zwischen Bodhi und Cassie, gegenüber von Stella und Zach. Dey versuchte, nicht daran zu denken, was sie vor einer Stunde in deren Hotelzimmer getrieben hatten, und lenkte sich mit dem roségoldenen *Magical Girl*-Ring ab, den dey auf der Heroes Expo gekauft hatte. Dey rollte das warme Metall zwischen deren Fingerknöcheln und befühlte mit dem Daumen den schlüsselförmigen Edelstein, der in scharfe Zacken gefasst war.

Während sich die Köche hinter dem Fenster der Abholstation für das Essen Dinge auf Vietnamesisch zuriefen, lachte Cassie und Bodhi sagte: »Nein, nein, ich meine es ernst – Hochzeiten sind am allerschlimmsten.« Eli konnte sich nicht konzentrieren. Angst und Aufregung brodelten in denen wie in einem Hexenkessel, angeheizt durch den wilden, ungeschickten Quickie, den dey soeben mit deren Ex-wieder-*was auch immer*-Freund gehabt hatte, sowie durch das bevorstehende Finale.

Zach stieß unter dem Tisch mit seinem Stiefel gegen Elis Schuh. »Keine Geheimnisse mehr. Was für ein Cosplay machst du?«

»Oh nein, nein, beantworte das *nicht*!«, krakeelte Bodhi und schob ihren Arm zwischen ihn und Eli. »Keine Infos für den Feind.«

»Ach, komm schon. *Feind?* Ernsthaft?« Zach verdrehte die Augen. »Ich kann doch nicht ihre Idee klauen. Wir arbeiten schon seit zwei Wochen an Prothesen und Kostümen.«

»Soso, na dann kannst du auch noch zwölf Stunden warten, bis du siehst, womit dey dich fertigmacht«, gab Bodhi süffisant zurück.

Zach begegnete Elis Blick und schaukelte ihre eingehakten Knöchel hin und her. »Na gut«, sagte er mit einem Stöhnen und zwinkerte.

Eli konnte nicht sagen, wie dey sich in diesem Moment fühlte. Verliebt, ja. Aber da war auch noch etwas anderes. Dey fühlte sich vielleicht unterschätzt. Okay, nicht wirklich *unterschätzt*, aber so, als würden die anderen Eli mit Samthandschuhen anfassen. Ein Teil von Eli fühlte sich von Zachs Zärtlichkeit erwärmt, aber ein größerer, fieserer Teil von denen wollte, dass Zach für Beyond kämpfte. Dey wollte, dass er dafür mit Haut und Haaren kratzte, biss und sich quälte, denn genau das hätte Eli getan. Das *tat* dey. Aber hier war Zachary Miller, süß und talentiert und in deren Herzen, und saß am Vorabend eines lebensverändernden Tages ekelhaft ruhig am selben Tisch.

Elis Handy in deren Tasche vibrierte. Eli stand auf und wischte mit dem Finger über den Bildschirm. »Wart mal kurz, wir sind in einem Restaurant.« Dey duckte sich um das Aquarium am Eingang herum und trat in den kühlen Abend hinaus.

»Okay, hi!«, sagte dey mit einem Seufzen, hielt deren Handy in die Höhe und lächelte deren Eltern zu.

Der Bildschirm verschwamm, aber ihre beiden Gesichter erschienen. »Hi, Schatz!«, sagte Claire und gleichzeitig fragte Gary lachend: »Wie ist es in Seattle? Warst du schon bei dieser großen Nadel?«

Eli lehnte sich gegen die Wand neben dem Fenster und schüttelte den Kopf. »Seattle ist nett. Nein, wir waren noch nicht auf der Space Needle. Aber wir haben ein vietnamesisches Restaurant gefunden, wo es eine Pho-Challenge gibt. Die größte Pho-Schüssel der Stadt oder so.«

»Na, das hört sich doch gut an. Bodhi ist auch da, oder?«, fragte Claire.

»Ja, sie ist mit Stella und Zach drinnen. Cassie ist auch hier. Sie hat auch an dem Wettbewerb teilgenommen.«

»Ich muss irgendwann noch mal mit Mr Miller reden«, sagte Gary und zog die Augenbrauen hoch.

»Dad, *hör auf*«, rief Eli. »Es ist alles in Ordnung, wir sind in Ordnung.«

»Lass das Kind sich doch ein bisschen ausleben«, sagte Claire und verpasste Gary einen Klaps auf die Brust. »Der Catwalk ist morgen, richtig? Um sechs?«

»Runway«, korrigierte Eli und gl{uckste.

»Ist doch dasselbe«, sagten Claire und Gary wie aus einem Munde.

Eli vermisste deren Eltern. In diesem Moment wünschte dey sich nichts sehnlicher, als den Arm um den Ellbogen deren Mutter zu legen und mit ihr das Convention Center zu erkunden, deren Vater am Handgelenk zu nehmen und ihm die aufwendigen Prothesen zu zeigen, die im Green Room warteten. *Ja*, würde dey dann sagen, *das habe ich gebaut, ich habe das gemacht, ich mache das.*

»Du wirst ihn schlagen, Baby«, sagte Gary. »Der Typ hat keine Chance.«

Claire verpasste ihm noch einen Klaps. »Der *Typ*? Sei nett! Du redest hier von Zach. Er ist deren …« Sie starrte mit zusammengekniffenen Augen auf den Bildschirm. »Freund? Partner? Seid ihr beide wieder …«

»Ja, Mom, wir sind wieder zusammen. Ihr könnt ›Freund‹ sagen«, sagte Eli und dämpfte deren Grinsen. »Ich vermisse euch. Ich wünschte, ihr wärt hier.«

»Wir auch, mein Schatz«, sagte Claire. Traurigkeit färbte ihre Stimme, aber sie lächelte, wobei sich um ihre Augen kleine Fältchen bildeten. »Geh und iss deine Suppe. Ruf uns an, bevor du auf die Bühne gehst, okay?«

Eli nickte, doch deren Lächeln wackelte. »Wird gemacht«, sagte dey und räusperte sich. »Ich hab euch lieb.«

»Wir dich auch«, sagte Claire.

Gary lehnte sich ins Bild. »Hab dich lieb, Schatz. Du packst das.«

Zum ersten Mal fühlte sich Eli *beschwingt*, nachdem dey mit deren Eltern über etwas gesprochen hatte, das mit Make-up zu tun hatte. Eli setzte ein Grinsen auf und winkte in die Kamera. »Danke, Dad. Tschüss!«

Deren Eltern winkten, dann war der Anruf beendet. Eli sah deren Spiegelbild auf dem Bildschirm. Zachs Cap saß verkehrt herum auf deren Kopf, das High-Neck-Shirt schmiegte sich um deren Hals und das violette Make-up war immer noch auffällig, trotz des Techtelmechtels mit Zach nach dem Videodreh. Dey atmete aus und blinzelte das Brennen in den Augen weg.

Du bist nicht allein. Das sagte Eli deren Verstand. Bodhi wartete auf dey. Stella auch. Egal was passierte, am Ende von

Makeup Wars würde Zach an deren Seite sein. Aber irgendwie wollte dey, dass Claire denen sagte, dass alles gut wird. Dey wollte den Trost ihrer Mama und deren vertrauten Duft. Dey tippte eine Nachricht.

Eli Peterson: glaubst du, ich schaff das?
Mama 🌻: NATÜRLICH!!!
Mama 🌻: ♡ 👍 🦙

Eli lachte kurz auf und wischte sich die Nässe unter den Wimpern weg, wobei dey deren Bestes tat, den Eyeliner nicht zu verschmieren.

Na endlich, dachte dey, *ein bisschen fucking Vertrauen.* Darauf hatte Eli jahrelang gewartet und jetzt, in diesem Moment, nach Wochen und Monaten der Arbeit, wandelte sich deren Leben zu etwas, das dey sich niemals hätte vorstellen können.

Ich kann das schaffen. Ich muss es schaffen.

»Eli, hey!« Cassie lehnte sich durch die offene Tür. Sie strich sich ihr kurzes honigbraunes Haar hinter die Ohren und lächelte, wobei sie den Kopf argwöhnisch schief legte. »Alles okay? Wir haben Frühjahrsrollen bestellt.«

»Ja, ich hab nur ...«, sagte dey und winkte mit dem Handy, »... mit meinen Eltern gesprochen.«

Cassie nickte, kniff aber ihre Augen zusammen. »Ist alles in Ordnung?«

»Ach, weißt du, alles wie immer«, sagte Eli und verzog das Gesicht zu einem gezwungenen Grinsen. »Also einfach der übliche innere Nervenzusammenbruch, falls das nicht offensichtlich ist.«

»Keine Angst, es ist offensichtlich«, sagte sie und ging zu Eli herüber.

»Großartig, fantastisch. Wie wunderbar für mich.« Eli seufzte und lehnte deren Kopf gegen die schartige Wand. Natürlich konnte Cassie spüren, was für ein Blödsinn denen durch den Kopf ging. Sie war lustig, talentiert und einfühlsam und vor allem mit Zach befreundet. Vielleicht sogar am *besten* mit ihm befreundet. Eli schälte deren Zunge von deren Gaumen und begegnete Cassies Blick. »Ich hab Angst«, gestand dey und lächelte dünn. »So große Angst, dass ich am liebsten in den Wald rennen und ein Ewok werden will.«

Cassie prustete vor Lachen. »Wovor genau?«

»Zu verlieren.«

»Wie kommst du darauf, dass du verlieren wirst?«

Eli gestikulierte wild zum Fenster. »Na, Zach ist der beste Make-up-Artist, den ich kenne, also …«

»Also?«

»Wenn es darum geht, mich oder ihn zu wählen, wird sich die Jury wahrscheinlich für ihn entscheiden.« *Und mein Herz zerbricht in tausend Teile.* Eli atmete zittrig ein. »Ich glaube, das wissen wir alle.«

»Zach sagt, er hat schon gewonnen«, sagte Cassie. Sie zog eine Augenbraue hoch, die frisch mit einem silbernen Ring gepierct war. »Aber ich glaube nicht, dass er da von Makeup Wars gesprochen hat.«

Eli kaute auf deren Unterlippe. »Ich weiß es nicht, Cassie. Ich dachte, ich hätte mich mit dem ganzen Wettbewerbsscheiß abgefunden, aber ich *liebe* ihn«, sagte sie und ließ den letzten drei Worten augenblicklich ein Lachen folgen. »Und ich will ihm etwas wegnehmen, etwas, das er auch will. Was sagt das über mich?«

Cassie ließ ihren Blick von Elis Sneakers zu deren Gesicht schweifen. »Dass du ehrgeizig bist«, sagte sie und nickte.

»Und leidenschaftlich genug für eine Sache und einen *Kerl*, dass du dich völlig verrückt machst und dich fragst, welche große Liebe deines Lebens du verdienst, obwohl du schon eine in der Tasche hast. Wenn du erfolgreich bist, wird ihn das nicht verletzen, Eli. Kein Zweifel, sein Cosplay ist gut, *echt* gut, aber es ist so gut, weil er sich sicher ist, dass er gegen das Beste vom Besten antritt.«

»Ich bringe mein Bestes, ich will gewinnen, ich *muss* gewinnen«, entgegnete Eli gedämpft, halblaut. »Aber ich will ihn nicht wieder verletzen.«

Cassie seufzte durch die Nase. »Klar, gut, aber wärst *du* verletzt, wenn *er* gewinnen würde? Wirklich, ernsthaft *verletzt*?«

Der Gedanke ließ Eli innehalten. Erfolgreich zu sein sollte die Menschen, die Eli wichtig waren, nicht verletzen. In deren Kopf wusste Eli das. Neid? Gut, das kam vor. Enttäuschung? Klar. Aber ...

Eli starrte in den Himmel, dann auf den Zement und schließlich auf Cassie. »Nein«, sagte dey. »Ich wäre am Boden zerstört, weil ich Beyond verloren hätte – nicht weil er gewonnen hat. Natürlich würde ich mich für ihn freuen. Aber es würde mich nicht verletzen, es würde nichts an unserer ...« Dey zuckte mit den Schultern und kreiste mit den Händen. »An *uns*. Es würde nichts an uns verändern.«

»Warum zum Teufel machst du dir dann so viele Sorgen? Seit ich ihn kenne, geht es bei Zach *nur* um dich. Er ist völlig besessen von dir, Alter. Sorry, kann ich ›Alter‹ sagen?«

Eli lachte. »Ja, ›Alter‹ ist total okay.«

Cassie machte einen Schritt zurück und deutete mit dem Daumen über ihre Schulter. »Also, wollen wir ein paar Dinosaurierschüsseln Pho essen oder steht gleich der nächste Nervenzusammenbruch an?«

Eli stieß sich von der Wand ab und schlang den Arm um Cassies Schulter. »Ein Nervenzusammenbruch reicht fürs Erste«, sagte dey und sie gingen zurück ins Restaurant. »Danke, Cassie.«

Diese nahm Elis Hand. »Jederzeit.«

♡ ♡ ♡

Mitternacht kam und ging, doch Eli konnte nicht schlafen.

Dey lag wach da und löste deren Aufmerksamkeit von der Decke, um sie stattdessen auf deren gedimmtes Handydisplay zu richten und durch Instagram zu scrollen. Dey schaute sich ein paar Make-up-Tutorials ohne Ton mit Untertiteln an und drehte sich auf die Seite. Nachdem dey sich ein Kissen zwischen die Knie geklemmt, wie ein Delfin herumgezappelt und sinnlos gegen die Laken getreten hatte, gab dey auf und schlüpfte aus dem Bett.

Bodhi und Stella schliefen tief und fest, zusammengerollt auf dem anderen Bett, und rührten sich nicht, als Eli sich die Schuhe anzog, einen Kapuzenpullover über den Kopf zog und sich hinaus auf den Flur schlich. Dey rieb sich die Augen mit den Fingerknöcheln und stapfte zum Fahrstuhl. Erschöpfung zehrte an deren Körper und kämpfte gegen die Aufregung an, die dey einfach nicht unterdrücken konnte. *Makeup Wars. Beyond. Zach. Deren Zukunft.* All das schwirrte in Eli herum und ließ denen keine Ruhe.

Wohin geht es nach dem Wettbewerb?

Was passiert, wenn ich verliere?

Eli betrat den Lift und drückte den obersten Knopf. Dey konnte sich an einem Junior College einschreiben, ein paar dämliche Kurse belegen, ein dämliches Fach studieren und sich einen dämlichen Job suchen, den dey hasste. Dey konnte weiter bei Denny's arbeiten, so viel Geld wie möglich sparen und sich entscheiden, ob dey damit eine Mastek oder eines der Kurzzeitprogramme bei Beyond finanzieren wollte. Vielleicht konnte dey wieder bei deren Eltern einziehen. Oder wie eine streunende Katze in Zachs Strandhaus Zuflucht suchen und sich von ihm umsorgen lassen, deren Sachen von ihm bezahlen lassen.

Auf keinen fucking Fall!

Der Fahrstuhl bimmelte, und als die Tür aufging, gab sie den Blick auf einen Raum mit Glaswänden und einer leeren Schnapsbar frei. Die Hocker standen mit den Sitzen nach unten ordentlich aufgereiht auf der Bar. Draußen auf der Dachterrasse standen Leute in kleinen Gruppen, saßen in Korbstühlen und um Tische herum. Eli setzte die Kapuze auf und ging in die Nacht hinaus. Der Mond war krumm wie eine weiße Sense, der Himmel mit Sternen übersät und Seattle glühte mit seinen Neonschildern und leuchtenden Fenstern in der Dunkelheit. Dey ging zu einem leeren Tisch in der Nähe der massiven Absperrung am Rande des Dachs und stützte sich auf die Ellbogen, um die Stadt zu betrachten.

Wenn deren Reise hier endete, dann hatte Eli immerhin etwas erlebt, das dey sich nie hätte vorstellen können. Dey hatte sich mit den besten Amateur-Make-up-Artists der Szene gemessen. Dey hatte es bis ins Finale geschafft, sich einen Namen gemacht, in vier verschiedenen Städten auf der Bühne gestanden und der Welt deren Arbeit gezeigt. Wenn dey nicht gewann, würde dey zumindest immer Eli Peterson sein, dey bei den allerersten Makeup Wars den *zweiten* Platz belegt hatte.

»Na, du Nachteule?«, sagte Zach hinter denen. Seine Stimme klang bettreif und er legte seine Handflächen sanft auf Elis Schultern, um dey vorzuwarnen, bevor er seine Arme um deren Taille schlang. »Kannst du auch nicht schlafen?«

»Wie schaffst du es immer, mich zu finden?«, fragte Eli und lächelte, als Zach deren Nacken küsste.

»Diesmal war es reiner Zufall.« Zach legte sein Kinn auf Elis Schulter; sein Körper schmiegte sich an deren gewölbten Rücken und deren breite Hüften. »Ich hab schon mal vorlackiert. Und musste dann mal kurz von den Dämpfen weg.«

»Vorlackieren in letzter Minute«, neckte Eli, wobei dey jedes Wort in die Länge zog. »Zachary Miller, du alter Drückeberger.«

»Jaja.« Er seufzte und drehte sich so, dass sie sich anblickten. »Sieht aus, als würden meine Eltern morgen nicht kommen. Sie haben irgendein Treffen mit einem Energydrink-Typen für eine Jachtparty, die sie planen. Ich bin mir ziemlich sicher, sie hätten den Termin verschieben können, aber ...« Er brach ab und runzelte die Stirn. »Ich werd einfach ihre Flüge stornieren und Fotos schicken.«

»Ja, meine Eltern kommen auch nicht. Ich konnte keine Hin- und Rückflugtickets für weniger als vierhundert Dollar finden, also ...« Traurigkeit pochte in deren Brust, aber Eli zwang sich zu einem Lächeln und stieß mit der Nase gegen seine Wange. »... sind wir wohl allein.«

»Bist du nervös?«

»Ja, du nicht?«

»Ein bisschen.«

»Mein Cosplay ist der Heilige Harlow aus *Chaos Reign*«, sagte Eli. »Verrat Bodhi nicht, dass ich's dir erzählt habe.«

Zach unterdrückte ein Lachen an deren Hals. »Der Faun-Magier, cool«, meinte er anerkennend. »Mein Cosplay ist der Engel des Todes aus Del Toros *Hellboy*.«

Eli blinzelte verblüfft. »Das ist eine Menge Arbeit.«

»Das wird ein guter Runway. Der Heilige Harlow wird kein Spaziergang.«

»Oh nein, Stelzen sind gruselig«, frotzelte dey.

Zach schob sein Gesicht näher und küsste dey auf die Lippen.

Zach sagt, er hat schon gewonnen.

Eli lächelte an seinem Mund. »Ich werd dich mit meinem Faun-Zauberer fertigmachen«, flüsterte dey neckend.

»Keine Chance«, murmelte er und küsste dey erneut.

Vielleicht hatte Eli auch schon gewonnen.

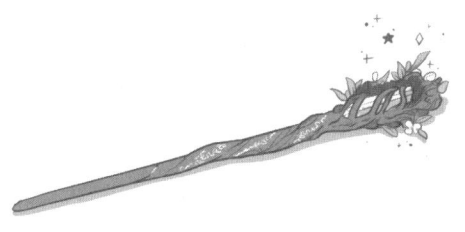

KAPITEL 23

Seattle – Sea City Comic Con

Eli kontrollierte, kontrollierte dann noch mal und kontrollierte dann zum dritten Mal deren Spiegeltisch im Makeup Wars Green Room auf der Sea City Comic Con. Dey zitterte – nicht ideal, wenn man Make-up auftragen musste –, während zwei Freiwillige und Genevieve, die Videoperson, neben der Tür standen. Bodhi ordnete Farbtuben und Klebstoffbehälter, schloss den Föhn an und präparierte alle Blumen, die an Elis abnehmbarem Kopfteil angebracht waren. Auf der anderen Seite des Raums hängten Zach und Cassie die massiven schwarzen Flügel, die Zach für sein Cosplay gebaut hatte, an provisorische Wandhaken.

Eine Hilfskraft klatschte in die Hände. »Also gut, das Finale! Ihr habt drei Stunden Zeit, um euer Cosplay fertigzustellen, und dreißig Minuten für die finalen Looks. Die Jury wird hinter der Bühne eine Vorbewertung vornehmen, bevor ihr über den Runway lauft. Danach habt ihr zwei Stunden Zeit, um euer Cosplay abzulegen – wenn ihr wollt – und dann wieder auf die Bühne zu kommen, damit die Jury das

Endergebnis bekannt gibt. Aus Gründen der Transparenz ist es dem Makeup-Wars-Marketingteam am liebsten, wenn ihr für die Bekanntgabe des Ergebnisses kamerafertig seid, also versucht bitte, mit und ohne Make-up gut auszusehen.«

Zach gluckste. »Nicht völlig abgewrackt aussehen. Verstanden.«

»Die Challenge beginnt, sobald Eli und Zachary Platz genommen haben«, sagte der andere Freiwillige und deutete auf die Stühle vor den Arbeitsplätzen. Er wartete, bis Zach und Eli Platz genommen hatten, schaute auf seine Uhr und nickte Genevieve zu.

In Elis Adern brodelte weiß glühende Panik hoch. Dey klammerte sich an die Armlehnen des hohen Stuhls und starrte auf deren Spiegelbild. Dey hatte kaum geschlafen. Am Morgen hatte dey an einem Müsliriegel geknabbert, um den Magen zu beruhigen, und zum Mittagessen einen fertigen Proteinshake getrunken. Deren Magen war kribbelig und zu leer.

Jetzt geht's um alles.

Deren Blick wanderte zur Seite und traf in dem Spiegel an Zachs Arbeitsplatz auf seine Augen.

Der Freiwillige nickte. »Eure Zeit beginnt ... jetzt!«

Eli stürzte vom Stuhl und kippte Reinigungsmittel auf einen Wattebausch. Dey säuberte deren Gesicht, schrubbte die Reste von der Mascara und dem Eyeliner weg und trug auf Wangen und Stirn Grundierung auf. Drei Stunden, um ein Ganzkörper-Make-up aufzulegen. Drei Stunden, um sicherzugehen, dass die Ränder, die Farbgebung und das Kostüm *perfekt* waren. Drei Stunden, um fünf große Prothesen festzukleben. Drei Stunden, um deren Füße in Stelzenstiefel zu zwängen und sich vor der Jury nicht auf den Arsch zu legen. *Drei Stunden. Drei Stunden. Drei ...*

»Eli, Luft holen!«, schnappte Bodhi. Sie nahm Elis Ellbogen und drehte dey herum. Ihre dunklen Augen blickten in deren. »Ich bin hier. Du bist hier. Wir haben das im Griff. Was zuerst?«

Eli atmete ein, aus und wieder ein. »Zuerst müssen wir die Stirnprothese anbringen und dann das Kopfteil festkleben«, sagte dey und sammelte deren Selbstvertrauen. »Danach stelle ich die Gesichtsteile aus Silikon fertig und du kümmerst dich um den Bodysuit. Zuletzt kommt die Farbe, direkt vor den Hufen.«

Bodhi grinste. »Alles klar, lass uns loslegen.«

»Kann ich Musik anmachen?«, rief Cassie.

»Klar«, rief Eli und warf einen Blick über deren Schulter. »Solange sie deinen Artist nicht ablenkt.«

Zach runzelte die Stirn und beobachtete Eli im Spiegel, während er Klebstoff auf seine Schläfe tupfte. »Netter Versuch, Babe, aber du bringst mich nicht aus der Fassung.«

»Sei still und glotz Eli nicht so an«, gluckste Bodhi. Sie scheuchte Eli in Richtung Schminktisch. »Flirts mit dem Feind kann ich gerade wirklich nicht gebrauchen.«

Zach bellte ein Lachen. Cassie lachte ebenfalls und aus dem Bluetooth-Lautsprecher, den sie auf dem Tresen zwischen ihren beiden Arbeitstischen platziert hatte, dröhnte Musik. Genevieve schlich durch den Raum, drehte Videos und knipste Fotos.

Eli ignorierte Genevieve bewusst und versuchte, Zach ebenfalls zu ignorieren. Mit einem klebrigen Schwamm tupfte dey Pros-Aide auf deren Stirn und richtete den Föhn auf deren Gesicht, um den Kleber so weit anzutrocknen, dass er fest genug war, um die Prothese an ihrem Platz zu halten.

»Gib mir einen davon«, sagte Eli und zeigte mit dem Finger auf einen Stapel sauberer Eisstiele. Bodhi reichte Eli einen und nickte, während dey die Ränder der Prothese an die richtigen Stellen anlegte.

Das Stirnteil wölbte sich von deren natürlichen Stirn weg und betonte die Schläfen, um Platz für das aufwendige Kopfteil zu schaffen, das dey als Nächstes anbringen würde. Eli schmolz den Schaum mit Alkohol, um den Übergang der Ränder der Prothese mit deren Haut zu verwischen, und atmete erleichtert auf. *So.* Dey fuhr mit den Fingern über das Teil und prüfte, ob irgendwelche Ecken hingen oder abstanden. *Geschafft.*

»Bereit?«, fragte Bodhi. Sie hob das Kopfteil, das so geformt war, dass es genau auf Elis Schädel passte und mit riesigen gebogenen Hörnern versehen war, neigte den Kopf und nickte in Richtung Stuhl. »Oh, Scheiße! Warte, hätten wir eine Latexglatze machen sollen?«

Eli erstarrte. Ja, das hätten sie auf jeden Fall tun sollen, aber der Kleber war trocken, die Stirnprothese schon angebracht und dey hatte keine Zeit, deren Fehler zu korrigieren. Panik schnürte Eli die Kehle zu. Dey warf Bodhi im Spiegel einen Blick zu und biss sich hart auf die Lippe. Wenn das Kopfteil zu schwer war – und es war *wirklich* schwer –, könnte es verrutschen und den Schaumstoff von deren Stirn abreißen.

»Ich glaube, ich schaffe es auch ohne«, platzte es aus Eli heraus. *Hoffentlich stimmt das.* »Wir ziehen Latex über die Ränder hinter den Ohren und am Hals. Das wird halten.«

»Bist du sicher?« Bodhi beäugte dey skeptisch.

»Ja, ich bin mir sicher.« Es war ein Risiko, das Eli eingehen musste. *Ich hab keine Zeit, nicht sicher zu sein.* »Los, hol den Föhn.«

Eli trug eine großzügige Portion Mastix auf deren Haaransatz und hinter deren Ohren auf und vertraute Bodhi die

Aufgabe an, denen den weißen Klebstoff in den Nacken zu schmieren. Bodhi richtete den Föhn auf die feuchten Stellen rund um Elis Igelschnitt und berührte mit dem Finger ein paar der Stellen.

»Alles trocken«, sagte sie. »Bereit?«

Eli warf einen Blick auf Zach, um seine Fortschritte zu begutachten: Seine Gesichtsteile waren angebracht, das Schlüsselbein geschärft, braune Farbe bedeckte sein Gesicht. Er war Eli meilenweit voraus.

»Hey, nein, damit fangen wir gar nicht erst an. Guck mich an. Bist *du* bereit?«, sagte Bodhi und lenkte Elis Kinn mit einem entschiedenen Griff wieder nach vorn.

Elis Kehle schnürte sich zu. »Ja«, sagte dey, zu leise. »Ja, ich bin bereit«, wiederholte dey, diesmal lauter.

Bodhi brachte das Kopfteil über Elis Schädel in Position. Sie senkte die hohle Prothese, kam Elis Kopf näher und näher …

»Warte!« Eli duckte sich und blinzelte in den Schminkspiegel. Dey wirbelte herum. Bodhis Handtasche lehnte an der gegenüberliegenden Wand, der Reißverschluss war offen, sodass Eli Bodhis Handy, eine Tube flüssigen Lippenstift und unbenutzte Stäbchen aus Pho Madness, die noch in weißrotes Papier eingewickelt waren, sehen konnte. »Stäbchen!« Eli zappelte und fuchtelte in der Luft herum. »Gib mir die Stäbchen!«

»Stäbchen?« Cassie machte ein verwirrtes Gesicht.

»Ja, die Stäbchen!«, sagte Eli verzweifelt und stieß fast den Stuhl um, als dey durch den Raum lief und die Holzstäbchen aus Bodhis Handtasche holte.

Bodhi blinzelte dey an, das gehörnte Kopfteil immer noch in beiden Händen. Eli brach die Stäbchen auseinander und setzte eines seitlich an deren Gesicht an, parallel zum Ohr. Als

Eli das Stäbchen unter deren Stirnprothese schob, stieß Bodhi ein entsetztes Geräusch aus. »Es ist alles in Ordnung – alles *völlig* in Ordnung. Die Stäbchen verstärken die Stirn- und Wangenknochenteile und helfen, das Gewicht von *dem Teil da* zu verteilen«, sagte dey und nickte zu dem Kopfteil. Dey tupfte erst Hautkleber und Mastix auf die Stäbchen, dann Flüssiglatex und atmete scharf aus. »Okay, jetzt.«

»Entweder hast du gerade dein ganzes Make-up ruiniert oder du bist ein verfluchtes Genie. Ich weiß nur noch nicht, was von beidem«, murmelte Bodhi und setzte die Prothese an Elis Haaransatz an.

»Ja, ich auch noch nicht«, sagte Eli.

Das Teil drückte auf deren Schädel, schwer und unbeholfen und hoffentlich sicher. Dey hielt es fest, während Bodhi die Kanten glättete und eine weitere Schicht Kleber und Latex auftrug. Als sie zurücktrat und angespannt die Lippen verzog, nahm Eli deren Hände weg.

Bitte halte, halte, halte!

Das Kopfteil war nicht so stabil, wie es hätte sein können, aber die Prothese hielt. Die kunstvoll geschnitzten Hörner bogen sich von deren Schläfen weg, eingerahmt von Baumwurzeln, die in den rosafarbenen Schaumstoff geschnitten waren. An einigen Stellen hatte Eli vorgefertigte Seidenblumen angebracht, die eine Texturgrundlage für den Rest des Make-ups bildeten. Jetzt, da das Hauptteil an Ort und Stelle war, machte sich Eli an die Arbeit, die Silikonteile für das Gesicht anzubringen. Deren Kieferpartie wurde breiter, die Wangenknochen höher und deren Ohren waren zu hirschähnlichen Ovalen abgerundet.

»Wir müssen dich aus diesem Oberteil rausholen«, sagte Bodhi.

Eli schob die Spaghettiträger über deren Arme und ließ das Kleidungsstück fallen, sodass deren Binder zum Vorschein kam. Bodhi wickelte ihn mit einer Lage Bandagen ein, um eine Barriere zu dem Kostüm zu bilden – Binder waren teuer und Eli konnte es sich nicht leisten, einen von nur *zwei*, die dey besaß, zu ruinieren –, und legte das wunderschöne, handgeformte Brustteil aus Schaumstoff an Elis Körper an. Wurzeln bildeten ein Schlüsselbein, einzelne Blumen erblühten auf ihrer oberen Hälfte und kleine Vertiefungen warteten auf Edelsteine.

»An der unteren Hälfte deines Outfits sind die Stelzen angebracht, also warten wir damit noch. Kann ich dir mit der Farbe helfen?«, fragte Bodhi.

»Ja, kannst du mir vielleicht erst etwas Wasser holen? Meine Feldflasche ist im Koffer, glaube ich.«

»Alles klar.« Bodhi ging und kramte in Elis Sachen.

Eli trug den Rest des Silikons auf und begann, die Stellen, an denen das Stäbchen den Schaum auf der Stirn aufgerissen hatte, mit Latex zu betupfen. Das Ergebnis war nicht perfekt, aber es sollte seinen Zweck erfüllen. *Hoffentlich.* Dey konnte die Stellen mit ein paar Blumenakzenten oder falschem Moos überdecken. *Farbe. Ich muss die Farbe auftragen.* Dey schaute auf den Timer, der an deren Arbeitsplatz angebracht war. Noch eine Stunde.

»Scheiße, okay …« Dey mischte auf der Rückseite einer gut benutzten Lidschattenpalette deren Farbe und trug mehrere Schichten Grün, Beige, Gold und Rotbraun auf deren Gesicht und das Kopfteil auf.

Auf der anderen Seite des Raumes klebten Cassie und Zach glänzende Augäpfel auf die schwarzen Flügel, die an der Wand hingen. Seine Prothesen waren fast vollständig bemalt.

»Wasser«, sagte Bodhi und reichte Eli deren Feldflasche.

Eli nahm ein paar Schlucke und nickte. »Danke. Die Seidenblumen, das Moos und die Baumwolle sind in der Tüte aus dem Bastelladen. Lass uns die festkleben, dann machen wir die Feinheiten mit der Farbe. In der Zeit zieh ich die Hose und die Stiefel für die finalen Looks an.«

»Bist du sicher, dass uns die Zeit reicht?« Bodhi zog eine Grimasse.

»Ich kann es nicht riskieren, auf diesen Stelzen herumzulaufen, bevor ich unbedingt muss. Wenn ich hinfalle, ist alles vorbei. Die untere Hälfte des Kostüms ist sowieso fertig, wir müssen mich nur noch da reinsetzen und sichergehen, dass die Farbe zur oberen Hälfte passt«, sagte Eli.

Bodhi bleckte die Zähne und zwang sich zu einem Nicken. »Du weißt, was du tust, Eli. Deine Entscheidung.«

»Wir kriegen das hin«, versicherte Eli ihr und reichte ihr einen Pinsel. »Erste Schicht, föhnen, zweite Schicht, föhnen, sprenkeln, föhnen, dann machen wir einen letzten Check bei den Rändern. Einverstanden?«

»Einverstanden«, sagte sie.

Eli und Bodhi arbeiteten eifrig. Bodhi bemalte das Brustteil und klebte Moos auf die Schaumstoffpolster, die aus Elis Schultern ragten. Eli kümmerte sich um die Details des Kopfteils, indem dey die Hörner so mit Watte umwickelte, dass es wie Spinnweben wirkte, Blütenblätter mit Glitzer bestäubte und Edelsteine aus Acryl in die leeren Aussparungen im Schaumstoff drückte.

Jemand von den Freiwilligen rief: »Zwei Minuten!«

Genevieve richtete xiese Kamera auf Eli, dann drehte xier sich in xiesem Stuhl und ging auf Zach zu. Eli versuchte weiterzuarbeiten, um so viel wie möglich zu schaffen, aber dey kam nicht umhin, einen Blick auf ihn zu werfen. Angesichts seiner riesigen Flügel, der komplizierten Schaumstoffteile und der perfekten Kostümierung galoppierte deren Herz. Er sah fantastisch aus.

»Also gut, ihr beiden! Pinsel runter! Nehmt bitte eure Utensilien und Cosplay-Requisiten mit und begebt euch für die finalen Looks hinter die Bühne«, sagte wieder jemand von den Freiwilligen.

Eli atmete tief durch und starrte auf deren meerblauen Augen im Spiegel. Deren Kontaktlinsen waren sicher in deren Tasche verstaut und der handgefertigte Stab war ebenfalls in der Tasche. Bodhi hatte den Rest des Outfits in einer Kleidertasche mit Reißverschluss verstaut und deren allerletzte Prothese – zwei schlanke, ziegenähnliche Augäpfel – mussten noch in die Vertiefungen an deren Silikonwangenknochen geklebt werden. *Okay, ja, ich kriege das hin*, dachte dey und versuchte verzweifelt, das unterschwellige Ziehen an deren Haaransatz zu ignorieren.

Rutsch nicht ab, rutsch nicht ab, rutsch nicht ...

»Biste bereit?«, fragte Zach, als er durch den Türrahmen ging.

»Ja«, sagte Eli. Dey lächelte und ließ deren Blick von Zachs makellosem Kopfteil zu seinem rau gemalten Brustkorb und seinem ausgefransten Rock wandern. »Du?«

»Fast, denke ich.« Er blickte an sich herunter.

Eli stützte deren Kopfteil mit einer Hand, während dey den Makeup-Wars-Freiwilligen durch einen Gang folgte, der vom Green Room zum linken Backstagebereich führte. Dey hörte, wie das voll besetzte Publikum lautstark applaudierte. Der hauseigene DJ unterhielt das gespannte Publikum mit Top-40-Remixen und Fandom-Titelsongs. Als der Freiwillige ankündigte, dass die finalen Looks begannen, verlor sich Eli in den nervenaufreibenden Feinheiten. Dey setzte die Kontaktlinsen ein, klebte die handgefertigten Augäpfel an ihren Platz, bestrich deren Hörner mit abrasiertem Styropor, damit es wie gefallener Schnee aussah, und ... stutzte. Nahezu auf Anhieb. Deren Blick fiel auf Zach – genauer gesagt auf seine Farbe – und dey verharrte auf der Stelle.

Nicht genug Tiefe, dachte Eli.

Dey könnte schweigen und ihn den Fehler übersehen lassen. Dey könnte das winzige übersehene Detail für sich behalten und hoffen, dass die Jury dafür Punkte abzog. Eli schluckte, dachte nach und schüttelte den Kopf.

»Cassie«, sagte dey und hielt ihr einen kurzen Borstenpinsel hin. Cassie und Zach sahen sich an und drehten sich dann zu Eli um. Eli wedelte mit dem Pinsel in der Luft. »Besprenkel ihn mit Farbe. Vertrau mir.«

»Was, warum?«, fragte Cassie. »Es sieht in Ordnung aus.«

Bodhi kniff die Augen zusammen und holte Elis moosbedeckte Hose und die Stelzen aus der Kleidertasche. »Eli, was hast du ...?«

Eli ging zu Zach hinüber, steckte deren Pinsel in einen Klecks brauner Farbe, die auf seinem Arbeitsplatz stand, und verdünnte die Farbe mit einem Spritzer Wasser. Dey schaute ihm in die Augen, wartete, bis er nickte, und strich mit dem Daumen über die Borsten, um kleine Kleckse auf seine Prothese zu spritzen. »Aus der Nähe sieht es toll aus, aber sobald man ein wenig weggeht, wird die Farbe zu flach. Du brauchst mehr Tiefe, um die Illusion eines Hauttons zu erzeugen. Ich weiß, dass du mehrere Schichten von Schattierungen aufgetragen hast, aber es ist trotzdem ...« Dey gestikulierte wild auf Zachs Oberkörper. »Sehr gedämpft. So geht es besser ineinander über. Ihr wisst, was ich meine, ja?«

Cassie machte vier große Schritte zurück und legte den Kopf schief. Sie zuckte mit den Augenbrauen und nickte knapp. »Jetzt schon, ja.« Sie schaute zu Zach. »Eli hat recht.«

»Danke«, sagte Zach und betrachtete deren Hörner. »Versuch, deinen Kopf zum Boden geneigt zu halten. Das hilft, das Gewicht auf deiner Naht zu verteilen.« Er gestikulierte mit seinem kleinen Finger zum Haaransatz. »Beweg dich langsam. Kinn nach unten, nicht nach oben.«

Eli passte deren Haltung an und richtete deren Kinn zur Brust.

»Jetzt besser?«, fragte er.

Der Druck, der an deren Schläfen zog, ließ nach. »Ja, viel besser. Danke.«

Zach lächelte. Eli lächelte auch. Für einen Moment beruhigten sich deren Nerven und der Lärm verklang. Zach blickte Eli an, dey blickte zurück und plötzlich waren sie beide wieder fünfzehn, wie sie sich gegenseitig billiges Flüssiglatex aus einem Halloween-Laden auf die Wangen spritzten, dann sechzehn, wie sie Händchen hielten und Usagi Tsukino und Mamoru Chiba cosplayten, und schließlich siebzehn, wie sie in einem Buchladen lachten und sich küssten und ihre Gesichter mit einer Ausgabe von *Evangelion* abschirmten. Sie beide hatten Jahre damit verbracht, sich ineinander zu verlieben, und Makeup Wars war nur eine weitere Erinnerung, die sie behalten durften.

»Ich würde dich ja küssen, aber ...« Eli deutete auf Zachs bemalten Mund und winkte mit der Hand vor deren mit Schaum bedeckten Gesicht.

Zach zwinkerte. »Küss mich, wenn ich gewonnen habe.«

Eli grinste, eilte zurück zu deren Arbeitsplatz und nickte Bodhi zu. »Fünf Minuten«, sagte dey.

»Fünf Minuten«, wiederholte Bodhi und hielt denen die kurzen geschwungenen Stelzen hin, die sie von ihrem Job bei dem Indie-Zombie-Film ausgeliehen hatte. »Bereit für die hier?«

»Hoffen wir's«, sagte Eli und überspielte mit einem gequälten Lächeln ein Schaudern.

Bodhi schnallte das moosbesetze Beckenteil um Elis Taille und schloss die versteckten Knöpfe unter dem braunen Stoff. Sie führte Eli Füße in die an den Stelzen befestigten Stiefel und wickelte den Stoff, der sie verbarg, um Elis Oberschenkel, Knie und Schienbeine. Die Stelzen waren durch hufförmige Absätze gesichert, die mit Wurzeln und Ranken verziert waren. Während Eli deren Gewicht testete, indem dey ein paar Schritte nach links, rechts, vorwärts und zurück machte, stützte sich dey auf Bodhis Schultern und verzog den Mund zu einer harten Grimasse.

Jemand von den Freiwilligen rief: »Eine Minute!«

»Du musst mich jetzt loslassen«, sagte Bodhi.

»Muss das sein?«

»Ich kann schlecht mit auf die Bühne.«

»Okay, ich muss nur ...« Eli verstummte, richtete sich auf und ließ Bodhi langsam los. Dey ging einen Schritt zurück und starrte auf deren Spiegelbild.

Bodhi hielt ihre Arme ausgestreckt, bereit, dey aufzufangen. »Schaffst du's?«

»Ja, ich hoffe ...« Dey wackelte, blieb aber aufrecht. »... ich hoff's.«

Eli begutachtete deren Spiegelbild. Sklera-Linsen dehnten deren Pupillen zu Rechtecken. Gekrümmte, widderähnliche Hörner ragten aus Wurzeln, Moos, Blumen und Spinnweben hervor. Dey war größer als je zuvor. Zum ersten Mal dachte dey: *Ich bin bühnenreif*, und blinzelte verblüfft. *Ich hab's geschafft.*

Bodhi reichte Eli den knorrigen, waldigen Stab. »Heilige Scheiße, Eli! Du siehst …«

»… unglaublich aus«, beendete Zach den Satz und zog sich einen löchrigen Umhang über seine halbmondförmige Stirnprothese.

Bevor Eli antworten konnte, klatschte jemand von den Freiwilligen in die Hände. »Die Zeit ist um! Pinsel runter! Assistentinnen, bitte verlasst den Bereich. Zachary und Eli, stellt euch zwischen eure Arbeitsplätze.«

Du schaffst das, sagte Bodhi stumm, lächelte über ihre Schulter und ging mit Cassie in Richtung Flur.

Eli versuchte nicht zu zittern. Dey wollte die Hände ringen oder an deren Nagelhaut herumfummeln, aber deren Fingerknöchel steckten in Prothesen, die dünne, knorrige Finger bildeten, und Eli blieb nichts anderes übrig, als damit unbeholfen gegen deren Seite zu trommeln.

»Du siehst auch unglaublich aus«, sagte Eli.

Zach brummte. »Liegt an den Flügeln, was?«

»Auf jeden Fall.«

Stöckelschuhe klackerten über den Boden. Eli straffte die Schultern. Dey wollte den Abstand zwischen ihnen überwinden und Zachs Hand nehmen, sich an ihm festhalten und seinen Daumen auf deren Puls fühlen. Aber dey blieb reglos, benommen, überwältigt und, vielleicht, endlich *bereit*.

Theresa, Scott und die letzte Gastjurorin Nicole Stevenson kamen auf Zach und Eli zu. Theresas hochgeschlossener, blutroter Mantel umwehte sie und ihr kurzes platinblondes Haar war mit einer Schmalzlocke versehen. Sie zog ihre glitzernden Augenbrauen hoch und murmelte Scott einen Kommentar zu, der zustimmend nickte und grinste.

Nichole Stevenson, berühmt für ihr Make-up bei mehreren oscarprämierten Fantasyfilmen, musterte Eli langsam. Ihre schwarz geschminkten Lippen schürzten sich. »Der Heilige Harlow«, sagte sie, neigte höflich den Kopf und wandte sich Zach zu, »und der Engel des Todes.«

»Ihr zwei habt offensichtlich keine Mühen gescheut«, sagte Scott. Er verschränkte die Arme und blickte zwischen Theresa und Nichole hin und her. »Wollen wir?«

Die Jurymitglieder umkreisten zuerst Zach, zeigten auf bestimmte Stellen, nickten, lächelten und tauschten Kommentare und Komplimente aus. Theresa deutete auf ein paar sichtbare Ränder an seiner Schläfe und Elis Herz schlug denen bis zum Hals. Dey war aufgeregt. Dey war am Boden zerstört. Dey war gerade so *furchtbar* vieles auf einmal. Deren Blut rauschte und dämpfte den Klang von Zachs Stimme, als er die Fragen der Jury beantwortete. Doch sein raues Lachen zauberte denen trotzdem noch ein Lächeln ins Gesicht.

»Eli Peterson«, sagte Nichole und trat vor dey. Ihre ockerfarbene Haut war mit weißen, handgemalten Sommersprossen gesprenkelt und ihre brünetten Locken bauschten sich über ihren Schultern. Sie fuhr mit ihrem zierlichen Finger seitlich an deren Gesicht entlang und strich dabei federleicht über die Schaumstoffprothese an deren Stirn. »Es gibt Gerüchte, dass du bei der Anfertigung dieses Make-ups Stäbchen benutzt hast. Wie bist du auf so eine Idee gekommen?«

Eli verschluckte sich fast. Dey kämpfte gegen den Kloß in deren Hals an und überlegte, ob dey lügen oder sich etwas ausdenken sollte, um sich aus dieser peinlichen Situation herauszuwinden. Bloß *warum*? Eli hatte etwas geschafft, was dey nie für möglich gehalten hätte, und verdammt noch mal, dey war stolz darauf. »Wenn man arm ist in einer reichen Stadt, lernt man, sich anzupassen«, sagte dey und zuckte mit den Schultern. »Ich musste mein Kopfteil verstärken, also habe ich die Werkzeuge benutzt, die ich zur Verfügung hatte. Improvisation ist eins meiner Markenzeichen.«

Die Jurymitglieder umringten sie, brummten und nickten und machten sich auf ihren Klemmbrettern Notizen.

»Improvisation?« Theresa schüttelte den Kopf und ließ ihren Blick von Elis Hufenstelzen zu deren dekorativen Hörnern schweifen. »Ich würde es Innovation nennen«, sagte sie und nickte langsam. »*Das* ist dein Markenzeichen. Gut gemacht, Peterson.«

Eli unterdrückte den Drang, vor Freude loszuschreien, und erwiderte stattdessen einfach: »Danke.«

»Dann wollen wir mal sehen, wie ihr beide auf dem Runway aussehe«, sagte Scott.

»Viel Glück euch beiden!«, sagte Nichole und folgte Theresa und Scott auf die Bühne.

Der Saal erbebte vor Jubel und Beifall.

Jemand von den Freiwilligen leuchtete mit einer Taschenlampe auf den Boden und zeigte ihnen den Weg zur Bühne. »Auf geht's zum finalen Runway!«

Einfach weiteratmen.

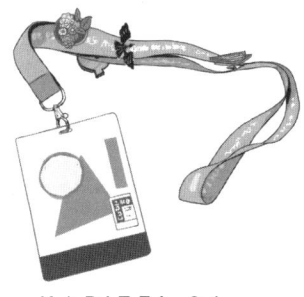

KAPITEL 24

Seattle - Sea City Comic Con

Zach lief zuerst über den Runway.

Eli blieb im Bühnenflügel und sah zu, wie die Rauchmaschinen Nebelschwaden auf die Bühne pusteten. Der Engel des Todes aus Hellboy sprach in unheimlichen Tönen und seine schaurige Stimme drang aus den Lautsprechern. *Endlich. Ich habe schon auf euch beide gewartet.* Zach erhob sich aus einer knienden Position am Ende des schmalen Runways und schob sich den zerrissenen Schleier aus dem Gesicht, sodass seine aufwendigen Gesichtsprothesen zum Vorschein kamen. Das halbmondförmige Kopfteil wölbte sich von seiner Stirn weg, mit Sprüngen wie bei rissigem Porzellan an den Stellen, an denen er den Schaum abgetragen hatte, sodass lebensechte Narben zu sehen waren. *Nun, Kind, du musst dich entscheiden. Für die Welt oder für ihn?*

Eli murmelte die nächsten Worte, die im Drehbuch des Films standen. *Für ihn.*

Ein Scheinwerfer beleuchtete Zach. Er bewegte sich vorsichtig, strich mit seinen langen Fingern durch die Luft, bleckte die Zähne für das Publikum und verbeugte sich dann. Seine beiden schwarz gefiederten Flügel warfen Schatten über den Runway und im hellen Bühnenlicht leuchtete seine fahlbleiche Bemalung wunderschön.

Ich bin so stolz auf dich. Eli hielt das Metallgerüst hinter dem gefalteten Vorhang umklammert und widerstand dem Drang, mit allen anderen zu klatschen, als Zach auf der gegenüberliegenden Seite den Weg einschlug, den die Makeup-Wars-Crew vorgegeben hatte, und in den Bühnenflügel verschwand.

Die Lichter wurden gedimmt. Eli stützte sich auf deren Cosplay-Stab, der aus dem unter künstlichen Ästen versteckten Metallstab eines Poolnetzes bestand. *Setz einfach einen Fuß vor den anderen*, dachte dey. Beyond war zum Greifen nah; Eli musste bloß noch auf die Bühne gehen, dem Publikum und der Jury zeigen, dass Eli Peterson einey Make-up-Artist war, dey man nicht so leicht vergessen konnte, und deren Traum verwirklichen. Dey war das Beste vom Besten. Dey war jetzt das Gesicht einer sich ständig verändernden, sich ständig weiterentwickelnden Branche – dey war die Zukunft.

»Okay, Eli.« Jemand von den Makeup-Wars-Freiwilligen tauchte aus der Dunkelheit auf und winkte dey mit einer Taschenlampe nach vorn. »In drei ... zwei ...«

Scott Brant sprach ins Mikrofon, seine Stimme schallte eindringlich durch den Raum. »Bitte begrüßt mit mir im Finale von Makeup Wars: Eli Peterson!«

Der freiwillige Mensch nickte und schwenkte die Taschenlampe hin und her.

Eli sammelte sich und betrat die Bühne. Deren Eingangsmusik ertönte: pfeifender Wind, zwitschernde Vögel und ein Mitschnitt der Live-Tabletop-Session, in der der Heilige

Harlow, der märchenhafte Magier aus *Chaos Reign*, zum ersten Mal in der Kampagne aufgetaucht war. Die Stimme des Dungeonmasters erfüllte das Amphitheater – *Ihr seht einen großen Faun, der den Wald als seine Rüstung trägt und einen Stab hält, der aus dem Gedächtnisbaum geschnitten wurde* –, gefolgt von begeistertem Jubel und kräftigem Applaus. Neongrüne Laser schossen von Seite zu Seite und ein Scheinwerfer flackerte auf und tauchte Eli in ein helles Licht, als dey deren Platz in der Mitte der Bühne einnahm und ins Publikum starrte.

Jeder Platz war besetzt. Die Leute schrien, klatschten und zeigten auf Eli. Dey trommelte im Takt der Aufnahme mit dem Stab auf den Boden, um den Moment einzufangen, in dem der Heilige Harlow aus seinem Hain trat. Die Stimme des Fauns erfüllte den Raum: *Hallo, Abenteurer, wie kann ich euch behilflich sein?* Eli atmete durch, machte einen Schritt und zwang deren Beine dazu, nicht mehr zu zittern, wobei dey den Stab nutzte, um das Gleichgewicht zu halten. Dey ließ den Blick über die Menge schweifen, wobei dey sich ganz und gar darauf konzentrierte, die Füße zu heben, die Stelzen sicher auf den Boden zu bringen und deren Make-up voll zur Geltung zu bringen.

Als Eli das Ende des Runways erreichte, stellte dey sich stolz hin, wandte sich zu der einen Seite des Raums und drehte dann den Hals zur anderen, wobei dey darauf achtete, dass deren Kinn nach unten geneigt blieb. Aus dem Augenwinkel entdeckte dey ein vertrautes Lächeln.

Bodhi winkte mit den Armen und deutete dramatisch auf die Leute neben ihr.

Eli geriet fast ins Straucheln. Deren Mutter und deren Vater klatschten und beugten sich so weit wie möglich von ihren Sitzen vor, um den bestmöglichen Blick auf dey zu haben.

Claire grinste und Gary legte die Hände wie einen Trichter vor den Mund, um einen Jubelschrei durch den Raum zu schicken. Stella, die über einen Kopf größer als Elis Mutter war, zeigte auf Eli und sagte etwas dicht an Claires Ohr. Bodhi stupste Gary mit ihrem Ellbogen an, woraufhin er lachte und klatschte. *Sie sehen mich.* Eli tauchte wieder in deren Rolle ein und schwang den Stab über die Menge. Zum ersten Mal sahen deren Eltern mit eigenen Augen, was Eli mit Schaumstoff und Farbe, Latex und Silikon und den zwei Stäbchen, die Bodhi zum Glück dabeigehabt hatte, anstellen konnte, und dey wusste, dass es nur eine Person gab, die dafür verantwortlich sein konnte.

Dey ging den Runway langsam zu Ende, verbeugte sich vor der Jury und warf einen letzten Blick auf das Publikum, bevor dey backstage verschwand, wo Zach wartete. Er hatte die Flügel bereits abgenommen und lächelte Eli an.

»Brauchst du Hilfe?«, fragte Zach. Seine Stimme passte nicht zu den verdeckten Augen und dem skelettartigen Gesicht des Todesengels. Er hielt Eli seinen Arm hin, damit dey sich daran festhalten konnte, während dey die Knöpfe der Hufüberzüge öffnete und von deren Stelzen stieg.

»Hast du meine Eltern eingeflogen?«, platzte es aus Eli heraus. Dey bewegte deren Füße, froh, wieder auf flachem Boden zu stehen.

Zach warf einen Blick über seine Schulter, dann sah er wieder zu Eli. Dey konnte seine Mimik nicht deuten, weder in seinen Augen noch in seinem Gesicht lesen. Aber er nickte und räusperte sich. »Ich habe die Fluggesellschaft gebeten, die Gutschrift für die beiden stornierten Flüge auf eine Geschenkkarte zu übertragen. Ich habe ihre Flüge nicht direkt *bezahlt* – also, doch, *schon*, aber ich konnte das Geld eh nicht auf mein Konto zurückerstatten lassen und deine Eltern *wollten* hier sein.« Er zuckte mit den Schultern und stieß mit seinen schaumstoffbedeckten Fingern gegen Elis Hand. »Ich kenne deine Familie schon seit Jahren, Liz. Sie waren immer gut zu mir.«

Eli blinzelte. Deren Herz drückte fest gegen deren Rippen, es *sehnte* sich nach ihm.

»Ich wollte dich damit nicht vor den Kopf stoßen«, sagte Zach. »Ich ... Ich wusste nur, du wolltest, dass sie kommen, und ...«

»Danke«, seufzte Eli und unterdrückte ein Lachen. Am liebsten hätte dey sich ihm an den Hals geworfen, aber damit hätte dey wahrscheinlich deren Bruststück aus Schaumstoff zerrissen oder seine Farbe ruiniert. »Ich würde dich küssen, wenn wir nicht in so viel Latex stecken würden.«

Zachs Lippen verzogen sich zu einem erleichterten Lächeln und er nahm deren Hand und drückte sie sanft. Die Schaumstoffprothesen bogen sich und knirschten zwischen ihren miteinander verschränkten Fingern, doch Eli machte das nichts aus. Dey hielt Händchen mit dem Jungen, den dey geliebt und verloren hatte, und schwor sich, ihn nie wieder gehen zu lassen. Auch wenn das Ergebnis des Wettbewerbs kurz bevorstand, auch wenn die Nervosität in deren Inneren brodelte, wusste Eli, dass dey *seiner* gewiss war. Zachary Miller. Und zusammen konnten sie alles schaffen.

»Liz!«, rief Claire und eilte auf dey zu, begleitet von Bodhi und Stella. Sie wollte Eli umarmen, hielt aber abrupt inne und schüttelte ihre Finger mit der billigen französischen Maniküre. »Oh, entschuldige, entschuldige. Ich will nichts kaputt machen an dem ...« Sie gestikulierte mit den Handflächen vor Eli. »Schaum? Das ist doch Schaum, oder?«

»Das meiste, ja«, sagte Eli. Dey ließ Zachs Hand los, nahm das Handgelenk deren Mutter und drückte es. »Ich kann nicht glauben, dass ihr hier seid ...« Dey drehte sich zu Gary um, der auf dey zukam. »Hey, Dad, ihr seid hier!«

»Zach hat uns einen Last-Minute-Flug organisiert«, sagte Gary. Er schaute von Elis Hörnern zu deren bestrumpften Füßen. »Ich habe deine Make-up-Sachen schon mal gesehen, weißt du? Ich wusste immer, dass du talentiert bist, aber ...« Er brach ab, sog Luft in seine Wangen ein und stieß einen langen Atemzug aus. »Das ist ein ganz anderes Niveau, Liz.«

»Ja, ich habe lange darauf hingearbeitet«, sagte Eli.

Claire begutachtete immer noch deren Make-up und schüttelte ungläubig den Kopf. »Ich habe ja Fotos gesehen und ich meine, ich habe mir deinen Weblog-Kanal angeschaut, aber ... wow, Schatz! Ich wusste gar nicht, dass du dir selbst beigebracht hast, so was zu machen.«

Eli versuchte zu lächeln. Dey wusste nicht, was dey darauf antworten sollte. »Ich bin froh, dass ihr hier seid«, sagte dey und fummelte nervös an den Handprothesen herum.

Bodhi zog eine Augenbraue hoch, trat nahe an Eli heran und nahm dey am Ellbogen. Irgendwie konnte sie es immer spüren, wenn dey eine Auszeit brauchte. Trotz der Aufregung, die in deren Brust herrschte, wusste Eli, dass dey erst mal durchatmen sollte. Dass dey Zeit allein brauchte – na ja, nicht allein –, um den Klebstoff von deren Haut zu bekommen, Platz zu schaffen für die Person, die dey vor Makeup Wars gewesen war, und zu der Version von Eli Peterson zu werden, die dey bei Beyond sein würde.

Hoffentlich.

»Komm, wir machen dich sauber«, sagte Bodhi.

Eli seufzte. »Wir gehen was essen, nachdem das Ergebnis bekannt gegeben wurde, ja?«

»Ja, natürlich«, gurrte Claire.

»Cassie wartet im Green Room auf mich«, sagte Zach. »Gehst du auch da hin?«

Eli nickte und ließ das Handgelenk von deren Mutter los. »Wünscht mir Glück«, sagte dey.

Claire und Gary grinsten beide. Claire warf einen Blick zu Zach und zog die Augenbrauen hoch. »Nimm mir das nicht übel, mein Liebling, aber« – sie drehte sich zu Eli –, »das wird gar nicht nötig sein«, sagte sie und warf Eli einen Kuss zu.

Eli schnappte sich deren Stelzen und Zach trug seine Flügel. Die beiden stapften durch den Backstagebereich, durch den Gang, der zum linken Flügel führte, und betraten den Green Room. Eli hielt die Tür für Bodhi und Stella mit dem Stab auf. Als die Tür ins Schloss fiel, flatterten dey die Lippen.

»Ihr zwei wart absolut fantastisch da draußen. Ich mein's ernst. Ihr habt den Runway komplett gerockt«, sagte Cassie. Sie nahm Zach die Flügel ab und hängte sie sorgfältig an die Wand.

Eli fiel förmlich in den Stuhl vor deren Spiegeltisch. »Ich bin irgendwie froh, dass es vorbei ist. Ist das komisch? Ich bin nicht so was wie *überglücklich*, eher so was wie *ich weiß auch nicht*. Erleichtert, glaub ich.«

»Das ist nicht seltsam«, sagte Zach und hustete ein Lachen. »Ich bin *extrem* bereit, wieder der *einigermaßen bekannte Zach auf Instagram* zu sein und nicht mehr *Makeup-Wars-Finalist Zachary Miller*.«

»Den Titel Finalist wirst du wohl eine Weile behalten«, sagte Stella. Sie trug Make-up-Entferner und Alkohol unter Elis Prothesen auf und löste den Latex von der gereizten

Haut. »Jedenfalls bis sie die zweite Staffel von Makeup Wars ankündigen.«

»Oh, glaubst du, es wird noch einen Wettbewerb geben?«, fragte Cassie.

Stella zuckte mit den Schultern. »So erfolgreich, wie dieser hier war? Warum nicht?«

Eli schrubbte sich den hartnäckigen Latex von den Wangen, entfernte die Stäbchen, löste den Mastix vom Haaransatz und spülte das Gesicht im Waschbecken ab. Kügelchen aus Schaum und Latex klebten an deren Kiefer und deren Ohren, aber der Heilige Harlow war leichter wieder zu entfernen, als er aufzutragen war, sodass Elis Haut bald noch fleckig, aber wieder menschlich war. Es fühlte sich an wie Stunden, bis wieder jemand sprach. Bodhi wuselte zwischen den Arbeitsplätzen hin und her, half Cassie beim Abschminken von Zach und dann Stella bei Eli. Als all die klebrigen Reste endlich verschwunden waren, wickelte Eli die Bandage von deren Oberkörper ab und wünschte nichts sehnlicher, als deren Binder auszuziehen. Dey wagte einen Blick auf deren Instagram-Nachrichten und musste lächeln.

BeverlyBelle_BB: DU WARST SO
WAS VON FANTASTISCH!!! ♡ ♡

Auf dem Makeup-Wars-Account wuchsen neben runden Profilfotos von Zach und Eli rote Balken in die Länge, die den Status der Abstimmung in den sozialen Medien anzeigten. Der Countdown – *Noch 02:34 bis zum Ende der Abstimmung* – blinkte in fetten Buchstaben. Es stand Kopf an Kopf. Eli schob deren Handy in deren Hosentasche. Dey wollte sich auf den Boden setzen. Und vielleicht schreien. Ein Ventil finden für deren ängstliche Anspannung, damit sie abfallen konnte.

»Brandon wartet auf mich. Wir wollen uns bei dem Sushi-Truck, der vor der Convention steht, ein paar Snacks holen. Möchte noch jemand was, bevor der Bosskampf weitergeht?« Cassie deutete mit dem Daumen hinter sich in Richtung Saal.

»Ich komme mit«, sagte Stella. Sie band ihr Haar zu einem Pferdeschwanz zusammen. »Ich könnte eine Limo oder so vertragen.«

Bodhi schaute zwischen Eli und Zach hin und her; die beiden beobachteten einander von den gegenüberliegenden Seiten des Raumes aus. »Ja, ich bin auch dabei«, sagte sie. »Bleibt ihr zwei hier?«

»Ja, ich sollte nichts essen«, sagte Eli. Bei dem Gedanken an Essen drehte sich denen der Magen um. »Zumindest nicht, bis wir das Ergebnis haben.«

»Zach?«

»Ich brauch nichts«, sagte Zach.

»Okay«, sagte Bodhi zurückhaltend. Sie ging mit Stella und Cassie hinaus und warf ein letztes Lächeln zurück.

Als die Tür zufiel, ließ Eli die Schultern hängen. Deren Augen wurden weich und dey rappelte sich auf, schleppte sich durch den Raum und sank gegen Zachs Brust. »Hilf mir, dieses Ding abzunehmen«, jammerte dey und zupfte an den Rändern von deren Binder. »Ich weiß, dass ich müde bin, aber ich bin zu nervös, um mich müde zu *fühlen*, und ich weiß, dass ich Hunger habe, aber ich habe Angst, dass ich Theresa vor die Füße kotze, wenn ich esse.«

Ein Lachen schoss aus Zach heraus. Er fuhr mit seiner Handfläche über Elis Nacken und legte seine Hand um deren Hinterkopf. »Wir haben's fast geschafft.«

Eli gab ein jämmerliches Geräusch von sich, schlang einen Oberschenkel um seine Taille und legte die Hände auf seine Schultern.

»Oh, mein Gott, du Riesenbaby!«, murmelte Zach und hob dey in seine Arme. »Ich kann dir nicht mit deinem Binder helfen, wenn wir hier so stehen.«

»Na gut, da ist was dran.« Dey ließ deren Füße wieder auf den Teppichboden sinken und zerrte an deren Binder, sodass sich der Stoff über deren Arme faltete.

Zach zog denen den Binder über den Kopf und stülpte ihn mit der richtigen Seite nach außen.

Eli fasste sich im Nu an die Brust, massierte wunde Stellen und rieb sich die Rippen. Dey atmete tief ein und langsam aus, ließ die Luft in langen Zügen kommen und gehen. Zach drapierte Elis Binder über die Rückenlehne seines Stuhls, legte seine Hände flach über deren Brüsten an und knetete deren Schlüsselbein und die weiche Stelle unter deren Achselhöhlen.

»Ich wette, du freust dich schon darauf, das Ding bald los zu sein«, sagte Zach und nickte in Richtung ihres Binders.

»Es *hoffentlich* bald los zu sein«, korrigierte Eli. »Aber ja, das bin ich. Das bin ich *wirklich*.«

»Fühlst du dich jetzt wenigstens besser?«, fragte er und massierte deren schmerzenden Rippen.

Eli nickte und klimperte mit den Wimpern. Erschöpfung und Erleichterung lieferten sich direkt unter deren Haut ein Gefecht. »Ja, sehr.« Dey durchquerte den Raum und zog sich deren Sport-BH an. Dey sammelte deren Bühnenoutfit zusammen – ein schwarzes, hochgeschlossenes Tanktop, eine zerrissene Jeans und paillettenbesetzte Sneakers – und warf einen Blick auf deren Spiegelbild. *Das war's.* Zach begegnete deren Blick im Spiegel. *Das ist das Ende.* Sie blieben stehen, wo sie waren. Eli betrachtete ihn und Zach betrachtete dey.

»Ich liebe dich«, sagte Zach zärtlich, aufrichtig.

»Ich weiß«, sagte Eli. Deren Lippen kräuselten sich. »Ich liebe dich auch.«

Zach lachte leise vor sich hin. »Ich weiß.«

♡ ♡ ♡

Grelles Licht erhellte die Bühne des Saals.

Eli starrte auf einen leeren Sitz in der letzten Reihe und konzentrierte sich auf etwas Unbewegtes und Gleichbleibendes. Etwas Stummes. Um dey herum schnatterte und tuschelte das Publikum und beobachtete dey aus dem Schatten jenseits der Bühnenbeleuchtung. Zach stand neben Eli, stoisch und gut aussehend in seiner schwarzen Jeans und dem gestärkten Button-Down-Hemd. Musik dröhnte, Flachbildschirme blinkten und Eli wollte seine Hand halten. Aber dey wagte es nicht, sich zu bewegen.

Bunte Neonlichter warfen Streifen auf die Bühne und erhellten den Tisch, an dem Theresa Jenkins, Scott Brant und Nichole Stevenson saßen. Eli wollte, dass jemand etwas sagte. Dey wollte, dass sich die Welt schneller drehte. Dey wollte *endlich* wissen, ob dey genug getan, genug gezeigt, genug bewiesen hatte, um sich deren Platz bei Beyond zu verdienen. Dey wusste, dass deren Eltern irgendwo in der Menge saßen, zusammen mit Bodhi, Stella, Cassie und Brandon, aber dey hatte nicht nach ihnen Ausschau gehalten. Dey *konnte* nicht nach ihnen Ausschau halten, weil dey Angst hatte, dass deren Knie nachgeben würden oder dey anfangen würde zu weinen, sobald deren Blick den ihrer Mutter traf.

»Alles okay?«, flüsterte Zach.

Eli reckte das Kinn zu ihm. »Ganz und gar nicht.«

Zach wickelte seinen Finger um Elis kleinen Finger.

Endlich führte Scott Brant das Mikrofon an seinen Mund. »Es war ein langer Weg für unsere beiden Finalteilnehmenden. Von einem unsterblichen Drachen zu einer Neuinterpretation des Biests, von einem gut gekleideten Symbionten bis zum großen bösen Wolf – Eli und Zach, ihr beide habt uns gezeigt, wie kreativ, innovativ und absolut knallhart Make-up-Artists sein können.«

»Ihr beide habt atemberaubende Cosplays kreiert«, sagte Nichole. Sie lehnte sich vor, die Hände auf dem Tisch verschränkt, und zeigte ein kurzes Lächeln. »Zachary, deine umfassenden Fähigkeiten, was das Design angeht, machen dich zu einer ernst zu nehmenden Größe. Nicht nur hast du alles, um ein gesamtes Make-up von Kopf bis Fuß zu kreieren, sondern du hast auch ein Auge für Bewegung, Profil, Statur und Textur – Dinge, mit denen die meisten erfahrenen Profis immer noch Schwierigkeiten haben. Es fällt mir schwer, dich überhaupt einen Amateur zu nennen.« Das Publikum johlte und klatschte. Zach nahm die Komplimente mit einem Lächeln entgegen, und als Nichole ihren Blick auf Eli richtete, widmete er denen ebenfalls seine ganze Aufmerksamkeit. »Eli, deine Kreativität ist mutig und frisch«, sagte sie und runzelte konzentriert die Stirn. »Du zeigst eine prachtvolle, innovative Technik, die das Potenzial hat, die Branche umzukrempeln. Außerdem bringst du einen Wagemut in deine Arbeit ein, der sowohl aus der Nähe als auch auf der Bühne betrachtet Bände spricht. Bei deinem Kaliber könntest du mir schon bald den Rang ablaufen.«

Eli nickte, denn dey wusste nicht, was dey sonst tun sollte, und dey wusste auch nicht, ob dey etwas sagen durfte oder *konnte*, denn dey hatte Angst, dass dey Schluckauf bekommen oder losschluchzen oder ängstlich lachen würde, wenn dey den Mund aufmachte.

»Aber nur eine Person kann gewinnen«, sagte Nichole.

Das Licht wurde gedimmt.

Eli streckte die Hand nach Zach aus, nahm die seine und drückte sie. Deren Atem ging ein wenig leichter, als er zurückdrückte.

Theresa stand auf und machte mit ihrem schlanken Arm eine ausladende Bewegung zum Publikum. »Also gut, Sea City. Seid ihr bereit herauszufinden, wer ein zwölfmonatiges Stipendium für Beyond gewinnt und die erste jährliche Makeup-Wars-Krone mit nach Hause nimmt?«

Die Menge brach in Jubel aus und brüllte.

»Lass mich nicht los«, flüsterte Zach.

Eli drückte seine Hand fester.

Die Flachbildschirme über der Bühne erwachten zum Leben. Ausschnitte von vergangenen Runways wurden abgespielt. Eli lief als Shenlong über den Runway und Zach fletschte seine Reißzähne in die Kamera. Beverly macht ein Peace-Zeichen und küsste Eli auf die Wange. Aus den Lautsprechern ertönten Musik, Gelächter, Applaus und Erinnerungen – Geräusche, die Elis donnernden Herzschlag übertönten.

Rhonda Riot zwinkerte in die Kamera und sagte: »Ich stimme für Zach.«

Als Nächstes klimperte Cassie Anne Montgomery mit ihren falschen Wimpern, die mit Glitzer und pastellfarbenem Puder verziert waren. Sie wackelte mit dem Finger in die Kamera. »Ich soll mich *entscheiden*? Zwischen Zach und Eli? Niemals!«

Beverly Belle wischte mit ihrem Puderpinsel über die Kamera und sagte: »Ich stimme für Eli, Baby!«

Selfies kamen und gingen, Bilder von den Jurys, Fotos aus Oakland und San Francisco, San Diego und Portland. Die letzten beiden Clips wurden nebeneinander gezeigt: Zachs Bewerbungsvideo mit den dämonischen Hörnern und den Silikonsiegeln und Elis Bewerbungsvideo, das wunderschöne *Auslöschung*-Make-up mit der blumigen Geweihkrone.

»Und gewonnen hat ...«

Eli schloss deren Augen.

Dey drückte Zachs Hand so fest, dass deren Hand in seiner zitterte. Dey biss die Zähne fest zusammen und wartete darauf, dass *Zachary Miller* durch den Saal schallte. Dey sammelte allen Mut, um sich zu freuen, zu lächeln, zu nicken und dankbar zu sein. Unter all dem *hoffte* dey. Dey klammerte sich an die Hoffnung, bis es wehtat, bis die Hoffnung deren ganzen Körper erfüllte, bis die Hoffnung das Einzige war, was dey aufrecht hielt.

Das war's. Finde dich damit ab. Ich hab's durchgezogen. Ich hätt's fast gar nicht erst versucht. Freu dich für ihn. Lächle. Das war's. Nicht weinen. Einfach lächeln. Das war's.

Das war ...

»Eli Peterson!«, rief Theresa.

Eli öffnete die Augen und wirbelte zu dem gigantischen Fernseher herum. Deren Gesicht füllte den Bildschirm und in großen Buchstaben erschien deren Name: *Eli Peterson*. *Ich hab's geschafft!* Deren Lungen waren plötzlich leer. Dey schnappte nach Luft, streckte die Knie durch, um bloß nicht hinzufallen, und starrte auf das Unmögliche. All die quälenden Doppelschichten, nach Schnäppchen im Supermarkt zu suchen, um das billigste, mieseste Gras zu feilschen, jeden möglichen Cent für die Mastektomie zurückzulegen, Coupons für Schönheitsartikel hinterherzujagen, die Entscheidung, keine

College-Schulden aufzunehmen, sondern einen wilden Traum zu verfolgen, gegen die Besten anzutreten und zu gewinnen.

Und zu gewinnen.

»Du hast es geschafft, Babe«, sagte Zach und führte Elis Fingerknöchel an seine Lippen.

Eli schlang die Arme um ihn. *Soll die Welt uns sehen*, dachte dey. *Soll sie mich sehen.* Dey klammerte sich an ihn, lachte voll Freude und Ausgelassenheit an seinem Hals und küsste ihn fest auf den Mund. Um Eli herum brach der Saal in Beifall aus.

Ich hab's geschafft. Wir haben's geschafft. Ich hab's wirklich geschafft!

Los Angeles - Beyond

»Naturschwämme sind tolle Werkzeuge. Ich habe immer einen in meinem Notfallkoffer dabei, falls ich mal einen am Set brauche«, sagte Theresa. Sie stand aufrecht und selbstsicher vor Elis Arbeitsplatz, tupfte einen porenreichen gelben Schwamm auf Elis Modellierton und nickte knapp. »Und bitte ... ist das der Look, den du erreichen wolltest?«

Eli prüfte die winzigen Vertiefungen im Modellierton, die die Illusion von Schuppen erzeugten. »Ja, das ist genau richtig. Meinst du, ich kann dieses Design auch mit einem Spachtel vertiefen? Also, die Löcher noch weiter aushöhlen?«

Sie wippte den Kopf von einer Seite zur anderen und überlegte. »Das ist möglich. Aber sei vorsichtig. Sobald du den Ton gebacken und den Schaum aufgetragen hast, reißt das Ganze leicht. Achte darauf, dass du der Prothese Raum zum Ausdehnen gibst.«

»Stimmt, ich verstehe.« Sie lächelte, Theresa nickte und ging weiter.

Rings um Eli formten andere Studierende fantasievolle Formen aus Ton – Flossen, Augen, Federn, Hörner – und unterhielten sich über Kreaturendesign, Praktika und den umkämpften Arbeitsmarkt in Hollywood. Das Herbstsemester bei Beyond hatte vor drei Monaten begonnen und Eli konnte immer noch nicht glauben, dass dey es bis hierher geschafft hatte. Der Lehrplan war umfangreich und umfasste Themen wie Charaktererstellung, Umsetzung von Voll-Make-ups, Arbeit mit Schaum und Silikon und Ganzkörperapplikation.

Den ersten Kurs über Charaktererstellung hatte Eli im November abgeschlossen und jetzt arbeitete dey an den Schaumstoffteilen für deren letztes Projekt vor den Winterferien. Natürlich hatte dey sich für das Design einen schlangenartigen Krieger aus *Chaos Reign* ausgesucht.

Geradezu lächerlich schwierig umzusetzende Designs waren jetzt schließlich so was wie deren Markenzeichen.

Ganz oder gar nicht, so heißt es doch?

Dey befolgte Theresas Rat und tupfte weiter mit dem Naturschwamm den grauen Ton ab, den dey auf die Form für das Gesicht – im Prinzip der Kopf einer Gliederpuppe aus Stein – aufgetragen hatte, und nickte, als die Schuppen Gestalt annahmen. *Na also.* Dey machte einen Schritt zurück und begutachtete die Gesichtsform noch einmal. Natürlich hatte Theresa völlig recht, der Naturschwamm gab gerade genug Textur, um dem schlichten Teil etwas Wildes und Reptilienhaftes zu verleihen.

Manchmal konnte Eli kaum glauben, dass dey tatsächlich hier war. Beyond. Dey hielt einen Moment inne und lauschte Theresas Stilettos, die auf dem glatten Boden klackerten, während sie ihre Runden drehte. Die Austauschstudentin Francesca, die neben Eli ihre Kunstwerke schuf, sang zu dem französischen Hip-Hop mit, der aus ihrem Handy-Lautsprecher dröhnte. Die Luft roch nach Latex, Farbe und nassem Lehm, und als Eli durch die offene Klassenzimmertür blickte, sah dey, wie im Nachbarraum jemand aufschrie, der mit Maissirup bespritzt wurde. Zwischen den Filmplakaten und fantasievollen Kunstwerken hingen informative Poster an der Tafel, die Tipps zu verschiedenen Gesichtsformen, empfindlichen Materialien und Sicherheitshinweise enthielten. Ein Mitstudent ging mit seinem Make-up-Koffer an Eli vorbei und klopfte dey auf die Schulter. »Wir sehen uns morgen, Eli«, sagte Todd, deutete auf den geformten Ton und grinste. »Sieht krass aus, Alter! Ich kann's kaum erwarten, das in Farbe zu sehen.«

»Oh, danke«, antwortete Eli. »Wollen wir hoffen, dass alles glattläuft.«

Dey schaute auf die Uhr, als immer mehr der anderen Studierenden ihre Sachen zusammenpackten und ihre Arbeitsplätze räumten. Die meisten von ihnen gingen heim, etwas trinken oder mussten zu ihren Jobs, um die Rechnungen zu bezahlen, aber Eli hatte heute Abend keine Schicht im Diner. Also nahm dey sich die Zeit, das Kopfteil in Plastikfolie einzuwickeln, damit der Ton nicht austrocknete, und steckte jedes Werkzeug zurück in deren Pinselgürtel, wobei dey die Ruhe genoss, die zunehmend einkehrte, als die anderen Studierenden gingen.

Deren Handy summte, doch bevor dey die Nachricht öffnen konnte, ertönte von der anderen Seite des Raumes eine Stimme und dey drehte sich um.

»Du machst dich übrigens gut«, sagte Theresa. Sie lehnte sich gegen einen leeren Tisch. »Damit hatte ich ja gerechnet, aber ...« Sie zuckte mit den Schultern und rückte ihren glitzernden Cardigan zurecht. »Du überraschst mich noch mehr, als ich erwartet habe.«

Eli war schon seit ein paar Monaten an der Schule, hatte allerdings noch nie mit Theresa allein gesprochen. Zumindest nicht so, von Angesicht zu Angesicht, ganz ungezwungen. Manchmal fühlte dey sich immer noch wie ein Normalo unter Riesen. »Danke. Ich bin ... Ich glaube, ich bin noch dabei, mich zurechtzufinden.«

Theresa lachte laut auf. »Dann bin ich sehr gespannt, wie deine Arbeit erst aussieht, wenn das so weit ist«, sagte sie und ging zur offenen Tür. »Wir sehen uns morgen früh!«

»Ja, bis morgen!«, rief dey und ärgerte sich darüber, dass dey sich wie ein schwärmender Fanboy anhörte. *Aber sie ist halt immer noch Theresa fucking Jenkins.* Eli stieß einen Seufzer aus und warf einen Blick auf deren Handy. Erst überflog dey deren E-Mails und checkte noch einmal die Bestätigung für deren nächsten Termin bei Dr. Tamura.

16. Januar. OP-Voruntersuchung. Eli grinste auf deren Handy und öffnete die Nachrichtenapp.

> **Zach** ♡: Ich bin unten
> **Eli Peterson:** sorry – wurde aufgehalten.
> auf dem weg

Beyond war im selben Gebäude untergebracht wie ein altes Kino und ein Café im europäischen Stil. Gerahmte Fotos von Absolventen und berühmte Designs säumten die Halle, große Erfolgsgeschichten wie die von Ve Neill, Rick Baker und Kazuhiro Tsuji waren ausgestellt. *Eines Tages werde ich da oben hängen.* Bei diesem Gedanken schlug deren Herz höher. Dey winkte ein paar Mitstudierenden zu, die im Pausenbereich

herumlungerten, und verabschiedete sich von der Empfangs-
dame an der Rezeption. Im Fahrstuhl schaute dey sich deren
Benachrichtigungen auf Instagram und TikTok durch. Seitdem
Eli Makeup Wars gewonnen hatte, wurde dey mit Kommentaren, Likes und Anfragen für Auftritte und Features überhäuft.
Deren E-Mail-Postfach wurde mit Sponsoring-Anfragen über-
flutet und dey hatte sich ein physisches Postfach gemietet, um
die Flut an Produkten zu bewältigen, die denen zugeschickt
wurde. Es war alles, was Eli sich erhofft hatte: die hochwerti-
gen Marken, die Schecks, Beyond …

Das alles und noch viel mehr.

Eli trat aus dem Fahrstuhl, ging durch die Eingangstür
und wurde draußen von Zach begrüßt, der an der Seite seines
Jeeps lehnte. Er schaute Eli über seine schwarze Sonnenbrille
hinweg an, lächelte, löste seine verschränkten Arme und umarmte dey.

»Hattest du einen guten Tag?«, fragte er.

Eli umfasste seine Taille und küsste ihn. »Ich hatte einen
fantastischen Tag«, murmelte dey mit deren an seinen Lippen.
»Bist du fertig geworden?«

Er machte ein unsicheres Geräusch. »Irgendwie schon.
Vielleicht.«

»Komm schon, hast du die Kampagne gestartet oder
nicht?«

Autos rauschten an ihnen vorbei und der Bürgersteig war
voller Menschen, doch Eli ignorierte das alles. Dey stellte
deren Koffer zwischen deren Füße, lehnte sich an Zach und
beobachtete ihn erwartungsvoll. Wieder mit ihm zusammen
zu sein, nach allem, was sie zusammen durchgemacht hatten,
fühlte sich in Elis seltsamem schnellen Leben wie ein neues
Kapitel an. *Wir waren immer dazu bestimmt, hier zu landen,*

dachte dey und legte den Kopf schief, um seinem ruhigen Blick zu begegnen. *Wir waren immer dazu bestimmt, das hier zu sein.*

»Ich habe sie heute früh gestartet und bin zu zwanzig Prozent finanziert«, sagte Zach verlegen. Sein Lächeln weitete sich zu einem Grinsen. »Ich schätze, die Leute mögen meine Graphic Novel wohl doch.«

»Hab ich doch gesagt«, flüsterte Eli. Dey küsste ihn wieder – auf die Wange, den Hals, die Lippen, die Nase, wieder die Lippen – und lachte. »Hab ich doch gesagt, hab ich doch gesagt, hab ich doch gesagt …«

»Ich weiß, ich weiß …«

»Sag es.«

»Du hattest *recht*«, gab Zach zu und seufzte. Er stupste seine Nase gegen Elis. »Danke.«

»Wofür?«

»Dass du an mich geglaubt hast.«

Eli schmunzelte, um das starke, unwiderstehliche Gefühl zu verbergen, das in denen aufstieg. Da war Liebe und noch etwas anderes. Stolz vielleicht. Hoffnung. »Immer.«

Zach küsste dey auf die Lippen. »Wollen wir? Bodhi bringt uns nämlich um, wenn wir zu spät kommen.«

Bodhi hatte auf einem Abendessen in einem neuen Sushiladen in West Hollywood bestanden, Zach verfolgte endlich die Karriere, die er sich immer gewünscht hatte, und Eli stand an der Schwelle zu etwas Großem, Vielversprechendem und Erreichbarem.

Wir haben's geschafft, dachte dey und drückte Zachs Hand.

»Ja, lass uns gehen.«

DANKSAGUNGEN

Dieses Buch gäbe es nicht ohne die phänomenalen Influencer, die ihr Können auf Social Media zeigen. Ein Riesendankeschön an alle autodidaktischen Cosplayer, Make-up-Artists und Designer, die ihren eigenen Weg gehen – eure Kreativität hat mich dazu inspiriert, ein ganzes Buch zu schreiben! Ein ganzes Buch! Meine schriftstellerische Reise begann aus einer Laune heraus und wäre nicht möglich gewesen ohne meine Agentin Haley Casey, die sich von der ersten Seite an für meine Arbeit eingesetzt hat, und meine Lektorin Britny Brooks, die meine Liebe für alles Nerdige, Geekige und Romantische teilt. Ich danke dem Team von Running Press für dessen unglaublichen Enthusiasmus. Danke an meine Familie, dass ihr mich immer unterstützt. Und meinen Haustieren danke ich dafür, dass ihr mich immer zum Lächeln bringt.